LA CONVERSATION AMOUREUSE

DU MÊME AUTEUR

LE VENTRE DE LA FÉE, Actes Sud, 1993.
L'ÉLÉGANCE DES VEUVES, Actes Sud, 1995 ;
Babel n° 280, 1997.
GRÂCE ET DÉNUEMENT, Actes Sud, 1997 ;
Babel n° 439.

© ACTES SUD, 2000
ISBN 2-7427-2875-9

ALICE FERNEY

La conversation amoureuse

ROMAN

un endroit où aller
ACTES SUD

à Ivan Gavriloff

— Que sais-tu ?
— Trop bien quel amour les femmes
peuvent avoir pour les hommes.

W. SHAKESPEARE,
Le Soir des rois.

I

DÉBUT DE SOIRÉE

UN COUPLE DE FUTURS AMANTS marchait, au milieu de la chaussée, dans une rue piétonne, un peu avant l'heure du dîner. Les couleurs du soir tenaient la ville dans un feu. Sous le fléchissement du soleil, les grands immeubles anciens étaient splendides, les pierres de leurs façades orange comme du fer chauffé. Des jeunes gens, agglutinés par grappes, flânaient, bavardaient et riaient, se courtisaient. Il restait à cet ancien quartier des facultés quelque chose de festif et d'insouciant. Le mois de juin était beau et la chaleur de la journée appesantissait encore l'air. La femme portait une robe légère et peu décolletée, dont l'encolure disparaissait sous la mousseline de l'écharpe jaune

autour de son cou. Sa silhouette et sa
démarche indiquaient, avant que ne le
fît son visage, qu'elle était une jeune
femme ; et autre chose en elle, une
aisance, une fluidité, révélait qu'elle
n'était plus une jeune fille. Elle avait
perdu la gaucherie, cet effarouchement
intérieur qui désigne et protège, comme
un sceau, la virginité. A la place de quoi,
un plaisir que d'évidence elle prenait à
être coquette annonçait qu'elle était une
femme qui se tient du côté des hommes.
Celui qui l'accompagnait était passé déjà
par cet âge incandescent et parvenait
à ce moment de la vie où c'est d'abord
la jeunesse que l'on remarque, pour
vraiment l'admirer, chez ceux qui sont
venus sur terre après vous. Lui-même
portait quarante-neuf ans, des cheveux
encore blonds et drus, mais des traits qui
commençaient à fondre. Il n'était pas
beau et ne cherchait pas à le paraître. Ce
fait n'était pas un détail : il témoignait
combien cet homme avait confiance en
lui. Il était vêtu sans attention particulière,
d'un costume clair, d'une chemise blanche boutonnée jusque sous le nœud
d'une cravate dépourvue de fantaisie.
L'ensemble était froissé, il avait dû
transpirer, les brefs élans de la brise qui
cherchait des chemins dans la ville ne
déplaçaient que des masses d'air chauffé

par l'asphalte. On pouvait ainsi deviner qu'il n'était pas retourné chez lui se changer avant ce rendez-vous, contrairement à sa compagne qui avait dû s'apprêter assez longuement. On savait aussi que ce rendez-vous n'était pas professionnel, ni davantage l'issue familiale de sa journée, mais une rencontre galante. Et tout cela, on le comprenait d'emblée en les voyant ensemble.

Ils semblaient enchaîner les pas d'une danse enlevée, marchant vite comme s'ils étaient pressés. Ils ne l'étaient pas le moins du monde. L'envie de sortir de cette foule était ce qui hâtait leur train. Ils se côtoyaient, se séparaient, se retrouvaient, se quittaient de nouveau, allant et venant afin d'avancer dans l'affluence des passants. Lorsqu'ils se trouvaient d'un côté et d'un autre, lui accélérait le pas pour la rejoindre et ne la quittait pas des yeux, elle, comme s'il n'existait plus et qu'elle eût été seule à s'amuser, gambadait sur le rebord du trottoir, sautillant entre les groupes d'inconnus, à la manière d'une biche, et balançant un minuscule sac à main au bout de son bras. Personne alors n'aurait pu penser que cette allure désinvolte était le déguisement d'une crispation, l'expression

gracieuse d'un tremblement intérieur.
Elle avait terriblement envie de plaire !
Et, comme cela arrive souvent, cette faim
féminine escamotait son assurance.

Alors, à ce moment du début des
choses, sa spontanéité était brisée. Elle
cherchait une contenance dès que son
compagnon la regardait. Et il la regardait sans arrêt. Elle s'était d'abord
inquiétée de sa toilette. N'était-elle pas
trop ceci ou cela ? Elle voulait être dans
le bon ton. Maintenant elle réfléchissait
même aux gestes qu'elle faisait. Pourquoi est-ce que je sautille ? se disait-
elle. C'est enfantin. Et elle ne sautilla
plus. Il la regardait en souriant. Non pas
d'un sourire de courtoisie, d'un sourire
de plaisir. Elle était jolie, pensait-il, il
ne s'était pas trompé en la remarquant
à l'école, et cette petite robe jaune lui
allait rudement bien. Une popeline fine,
c'était simple et frais. Il connaissait le
nom des étoffes parce qu'il aimait les
femmes. Ce qui les intéressait ne l'avait
jamais laissé indifférent. Voilà une jeune
personne qui avait vraiment un style,
s'était-il dit voyant arriver Pauline Arnoult. Bien qu'elle fût blonde, ce jaune
d'or lui allait à merveille, et le jupon tombait parfaitement, au-dessus du genou,

elle pouvait se le permettre. Et maintenant il se félicitait d'être en si belle compagnie. Il était content comme un homme qui a découvert une femme. Il allait s'occuper d'elle. Il admirait ce visage aussi lisse qu'une pierre de lavoir, la peau claire au grain serré. Un de ces visages qui semblent se donner alors qu'ils s'imposent. Non qu'ils se dérobent moins que d'autres, puisqu'un visage se cache si mal, mais bien parce qu'on a le sentiment de les voler. Parce qu'on n'en détache pas les yeux, qu'on exagère, qu'on scrute impoliment. Il ne s'en lassait pas. Il oubliait même qu'il risquait de s'en lasser. Une image l'avait fait passer les frontières de la lucidité et il était en plein moment de béatitude. Il contemplait le paysage d'une femme. Elle était statuaire, pas forcément par la perfection des traits, mais par l'absence de discontinuité : un visage d'un seul bloc. Ce privilège de la grande jeunesse qui coule un front sans un pli jusqu'aux sourcils, par un trait d'une seule venue dessine un nez régulier jusqu'au-dessus de la bouche, des joues amples et douces dans le plein sous les yeux, sans un froissement : comme de la pierre. Et bien sûr la chanceuse n'avait pas idée de cette belle fermeté blanche. Est-ce qu'on

apprécie jamais son propre visage ?
Tout au plus pouvait-elle se sentir
avantagée. Si fragile est l'équilibre de
la beauté, si impalpable et inexplicable, elle doutait d'elle bien sûr ! et
surtout puisqu'elle ne se voyait pas.
Elle n'observait que des effets qui la
faisaient sourire. On apercevait alors
ses dents, dont les deux de devant
étaient très écartées, les dents du bonheur, on le lui disait souvent, c'était
une manière de parler d'elle, de lui
dire sans trop se dévoiler qu'on la
regardait beaucoup. Elle rougissait
quand vraiment c'était trop de regards,
et continuait d'aimanter la contemplation, malgré ses grands yeux bleus qui
ne lui donnaient pas toujours un air
intelligent.

Ils sortirent de la cohue des rues pié-
tonnes et se réunirent définitivement.
A mesure qu'ils marchaient, l'espace qui
les séparait se réduisait, et le haut de
leurs bras finit par s'effleurer. Il sentait le
parfum d'été qu'elle portait, une sen-
teur un peu vanillée. Il s'était sciemment rapproché. Une force le poussait
vers la jeune femme. Quelle réaction
aurait-elle ? Il n'aurait pas su le prédire.
Il ne la connaissait pas assez. Mais elle

était venue… Elle n'était donc pas si farouche. Il poursuivit sa manœuvre. Elle n'entreprenait pas un geste pour faire cesser le contact. Que pouvait-elle bien penser ? Il l'épiait, mais moins qu'il ne l'admirait. Il la regardait sans arrêt. Bien qu'elle n'eût pas une fois détourné les yeux vers lui, elle pouvait sentir le poids de ce regard. Elle savait qu'il l'observait, et elle continuait de marcher comme si elle ne remarquait rien. Il était joueur, il restait contre elle délibérément, et elle ne bougeait pas plus que s'il n'avait pas existé ! C'était une sacrée tricheuse à ce moment, mais une tricheuse perturbée ! Il le percevait. Elle était troublée par ce regard si proche et faisait mine de ne pas l'être. En somme il y a toujours une manière de nier que des choses se passent. Quels jeux ! pensa-t-il. Ne connaissait-il pas ces jeux par cœur ? Cette fois, croyait-il, quelque chose était différent. Il devenait romantique. Il ressentait un intense plaisir à ce frôlement de rien du tout, une fierté de gamin à marcher à côté d'une femme ravissante que les hommes regardaient. Il le découvrait quand il détournait les yeux de sa voisine. Alors il observait l'affluence bigarrée de ces gens qui se promenaient, qui n'étaient pour lui à cet instant qu'un grand mouvement autour

de son désir, qu'une transhumance ano-
nyme au cœur de quoi il poursuivait
une image.

   Ils étaient exactement de la même taille
(elle très grande et lui plutôt petit chez les
hommes) et l'ondulation de leurs épaules
dans la marche était rythmée. La féminine finesse jaune et la silhouette sombre,
qui constamment se tournait vers le jaune
et la finesse, formaient, sans que l'on sût
comment, un ensemble assorti et comme
familier, une manière de couple harmonieux. Ils marchaient ensemble, ils se
considéraient en silence, ils en éprou-
vaient un plaisir qui les faisait sourire. Et
cependant chacun ne renfermait pour
l'autre que les secrets et l'habituelle étrangeté d'autrui. Gilles André et Pauline
Arnoult s'étaient tout juste parlé deux ou
trois fois ; ils ne se connaissaient pour
ainsi dire pas. Un excès d'élan dans leur
maintien, une jubilation contenue mais
sensible, une manière d'extravagance
dans quelques gestes, la promptitude d'un
regard qui se détourne, l'ampleur d'un
mouvement, une atmosphère d'enivre-
ment, quelque chose d'appesanti et de
hanté, débordait d'eux pour le dire. Ils se
tenaient ensemble à l'orée du plaisir. On
ne pouvait les prendre pour des époux.

Et ce pourquoi on les tenait aussitôt pour des amants qu'ils n'étaient pas non plus était aussi obscur à expliquer qu'évident à percevoir.

C'était un devenir. Un futur implacable leur était échu. Qu'ils résistent, qu'ils lâchent prise, ils allaient s'y engouffrer. Ils tremblaient au seuil de l'intimité. Ils tremblaient parce qu'ils savaient. Ils étaient ensemble la proie d'un destin amoureux, et peut-être le plus étrange n'était-il pas ce destin lui-même, mais cette connaissance qu'ils en avaient, et la façon dont, pour ce destin-là, la prescience ne leur servait à rien. Un enchantement les tenait enfermés dans le secret de leur rencontre, dans ce côtoiement inéluctable, et dans leur liberté. Une turbulence les précipitait l'un vers l'autre. Quelle sorte de vie s'étaient-ils faite avant cette fatalité ? Sans se le demander, l'inclination créait un trouble qui pouvait les épanouir ou les détruire. Cet élan secret était perceptible de l'extérieur. Cela rayonnait et tintinnabulait tout autour d'eux, en rires et sourires. Leur prudence aurait dû s'en effrayer si elle n'avait été balayée. Que pensait-on exactement en les voyant ? On pensait qu'ils étaient amants, ou que, s'ils ne

l'étaient pas encore, c'était imminent.
C'était imminent.

   Ailleurs et depuis longtemps, ils
s'étaient beaucoup observés. Le furtif
souci de l'autre, la convoitise muette avec
laquelle on le recherche, ce nombre incal-
culable de regards et leur impérieux motif
restaient sur eux. Toute cette ferveur de
foudroyés les enveloppait. Maintenant ils
auraient voulu passer inaperçus et c'était
l'inverse qui se produisait. Il est si rare
qu'il n'y ait pas une partie apparente
d'un désir ! Ce que vivent les cœurs des
amants, leurs palpitations, leurs émois
et leurs dévoiements, la chair en est
aussi bavarde que retournée. Dans une
lumière de joie qui se trahit, elle dit tout
ce qui les tient rapprochés. Il n'y a que
les chambres closes pour protéger le
secret d'une affinité, derrière des ten-
tures et des murs dissimuler sans le tuer
l'attrait irrésistible. Ces deux qui ne faisaient pourtant que marcher, mais bien
pris l'un par l'autre, étaient donc recon-
nus. Lui abîmé dans la contemplation,
elle comblée dans les mailles d'un regard,
cette félicité des commencements capti-
vait l'attention. Le rythme de leur marche,
accordé et complice, balancé et dansant,
avec elle qui avait des ailes, et plus tard

promis à s'interrompre dans les rires et les manières, témoignait qu'ils n'avaient nulle tâche à mener et nulle part où se rendre. Leur rendez-vous en ce soir, ce mystérieux prodige d'une affinité, leur ravissement, leurs silences et leurs sourires, tout cela était offert en pâture aux passants, tout cela était décrypté. La forme de galanterie que prenait leur désir était un spectacle, comme l'est peut-être toute forme de galanterie : puisque les chemins sont toujours les mêmes, ceux qui les ont pris au moins une fois reconnaissent d'emblée cette posture propre à ceux qui volent vers une relation amoureuse. Ils volaient.

Ils avaient marché sans parler, profitant de ce qu'ils étaient souvent séparés, mais il fallut bien briser le premier silence maintenant qu'ils se retrouvaient plus tranquilles. Aucun des deux amants ne savait quoi dire. Y avait-il seulement besoin de mots ? Le silence parlait tout seul. Elle était d'ailleurs un peu gênée de ce qu'il racontait. Quand un homme et une femme qui n'avaient rien à faire ensemble étaient ensemble, et seuls dans la rue au début du soir, est-ce qu'on ne savait pas ce qu'ils mijotaient ? Est-ce qu'on ignorait ce qui pouvait se passer ?

Peut-être voulut-il couper court à cet
embarras de l'évidence. Je me deman-
dais si vous viendriez, je n'en étais vraiment pas certain ! dit-il en se tournant
vers sa voisine, et puisque leurs épaules
se frôlaient, son visage reçut de plein
fouet celui de la jeune femme, à quelques centimètres sa carnation lisse et
ensoleillée, si près qu'il pouvait apercevoir le sommet duveteux de la pom-
mette, à l'endroit où la peau s'affine
jusqu'aux yeux. Pourquoi ?! fit-elle. Nous
avions pris un rendez-vous. Sa bouche
se serra comme si elle voulait étaler son
rouge à lèvres. Il regarda ces lèvres ser-
rées. Elle était très embarrassée si près
de lui. Pourquoi donc regardait-il sa
bouche de cette manière ? Elle eut un
sourire des yeux qui tentait de démentir sa confusion. Vous auriez pu changer
d'avis, dit-il. Si je donne un rendez-vous,
je viens, dit Pauline Arnoult. Et sa voix
pour dire cela ne trembla pas, sa voix fut
claire et brave, quand sa pensée au contraire s'emmêlait dans l'ambiguïté des
motifs et des songes. Je vous crois, dit-il,
mais puisque c'est moi qui vous l'avais
donné… Elle s'était écartée de lui dès
qu'il avait entrepris de parler. Et comme
il venait de se rapprocher pour lui murmurer cela, elle s'éloigna de nouveau.
Et vous ne me connaissez pas du tout,

dit-il en riant de ce va-et-vient silencieux, et vous êtes audacieuse ! Trouvez-
vous que je le sois ? demanda-t-elle
avec une inquiétude soudaine, et ne
sachant si elle était piquée ou flattée de
ce qu'il disait là. Non, vous ne l'êtes pas
du tout, je le vois bien ! dit-il avec une
voix plus suave et moqueuse. Mais,
néanmoins, vous auriez pu m'envoyer
paître et vous ne l'avez pas fait ! dit-il
en riant franchement. Elle devint toute
rose et dit, presque comme une petite
fille en faute : Je n'y ai pas pensé ! Au-
dedans d'elle, dans ce silence de femme
courtisée, cela murmurait. Des petits
aveux secrets, des étonnements. Même
si je l'avais voulu, je n'aurais pas pu me
dérober. C'est étrange comme j'ai été
captivée du moment qu'il m'a regardée.
Et comme je me suis tout de suite imaginé des choses. Et elle traduisit, d'une
manière de coquette, sur un ton de
faux reproche et de relâchement complice : J'espérais que vous n'oseriez
pas m'aborder comme ça. C'était un
aveu à l'envers et aussi un mensonge
qu'elle essayait de croire, et d'ailleurs
cela fut dit si faiblement qu'il n'entendit
pas. Elle gardait la tête baissée et regardait ses pieds faire des pas. Et, encore
marmottant comme si ses lèvres ne se
descellaient pas, elle corrigea ce qu'elle

tentait de dire : qu'elle avait, dans une
zone raisonnable de sa conscience,
espéré qu'il se tût, et, partout ailleurs,
dans ce qui n'était pas raisonnable et dans
ce qui n'était pas conscient, espéré qu'il
l'accostât. J'ai cru que... Les mots se
perdirent dans les rires d'un groupe de
filles qu'ils contournèrent en se sépa-
rant à nouveau. (Et cette fois elle ne
sautilla pas du tout.) Il ne répondit
pas, elle ne sut pas s'il avait ou non
entendu, et se permit de s'installer aussi
dans le silence. Ils n'avaient pas cessé
de marcher, comme s'ils se rendaient
quelque part, mais ils n'étaient convenus
de rien. (Elle était arrivée un peu en
retard, il l'avait vue venir de loin, ils
s'étaient serré la main avec la confusion
et le plaisir, aussitôt il s'était mis à marcher, toujours dans la même direction, et
elle à le suivre.) Je ne sais pas du tout
où je vais ! dit-il. Et moi je vous suis
aveuglément ! dit-elle. Ils rirent pour la
première fois en même temps, et c'était
simple de rire ! Ils sentirent comme le
rire résumait et résolvait tout.

Pauline Arnoult s'absorba dans les souvenirs enamourés des récentes semaines : Dire qu'une nuit elle avait rêvé de
cet homme ! Il était alors l'inconnu dont

le regard attrapait le sien, à l'école où
elle déposait son fils. Et elle avait fini
par penser à lui le soir au moment de
s'endormir... Parce qu'il n'avait plus
cessé de la dévisager avec une admiration vraiment sexuelle. Oui, c'était bien
de cela qu'il s'agissait. Comment ne pas
le remarquer ?! C'était une chose qui se
savait aussitôt. Couchée en silence à côté
de son époux, elle reformait de mémoire
ce visage et ce regard (et, peu ou prou,
elle les inventait). Elle jubilait d'inspirer
ces amoureuses révérences à un regard.
N'était-ce pas honteux et inconcevable,
cette prérogative soudaine et injuste
qu'elle accordait, à côté de celui près
de qui s'affermissait sa vie, à un homme
absent ? Elle avait perdu la raison dans
l'insistance de deux yeux. Par enchantement ces yeux avaient acquis la parole.
Qui eût fait autrement dans le même
sortilège ? Elle s'était bien vue : toute
coquette et troublée, soudainement
toquée d'un homme parce qu'il l'était
d'elle, oui, aimantée par mimétisme, et
incapable de refuser ce rendez-vous
qui n'avait pas de futur. Elle n'avait pas
esquivé comme la raison lui imposait de
le faire. Comment était-ce arrivé ? Il avait
fait le premier pas. Cet acte-là, si épi-
neux, l'avait stupéfiée. Elle avait même
été admirative. Jamais elle n'aurait pu

le faire ! Elle était impressionnée parce qu'elle oubliait quelle espèce de conquérant peut devenir devant une femme qui lui plaît un homme dans la force de l'âge. Il avait donc fait le premier pas, parce qu'il savait qu'elle ne le ferait pas, et elle l'avait suivi sans hésiter. Elle n'avait pas été incorruptible. Les mots qu'elle avait dits, les gestes, les sourires, tout était un accueil, on ne pouvait pas s'y tromper. Elle releva la tête à cette idée et se mit à marcher dans une posture très droite. Quelque chose de ce manège passé lui semblait assez honteux pour la rendre plus farouche qu'elle n'était. On se voit parfois, tel que l'on s'est conduit, dans la faiblesse ou le laisser-aller, et il arrive qu'on ne s'apprécie pas. Comme elle aurait voulu ne pas se mentir ! Ne pas tricher, quelle que fût sa conduite ultérieure. Mais il n'est pas certain que cela soit possible. On ne fait pas tout ce que l'on veut de soi-même : elle n'avait pas l'intention non plus de minauder et elle ne pouvait s'empêcher de le faire un peu ! Défaite dans un écheveau de sensations, elle se voyait défaite. Je marche à côté d'un type que je ne connais pas ! se disait-elle. Elle marchait bel et bien. Impossible de croire qu'elle faisait autre chose. L'émotion sensuelle qui l'entraînait était sans détour. Sans cesser d'avancer à côté de lui, et toujours calquant son pas sur le sien (de même qu'il essayait de la suivre, ce qui expliquait l'harmonie de leur image), elle le regarda pour la première fois et elle eut cet étonnement : il n'était pas beau, il n'était pas élégant, quand il se taisait son charme était imperceptible. N'était-il pas très ordinaire ? En tout cas il n'était pas raffiné. Et cependant sa présence attisait un sentiment d'attraction, l'impression qu'en elle s'éveillaient et remuaient des choses enfouies et secrètes, qui gagnaient contre tout ce qui peut faire une vie, contre les choses raisonnables et les choses utiles. Le plus magique pourtant n'était pas cette émotion, mais l'évidente réciprocité de cet élan. Pas un instant, lorsqu'elle chassait les fausses questions, elle ne doutait de l'attrait qu'elle exerçait sur lui. Ils étaient deux proies. C'était en somme un ensorcellement banal. Tout le monde sait jusqu'où pareilles choses peuvent aller.

A ce moment Gilles André se tenait plutôt du côté du silence. Il ne craignait pas l'absence de conversation. La capacité qu'il avait de se taire en face de quelqu'un qu'il connaissait à peine, et de rester là simplement dans des mouvements et des regards, troublait sa compagne. Ce n'était pas à dessein. Il faisait le calme en lui. Il lui fallait apaiser la part secrète de lui-même. S'il s'était écouté, il aurait sans attendre entraîné la jeune femme vers une chambre close, n'importe laquelle pourvu qu'il eût abandonné les gestes convenus. Il voulait glisser ses mains dans des caresses, faire le silence dans les baisers. Et le comble c'était qu'elle le voulait aussi. Il en était certain. Oui, c'était ce à quoi elle pensait. Elle était préoccupée par l'inexplicable désir d'intimité et il le savait sans qu'elle eût besoin d'en dire un mot. Il était de ces hommes sans conformisme ni vulgarité, qui reconnaissent ce qu'ils vivent et ne font pas de simagrées. Si un homme ressentait envers une femme l'élan et la tendresse favorables à cela, s'il les ressentait très fortement, pourquoi lui faudrait-il obligatoirement attendre, il n'y avait qu'à s'allonger tout contre elle, voilà ce qu'il pensait. Il y avait en lui une liberté profane et la clairvoyance réfléchie de cette façon d'être. Cependant il était un véritable amant : délicat. Et il sentait que cette femme n'était pas prête. Elle attendait. C'était son plaisir en ce jour : retarder dans le pressentiment de l'issue. Il ne savait pas pour quelle raison (puisqu'elle le voulait), mais une habitude qu'il avait de la séduction le renseignait sans qu'il doutât de son intuition. C'était comme ça. Et pourquoi pas ? se dit-il. Il pouvait dans le même temps se plier de bon gré au rythme de cette féminité et le déplorer. Il avait conscience de faire un effort. Il s'efforçait de se mettre à la place de l'autre. Elle ne sait rien de moi, se disait-il. Aussi se contenta-t-il de : Voulez-vous boire quelque chose ? Et elle répondit : Volontiers. Et ils s'assirent à une terrasse qui était pleine de monde. Et tout cela, pensa-t-il, la contemplant assise dans l'embellissement de son désir, n'était que détours et temps perdu, et couardise. Tandis qu'elle était simplement fervente, soudain persuadée de sa beauté dans l'or vespéral, étourdie par son bien-être, et qu'elle goûtait, avec ce sel du secret et de la nouveauté, une liesse intime qui avait tout son temps. Pourquoi se hâter dans la liberté d'éblouir ? L'horloge des femmes et celle des hommes dans l'amour n'ont pas les mêmes aiguilles.

Aussi, puisqu'il le fallait, il se mit à parler. Il prit sa voix de cajolerie, une voix de feutre, portée par un soupir, comme murmurant dans une alcôve. Une parole

soufflée, tout au bord de l'exténuation.
Pauline Arnoult s'était d'emblée soumise
à ce murmure. Le faisait-il exprès ? Elle
avait le sentiment quand il parlait qu'il
était fatigué de l'aimer ! Et quand cette
voix riait, car elle était capable tout à
coup de devenir rieuse, il lui semblait
encore que c'était autour d'elle, dans le
goût extrême d'elle. Elle trouvait à entendre dans cette voix ce qu'elle voulait
réussir : être unique et soumettre cet
homme à son charme. Elle entendait
que c'était fait. Elle se trompait. Mais
l'illusion était aussi tenace que la voix
était suave. Et il excellait à ce mécanisme enchanteur de la parole. Ecou-
ter, regarder, admirer, rire, murmurer
les plus attendus des mots, et la fleur
déployait ses voiles… c'était une chose
qui ne manquait pas d'advenir. Incapable d'en mesurer l'effet (mais certain
qu'il y en avait un à force de l'avoir
observé), il jouait avec ce que le ton
d'une phrase peut avoir de sensuel, de
suggestif même. En matière de susur-
rement et de matoiserie amoureuse, il
n'était pas tombé de la dernière pluie.
Sa voix, dédiée comme une révérence,
plaisait aux femmes en éveillant leur
vanité.

Donc il possédait une vrille d'ondes ensorcelantes. Cette vrille répéta un prénom. Je sais votre prénom, avait-il commencé de lui souffler en riant. Oui, il utilisait cette partie du langage qui n'est pas tout à fait le langage, qui ne compromet pas autant que les mots, tout en se faisant comprendre aussi bien. Pauline, murmura-t-il, c'est bien cela ? Et il répéta : Pauline. En la regardant dans les yeux, avec un petit sourire subtil. Elle pensait que ce regard était exagéré, et il l'était, délibérément, comme s'il avait su que les femmes, malgré la clairvoyance dont elles sont capables, ne résistent pas à cette attention. C'est un sublime prénom, dit-il. Elle trouva à dire : Je l'aimais beaucoup. Elle fit une pause et ajouta : Jusqu'à ces films et cette grande fille blonde en maillot de bain à la plage. Et qui vous ressemble un peu… murmura-t-il, comme pour lui-même. J'espère que non ! dit-elle. Elle n'est pas si mal ! dit-il en riant. Il la regardait toujours dans ce bonheur non dissimulé d'être avec elle et de la contempler. Elle était beaucoup trop troublée pour s'en rendre compte, trop occupée d'elle-même pour découvrir son compagnon. Il continua sur le prénom : Il n'avait jamais rencontré de femme qui le portât. Qu'y avait-il à répondre ? Elle ne répondit rien. Alors

la voix demanda : Pourrai-je vous appeler Pauline ? Cette requête aussi était
exagérée : désuète et presque ridicule.
Evidemment vous le pouvez, dit la belle
et pauvrette qui percevait le cinéma et
l'appréciait quand même, et s'en voulait
de l'apprécier. A combien de femmes
avait-il fait ce numéro ? Cette question
empêchait Pauline Arnoult de vivre
pleinement ce plaisir d'être courtisée.
A combien de femmes ? Et aussi : Se
moquait-il d'elle ? Elle avait une très
grande peur d'être moquée. Plus on est
saisi par l'amour, plus on soupçonne
l'autre d'essayer de vous attraper...
N'était-elle que sa proie ? Etait-il sincère ? Elle voulait bien jouer, mais à condition que cela ne fût pas qu'un jeu.
Faire du charme... elle n'aimait pas tellement se surprendre à ces simagrées. Aussi
faisait-elle des efforts invisibles pour ne
pas se départir de sa simplicité. Mais le
jeu la prenait, elle souriait et riait, elle rougissait... Est-ce que l'on ne serait complètement soi-même que seul ? Elle
aurait voulu se donner pour ce qu'elle
était. Comme vous êtes silencieuse !
s'exclama-t-il. Vous ne voulez pas me
répondre ?! Il répéta : Pourrai-je vous
appeler Pauline ? Pourquoi vous le
refuserais-je ? dit-elle. Vous n'allez pas
m'appeler madame ! Pourquoi pas ! fit-il

en riant, décontracté et provocateur.
Vous ne me connaissez pas, dit-il. Son
visage était installé dans le sourire. Si,
dit-elle avec une absence de détours qui
étonna le futur amant, j'ai l'impression
de vous connaître depuis longtemps. Et
d'ailleurs, fit-elle en prenant son courage à deux mains, ne me répétez pas
sans arrêt que je ne vous connais pas !
Ne suis-je pas là avec vous ? Et, fit-elle,
si je suis une inconnue, comment savez-
vous mon prénom alors ?! Il rit, encore,
car il y a décidément beaucoup de rire
dans la galanterie. J'ai entendu un jour à
l'école une femme vous appeler Pauline,
dit-il. Et il ajouta : C'était le prénom de
ma grand-mère. La mienne s'appelait
Marie-Pauline, dit-elle. Il y a des modes
pour cela comme pour le reste, dit-elle,
un peu froidement, avec une voix basse,
plus masculine et dépourvue de la douceur chantante qu'avait la sienne. Elle
essayait vraiment de dissiper la vapeur
de désir qui pesait sur cette rencontre.
Mais c'était peine perdue, ces choses-là
sont ou ne sont pas, se sentent et ne se
dissipent pas. Vous ai-je mise en colère ?
demanda-t-il. Elle fit non de la tête en
se sentant piteuse de ce qui se murmurait sans mot. Il n'aimait pas quand elle
serrait sa bouche de cette façon. Il aurait
voulu qu'elle s'attendrît. Il aimait quand

elle souriait. Il la regarda dans les yeux,
longuement, avec beaucoup d'audace.
Elle était en train de rougir. Tout était dit.

   Alors il reprit les rênes. Tout était dit
mais ce n'était pas si facile. Rien n'était
fait ! En cette matière, passer du dit au fait,
du silence aux gestes, il y a des hommes
qui n'y parviennent jamais, et des femmes
qui s'amusent de rien. Le genre d'allumeuse qui abandonne le feu. Il en avait
connu quelques-unes, mais s'était fait
une spécialité de les dépister aussitôt.
Celle-là n'était pas allumeuse, pensa-t-il,
pas du tout même. Il fallait lui reconnaître cela : elle avait un charme captivant
sans faire de charme. Il se mit à réfléchir
à cela. Mais non, ce n'était pas possible,
elle faisait forcément quelques efforts
pour plaire. D'ailleurs elle n'était pas
naturelle, on voyait bien qu'elle se tenait.
Il l'observa par en dessous. Elle existait.
C'était une femme qui avait une présence. A quoi tenait que l'on fût présent
ou non ? songea-t-il. Elle devait avoir une
vie intérieure, elle avait un être intérieur
puissant. Il avait toujours cru à cela. Alors
il la regarda avec un véritable intérêt. Elle
le ravissait encore mieux quand il rêvait
à elle. Elle l'avait attiré, et maintenant il
était entièrement pris. Il s'extasia : Et elle

était silencieuse ! Elle était capable de ne
rien dire ! N'allait-elle pas dire quelque
chose ? Il attendit. Le silence. Elle regardait les gens qui sirotaient et bavardaient dans la chaleur des pierres. Il
remarqua une fois encore la foule partout. Ils étaient loin d'être seuls tous les
deux. Et pourtant il ne voyait qu'elle ! Je
suis bien pincé, pensa-t-il. Elle n'avait
encore rien dit ? Non, elle regardait ailleurs. Comment s'appellent vos enfants ?
demanda-t-il, pour dire quelque chose. Et
aussitôt il fut horrifié de s'entendre ! Que
racontait-il ?! Il fallait qu'il fût bien inti-
midé malgré tout. On triche parfois tellement qu'on voudrait rire. Il voulait lui
dire J'ai envie de vous, et voilà qu'il lui
parlait de ses enfants ! Et il savait très
bien qu'elle n'en avait qu'un ! Voilà qui
ne lui ressemblait pas. Il n'était même
pas fichu de parler. Il la regarda en souriant parce qu'il avait presque pitié de
lui-même. Elle avait encore les joues
empourprées. Elle n'était pas meilleure
que lui. Ce silence était si électrisé…
Non, ils ne savaient pas encore se parler
et tournaient dans l'inessentiel, pris par
leur secret éventé et trop de regards qui
se croisaient, s'enfuyaient, se cachaient.
Ou bien dans les yeux ou bien à la dérobée : aucun regard n'était innocent. Mais
elle entra dans cette conversation fausse.

Elle n'avait qu'un fils qui se prénommait Théodore. Et votre fille ? demanda-
t-elle avec courtoisie. Car elle était de
ces femmes que la politesse ne rebute
pas, et qui sont capables de faire ou dire
par urbanité les choses les plus dépour-
vues d'intérêt. Ma fille s'appelle Sarah,
dit-il d'abord. Puis il ajouta, comme s'il
se défendait d'un jugement : Mais ce n'est
pas moi qui ai choisi. Il s'expliqua : Mon
épouse a jugé que la grossesse et l'accouchement lui donnaient le droit de pré-
nommer l'enfant sans me demander mon
avis. Et n'aimiez-vous pas ce prénom ?
poursuivit-elle, un peu gênée de ces confidences qui évoquaient sa femme. Pas
tellement, avoua-t-il. Il chercha ce qu'il
voulait dire et ajouta : Pour moi, Sarah
c'est le prénom d'une vieille femme. Il
dit encore : Ma fille a fait disparaître la
vieille femme. Mais la vieille femme a
fait disparaître ma femme ! Ce n'était pas
très clair, mais il était drôle et triste et cet
ensemble chez un homme était émou-
vant. Elle choisit de rire, parce qu'il cherchait de toute évidence à la faire rire. Il
vit qu'elle avait de jolies dents, intactes
comme celles des jeunes enfants. Il vit
que ses yeux devenaient des fentes
noires comme ceux des Chinoises, parce
que ses cils étaient très foncés pour ceux
d'une blonde. Aucun homme n'oserait

répéter assez comme le corps d'une
femme est présent, emporte le morceau
aussitôt ou jamais, se prononce avant le
conquérant, fait des confidences, attire
ou repousse à lui seul le corps d'à côté.
Un corps qui déciderait de tout ! Un
corps ! Cela semblerait si peu… et c'était
pourtant ce qui était là, ce qui bougeait,
ce qui respirait, ce qui diffusait les subtils parfums secrets et tout-puissants : ce
qui le prenait. Il la vit rire. Son nez se
plissait à l'endroit où l'on pose les lunet-
tes. Il aurait voulu cesser de la regarder
de cette manière fascinée, mais il ne pouvait se retenir de le faire. Il était captif de
ce visage. Et celle qui le portait par-devant
elle, comme un filet, savait bien lire cet
infatigable regard. Voilà un homme qui
tombait amoureux d'elle. Elle ne pouvait
pas se tromper. Une partie d'elle-même
s'en réjouissait, une autre était troublée, et
ainsi coupée en deux, entre clairvoyance
et timidité, elle alternait une manière
d'être fatale et une autre godiche. La confusion lui rendait cet homme invisible. Il
n'était pas beau, mais elle ne s'en rendait
plus compte du tout. Parce qu'il ne voyait
qu'elle, elle ne le voyait plus. Cette sorte
d'effroi qui paralyse les proies devant
les prédateurs avait gagné sa pensée :
elle n'avait plus de mots. Elle n'avait que
des émotions. Elle se sentait dépouillée

d'elle-même par un regard. Les femmes
qui sont admirées sans le chercher com-
prendraient cela mieux que celles qui
s'égarent toutes seules dans la frénésie
de plaire. Elles savent combien le trouble
d'être observée empêche d'apercevoir
l'émotion de celui qui regarde. Et les
questions se posaient. Il était amoureux.
Très amoureux ? Pouvait-elle se tromper ?
Se monter la tête alors qu'il se moquait
d'elle ? L'évidence et le doute avaient
commencé une java.

Il la contemplait avec un ravissement
qui s'exprimait en sourire, en amusement.
Oui, il laissait éclater une sorte de bonheur simple et complet qu'il trouvait dans
la contemplation. Elle était assez comblée
elle aussi (elle devait bien sentir comme
son corps était présent). Elle souriait
autant que lui, avec la même malice, qui
la plaçait au bord du rire. Mais, n'était-
ce pas extravagant, elle était pleine de
doutes. Elle ignorait ce qu'il regardait
vraiment, ce à quoi s'attachaient ses yeux
du dedans et son plaisir, et ce par quoi
naissait son désir. Jamais elle ne saurait
voir par ces yeux étrangers. Oui, rien
n'était plus douteux, elle ne savait pas ce
qu'il se disait en l'observant, ou même
s'il se disait quelque chose plutôt que

rien. Elle suçotait le bout d'une paille tout
au fond de cet embarras, elle mettait
de côté la paille et buvait une gorgée,
toute proche de lui, se demandant dès
qu'il ne disait rien à quoi il pensait, s'il
s'ennuyait, ce qu'il voulait. Il était sincèrement pris par elle, enfermé dans le
charme et par nécessité charmeur, pas
joueur ni chasseur pour deux sous, mais
elle n'avait aucun moyen d'en être certaine. A combien de femmes ?... Qu'il
le voulût ou non, son visage était une
enceinte, un masque qui pouvait à tout
moment être suspecté, simplement parce
qu'il avait les moyens de mentir, simplement parce que d'autres avant lui
avaient menti. Elle ne serait jamais
assurée de ce qu'il ressentait, elle ne
cesserait pas d'ignorer en partie ce qu'il
pensait d'elle, au mieux elle feindrait
d'oublier les questions. Est-ce que tu
m'aimes... Ne le répète-t-on pas toute
une vie ? Il faudrait oublier l'opacité, et
tout ce qui sépare d'un autre, et malgré
les gestes et les mots que nous avons.
Car nous avons des gestes et des mots !
Mais ce sont les pensées qui manquent :
on ne sait pas tout se dire, on ignore ce
qu'il y aurait à avouer, on ne peut penser dans le temps qu'il faut pour l'exprimer, tout ce qu'on pense dans le temps
qu'il faut pour le penser. On ne peut

même pas tout se confier à soi-même.
Est-ce qu'il s'amusait d'elle ? Il n'y aurait
pas d'autre lot que celui des conjec-
tures : ressentir, percevoir, deviner, mais
ne pas être certain, installer à l'endroit
de ce qui n'est pas dit le campement de
ses doutes. Est-ce que ce n'était pas
une malédiction que tout en eux fût
clandestin ? Oui, une mauvaise blague,
un jeu faussé, que toute pensée, toute
sensation et tout amour ne soient jamais
qu'enfermés dans la chair, bien au-delà
de la clôture du visage : inaccessible,
improbable, toujours à prouver. Ils étaient
assis l'un en face de l'autre, trop silencieux, pris dans cette malédiction, gênés
parce qu'ils ne pouvaient que croire et
suspecter ce que disait le silence. N'était-
ce pas une condamnation qu'il fallût faire
la preuve de ce qui pouvait être, plus
que toute autre chose, pur et vrai ? Un
désir, un amour. Même cela, il eût fallu le
prouver.

A combien de femmes ? se demandait-
elle en l'écoutant. Comment lui répondre,
lui dire ce qu'il en était et que c'était
autre chose aujourd'hui ? La torture des
êtres sincères n'a pas de fin. Pourquoi
ne pouvaient-ils être là, l'un devant
l'autre, comme des livres ouverts ? se

disait-il, parce qu'il percevait chez elle
une réticence. Elle doutait de lui ! Forcément ! Que savait-elle de lui ? Il aurait
voulu lui dire d'emblée : Je ne joue pas.
Mais il n'osa pas. Ce propos ne s'insérait
pas dans le moment. Elle rêvait en regardant une femme seule à une table, une
femme au bord de l'âge fatal des femmes,
et qui avait commandé un kir royal. La
solitude. La femme au kir royal avait dû
être belle, et ce turban lui donnait beaucoup d'allure. Ne trouvez-vous pas que
cette femme est belle ? dit Pauline
Arnoult. Il fit une moue en balançant sa
tête. Une moue qui voulait dire qu'il ne
pouvait oublier l'âge et apercevoir la
beauté. Et c'est vrai qu'il pensait : Un
peu tapée. Elle fut déçue. Il était comme
les autres, soumis à la fraîcheur. Voilà
pourquoi cette femme était seule, et pourquoi elle-même, dans sa jolie jeunesse,
avait un époux. La compagnie conjugale... on s'en trouvait gâtée au moment
où l'on en avait le moins besoin ; la vie
était faite à l'envers, le bonheur d'une
passion allait à celles qui avaient la jeunesse. A cette idée Pauline Arnoult pensa
à son mari. Elle le voyait réfléchir et
répondre, la première fois qu'elle s'était
laissée aller à évoquer Gilles André, puisqu'elle songeait de plus en plus souvent
à l'obstination silencieuse de ses yeux. Et

le mari disait : Oui, je vois qui tu veux
dire, il divorce je crois. Et elle, l'air de
rien, à parler de cet homme qu'elle rencontrait à l'école et qui avait l'air sympathique. Sympathique ! Oui c'était bien le
mot qu'elle avait employé ! Elle eut honte
à ce souvenir. Et elle continua tout à
coup la conversation sans penser à ce
qu'elle disait : Vous avez divorcé récem-
ment ? dit-elle. Il fut surpris. Comment
savait-elle cela ? On avait dû le dire au
club, les gens parlaient tellement… Tout
de même, elle devait être mal à l'aise
pour poser une telle question. Il paraît !
fit-il. Puis, avec toute la souplesse de sa
voix, il retrouva la douceur : Comment
savez-vous cela ? souffla-t-il dans un sourire triste. Je le sais, dit-elle. Si vous voulez me faire des mystères… murmura-t-il.
Oui je le veux, dit-elle. Elle aurait été
incapable d'avouer la conversation avec
son mari. Et d'ailleurs elle restait muette,
tout interdite. Il s'était quant à lui remis
de sa surprise. Oui, confirma-t-il, je divorce, il paraît que ça avance bien ! Ses
yeux noirs étincelaient, de toute évidence il souffrait beaucoup. Pourquoi
faites-vous semblant de vous en
moquer ? lui dit-elle. Boh ! fit-il. Parce
que j'étais opposé à cette procédure.
C'est ma femme qui y tient. Je la laisse
faire. Mais, dit-il comme s'il tenait à cela

quant à lui, je ne m'occupe de rien. Son
avocate tranche pour tout. Une conviction ranima son visage. Il dit : Je veux
que ma fille ne manque de rien. Et que
ma femme ne se prive pas non plus. Je
ne vais pas me mettre à compter ! Je
vous comprends, dit-elle. Mais elle ne
savait pas quoi dire. Les femmes sont si
dures quand elles croient ne plus aimer,
dit-il, presque pour lui-même. Alors il se
tourna vers elle, sourit et ajouta : Je dis
quand elles croient, parce qu'elles se
trompent souvent ! Elle n'allait pas se
mettre à le contredire à ce moment. Aussi
elle acquiesça, et il se mit à rire en regardant ce beau visage un peu déconfit.
Vous êtes adorable ! dit-il. Et cette fois
elle se rebella : Ne me dites pas cela !
Cela me semble ridicule. Je n'aime pas
quand vous me parlez comme ça. Au
contraire ! fit-il. Vous adorez cela ! Il
s'approcha tout près d'elle : Mais vous
ne voulez pas vous l'avouer…

Il redevint sérieux pour conclure sur
son divorce. Ne parlons plus de cela
voulez-vous bien ? Ce n'est pas un sujet
dont j'aime à bavarder. Afin de la rassu-
rer (non il ne faisait pas de cachotteries,
il était franc comme l'eau), il ajouta : Je
vous ai tout dit. Je divorce, dit-il, comme

tout le monde ! Un pli de lassitude enveloppa sa bouche. Mais pas comme vous,
dit-il après un silence. Cette pensée lui
faisait plaisir. Pourtant – comment se
débrouilla-t-elle ? – elle entendit là-
dedans qu'il le regrettait. Elle fut presque
à croire qu'il lui demandait de divorcer.
Il s'emballa : Je ne sais pas ce qu'elles
ont toutes à vouloir le divorce ! Quelle
idiotie. Dieu sait pourtant que vous n'êtes
pas faites pour vivre seules. Il dit : Vous
les femmes, vous êtes faites pour être
accompagnées. Il aimait par-dessus tout
l'idée d'une femme amoureuse, et c'était
pour se raccrocher à une pureté qu'il
répéta : Vous ne divorcez pas, c'est une
chose très sage. J'aime beaucoup croire
que vous avez plus de sagesse que
d'autres. A nouveau elle entendit ce bruit
de regret, se demandant si elle avait bien
entendu. Et elle n'avait pas bien entendu.
Elle n'avait fait que projeter sa propre
idée, se laisser aller à cette pensée sau-
grenue mais réconfortante qu'un homme
la voulait libre pour l'aimer tout à fait.
Mais alors il dit : Vous ne divorceriez
pas, je suis sûr que vous ne feriez pas
cela ? Et vraiment elle crut qu'elle ne
s'était pas trompée, qu'il lui posait la
question de façon détournée. Or elle
était dans une erreur complète. Il voulait s'assurer qu'elle ne ferait jamais cette

sottise. Elle se heurtait, cette fois sans le savoir, à l'opacité irréductible de l'autre, à la menace de croire à ce qui n'est pas, ou de ne pas croire à ce qui est, de se tromper de profondeur et de couleur. Et d'en pleurer ! Est-ce que les pleurs ne sont pas les derniers mots de l'amour ?!

Comme sont subtils et nombreux, et lourds à porter, nos fourvoiements, nos pensées secrètes, nos espérances inavouées, les gestes que nous attendons d'autrui, ceux que nous retenons, les mots que nous voulons entendre, ceux que nous entendons et qui n'ont pas été dits ! Et c'est dans le désordre qu'ils sèment en nous que nous nous donnons pourtant la réplique, sans rompre le cours de la conversation du dehors, et taisant résolument celle du dedans, que nous menons avec nous-mêmes, et qui fait de nous des menteurs. Il y avait une chose qu'à cet instant elle ne s'était pas encore avouée (ce pourquoi elle se trouvait là, à l'insu de son époux, à l'insu de tous), et le secret qu'elle s'en faisait conditionnait sa façon d'entendre ou de parler. Elle était déséquilibrée par ce secret. Il aurait fallu être transparent. Voilà ce qu'elle croyait. C'était impossible, ou c'était idiot. Mais elle tenta l'impossible.

Elle dit ce qui paraissait la chose la plus stupide que l'on pût dire, elle dit : Pourquoi vous ai-je suivi ? Pourquoi suis-je là avec vous ?

C'était vraiment venu comme un cheveu sur la soupe. Elle s'était peu à peu agacée de se voir en plein marivaudage et elle avait parlé dans la précipitation de l'émotion. Oui, fâchée de s'observer de l'extérieur dans ce jeu et de savoir qu'elle le goûtait, elle avait posé cette sotte question. Comme elle minaudait ! Et tout cela pour travestir l'instinct, ce tressaillement intime qui n'était qu'une injonction ! Mais oui. N'était-ce pas ce qu'elle faisait ? En somme elle était déjà amoureuse et elle ne voulait pas se l'avouer. Elle le savait et elle ne le savait pas. Elle prenait à l'atermoiement et à la séduction le même plaisir qu'à l'issue. Elle était joueuse et captive et coupable, tout cela ensemble, c'est possible. Pourquoi suis-je venue ? disait-elle. Elle lui posait la question qu'elle refusait de se poser. Elle se sentit stupide et fausse, et désolée puisqu'elle ne se croyait ni l'un ni l'autre. Ce silence électrique et maintenant cette question ! Elle était si perdue qu'elle la répéta : Pourquoi vous ai-je suivi ? Il lui sourit comme un monsieur âgé à une jeune

fille. Elle était charmante dans la petite
rougeur embarrassée ! Il allait lui répondre à cette mignonne. Il trouva une
réponse. La voix d'alcôve murmura :
Parce que ce n'était pas compromettant.
Et c'était presque une question qu'il lui
posait. Une question qu'elle n'écouta
pas, parce qu'elle était si éparpillée par
ses perceptions. Elle pouvait sembler
idiote ou niaise à ce moment, toute jolie
dans son extrême jeunesse, et à vouloir
ainsi d'emblée dire les choses qui ne se
disent pas, les choses qui valent de rester tues, et peut-être grâce à cela, à demi
sues, à demi rêvées. La cachotterie qu'elle
se faisait la rendait brutale. Elle ne faisait qu'entrer dans le besoin de dire.
Les choses dites sont moins incertaines
que celles qui ne le sont pas. Mais
pouvait-il seulement répondre, révéler
abruptement son désir, et le ravissement, et l'immémorial dessein ? Dire
tout de go : Nous sommes là parce
que j'ai envie de coucher avec vous et
que vous allez être d'accord. Ou bien
être un peu plus chantourné et murmurer tout bas : Nous sommes là pour nous
séduire, nous sommes là parce que vous
me plaisez, parce que je pense à vous
sans arrêt, parce que j'ai dû tomber
amoureux et que je vous plais aussi,
même si vous trichez en feignant de

l'ignorer. Non, il ne pouvait pas dire
ces mots. Ça ne se faisait décidément
pas. Pourquoi donc ? Il n'aurait pas su
l'exprimer, mais c'était à ne pas dire,
pas maintenant. Elle n'aurait pas aimé
cela. Et pourtant s'il parlait, à l'instant
tout serait clair. Un immense regret le
traversa. Les mots étaient en lui et il ne
les disait pas. Il connaissait la réponse
et il répéta la question. Perroquet et
menteur : Oui, pourquoi ? Pourquoi
sommes-nous ensemble ? répéta-t-il en
se balançant sur sa chaise. Ses yeux
riaient. Il était un écho ironique. Et tous
deux ne pouvaient que rire de ces questions dont ils avaient les clefs, dans leurs
jambes (dérobées sous eux) et dans
leurs yeux (aimantés), et tous deux
sachant qu'ils les avaient. Ce qui donne
la fièvre, c'est peut-être ce savoir gardé
comme un secret idiot. Et donc bien sûr
ils s'amusèrent ensemble, une fois de
plus. Le rire était au cœur de leurs mani-
gances galantes. C'était leur gêne, le bruit
de leur déloyauté, parce que le sens des
mots et des gestes avait beau être évident, ils faisaient mine, en pleine cour
amoureuse, de ne pas entendre en eux
le grand tintamarre du sang. J'ai un
cadeau pour vous, dit-elle en ouvrant
son sac. Pourquoi avait-elle eu envie
de lui faire un cadeau… C'était une autre

des questions auxquelles elle se refusait
à répondre. Aussi elle rougit en lui tendant ce qui devait être un livre. Où cela
nous mènera-t-il ? dit-il. Ils riaient de
nouveau, parce qu'il n'y avait pour eux
rien d'autre à faire. Un chemin s'ouvrait,
se mentir un moment pour l'élégance,
en rire pour l'intelligence, s'avouer tout
et se laisser aller. Il essaya d'imaginer le
corps qu'elle avait. Il n'y parvenait pas.
Le visage était trop présent. La magie
fabriquait un tabou. Mais cela cesserait.
Il le sentait dès qu'il était très près d'elle
parce qu'il aimait son odeur. Oui cela
cesserait. Le soleil avait disparu derrière
les toits.

Ils continuèrent encore un moment de
bavarder, assis l'un à côté de l'autre dans
des postures très différentes, elle, les
jambes croisées sous le tissu léger de sa
robe, le buste un peu replié vers son
verre et la petite table ronde, lui, appuyé
au dossier de sa chaise, jambes ouvertes,
plus détendu qu'elle à ce moment, parce
que leur proximité physique la gênait. Il
y avait un va-et-vient continu aux ter-
rasses, les gens se levaient, d'autres arrivaient. Il se mit à poser de nombreuses
questions, les plus simples, qui lui don-
neraient une idée du genre de vie qu'elle

menait. Il avait oublié beaucoup des choses qui préoccupent les débuts de l'âge adulte, et de surcroît il était un homme, mais il essaya de s'approcher d'elle. Qui garde votre fils ce soir ? demanda-t-il. Il est chez ma mère, répondit-elle. Vous travaillez ? Quel métier faites-vous ? Ah ! dessinatrice ! On gagne sa vie en dessinant ! Des papiers peints ! Je n'y aurais pas pensé, dit-il. Mais il en faut, dit-il. Le silence guettait tous les instants. Il faisait vraiment la conversation. Quelle est votre couleur préférée ? demanda-t-il. Elle jugea que c'était une question originale et le lui dit : Personne ne m'a jamais demandé cela ! Alors je suis un homme heureux ! dit-il en entrant dans ses yeux. Voilà que vous exagérez de nouveau ! protesta-t-elle. Je m'arrête ! C'est promis ! dit-il en riant. Et comme elle riait aussi : Je m'arrête ! répétait-il. Mais voyez comme je vous fais plaisir ! Il était bien trop hardi et clairvoyant pour qu'elle ne rougît pas un peu. Il y eut un silence. Puis il reprit les questions. Votre mari, que fait-il dans la vie ? D'où êtes-vous originaire ? Et encore : Aimez-vous vivre ici ? Depuis combien de temps êtes-vous mariée ? Où aimeriez-vous habiter ? Aurez-vous beaucoup d'enfants ? A cette question elle devint toute rouge. Avez-vous encore vos parents ? demanda-t-il.

Puis se rappelant que le fils était chez la
mère : Bien sûr, suis-je bête, j'oubliais
que votre fils est chez sa grand-mère. Et
votre père ? Est-il encore en activité ? A
l'étonnement qu'elle eut, il comprit que
c'était une question de vieux, et elle était
si jeune, évidemment qu'elle avait des
parents actifs ! Alors il sourit pour dire
banalement : Et que disent-ils d'avoir
une fille aussi jolie ?... Je suis sûr qu'ils
sont très fiers de vous, murmura-t-il.
Mes parents sont merveilleux, dit Pauline Arnoult. Lorsque j'étais enfant, nous
habitions une grande maison près de
L'Isle-Adam... Elle se raconta sans
détours, dans un flot de sourires. Puis
elle dit : Et vous ? Ce fut son tour à lui
de se dire. Il fut beaucoup plus discret
qu'elle. Elle sentit qu'il taisait l'essentiel
qui était (elle le pensa) son goût des
femmes, mais elle ne chercha pas à
savoir ce qu'elle ne voulait pas découvrir.
Ils connurent donc de l'autre la vie faite
de détails. Et cela ne changea rien. Il sentit même une recrudescence de son désir
lorsqu'ils parlèrent du mari. On peut dire
qu'il s'amusa en secret. Elle avait rosi
dans l'ardeur mise à parler, et il la trouva
encore plus jolie sous ce teint coloré
qui est le teint du plaisir. Elle s'adossa
à sa chaise. C'était la première fois qu'ils
étaient pareillement assis. Et elle fut

capable de se taire sans frémir, de sourire, de le regarder. Comme si parler
défaisait un nœud, comme si les mots
apportaient le calme, substituaient à une
défiance originelle l'apaisement, la plati-
tude des choses révélées.

2

C'était cette même fin de jour emmante-
lée de soleil et d'été, et ils parlaient, dans
la salle de bains où ils s'apprêtaient, des
personnes qui viendraient à cette soirée.
Le mari se réjouissait d'y aller (les hommes regarderaient ensemble un match
de boxe qui promettait d'être un beau
combat), son épouse avait une appréhension. Elle n'aimait pas cette idée de
séparer les hommes et les femmes. Non,
répétait-elle, ce n'est jamais une bonne
idée. Car les mères entre elles se mettaient
toujours à parler de leurs enfants (et elle-
même n'en avait pas), pendant que les
pères de leur côté se laissaient aller à
rire pour des bêtises, puis des obscéni-
tés. Ces soirées ne rimaient à rien ! Et
elle n'avait pas besoin d'être devin pour
savoir de quoi parlaient les hommes ! On
parle de vous ! dit Guillaume Perdereau

à son épouse. Il riait mais pas elle.
Alors il dit : Mais non ! tu sais bien qu'on
parle de boulot. C'était une époque de
travail intense pour les élites. Les hommes
donnaient leur vie. C'était peu dire qu'ils
ne voyaient pas leur famille. Et d'ailleurs
Louise dit : Vous rentrez tard toute la
semaine et le vendredi soir vous partez
de votre côté raconter des âneries ! Elle
repensait à quelques dîners récents.
Comme on est médiocre dans ces soirées ! pensa-t-elle. Elle n'arrivait plus
à perdre son temps de cette façon. Elle
avait besoin de réaliser quelque chose.
Ou alors elle voulait de la chaleur humaine, pas des rigolades superficielles
et des mondanités. Le tête-à-tête, voilà
ce qu'elle appréciait de plus en plus. On
peut parler, on découvre vraiment une
personne. Je n'aime plus ce genre de
fête, dit-elle. A quoi le mari répondit :
Tu le dis à chaque fois et ensuite tu es
contente. Il avait raison. Elle secoua la
tête et dit : C'est vrai. Je suis contente
parce que je ne peux pas m'empêcher
d'être touchée par les autres. Et je m'aperçois à quel point nous nous entraidons.
Simplement le fait de se tenir les uns à
côté des autres. Mais pour ce soir ce qui
m'ennuie c'est qu'on ne soit pas ensemble justement. Et tu n'as pourtant pas
envie de regarder le match avec nous ?

dit-il. Elle secoua la tête. Il ne voyait
pas plus loin que le bout de son nez :
il ignorait quelles conversations ont les
femmes, il ne remarquait même pas
qu'eux, les vieux amis, parlaient toujours
des mêmes choses et de la même façon.
En somme il était un viveur : juger de ce
que l'on fait ou dit l'intéressait bien moins
que le plaisir de le faire ou dire. Quant
aux problèmes psychologiques ou intimes
(car c'était bien de cela qu'il s'agissait)
de celle qui partageait sa vie, il croyait en
prendre sa part et se montrer attentionné,
il essayait de l'être, et sans doute parce
qu'il se donnait cette peine croyait-il
y parvenir. Mais c'était une illusion. Il
n'avait aucun don pour comprendre la
douleur que c'est de ne pas être comme
les autres : de ne pas être une mère.
D'avoir le ventre plat quand d'autres se
plaignent de grossir trop vite, d'être libre
quand elles vont chercher leurs enfants
à l'école, et d'entrevoir qu'au bout de
cette vacance on sera seule pour vieillir.
Puisque, comment ne pas y penser, les
maris meurent avant les épouses, et les
veuves vieillissent seules, peut-être même
sans personne pour les trouver mortes,
dans ce nid qui est à demi sale parce
qu'elles n'y voient plus rien. Elle soupira. Tu peux venir si tu veux ! dit-il avec
insistance. Et il répéta : Personne ne

t'oblige à rester avec les femmes. Je sais,
dit-elle, mais je n'ai pas envie non plus
d'être seule au milieu des hommes. Il
leva les bras en l'air et les laissa retom-
ber. C'était juste le moment où Pauline
Arnoult réfléchissait aux gestes qu'elle
faisait et décidait de ne plus sautiller.
Alors là ma chérie que veux-tu que je
te dise ! dit Guillaume Perdereau.

Il avait des oreilles très décollées et cela
n'eût été qu'un détail si le reste de son
visage avait conçu quelque harmonie,
mais il était assez contrefait, des traits
épais, une grosse tête, et l'on eût dit que
dans cet ensemble rude chaque imperfection était accrue de toutes les autres.
Une énorme tête et un cou de taureau !
Louise le pensait presque chaque fois
qu'elle l'observait. Mais elle l'aimait. Il
était intelligent et romantique. Cela semblait étonnant, mais il l'était. Quand il
serrait les dents, gonflait ce cou d'où sail-
laient les veines et les tendons, elle riait
et l'embrassait. Il arrivait qu'un geste
en public se chargeât de montrer qu'elle
l'aimait. Et il était heureux de présenter
cette jolie jeune femme. Il se plaisait à
être avec elle. Viens avec nous voir le
match ! insista-t-il. Oh non ! dit-elle. Je
n'ai pas envie de vous voir hurler devant

un poste de télévision. Il avait entrepris
de se raser et elle eut pour toute réponse
le bruit du rasoir électrique. Elle était
pieds nus et habillée d'un kimono délavé,
ses cheveux dénoués avaient été brossés
et restaient un peu électrisés au-dessus
de l'encolure, elle avait fini de se maquil-
ler et s'en alla dans le couloir chercher
une robe. Louise ! appela-t-il. Quoi ?
répondit-elle. Le son de sa voix était
assourdie parce qu'elle parlait dans son
placard. Est-ce que je mets une cravate ?
dit-il. Pas pour aller voir un match de
boxe ! dit Louise. Tu as raison, dit-il, je
n'y pensais plus. Moi si ! dit-elle ironiquement. Cela t'ennuie vraiment à ce point !?
dit-il. Il était réellement étonné, parce
qu'une contrariété si minuscule ne l'aurait pas tant que cela occupé. Jamais il ne
se ferait à cette manière qu'avaient certaines femmes de vouloir tout régir, et
que la vie ressemblât à chaque instant,
sans trêve, exactement à ce qu'elles désiraient. Sa première femme avait été un
despote, et il avait imaginé que Louise
serait plus facile à vivre. Mais il finirait
par croire que, facile à vivre, personne
ne l'est, au lieu de percevoir (comme il
l'aurait pu) qu'il choisissait toujours le
même type de femme. Car son être,
comme beaucoup d'autres, n'était capable
de saisir qu'un seul type de charme. Il

interrompit ses préparatifs et vint se planter devant sa femme. Quelle soirée voulais-tu passer ? demanda-t-il, tout geste suspendu, et la regardant, las de ces discussions mais obligé de les mener, parce qu'il ne voulait pas laisser tomber contre elle. Que nous restions ici tous les deux ? demanda-t-il. Elle sembla acquiescer, mais en réalité ne savait quoi lui répondre, ignorant ce qu'elle aurait aimé. Il arrivait souvent qu'elle sût ce qui lui déplaisait sans rien savoir d'autre. Il était agacé par cette posture de refus simple. Quand on n'a envie de rien, dit-il, on peut laisser les autres choisir ce qu'ils veulent. Il laissait délibérément pointer son mécontentement. Louise s'était aussitôt renfrognée. Sans plus lui prêter la moindre attention, elle fit glisser les cintres sur la tringle pour attraper une robe. Elle était vexée, parce que pour cette fois elle voyait qu'il avait raison. Elle pensa sans le dire qu'elle avait mauvais caractère. Elle était capable d'imaginer son propre visage, buté, et elle se mit à rire. Pardon, miaula-t-elle en se retournant vers lui comme une chatte, je suis une emmerdeuse !

Il avait quinze ans de plus qu'elle, c'est-à-dire qu'il avait dépassé la première

moitié de sa vie, alors qu'elle passait par
l'épanouissement de la trentaine (bien
qu'elle ne fût pas tout à fait épanouie).
Côte à côte, dans l'intimité, par exemple
là pendant qu'il était plié en deux pour
attraper un peigne et qu'elle ne savait
pas comment s'habiller, la différence
d'âge était très apparente. Son corps à
lui avait commencé de déborder, il était
un peu ventru, on devinait qu'il ferait un
vieux corps gonflé par la vie plutôt que
desséché. Il n'était pas le genre d'homme
à se surveiller, il était le genre à vivre : un
heureux. Tandis qu'elle était une ardente.
L'anxiété la brûlait. L'anxiété de quoi ?
disait-il. Elle se rongeait les ongles.
Arrête ! disait-il quand il l'entendait faire.
Elle posait ses mains sur ses cuisses de
rien du tout. Ses poignets blancs étaient
si fins ! Je pourrais te casser comme un
rien ! disait-il en les serrant. Elle était
maigre mais pas osseuse, pas mince non
plus, une vraie maigre qui se consumait,
c'était un tempérament, le feu tremblant,
un fond de malheur aussi dans tout
cela. C'était peut-être par là qu'il avait
su lui plaire : cette force de vie en lui,
elle était fascinée, elle s'accrochait, elle
voulait monter dans ce bateau. Elle avait
su rigoler et s'amuser ! Avant de s'étio-
ler dans ce désir d'enfant inassouvi,
elle avait bien eu l'allure de la jeune

maîtresse qu'elle était pour lui. Le choix
qu'il avait fait en la courtisant était un
choix purement sexuel. Aucun d'eux
– pas plus elle que lui – n'avait alors
imaginé qu'il quitterait sa femme. Louise
était une escapade. Et l'expérience lui
avait enseigné ce que c'est qu'une échappée pour père de famille : une aventure
dont on revient. Elle n'attendait rien.
Mais lorsqu'il avait cru découvrir qu'elle
n'était pas tyrannique il l'avait épousée.
Il avait tout quitté, les enfants, la mère,
tout. Louise n'avait pas mesuré, elle n'était
pas mère de famille, elle avait même un
peu méprisé l'épouse délaissée qui faisait du chantage au suicide et plus que
du chantage… Elle avait acheté le tailleur
blanc et elle était à la mairie avec ce
viveur très amoureux. Il la couvait des
yeux comme si elle avait été la première.
Ce serait sa troisième et dernière femme,
et l'idée qu'il ne pouvait plus se permettre de rater l'avait alors effleuré. Mais
c'était une vilaine pensée, car il s'agissait
d'argent plus que de sentiments : il avait
deux familles à sa charge, deux épouses
et trois enfants. Lorsqu'on a laissé cela
sur le bord de sa vie, l'amour qu'on avait
conçu, les mots qu'on avait dits, les caresses données et reçues, c'est le début de
l'errance, le cœur sait qu'il n'a fait que
briser ses promesses, il se prend aux

aventures au point d'en oublier tous les
prix. Louise n'ignorait pas l'exact rapport de leurs forces. Elle pouvait le
quitter, à tout moment refaire sa vie
avec un homme, pour Guillaume c'était
en somme, si l'on calculait bien, sa
dernière vie conjugale. Elle se regarda
dans la glace. Les fécondations artifi-
cielles avaient gonflé son ventre. Je
suis difforme, pensa-t-elle. Guillaume
ne supportait pas qu'elle fût si stupide.
Quand on avait la chance d'être jolie, on
avait la décence de ne pas se lamenter.
Mais elle ne se plaignait pas, elle consta-
tait simplement, et elle admettait qu'une
fois habillée elle semblait parfaite.
Comme les gens qui sont laids habillés
doivent être vilains lorsqu'ils sont nus !
pensa Louise. Elle enfila un vêtement
coloré. Elle est nouvelle cette robe ? dit
Guillaume. Ce n'était qu'une manière
de renouer un dialogue, car il avait déjà
vu cette robe dix fois. Tu ne l'aimes pas ?
dit-elle. Si si, beaucoup, dit-il, mais je
me disais que je ne l'avais jamais vue. Tu
ne me regardes pas, commença-t-elle
d'une voix mécontente, puis métamor-
phosée sans qu'il sût comment : Me
regardes-tu ?! dit-elle avec une voix de
jeu. Me regardes-tu ? Je l'ai déjà mise
dix fois ! Elle riait. Il respira. (Qu'on se
l'imagine lui, comme tous ces hommes

qui sont un peu plus falots devant leur
femme, non parce qu'ils auraient réellement peur, mais parce que c'est avec
elle qu'ils vivent, et qu'ils fuient les con-
flits.) Oh ! les disputes l'épuisaient, il ne
voulait plus se gâcher la vie pour des
idioties, mais Louise était reine pour
cela et il finissait par tout faire pour éviter les scènes et la contenter. Et ainsi elle
gagnait. Voilà comment le mauvais caractère avait raison de l'esprit pacifique.

3

Où voulez-vous que nous dînions ?
demanda-t-il. Ah ça ! fit Pauline Arnoult.
Ce sera à vous de choisir, je n'ose jamais
décider pour un autre. Qu'aimeriez-vous
manger ? demanda-t-il. C'est égal, j'aime
tout, dit-elle. Elle se mit à rire en parlant :
Je vais vous suivre à la trace, vous me
transporterez comme un paquet ! Elle
était provocante en s'amusant, et peut-
être pour achever de se détendre. Sa
manière d'être en face de lui était un
étonnant mélange de grâce, d'audace, et
d'attente ; la fusion d'une grande nature
loyale et d'une vraie féminité. Savait-elle
qu'elle était provocante ? se demanda-t-il.

Il commençait de la découvrir davantage
et de s'interroger : Serait-elle joueuse ?
Ce ne serait pas étrange. Elle était venue.
Elle était belle, forcément habituée à
être courtisée. Elle avait un mari. Et elle
était à la fois timide, rieuse, piquante.
Allons dîner maintenant, dit-il, en recu-
lant vivement sa chaise pour se mettre
debout, il est tôt mais de cette façon nous
aurons plus de temps pour nous connaître. Elle fut gênée par cette mention, le
nous et la gourmandise. Aussi eut-elle un
petit geste de main dans les cheveux,
avant de tripoter son écharpe. Serait-elle
joueuse ? se demanda-t-il encore une fois.
Il se leva dans ce songe, dans le mystère
de ce qui fait marcher les autres. Ses yeux
passèrent sur deux escarpins blancs
sans talons qu'elle portait, sur le plume-
tis jaune de la robe, et remontèrent jusqu'au visage qui n'était plus doré. C'est
alors qu'il nota la disparition du soleil.
Vous n'avez pas froid ? demanda-t-il. Et
se disant : Pourquoi est-ce que je lui
demande ça ? Il mourait de chaleur. Cette
femme le rendait idiot. Non, pas du tout,
dit-elle. Avez-vous froid ?! s'étonna-t-elle.
Non ! dit-il. Mais vous me faites dire des
bêtises, dit-il avec une honnêteté calcu-
lée qui lui tira un sourire. Elle surmon-
tait une timidité ce qui la rendait presque
effrontée, et elle le regardait en plein

visage, et elle était de toute évidence heureuse d'être là avec lui. Oh ! elle n'avait qu'une seule raison d'être là près de lui et elle resplendissait le désir et, se disait-il, voilà maintenant qu'ils allaient dîner, au lieu d'étinceler dans l'autre et sa nuit, et dans la nuit de soi-même, sans parler, ni manger, ni boire. Il pensa : Nous sommes sans surprise, nous sommes timorés, je le suis. Pourquoi le suis-je tant ? J'ai peur de lui prendre le bras, je n'ai pas le courage, ni l'audace ou la simplicité, de déposer mon désir entre ses mains. Nous sommes obéissants.

Il s'absorba dans cette pensée : Nous sommes très obéissants. Et elle l'est aussi. Oh oui ! elle était très obéissante, et de ce fait, hélas !, affreusement prévisible. Et comme beaucoup de femmes, elle se réjouissait de peu, alors qu'elle avait envie de l'homme entier ! Que c'était stupide. Une fois de plus, il se demanda : Pourquoi les femmes pour la plupart préfèrent-elles les atermoiements à l'immédiateté d'une étreinte ? Pourquoi refusent-elles si souvent de s'éployer sans manières ? Il n'avait jamais possédé de réponse satisfaisante. Elles se donnent, c'est ce qu'on dit toujours, mais, pensait-il, en quoi se donnent-elles

tellement plus que nous, elles ne sont
pas sans désir, elles nous prennent bien
un peu. Elles nous utilisent même,
songea-t-il. Sa femme ne l'avait-elle
pas utilisé comme étalon, histoire de
faire un enfant ? Parce que cela, un
enfant, elles ne pouvaient pas le faire
toutes seules… Elles ne pouvaient que
se l'approprier. Il pensa cela dans un
frémissement. Les femmes pouvaient
le mettre en colère. Toujours gagnan-
tes ! Et quelles coquettes ! Elles aimaient
se faire désirer, être patiemment courtisées. Celle-ci, comme les autres, était
ravie de ce qu'il lui fît la cour. S'il se
laissait aller, il en concevrait une incroyable lassitude. Il se tourna vers elle et
l'observa. Elle était très raide, elle marchait comme une poupée dont on aurait
remonté la clef au cœur du dos. La
maladresse ou la timidité en elle le
touchaient. Il ne trouvait pas cela niais,
il trouvait cela émouvant, cette beauté
débutante et troublée de découvrir son
pouvoir. Une grande pureté venait à
cause de cela dans leur rencontre.
C'était ce qu'il ressentait. Il aimait aussi
qu'elle ne fût pas divorcée, comme tant
d'autres, et qu'elle semblât même avoir
tissé une harmonie familiale autour
d'elle, une grâce qui se voyait sur son
enfant. Elle était si jeune ! Voilà ce qui

était bon et réveillait son élan, deviner
qu'elle n'en était qu'à ses premiers
jeux.

Cette fille fait de moi un vrai soupi-
rant ! pensa Gilles André se moquant de
lui-même. Et je la trouble terriblement.
Elle est un peu perdue. Elle ne sait pas
ce qu'elle doit faire. Et lui pourtant qui le
savait si bien ! Alors il dit : Nous sommes
sans surprise. Il semblait l'annoncer.
C'était un regret, un aveu, un appel, une
espérance, une folie. Pourquoi dites-vous
cela ? demanda Pauline. Il se taisait dans
une moue ironique. A votre avis ? dit-il
en la regardant dans les yeux. N'ai-je
donc pas raison de le dire ? Elle comprit
très bien ce qu'il voulait dire, de quels
jeux, de quelle attente polie ils se
payaient, et quelle tricherie c'était de se
complaire à croire que serait possible
pour eux autre chose que l'intimité.
Elle se sentit surtout l'accusée. Accusée
de féminité maniérée. C'était vrai, elle
minaudait et faisait des manières, elle
jouait parce qu'elle avait peur. J'ai peur
parce que ce n'est pas un jeu, pensa-
t-elle. Est-ce qu'on plaisantait avec le
chambardement du désir ? Elle ressentait
l'émoi du saisissement amoureux devant
un homme qu'elle ne connaissait pas.

Elle faisait peut-être des manières, mais
pouvait-elle se jeter à sa tête ! Quel
moyen avaient-ils de trouver le raccourci
sans perdre l'élégance ? pensa-t-elle en
guise d'excuse. Je n'aime pas que vous
disiez cela, dit-elle. Prouvez-moi que j'ai
tort, dit-il. (Et voilà qu'il trouvait tout à
coup un raccourci.) Et il répéta : Nous
sommes sans surprise. Elle le laissa dire
(pensant : les femmes n'aiment pas les
raccourcis) et il eut un rire, mais un rire
généreux, comme s'il l'avait un peu
coincée dans sa coquetterie et qu'il lui
pardonnait. Oh ! elle détesta ce sentiment d'être dominée par surprise ! Ses
joues s'enflammèrent d'un seul coup. Et
elle regrettait de rougir, elle ne voulait
surtout pas révéler sa confusion, ignorant cette fois encore ce qu'il ressentait
si près d'elle, et comment alors elle lui
plaisait davantage. Car il la trouva vraiment désirable. Parce qu'elle était son
genre de beauté, et bien plus que cela,
une odeur, une peau, un secret, qui
étaient faits pour lui plaire, qui venaient
s'ajuster point par point à son désir, et
sans qu'il sût rien de ce point par point,
de ce désir. Et c'était pour elle le même
paroxysme d'une affinité amoureuse :
celle qui lasse ce qui en nous essaie de
comprendre, et subjugue ce qui essaie
de sentir. Il ne fallait pas tenter de parler,

il fallait garder tue cette langueur partagée. Comme ils étaient silencieux ! Assommés. Elle songea que l'absence d'avenir et la déraison d'être là tombaient en voile noir sur l'enjouement de la rencontre. Il faudrait se quitter. Son ardeur, à cette perspective, ruisselait au-dedans d'elle en mélancolie. Il eût fallu disparaître, s'éclipser immédiatement hors du charme, rompre l'enchantement pour ne pas éprouver les souffrances promises aux amants séparés. Pourtant ils demeuraient, déjà liés, et marchant maintenant plus perdus qu'ils ne le croyaient, moins maîtres que serviteurs d'un élan, et oublieux de tout ce qui leur était un sort : leur mort à venir, leur vie qui était en marche, leur passé rempli de gens aimés, leur corps indépendant.

Il y a peut-être des destins scellés, des amours écrites. On le dit sans y croire. Du moins y a-t-il tant d'hommes, tant de femmes, et tant d'alliances possibles, que des rencontres se font sans arrêt, si inévitables qu'on les dirait prédestinées. Ici ? demanda Gilles. Cela vous convient-il de dîner ici avec moi ? Ils passaient devant une belle brasserie. Il s'arrêta pour consulter la carte et regarder à l'intérieur si la salle était spacieuse. Cela

me convient très bien, dit-elle. Sa
silhouette semblait une flamme. Pour
la première fois il se représenta le corps
qu'elle avait. Tout en membres, pensa-
t-il. J'aime beaucoup votre robe, lui dit-il.
Je l'aime aussi, dit-elle, avec la simplicité
qu'elle était justement en train de perdre
dans l'euphorie de plaire. J'aime le jaune,
je vous l'ai dit. Elle eut un magnifique
sourire qui dévoilait les dents du bonheur. Son visage était éclairé par le
plaisir. Sommes-nous donc si seuls, et
même lorsque nous sommes aimés, que
la moindre des complicités galantes nous
éclaire et nous comble ? Ses hanches
chaloupaient doucement tandis qu'elle
le laissa entrer avant elle dans le restaurant. Ses yeux brillaient comme s'ils
avaient été pleins de larmes. Elle glissa
une main dans ses cheveux parce qu'elle
était gênée des regards qui se tournaient
vers eux, et de montrer le couple qu'ils
formaient, ou peut-être seulement de
former ce couple. Le maître d'hôtel disait
monsieur, madame, comme s'ils étaient
des époux. Pauline Arnoult regarda le
pas décidé de Gilles André. Elle se laissait aller à lui faire de plus en plus de
charme. Car oui, il y a un acquiescement,
et elle venait bien de décider de tomber
amoureuse. D'être regardée, d'écouter,
de rire, d'enjôler, de se griser, de rester

là, d'attendre. Et lui, corrompu de fièvre contenue, était aux aguets, dans ce
moment plein de signaux, de mots recé-
leurs et d'écueils. Quels instants, dans
l'ordre des choses gaies, réclament
plus de justesse qu'une rencontre amoureuse ?

4

C'était le moment où Gilles André disait,
avec son pli de lassitude à la bouche : Les
femmes sont si dures lorsqu'elles croient
ne plus aimer. Et Guillaume Perdereau
essayait d'adoucir Louise en demandant :
Elle est nouvelle cette robe ? Dans une
autre salle de bains, une autre jeune
femme se préparait pour la même soirée. Elle aussi cherchait une robe appro-
priée, se maquillait, se parfumait, et
s'habillait, aux côtés d'un homme qui
partageait sa vie. A l'instant elle brossait
vigourcusement un buisson noir de cheveux frisés et demandait à son mari : Qui
sera là ce soir ? Tout le monde je crois,
disait le mari (qui se prénommait Jean).
Elle n'avait pas cessé de tirer sur ses cheveux avec la brosse. Qui tout le monde ?
dit-elle. Comme d'habitude, dit-il. Et il fit

la liste pour elle. Guillaume et Louise,
Eve et Max, Tom et Sara, Pénélope peut-
être, Mélusine et Henri, Gilles et Blanche, Pauline et Marc. Gilles et Blanche ?
dit Marie, étonnée. Tu crois qu'ils viennent ensemble ? dit-elle. Pourquoi pas ?
dit-il. Tu ne sais pas qu'ils divorcent ?
dit Marie. Non, dit Jean, je l'ignorais.
Ça alors ! pensa-t-il sans dire un mot. Il
cherchait la clef de cette rupture. Il a
rencontré quelqu'un d'autre ? demanda-
t-il à sa femme. Non, dit-elle, je ne crois
pas. Pourquoi demandes-tu cela ? ajouta-
t-elle, sur un autre ton. Elle s'était tour-
née vers lui et dit : Il y a d'autres raisons
de se séparer. Ils ne s'entendent plus,
voilà tout. Elle le lui disait avec vigueur
et agacement. C'était pour elle une chose
importante. Oui il y avait bien des raisons de divorcer. Et c'en était une vraie
pour briser un amour que d'en découvrir un autre et retrouver la ferveur du
début, perdre la tête à nouveau. Et celui
qui était quitté n'y était alors pour rien.
Mais elle voulait croire que ce n'était pas
la seule éventualité. Et d'ailleurs, dit-elle,
c'est Blanche qui veut divorcer. En tout
cas Blanche vient ce soir, elle m'a téléphoné ce matin pour me le dire, dit-il.
Elle t'a téléphoné ce matin pour te le
dire ! dit Marie. En l'honneur de quoi elle
te téléphone au bureau ?! dit-elle. Et moi

qui évite de te déranger même quand
j'en aurais besoin ! Elle avait endossé
l'habit de l'épouse mécontente et du
courroux : la légitimité outragée. Il essaya
de calmer le frisson : Ça a duré deux
minutes ! dit-il. Elle m'a rappelé qu'il
y avait cette fête ce soir et qu'elle viendrait, c'est tout, rien de plus. Il avait ce
ton qui est un mélange de supplique,
de regret et d'irritation devant la bêtise,
lorsque semble venir une discussion
idiote et stérile. Je n'avais pas oublié, dit
Marie, ce n'est pas parce qu'elle n'a plus
de mari qu'elle doit se mettre à te téléphoner. Il soupira. Ne sois pas ridicule,
dit-il, et surtout ne sois pas méchante.
Elle ne le mérite pas, dit-il gravement.
Cette compassion pour une autre acheva
d'enflammer son épouse. Il s'en rendit
compte mais le mal était fait. Il fallait
qu'il scie le mauvais cours de cette
conversation. Mais ma parole, dit-il, tu
es jalouse ! Oui, dit-elle, voilà ! je suis
jalouse, et j'ai le droit, et tu supportes.
Comme elle était maligne ! pensa-t-il,
de ne pas se défendre et d'imposer sa
jalousie en la reconnaissant.

Ne te fâche pas ! supplia-t-il sans réussir à ne pas rire. Marie ! Il s'approcha
d'elle et la prit par les épaules. Ah non !

fit-elle en riant aussi. Ne me touche
pas ! Arrête-toi ! supplia-t-il. Puis, comme
elle ne répondait que par une moue, il
dit : Que crois-tu ? Que Blanche me fait
du charme ?! Que j'ai envie d'avoir une
aventure avec elle ?! dit-il en la taqui-
nant. Je ne demande qu'une aventure
avec toi ! dit-il. Mmm ! fit-elle. Il cria :
J'aime Marie Def ! Je n'aime qu'elle !
Entendez-vous ?! Elle éclata de rire. Mais
l'entendait-elle ? Elle se montrait tellement jalouse ! Un problème pareil avec
soi-même pouvait rendre une femme
sourde à l'amour qu'on lui portait. Ce
n'est pas un problème avec moi-même !
disait Marie. Ça n'est que cela, disait
Jean, tu n'as pas assez confiance en toi
et tu me le fais payer. Gentiment il ajoutait : Pourquoi n'as-tu pas confiance en
toi ma chérie ? Il était agaçant quand il
disait Ma chérie. Elle avait l'impression
d'entendre son beau-père. Et cette façon
de la traiter comme une gamine agaçait
Marie. Mais je suis tout à fait sûre de moi !
disait-elle. Tout le monde est jaloux !
disait-elle. Si on ne l'est pas, c'est qu'on
n'aime pas. Il n'essayait même plus de la
convaincre du contraire. Tu me trouves
jaloux ? demandait-il. Bien sûr ! disait
Marie. Et elle ajoutait : Ça ne se voit pas
parce que tu n'as rien à me reprocher !
Tandis que moi ! faisait-elle. La jalousie

avait jailli chez Marie un jour que son époux lui avait menti et le hasard voulut qu'elle le découvrît. Marie Def ne croyait pas que son mari la quitterait, elle et les quatre garçons. A vrai dire elle pensait que quand on a les enfants on tient son homme. C'était une idée qui la faisait presque rire. Parce qu'elle était horrible. Ils étaient assez heureux tous les six pour qu'elle pût s'amuser sans indécence d'un piège qui ne faisait pas rire tout le monde. Quatre garçons dont l'aîné n'avait pas huit ans, est-ce qu'on pouvait s'en aller le cœur léger ? Non, jamais son Jean ne ferait pareille folie. Mais ça ne l'empêchait pas d'aimer les femmes, de faire du charme. Marie l'avait vu à l'œuvre. Personne ne résistait. Comme par hasard il avait beaucoup d'amies-e ! Et elles avaient besoin sans arrêt de lui parler. Et il écoutait ! Et les amies en question ne juraient que par lui. Autrefois d'autres avaient pleuré en apprenant son mariage ! Et après cela il osait encore dire qu'elles n'étaient que des amies. De toute façon Marie ne pouvait admettre qu'il eût avec d'autres femmes une intimité amicale. Elle ne voulait pas avoir à imaginer cela : que des femmes lui faisaient des confidences, qu'il les admirait, qu'il leur rendait service. Tu es très égoïste ! disait Jean. Je ne te prends rien, ajoutait-il, elles

ne te dépouillent de rien. Je sais, disait
Marie en baissant la tête. Elle n'était pas
fière d'elle. Aimer un homme et vivre
avec lui, ça n'était sûrement pas le dé-
tourner du dehors, et elle n'avait aucun
droit sur lui, elle le savait. Mais voilà ce
qui était plus fort que sa résolution ;
les images. Jean à côté d'une femme,
autour d'une de ces petites tables rondes
de bistrot, et leurs sourires, cette complicité d'homme disponible et de confidences féminines, les mots dits, les silences
attentifs, la bonté et la compassion, le
réconfort apporté, l'estime réciproque et
l'embrassade finale pour se la dire. Ce
spectacle la rendait folle. Et elle ne pouvait pas s'empêcher de crier sur lui.
C'était un cercle vicieux car alors il aurait
encore davantage envie d'être au-dehors.
Mais elle criait quand même. Evidemment, il s'était mis à lui mentir. Et sans
scrupules, il lui disait ; C'est toi qui le
veux. Il n'est rien que tu veuilles savoir
que tu ne saches.

   Elle n'était pas encore habillée. Il
vint la prendre par la taille, couvrant
de baisers ses frêles épaules. Je t'aime !
dit-il. Et comme pour l'en assurer, il
promena ses mains sur le ventre et la
poitrine de sa femme. Elle avait une

peau mate, adoucie par un invisible
duvet. Cette douceur était captivante. Il
continua d'entraver la toilette et les préparatifs qui les avaient occupés. Il s'abandonnait à la sensation de ses doigts. Ses
mains parlaient à tout son corps. Sa
femme lui faisait beaucoup d'effet. Il se
considérait comme un veinard. Elle était
restée mince et jolie après quatre mater-
nités. Il la serra dans ses bras. Ses mains
couraient. La loi vitale le prenait malgré
lui. Marie se dégagea. Ce n'était pas le
moment pour plier sous cette loi. Il la
rattrapa. Elle se laissait faire pour ne
pas le vexer. Il murmurait à l'oreille de
sa femme de vastes compliments qu'il
ne cessait pas de lui faire et de penser.
Ce corps lui plaisait, l'éveillait au moindre
contact. Laisse-moi me préparer, dit-elle.
Elle savait qu'il ne s'arrêtait jamais à cette
tendresse, qu'aussitôt il était emporté par
un violent désir. Tu ne m'aimes pas,
soupira-t-il. Il riait. Tout le monde le sait,
dit Marie. A force de vivre avec lui elle
s'était mise à parler comme lui. Elle l'embrassa. Il était soulagé. Ils avaient évité
une scène de justesse.

5

Un silence vint entre eux lorsqu'ils furent
assis à table, l'un en face de l'autre, et
cet instant de gêne amena Gilles André
à évoquer la soirée qui allait se dérouler
sans eux, mêlant ainsi leur secret, leurs
conjoints, et leurs amis. Il dit : Je vais
manquer à cause de vous un grand
moment de boxe. Elle ne chercha pas
à répondre. Elle entendait bien qu'il lui
confiait à quel point elle était précieuse.
Que répondre à cela ? Pauline Arnoult
se mit à regarder la nappe en tripotant
son couteau. C'était une fête au club ce
combat, dit-il. Votre mari n'a rien dit de
ce que vous n'y alliez pas avec lui ? Non,
dit-elle. Comme s'il n'y avait là rien que
sa vie conjugale habituelle. Il s'amusa de
cette réponse sans autre forme d'explication. Un minuscule sourire se dessinait
pendant qu'il continuait de l'interroger. Il
voulait se faire une idée de la façon dont
elle était mariée. Elle ne lui semblait pas
disponible pour un homme, et cependant elle était là. Il fallait qu'il comprît ce
paradoxe. Avait-il une chance de réussir
auprès d'elle ? Et de réussir quoi ? se dit-
il. Il n'en savait rien. Il était attiré, mais
où cela le mènerait-il, il ne pouvait le prédire. Il dit : Il ne vous a pas demandé ce

que vous feriez ce soir ? Non, dit-elle,
cette fois-ci en souriant. Ni si vous seriez
accompagnée ? Non ! dit-elle. Il ne m'a
rien demandé de tout cela. Elle comprenait bien ce qu'il voulait savoir (comment elle s'y était prise avec son mari),
mais elle jouait mieux à lui faire des
mystères qu'à le lui dire. Je ne savais pas
qu'il existât pareil mari ! dit-il. C'est une
perle ! Ils rirent, mais elle en fut honteuse. S'amuser avec cet inconnu et à
propos de son mari ! C'était une manière
de trahison. Elle voulut apporter un
éclaircissement : Il travaille beaucoup. Je
dîne souvent sans lui avec des amies.
Des copines, dit-elle pour préciser son
propos. Mais ce soir il ne travaille pas !
dit Gilles André. C'est vrai ! concéda-
t-elle. Il vous fait confiance, dit Gilles avec
malice. Ses yeux étincelaient et la regardaient comme si, loin de cacher leur feu,
ils avaient voulu l'étaler devant elle. Mais
elle lui pardonnait tout ! C'était un pardon magnétique. Elle était prisonnière
du charme. Elle savait et ne savait pas...
Disons qu'on ne l'eût pas étonnée en lui
apprenant qu'elle avait un sacré béguin.
Je ne fais rien qui puisse briser cette
confiance, dit-elle, renonçant à se préoc-
cuper de prêter ou non le flanc au mauvais esprit. Il pouvait rire autant qu'il le
voulait, elle était complice. Ce n'était pas

difficile à deviner, alors il riait, et elle aussi. Ceci explique toute l'imbécile audace qu'il eut de faire une plaisanterie. Car il dit : Pas encore. Phrase insolente ou provocatrice, à laquelle la jeune femme ne répondit pas, comme en soulignant la stupidité, continuant de rire sans être troublée ou changer la couleur de son teint. Il admirait ces dents qu'elle avait, des dents virginales, encore festonnées comme si elle n'avait jamais rien mangé, cette petite Pauline... Jamais il n'avait vu chez un adulte une mâchoire pareille. Il se sentit vieux d'un seul coup. Les minuscules scies des incisives étaient en face de lui. Cette pureté lui tirait l'œil et c'est pourquoi il regardait avec tant d'insistance la bouche de la jeune femme. Elle finit par en être gênée. Est-ce pour cela qu'elle se leva de table ? Impossible de le savoir. Elle se leva, disant Je vais me laver les mains, et le laissant assis devant sa serviette pliée sur son assiette. Il la suivit du regard sans se cacher de le faire. Il ne s'était jamais défendu de regarder les femmes. N'importe quel convive dans la salle pouvait deviner maintenant la direction de ses yeux. Elle lui tournait le dos, elle s'éloignait, il la regarda avec indécence, pas seulement l'allure générale, mais ce qu'il pouvait deviner en deçà de sa robe, les jambes, les hanches,

les reins, les fesses. Certains hommes ne
voient rien. Le moindre camouflage vestimentaire les attrape. Mais d'autres savent
lire le corps sous la robe et ne se trompent jamais. Ils reconnaissent une paire
de vraies jolies jambes, ne prennent pas
des fesses plates pour un beau derrière.
Gilles André lisait donc. Puisqu'il savait...
Simple question d'habitude. Il savait. Pauline Arnoult. Vingt et quelques années.
Grande, grande. Elancée. Marchant en
pleine romance dans une brasserie. Il
regardait ça. On ne voyait pas grand-
chose, la taille fine, de longues jambes,
de jolis bras. L'allure d'aujourd'hui. Elle
était sans rondeur, une jeune femme
ailée, ce prodige de la légèreté corporelle
d'une femme. Pas de poitrine évidemment. Trop mince pour avoir des seins.
Mais elle était parfaite, elle avait une présence singulière, un charme véritable,
quelque chose... Voilà ce qu'il pensa
après qu'elle eut disparu dans l'escalier,
qu'il déplia sa serviette et entreprit de
lire la carte et les menus. Il était heureux
de se tenir là auprès de ce sortilège, de
l'avoir pour lui seul toute une soirée,
d'avoir osé demander et d'être payé en
retour. Accaparer une femme était pour
lui un plaisir qu'elle n'entrevoyait pas.
Qu'elle eût fait de cette soirée un secret
achevait de le combler.

Nul n'aurait su dire de qui Pauline
Arnoult tenait sa beauté, ni le visage de
sa mère ni celui de son père n'en portait
la promesse. Mais c'était une chose indé-
niable : les obscures voies du sang avaient
conçu une femme splendide. Elle était
très grande (un mètre soixante-quatorze),
et possédait malgré cela une vraie grâce
féminine : son visage souriait beaucoup
et sa longue silhouette vous accostait avec
une souplesse radieuse. A la gracilité de
ses vingt-cinq ans s'était jointe la lumi-
nosité que la maternité donne aux très
jeunes femmes. Et cette conjonction de
finesse et de plénitude créait l'impression d'une nature sensuelle épanouie par
le désir : ses jeux, ses joutes sans suite,
autant que sa légitime expression. Il faudrait entendre par là que Pauline Arnoult
était une femme qui doit aux hommes
ce qu'elle est, car la confiance en soi est
une chose presque sexuelle. La gangue
de pureté close s'était déchirée et la féminité avait éclaté avec volupté. C'était une
féminité nourrie au regard des hommes.
Pauline Arnoult avait pour les autres un
visage, et cela n'est rien moins qu'un
beau départ pour éprouver le sentiment
d'exister. Il n'y avait là-dedans ni perver-
sité, ni subterfuge, et même s'il y avait
eu cette matière de la séduction qu'un
être est capable d'exercer sur les autres,

elle demeurait insoupçonnable. Car son genre de beauté blanche et pâle exprimait la persistance de l'innocence. Celui qui l'accompagnait pour dîner était sensible à cette expérience immaculée : on pourrait dire qu'il en était amusé. Rien que cette incandescence souriante d'un être lisse l'avait capturé. Comme si l'idée d'éventrer cette froideur était en soi une fête orgiaque, un sacrifice qu'un homme pouvait se souhaiter à lui-même. Il était maintenant, et pour un temps qui avait une fin, dans l'attirance et l'affinité, aimanté, dans l'éblouissement d'un visage. Il n'est pas sûr qu'une femme puisse avoir idée de cela, à moins d'être de ces mères charnelles, moins humaines que louves voraces traversées par l'excès et la gourmandise de l'amour, et de s'en souvenir à l'instant d'être l'amante.

Elle s'était arrêtée en haut des marches pour observer. Gilles André n'était pas ce qu'il est convenu d'appeler un bel homme. Sa taille moyenne et sa carrure large le privaient d'élégance. Il n'avait ni allure ni prestance naturelles et ne se souciait pas d'en avoir. Il était fait court et trapu, musclé parce qu'il aimait les sports depuis l'enfance, qu'y pouvait-il ? Ma mère jurait que je pousserais tard

comme mon père l'avait fait ! Mais j'ai
longtemps attendu d'être grand ! disait-
il aux femmes. Et par là il trouvait le
moyen de les émouvoir en parlant à leur
cœur maternel. Il souriait. Une incisive
était jaunie par les cigares. Le plus
méchant qu'on eût pu dire de lui était
bien : Il n'est pas beau. Personne ne
l'avait jamais dit, de même que nul n'aurait songé à signaler le contraire. C'était
un fait sans intérêt. A choisir, on aurait
fait d'autres commentaires. Car il avait
autant d'esprit que d'entregent. Quand
il le voulait, il crépitait d'esprit et de
drôlerie. Les femmes ne voyaient que lui
parce qu'il ne regardait qu'elles. Il était un
fervent. Par instinct toutes le savaient.
Les hommes n'étaient pas moins charmés.
Cette absence de jalousie venait probablement de ce qu'il n'était pas beau – une
chance pour lui – et de ce qu'il n'était
pas trop ostensiblement riche. En somme
on ne l'enviait pas. Les scintillements du
bonheur étaient pour lui des secrets.
Beaucoup de ces secrets étaient suspendus à des femmes. Une tonicité pétillait
sur son visage : il avait la forme d'intelligence qui est la plus attrayante, non
pas celle qui sait résoudre un problème
mais celle qui pose les questions. Son
esprit était constamment dans l'invention, ce qui suppose une énorme vitalité,

et puisqu'il alliait à cela une capacité
d'observation et de déduction sans faille
apparente, il était en toute société un
homme redoutable : clairvoyant. Les
cheveux mous et d'un blond sans éclat,
ce visage trop joufflu pour un homme,
cette dent gâtée, autre chose en lui que
le corps séduisait, son air de malice
rieuse, le charme qu'il faisait (car il le
faisait plus qu'il ne l'avait). Ardent auprès
des femmes, intelligent avec les hommes,
il tissait des liens sans rien révéler de lui-
même. Non qu'il cherchât à être énigma-
tique, mais l'impression de perspicacité
que donnait le mélange de ses silences,
de ses paroles et de ses jeux suggérait
qu'il y avait beaucoup à découvrir en
lui. Et c'était en deçà de la vérité, car
il avait vraiment le goût des secrets. Il
était un homme qui ne parlait jamais
de lui, jamais des autres, et pas davantage des siens ou de sa vie. A ce point
d'un silence manigancé, il aurait pu passer pour faux, mais sa vigilance à ne
rien dévoiler semblait une attention à
ce que disaient les autres. Il faisait
d'ailleurs très attention. Il se donnait de
la peine pour plaire. On disait du bien
de lui partout. C'était qu'il n'en espérait
pas moins. Et personne ne s'étonnait de
ce qu'il plût aux femmes. Il les faisait
rire avant de les faire pleurer. Elles lui

faisaient beaucoup d'histoires, ces maîtresses abandonnées… Est-ce qu'on se
détache aisément d'un être qui semble
ne voir que vous ? Certains hommes sont
ainsi faits (ou se font tels) que les femmes
à leur côté ont l'intense sensation d'exister, d'être le cœur du monde, d'évincer
toutes les autres, de voir enfin le reflet
de leur éclat. Il était de ces hommes qui
créent un charme, qui endorment le
monde réel et vous emportent dans
le sortilège de leur amour : habile, obstiné, amant.

Elle revint à table en face de lui. Que
voudriez-vous manger ? lui dit-il. Il y a
toutes sortes de choses délicieuses,
tenez, regardez. Il lui tendait la carte,
sans regarder ni la carte ni ce qu'il faisait, mais seulement ses yeux à elle,
avec une expression impertinente, presque irrévérencieuse, mais qui remuait ce
qui en elle était concerné par le désir
dont lui parlait ce sourire télépathique.
Je n'ai pas très faim, dit-elle en commen-
çant de lire les menus. Il dit : Les femmes
ne mangent plus ! Vous avez raison, dit-
elle. Elle essayait d'être gracieuse, elle
n'était pas complètement naturelle à ce
moment. Et dans le même temps elle
luttait grâce à la banalité des mots pour

s'exorciser de sa féminité, de son penchant, du sortilège, de la tentation, et de
l'orgueil d'être scrutée, désirée, courtisée.
Elle murmura : Je ne mange jamais beaucoup le soir. C'est le secret de la santé,
dit-il sans y croire vraiment, rapportant
là une pensée répandue. Mais elle reprit
cette idée. Elle dit : Je le crois. Savez-
vous ce que disait Hippocrate ? dit-elle.
(Il fit signe que non, il ne le savait pas.)
Hippocrate disait : Tout ce que je ne
mange pas me fait du bien. En êtes-vous
certaine ? Qui vous l'a dit ? dit-il en riant.
Le nombre de faits ou dires que nous
croyons sans preuve est incroyable, dit-il.
Avez-vous déjà vu un mandrill, un sper-
matozoïde, un atome de carbone ? Et un
électron ? C'est étrange n'est-ce pas que
tant de choses auxquelles nous croyons
si fermement demeurent pour nous invisibles. Elle ne disait rien. Ses yeux se
fendaient dans son sourire. Et néanmoins, dit-il, ce qui ne peut être vu par
personne, cela nous le mettons en cause.
Dieu, dit-il. Les esprits. Les forces de
l'amour. Si vous dites aux gens que les
esprits sont comme les ondes radio, invisibles et pourtant bien réels, au mieux ils
vous prennent pour un original, au pire
ils s'emportent contre vous. Beaucoup
de choses sont invisibles et importantes,
dit-elle en ayant le sentiment de dire une

idiotie ou une banalité. Mais tout faisait
sens. Les plus importantes sont même
les plus invisibles, dit-il avec un sourire.
Elle pensait tout à coup : Comme l'enfant
que j'attends. Il n'avait donc là aucune
idée de ce qu'elle avait en tête. Elle était
certaine qu'il n'avait rien remarqué. Et
dès ce moment, le secret de l'enfant lui
devint un poids insupportable. Elle devait
lui dire cela : Vous ne pouvez pas me
faire la cour, je porte l'enfant d'un autre,
je suis plus mère que femme. Elle allait le
lui avouer, purement et simplement, mais
elle voulait qu'après cela il ne cessât pas
de la courtiser. Et cela bien sûr elle ne le
lui dirait pas. Pouvait-on demander des
choses pareilles ? Et pouvait-on les deviner sans les entendre ?

Un silence revint et elle en profita. Il
faut que je vous dise quelque chose, dit-
elle résolument. Il souriait à ce visage sou-
cieux qu'elle avait. Que se passe-t-il ?
demanda-t-il, gentil et prévenant, comme
il l'eût été avec un jeune enfant qui
aurait un chagrin. Mais puisqu'elle ne se
détendait pas, il se redressa et dit : Je
vous écoute. Je vais avoir un bébé, dit-
elle. Quand ? demanda-t-il du tac au tac,
très étonné, mais toujours parlant avec
cette voix d'alcôve qui devenait peu à

peu pour elle l'instrument d'une torture,
la première onde d'un frémissement.
Dans cinq mois, dit-elle. Vous n'êtes vraiment pas grosse, dit-il. J'ai peine à croire
que je dîne avec une femme enceinte de
quatre mois ! Il lui faisait plaisir sans le
savoir. Elle ne disait plus rien. Eh bien !
fit-il. Vous voilà engagée sur le plus beau
des chemins et je m'en réjouis pour vous.
Vous êtes heureuse ? demanda-t-il. Elle
pensa : Il n'est pas troublé du tout, pourquoi ne l'est-il pas ? Ne comprend-il pas
que cet enfant contrecarre son dessein ?
Elle était étonnée, et presque déçue. Elle
répondit sans insister : Oui, dit-elle, je
suis très heureuse, j'ai désiré cet enfant.
Je ne voulais pas que Théodore reste fils
unique. C'était une maladresse qui passa
inaperçue. Car Sarah André n'aurait ni
frère ni sœur. Tout père malheureux qu'il
était, il dit sans broncher : Vous avez raison. Puis il demanda : Quel âge a votre
Théodore ? Trois ans et demi, répondit-
elle. On aurait dit qu'elle était soulagée
de parler de son fils. Ou bien était-ce
d'avoir fait cet aveu de sa grossesse ?
Comme une autre avouerait qu'elle est
mariée, fiancée, bref qu'on ne doit pas
l'aimer. Vous aimez les enfants n'est-ce
pas, dit-il, je crois que c'est ce qui m'a
touché en vous quand je vous ai aperçue à l'école. Elle souriait. Le souvenir

de cette rencontre lui faisait battre le
cœur. Oui, les enfants sont très importants pour moi, dit-elle, et pourtant c'est
singulier, je continue de croire que j'aurais pu vivre une vie sans en avoir. Je l'ai
longtemps imaginé avant de me marier.
Je voulais dessiner, devenir une artiste, je
n'avais pas *besoin* d'un enfant. Je pensais même qu'un enfant me gênerait. Il
dit à nouveau : Je comprends. Il était
encore sous l'effet de la révélation. Elle
était lancée, elle parlait. Quand je me
suis mariée, tout s'est trouvé différent,
dit-elle. Il murmura : Comment cela ? Elle
réfléchissait. Je ne crois pas qu'un couple
ait une grande chance de durer s'il n'a
pas à un moment des enfants, dit Pauline Arnoult. Je n'ai jamais entendu cela,
dit-il, mais il me semble que c'est assez
juste et que personne n'ose le penser.
Puis il murmura : Vous ne croyez donc
pas à l'amour pur et détaché ? Elle secoua
la tête en souriant. Si, dit-elle, dans de
très rares cas. J'ai beaucoup d'admiration pour les hommes qui sont restés
auprès de femmes stériles. Ce sont de
véritables amants. Elle dit : Il me semble
que le plus souvent l'amour a besoin
de bonnes raisons. Les sentiments servent nos vies, murmura-t-elle. S'ils ne
construisent rien nous les abandonnons.
Il hocha la tête et elle ne fut pas capable

LA CONVERSATION AMOUREUSE 91

de saisir ce qu'il pensait. Elle rougit. Je ne sais pas pourquoi je vous dis tout cela ! finit-elle. Elle se demandait en même temps qu'elle parlait si elle n'avait pas un peu l'air idiote et jeune en disant cela, elle était ennuyée à l'idée de paraître jeune et idiote, aussi elle décida de s'interrompre. Mon mari voulait des enfants, mais je n'en avais pas besoin, dit-elle, ma vie me plaisait aussi sans enfant. Forcément, dit-il en se retenant de sourire, vous m'avez moi ! Elle rit franchement. Toujours la galanterie consentie entre eux, et le rire qui en serait la mélodie. C'est bien, dit-il, il ne faut pas souhaiter des enfants par défaut. Il ne faudrait pas les souhaiter parce que l'on n'a rien dans sa vie, et n'avoir ainsi rien à leur donner. Certaines mères ont parfois ce travers, dit-il : elles abandonnent leur vie et veulent tout pour l'enfant, elles attendent tout de lui sans plus rien exiger d'elles-mêmes. Cela mène à des contradictions absolues, dit-il. Il avait repris son sérieux pour lui confier cela. Elle serait souvent désarçonnée par ce balancement rapide entre la moquerie et une grande intelligence des êtres ou des situations, une gravité soudaine pour lui parler. Il entendait aussi lui apprendre quelque chose ; il avait jugé qu'elle en valait la peine, qu'elle pouvait être

bonifiée, et pour peu il se serait senti
une responsabilité envers elle. Mais
elle n'ignorait pas ce qu'il souhaitait lui
apprendre. Elle n'avait pas tant à apprendre de lui parce qu'elle lui ressemblait (avec quelques années de
moins). Cela il ne le savait pas, c'était
elle qui le découvrait. Et d'ailleurs elle le
lui dit : Oui, fit-elle, j'ai moi aussi idée
que l'on doit apporter à ses enfants quelque chose que l'on est allé trouver seule
et qu'on leur rapporte d'un monde dans
lequel ils ne sont pas. Il sourit. Pourquoi
souriez-vous ? dit-elle. Ce que je dis n'est
pas vrai ? demanda-t-elle avec malice,
car elle sentait bien qu'elle ne recevait
de lui que des approbations silencieuses.
Si bien sûr, dit-il, c'est de vous voir si
sentencieuse ! J'essayais de vous imaginer avec votre fils.

Elle soupira et s'adossa à sa chaise.
Vous êtes fatiguée ? demanda-t-il avec
une sollicitude qui la troubla. Elle ressentait comme impudique le fait qu'il se
souciât de son état. Non, dit-elle, je suis
très bien. Elle avait par éclairs, lorsqu'elle
n'essayait pas de se tenir, l'impétuosité
de sa jeunesse, et, sous les bouffées de
timidité, une brusquerie. Je suis contente
d'être avec vous, dit-elle avec cette

brusquerie. C'était pure vérité : elle jouissait de la vanité de se croire l'univers pour un homme. Elle était étonnée de pouvoir le lui dire. A ce moment elle était heureuse d'elle-même, comme elle l'était d'avoir parlé de l'enfant et que cela n'eût pas fait d'ombre sur leur rencontre. Elle baissait les yeux et les relevait alternativement. Il tâchait à chaque fois d'attraper ce regard : elle se sentait hameçonnée. Moi aussi, dit-il, je suis très heureux de ce dîner. C'est un conte de fées, dit-il. Il le pensait. Je ne peux pas le croire, dit-elle (et c'était exact). Croyez-moi, dit-il en soufflant sa voix comme une supplique. Et à cet instant d'exagération du ton, elle se demanda s'il le faisait exprès, si c'était calculé, prête à lui demander de cesser ce cinéma. Car ces simagrées accroissaient son trouble. Elle voulait trop y croire. Cette apparente dévotion lui paraissait réelle. Elle était subjuguée d'être si précieuse. En elle la voix du dedans avait entrepris de gémir : ils pouvaient tout se dire, elle était pleine de désir, la voix d'alcôve lui remuait les sangs, et qu'est-ce que c'était que cette magie sinon un désastre, des secrets, des mensonges, des remords, des souvenirs, des brûlures, ils ne voudraient rien laisser perdre et elle serait malheureuse. Elle l'était déjà : torturée,

coupée en deux. Elle ne voulait que se
coucher contre lui, et elle en était incapable. Qui pouvait comprendre cela, ce
mélange féminin de désir et d'extrême
pudeur ? Elle-même en était piteuse et
interloquée. Elle pouvait tout lui dire, et
cependant pas encore la vérité de ce
moment. Vérité sexuelle : J'ai envie de
coucher avec vous mais je crois que je
n'oserais pas pour l'instant. A quel point
voyait-il clair en elle ? Elle se le demanda
lorsqu'il murmura : Vous et moi, je ne
sais pas ce que c'est. Avait-il réellement prononcé cette phrase ? Elle osait
à peine y croire et fit mine de n'avoir
pas entendu. C'était toujours ce doute :
Mentait-il pour la séduire ? Comme faisaient les hommes avec toutes les femmes qu'ils désiraient souvent et qu'ils
aimaient rarement. C'était ce qu'elle
pensait. A combien de femmes avait-il
fait ce cinéma ?… Elle s'était tue. Il pouvait voir la rêverie sur son visage. Mais il
choisit d'enfoncer le clou. Qu'est-ce que
c'est entre nous ? dit-il. Je ne sais pas
ce que c'est ! Ce n'est pas sexuel, dit-il,
donnant à son intonation de quoi y faire
entendre une question. Elle se garda bien
de répondre. Il acheva tout seul. Non,
dit-il, ça ne l'est pas. Elle ne pouvait pas
s'empêcher de sourire. Comme tout ce
moment était bon ! Elle était sûre que

cette rencontre était d'abord sexuelle, à cause du pincement aigu qui avait réveillé son corps. Jamais elle n'avait songé qu'elle dormait à ce point. Qu'avait-il fait à part la regarder ? C'était un mystère, mais elle se sentait là maintenant ardente et enamourée. Elle pensa qu'il savait forcément cela et qu'il jouait en le niant. Mais non, elle faisait erreur, il était sincère. Elle se trompait parce qu'elle était plus jeune que lui. Il la désirait, et cependant il y avait un au-delà de ce désir : une affinité qui lui était plus chère que l'attirance parce qu'elle était beaucoup plus rare. Et c'était dans ce sentiment de proximité, dans cette sensualité assouvie déjà par la parole, le sourire et l'attente, qu'il la contemplait. Alors, comme ils n'avaient soudain plus de sujet de conversation, ils se regardèrent en silence. Depuis l'instant où elle avait décidé de se laisser tomber dans l'amour, il sentait en elle une force qui la propulsait vers lui : elle était attirée par lui, elle s'offrait, elle voulait le connaître, elle était vorace et puissante. Il sourit à ce spectacle. Ce que vous avez de mieux, dit-il, ce n'est pas votre beauté, c'est votre tempérament. Et puisqu'elle était une vraie nature féminine, elle ne sut pas se réjouir de ce compliment.

Cela dura une pleine minute. Ils se regardaient comme s'ils avaient ensemble,
et chacun sachant que l'autre l'avait, la
clairvoyance de ce qu'ils seraient (indé-
fectiblement liés), de ce qu'ils feraient
(se raconter, puis se coucher l'un contre
l'autre), et de ce qu'ils se disaient qu'ils
avaient été (toujours promis l'un à l'autre,
et peut-être des amants séparés qui se
trouvaient). Et si insistant, ardent, que
soit ce regard, il ne provoquait pas la
gêne, parce qu'il avait la clarté des choses
dites et répétées, et promises, et crues,
sans en avoir la brutalité, puisque ce
n'étaient pas là des mots, mais une
étrange nudité du visage, un silence de
reconnaissance. C'était un regard qui
parlait autrement qu'on ne parle, qu'on
entendait comme on a la foi, par miracle, avec tout ce que l'invisible suscite
de force et de doute. Il est cependant
singulier que ce genre de regard et de
perfection ne durent pas, et, comme les
autres, celui-ci s'acheva et ramena entre
eux les relations normales : on se parle,
on se devine, on se demande, on n'est
pas certain, on aimerait bien, on ne dit
pas tout et l'essentiel est tu. Le serveur
venait avec leurs plats. Il devina qu'il
dérangeait un moment intime, mais il
portait des assiettes chaudes, ses deux
mains étaient occupées, d'autres convives

l'attendaient. Il s'excusa en glissant l'assiette par-dessus les avant-bras qui repo-
saient sur la table. Pardon madame,
disait-il. Monsieur, pardon. Elle leva les
yeux, disant merci, deux fois merci,
empressée à faciliter le service, embarrassée d'être surprise enivrée comme
elle l'était. Mon Dieu qu'elle était jolie !
pensait Gilles André en l'observant.
Même le serveur rougissait, pauvre garçon
pris dans ce rayonnement. Elle n'était
pas dans un état normal, la certitude de
vivre une passion partagée l'avait exaltée. Ils étaient un spectacle, pensa-t-elle,
ce qu'elle éprouvait se voyait à l'œil nu.
Elle essaya de se reprendre, songeant Je
flotte sur des jambes de chiffon, j'entends comme de l'extérieur les mots que
je lui dis, je suis projetée vers lui (elle
avait noté tout à coup la posture de son
buste). Elle souriait. Amoureuse, enchantée d'amour, disait le plissement obstiné
de ses yeux. Etait-elle vraiment amoureuse ? Elle se moquait de le savoir.
A-t-on jamais fini de confondre et démêler l'attirance et le sentiment ? Ce qu'elle
ressentait était rapide, fluvial, exalté. Elle
s'avoua toute la vérité : Ce que j'aime,
c'est son envie de coucher avec moi.
C'est l'attiser. C'est sa curiosité.

Parce qu'il cherchait le plus intime de
ses visages, il s'intéressait à elle mieux
que personne. Et elle s'enchantait d'être
l'objet d'un tel intérêt. Il la contemplait
dans cette songerie féminine. Elle était
ravie, car la contemplation est peut-être
le premier langage du désir. A quoi rêvez-
vous ? lui dit-il en posant une main sur
son poignet. C'était la première fois qu'il
la touchait. Puis, comme s'il la tenait à sa
merci, il répéta en souriant : Dites-moi
vos rêves. Le sentiment du ridicule effleura
la jeune femme, et cependant elle s'abandonna au jeu galant, et comme à ce qui
était la vérité, l'avenir, une promesse.
Tout cela était féminin : céder à l'intérêt
d'un regard, à une attention inexplicable,
adorer se laisser séduire, répondre, et
plaire, et imiter. Elle fut ensevelie dans
sa féminité. Son propre visage lui sembla un brasier. Elle avait rougi violemment, d'exaltation autant que de timidité.
Il la tenait toujours. Elle n'osait pas retirer sa main. Elle ne le voulait pas. Sa
main était dans la douceur, le vertige, et
la béatitude. Sa main était dans la complicité et la chaleur d'un homme. Sa main
brisait toute difficulté d'être. Son poignet
lui chuchotait des secrets, et elle entendait bien ce chuchotis : tout ce qui touchait à cet homme était érotique.

6

Ailleurs, pendant ce temps, les préparatifs continuaient. J'étais sûr que tu ne
serais pas prête ! disait Tom Laragole
entrant dans l'appartement de Sara Petersen. Elle était en train de se déshabiller
pour prendre une douche. Tu n'avais
qu'à arriver plus tard, lui répondit-elle
s'en allant vers la salle de bains. Depuis
deux ans qu'elle était sa maîtresse, elle
l'aimait follement et il la trompait sans se
cacher. Elle essayait de le quitter. Parce
qu'il ne l'aimait pas assez. Mais il pouvait
compter sur elle, elle revenait toujours
quand il appelait, elle accourait toute
parée et amoureuse. Pas assez, qu'est-
ce que ça voulait dire ? La soirée ne
commence pas avant vingt heures, lui
cria-t-elle, c'est toi qui es en avance. Il
marchait de long en large, si emporté
que les pans de sa veste légère s'envo-
laient. Ne m'attends pas, lui dit-elle, je
peux prendre ma voiture, je n'ai pas
besoin de toi. Mais oui, je sais ! dit-il, n'y
croyant pas du tout. Elle avait évidemment besoin de lui pour l'accompagner
dans la vie. Quelle femme ne se rassasiait
pas auprès d'un homme comme lui ? Il
était sûr de combler celle qu'il élisait. Il
eut un sourire qui semblait ne pouvoir

s'adresser qu'à lui-même. Un homme peut se satisfaire d'une réussite simple, être sûr de lui et de ce qu'il fait, pourvu qu'il ne soit pas si exigeant qu'il le croit vis-à-vis de lui-même ou de ce que l'on fait avec une vie. Tom Laragole avait gagné énormément d'argent en sacrifiant à son métier une première épouse, trois enfants, toutes ses amitiés de jeunesse et le niveau de ses appétits intellectuels.

Qu'as-tu fait aujourd'hui ? demanda-t-il. C'était le moment où Gilles André demandait : Pourrai-je vous appeler Pauline ? et où Louise, énervée, honteuse et feignant l'indifférence, faisait glisser les cintres pour choisir une robe. Sara Petersen en était à se coiffer, après s'être douchée et habillée. Tom l'avait suivie partout : restant debout derrière la porte en verre de la douche (elle voyait la forme sombre d'un homme), marchant d'un placard à un autre derrière elle, et là maintenant dans la minuscule salle de bains où il se regardait dans la glace. Pousse-toi un peu ! lui dit-elle. Et arrête de te regarder ! Mais il ne bougeait pas. Tu aimes cette chemise ? demanda-t-il. Ce n'est pas trop triste pour moi ? Non ! c'est très bien ! dit-elle. Un homme si coquet ! cela avait quelque chose de ridicule, mais elle n'aurait pas su dire pourquoi. Allez, va-t'en maintenant ! dit-elle en le poussant dehors. Il traînait les pieds. Elle ressentait l'agacement que provoque la promiscuité lorsqu'on ne la désire pas. Je ne peux pas faire ma toilette et me préparer tranquille ?! dit-elle, excédée. Et comme il semblait prendre plaisir à l'énerver, elle changea de tactique. S'il te plaît ! attends-moi au salon, je suis prête dans deux minutes, dit-elle plus gentiment. Et presque tendrement, elle dit : Va te servir un verre. Il s'en alla au salon. Et Sara Petersen pensait qu'il suffisait finalement de chercher la bonne façon de dire les choses. Et comme les gens étaient susceptibles et manipulables ! Est-ce qu'ils réfléchissaient quelquefois à ce qu'ils voulaient vraiment ?! Ou bien étaient-ils ici ou ailleurs des bouchons sur les flots ? La misère du couple commençait dans cette incertitude.

Peu après elle vint derrière lui (il était assis un verre à la main) et passa ses mains dans ses cheveux. Alors, dit-il à nouveau, qu'as-tu fait aujourd'hui ? Elle n'aimait pas raconter ses journées. C'était la meilleure manière d'en découvrir la vacuité. Rien de spécial, dit-elle. Quoi ?

fit-il mine de s'indigner. Ma femme n'a
rien fait de spécial. Il était capable d'être
très ordinaire. Elle le pensa à ce moment.
Je ne suis pas ta femme, dit-elle. Pardon,
dit-il. Il riait, pas elle. Les hommes
étaient frileux et imprécis, et elle n'aimait
pas qu'il l'appelât ma femme puisqu'il
n'avait ni le courage ni l'envie de l'épouser ou de vivre avec elle. Il avala cul sec
le fond de whisky qu'il s'était servi et, se
levant avec cette tonicité qui allait chez
lui jusqu'à l'agitation, il dit : On y va ? Je
suis prête, dit Sara Petersen. Elle portait
une robe mauve sans manches qui mettait en valeur le haut bombé de ses bras
et ses épaules minces et carrées. Sara
n'était pas simplement jolie, elle savait
faire ce qui convenait pour l'être, le
hasard était absent de cette harmonie.

7

Alors comme ça vous étiez enceinte et
vous ne le disiez pas ! dit Gilles André.
Pauline Arnoult eut un sourire rougissant.
Pour rien au monde elle n'aurait osé lui
avouer ce qu'elle avait pensé : qu'il voulait être son amant et qu'il ne le pourrait pas puisqu'elle attendait un enfant.

Devina-t-il ? En tout cas il dit : Vous pensiez que cela m'ennuierait ? Elle fit oui de
la tête. Pourquoi ? dit la voix d'alcôve. Au
contraire, je suis heureux pour vous.
Elle eut un petit sourire misérable parce
qu'elle avait des regrets. Elle aurait voulu
être libre et se sentait empêchée. Il dut
entrevoir ce désarroi féminin puisqu'il
dit : Vous n'êtes pas triste tout de même ?
Elle fit non mais elle l'était, désespérée
de se sentir au ventre la chaleur du désir
et la chair d'un enfant. Et elle était déçue
qu'il s'empressât si peu de la convoiter.
Mais comment aurait-il pu deviner ce
désespoir féminin, lui qui avait toujours
été vacant et libre comme un mâle ? Elle
était désappointée et silencieuse : sans se
l'avouer elle attendait déjà une grande
déclaration. Elle aurait voulu l'entendre
dire, lui, ce qu'elle ressentait elle. Il aurait
pu parler en effet. Dire par exemple : Ne
soyez pas inquiète, nous avons tout le
temps, je ne suis pas pressé. Ou bien
quelque chose de plus grandiloquent :
Vous et moi, c'est inéluctable. Elle aurait
adoré cela. Mais il ne le dit pas, parce
que c'était pour lui l'évidence même.
Parce qu'il voulait savourer le délice de
ces moments suspendus dans l'attente et
la rencontre. Et peut-être, sans qu'il en
eût conscience, parce qu'il voulait déjà
la protéger des gestes et des tourments

qu'il apportait aux femmes. Pas un instant il ne songea qu'elle était impatiente
et désespérée, qu'il eût fallu se livrer pour
la détendre. Au lieu de cela il dit : En tout
cas, cela vous va bien, vous êtes lumineuse, et j'adore les femmes enceintes.
Et comme elle ne faisait que sourire sans
répondre, il poursuivit : Pourquoi souriez-vous ? Vous ne me croyez pas ? C'est
fascinant vous savez pour un homme,
cette couvaison intérieure. Jamais les
femmes ne nous semblent plus loin-
taines, plus incompréhensibles et pleines
de mystère qu'à ce moment où elles por-
tent un enfant. Ce propos était couru,
pensa Pauline, elle lui trouva même de la
niaiserie ce qui lui rendit une certaine
assurance. Elle s'ébroua, avançant vers
lui ce visage qui n'avait pas cessé de sourire. C'est votre façon abstraite de voir les
choses, dit-elle, mais vous ne savez pas
de quoi vous parlez. C'est vrai, concéda-
t-il. Et il demanda avec une sorte de pré-
caution dans la voix : N'aimez-vous pas
être enceinte ? Je déteste cela, dit-elle,
je suis fatiguée, j'ai envie de dormir
sans arrêt, je suis lourde, je me trouve
si laide... Mais vous êtes splendide !
miaula-t-il pour la faire rire. Et de fait elle
rit, une fois encore. Je ne m'étais aperçu
de rien, dit-il, quelle preuve vous faut-
il de plus ?! Elle était si jeune ! pensait-il.

Il la regardait de nouveau, ravi et immobile, émerveillé de l'être. Et elle le tenait
pour blasé, patient avec elle parce qu'il
avait été gavé de maîtresses ! La chose
qui les rapprochait (qu'il fût homme et
elle femme) était celle qui les séparait ; il
ne savait pas deviner de quelle façon elle
raisonnait et ce qu'elle attendait de lui.
La différence des sexes brisait une harmonie ; avoir envie de s'aimer et être
capable de se comprendre n'avaient en
somme rien à voir. Elle pensa : Il s'amuse
de moi. Au même instant, il aurait voulu
la serrer dans ses bras comme une petite
fille. Est-ce que ce n'était pas une malédiction que tout en eux soit clandestin, et
la sincérité même, la bonne foi, encloses
dans une chair sans issue ?

Elle fut déroutée pour un moment, et
silencieuse. Et puisqu'il sentait que
quelque chose n'allait pas, il laissa filer
le silence. Il était si touché par ce visage
immaculé, par cette jeunesse, il resta à la
regarder sans rien dire. Elle aurait presque pu être sa fille. A son désir d'homme
se mêlait peu à peu une tendresse de
père. Elle était quant à elle occupée à
estimer le chambardement qui la ruinait.
Nul n'était donc jamais rassasié, pensait-
elle dans un silence plein d'espérance et

de dévotion féminines. Elle était la proie du philtre amoureux. Une magie la livrait à un homme. Si elle avait tellement ri avec lui, c'était dans la prescience de cet avenir enivré. C'était dans cette obsession de l'intimité inévitable. Son désir avait vidé le monde. Elle était amoureuse. Impossible d'en disconvenir. Qu'adviendrait-il ? Comment se résoudre à éviter ce plaisir sous prétexte qu'on l'a déjà goûté ? La main droite jouait à nouveau avec le couteau. C'était un de ces couverts de brasserie dont le manche argenté porte un chiffre gravé. Pauline Arnoult le faisait tourner. Et Gilles André se beurrait un morceau de pain. Le silence était lourd. Elle pensait encore au mari : Le tromper, est-ce que c'était déjà ce qu'elle faisait ? Les mots étaient pleins du venin de ceux qui les prononçaient. Mais ça n'empêchait pas qu'elle le trompait quand même : il ignorait une chose parce qu'elle la lui avait cachée. Elle n'en éprouvait aucun remords. Elle ne parvenait pas à se dire que l'on doit, ou que l'on peut, passer à côté d'une passion. Une passion était comme une vie : il fallait qu'elle fût vécue. Car ils mourraient tous. Ils allaient tous mourir et cela viendrait plus vite qu'ils ne le croyaient. Qui les remercierait de n'avoir pas nourri l'élan et l'ardeur, la douceur et la convoitise ? Ils mourraient. Les secrets seraient emportés dans les tombes. Les tourments effacés. Comme leurs existences alors sembleraient dérisoires, leurs angoisses stupides ! La pureté d'un lien conjugal sans mensonge était sûrement désirable. Mais on ne pouvait pas renoncer à un nouvel amour. Pas si l'on était vivant. Alors, on devait dans le secret de soi adjoindre un lien à un autre. Cela semblait certain. Dans la grande nomenclature des fautes, au chapitre des manquements conjugaux, un secret d'amour avait la double beauté des choses tues et des sentiments estampillés. Il fallait pourtant que ce fût un amour. Pas une partie de jambes en l'air. La clef de l'innocence était dans cette phrase. *Pas une partie de jambes en l'air.* Mais comment s'assurer de cela auprès d'un homme ?! Comment savoir, au moment de s'élancer, si l'on paraphe un serment ou une bagatelle ?

Ils se remirent à bavarder. Comme on se parle gentiment au début ! Au cœur des mots tendrement prononcés, elle s'alanguissait. Elle était détendue contre le dossier de sa chaise quand elle écoutait, ou bien le buste à demi déposé sur la table quand elle parlait. Elle était vautrée dans cet instant, rivée à une présence,

tombée dans le ravissement d'être contemplée, complice bien au-delà de ce à quoi
il était parvenu. Les mots entre ses jolies
lèvres étaient chantournés par son désir.
Ses grandes jambes avaient fondu sous les
assauts de la voix d'alcôve, elles s'étaient
dispersées sous la foudre, et la suavité
s'était lovée tout en haut des cuisses, une
chose ronde et chatouillante qui faisait
luire et sourire son visage. Elle le regardait sans éviter ses yeux. Elle attendait.
Comment s'y prendrait-il ? Elle avait envie
d'être séduite et adulée. Elle n'en espérait pas moins. Je sais les mots que vous
me direz. Dites-les seulement et je serai
comblée. Et j'attends la parole ou le geste,
je suis devenue celle qui attend, et je tais
mon trouble, je l'étouffe sous mon sourire, et si j'ai bien fait comme je veux
alors tu devineras les turbulences de
mon cœur sans en être effrayé. Tout le
feu est là, mais je suis calme, si calme
que je tremble. N'aie pas peur, je te sou-
ris et tu me plais affreusement, et si je
n'avais la certitude que la dévotion jail-
lira, je me jetterais sans pudeur dans les
larmes et les cris. Et c'est bien ce que je
ferai quand tout sera consommé. Voilà
cela dans quoi elle était installée : une
attente fiévreuse, muette, souriante, la
soie d'un songe de coquette. N'avait-elle
pas menti pour vivre ce songe ?

8

A cause de son mariage, Max de Mortreux n'avait pas choisi le métier qu'il
voulait. Mais il ne le savait pas encore.
Ce fait, qui le détruisait lentement, n'avait
pas encore affleuré aux portes de sa
conscience. Il avait une famille, mais il
n'avait plus de visage : une tristesse qu'il
ne s'avouait pas avait tout emporté. Son
épouse, qui l'avait jaugé, élu, courtisé,
épousé, mis au travail, était la dernière
personne à souhaiter s'en apercevoir.

A cette heure de la soirée, le soleil finissait juste de disparaître derrière l'immeuble en vis-à-vis. Max arrivait à peine de
son bureau et sa femme, Eve, prenait un
bain. Peux-tu mettre une casserole d'eau
sur le feu ?! lui cria-t-elle en entendant la
porte d'entrée. Je suis dans le bain ! cria-
t-elle pour qu'il comprît sa requête. Il
posa un gros porte-documents et un
blouson léger sur le canapé, et s'en alla
aussitôt à la cuisine. Les enfants jouaient
dans leur chambre. L'eau est bouillante,
vint-il dire un peu plus tard à sa femme.
Eve de Mortreux trempait, les yeux mi-
clos et le visage en sueur, dans une
baignoire de mousse. Jette le riz alors,

dit-elle. Il sentit qu'il l'agaçait. Elle pensait une fois de plus qu'il ne pouvait jamais rien faire seul. Il n'y avait pas moyen d'être tranquille une seconde dans cette maison. Ils avaient tous sans arrêt besoin de quelque chose. Elle était leur esclave. Max savait qu'elle croyait cela. Pauvre Eve ! se disait-il, en se demandant comment les autres mères s'arrangeaient pour s'épanouir.

Lorsqu'elle fut sortie du bain, les cheveux relevés et pieds nus dans un peignoir, elle vint vérifier que les enfants dînaient bien. Ils allaient se mettre à table. C'est très bien, leur dit-elle. Puis traversant le salon elle rangea avec ostentation et mauvaise humeur le blouson et le porte-documents à la place qu'elle leur avait impartie de toute éternité. Max n'avait plus de visage.

Il s'était fait une raie sur le côté après avoir mouillé ses cheveux pour les coiffer. Il avait fait cela à la cuisine pour ne pas déranger sa femme dans la salle de bains. On dirait un premier communiant ! dit Eve. Elle n'avait plus pour lui aucune gentillesse. Il le remarquait souvent depuis quelques mois : elle ne lui

disait jamais rien qui fût tendre ou prévenant. Il songea qu'elle avait été odieuse
pendant chacune de ses grossesses.
C'était elle pourtant qui avait souhaité
un troisième enfant. Enceinte, elle lui
en voulait d'être intact. Et il était aussi
fatigué qu'elle ! S'en apercevait-elle seulement ? Max pouvait être dans n'importe
quel état, et le masque sur son visage de
quelque couleur que ce fût, la flamme
des yeux éteinte ou ravivée, l'appétit
vivace ou enseveli, Eve ne voyait rien. Il
songea : Même veuve elle n'en saurait
rien ! Je suis un portefeuille. Il était obligé
d'y penser, mais pas de le croire. Tu
peux les faire dîner oui ou non ? dit-elle
en le bousculant pour sortir de la pièce.
Je t'énerve ? demanda-t-il. Elle n'osa pas
lui dire oui. Non pas du tout, dit-elle,
mais je suis pressée, tu es prêt et je ne
suis même pas habillée. Donc je te
demande de me rendre ce service : Fais-
les dîner. Elle parlait de leurs enfants, elle
parlait à son mari, elle s'était passé sur
les cils cette glu noire qu'on appelle du
rimmel, pour se faire des yeux plus mystérieux. Elle n'était plus jolie du tout, se
dit-il. Il refusait d'aller jusqu'à formuler :
le dedans d'un être fabrique ce poudroie-
ment de lumière au-dehors qui s'était
justement mis à faire défaut à Eve. Il
essayait vraiment de l'aimer. Il tenait à

l'aimer comme elle était, ou même comme elle était devenue. C'était cela le mariage. Accepter qu'une personne change. Max regardait sa femme sans dire un mot. Il était trop fatigué pour se battre ce soir, il n'aurait même pas eu la force d'exiger qu'elle ne lui parlât pas comme à un chien. Il la voyait sans indulgence : son visage était devenu dur, sa bouche était désormais prolongée par deux rides courbées vers le bas, elle ne souriait presque plus, elle n'était jamais contente de rien, elle donnait des ordres. Etait-elle heureuse au moins comme cela ? C'était possible, si incompréhensible que cela pût paraître. Il le pensait parce qu'il ne comprenait rien à sa femme et à ce qu'ils étaient en train de vivre. Etaient-ils sur une très mauvaise pente ou bien n'était-ce là qu'une dépression conjugale normale ? On a si peu de repères. Pas moyen de comparer à ce que vivent les autres puisqu'on l'ignore. Max de Mortreux soupira. Il mit le couvert, deux assiettes creuses et deux verres décorés de Blanche-Neige et Lucky Luke. La tristesse et la tendresse se mêlaient en lui. Il tenait à aimer sa femme. Pourquoi donc y tenait-il à ce point ? Il avait été éduqué de cette manière. On ne se refait pas. Il laissa tomber cette question et appela les petits à table.

Il faisait maintenant dîner les enfants.
Les enfants riaient. Heureusement que les
enfants riaient. Y avait-il autre chose que
les enfants pour le retenir dans cette maison ? La réponse n'avait aucune importance puisque les enfants le retenaient
dans cette maison. Ce qu'il faisait qu'il
ne voulait pas faire, ce qu'il rêvait d'entreprendre et qu'il n'ébauchait pas, ce qu'il
vivait, ce qu'il supportait, il ne le disait à
personne. Se taire était parfaitement possible : clouer son malheur dans le silence
et tenir debout au cœur des clous. Certaines phrases minuscules pouvaient suf-
fire à révéler l'étendue de l'erreur. Jamais
il n'en avait prononcé une seule. Même
au cours d'une dispute, il n'aurait pas
dit : Je reste à cause des enfants. Eve
trouve que je ne gagne pas assez d'argent. Nous ne couchons presque plus
ensemble. Il avait les pieds sur terre et
ne se faisait pas d'illusion. Il ne quitterait
jamais Eve. Qu'est-ce qui pouvait tenir
lieu d'amour ? Bien sûr que c'était l'enfance qui rit. Est-ce que ce ne serait pas
pareil avec une autre femme ? En aimer
une autre ne serait pas une bonne idée
du tout. Il ne ferait qu'y perdre ses
enfants ! Eve était revenue dans la cuisine. Mangez ! dit-elle aux petits qui lam-
binaient. Papa et maman sortent ce soir,
expliqua-t-elle à son aîné. Max lavait la

casserole en réfléchissant. En aimer une autre… cela n'entrait pas dans l'univers de ses possibles. D'ailleurs il éprouvait de l'amour pour sa femme. C'était elle qui ne l'aimait plus. Ne pouvait-il rester une trace des magies originelles, une belle tendresse, la fulgurance d'une émotion partagée ? Embrasse-moi, dit-il avec un pauvre sourire. Est-ce que l'amour entre deux êtres ne faisait pas qu'aller et venir ? Il fallait attendre l'heure du retour. Embrasse-moi, répéta-t-il. Elle s'approcha derrière lui et dans un soupir secret l'embrassa sur la joue. Sur la joue ! pensa-t-il. C'était donc tout ce qu'elle pouvait faire.

Installée dans la voiture, à sa droite, elle disait : Cette soirée me fait chier. L'horreur de son épouse prononçant ces mots vulgaires le foudroyait. Avec quelle femme s'était-il allié ! Il ne répondit pas, non pas qu'il voulût l'énerver, mais il ne savait quoi dire s'il n'avouait pas ce qu'il ressentait. Tu pourrais répondre quand je te parle, dit-elle. Il répliqua sans tarder : Tu ne m'as pas posé de question. Comment deviner que tu attends une réponse ? Je te dis que cette soirée me rase, répéta-t-elle, et tu me laisses dire et tu ne fais rien. Quelque

chose enfin montait en lui, une exaltation de colère irrépressible. Il n'était pas
un tempérament coléreux, mais poussé
à bout. Que veux-tu que je te dise ? dit-
il. C'était une fausse question. Il parla
avec une fermeté soudaine qui la pétri-
fia. Une fois encore elle avait dépassé le
point fatal. Combien de fois a-t-on le droit
de dépasser le point fatal ? Il disait : Tout
te fait chier, tu n'es contente de rien, tous
les gens t'emmerdent, tu leur parles
comme à des chiens. Il se reprit : Non,
tu ne parlerais pas à un chien comme
tu me parles. Tu craches sur mes amis, tu
méprises mes parents, tu critiques tout
le monde, je n'invite plus personne à la
maison, je ne sais pas ce qui peut encore
t'amuser, j'essaie de me faire le plus petit
possible. Et il finit avec l'argent : La seule
chose qui compte à tes yeux c'est que je
ramène le fric pour payer ton bel appartement et ta femme de ménage. Voilà, il
l'avait dit. C'était la première fois. Sur
quelle pente étaient-ils ? Il semblait bien
à Max que les disputes empiraient. Eve
était statufiée. Il ne pouvait distinguer
ses yeux, parce qu'elle ne le regardait
pas et qu'il devait au surplus faire attention à la route. Mais, sans savoir pourquoi, il eut l'impression qu'elle avait les
yeux pleins de larmes. Et cela était si vrai
qu'une larme coula sur la joue, en plein

cœur du petit rond de poudre rose
qu'elle s'était fait. Elle se forçait à pleurer. Cela il n'en eut pas idée. Il ne pouvait concevoir ce degré de duplicité. Elle
était assez bouleversée, mais elle n'aurait
pas pleuré si elle ne s'y était obligée. Elle
voulait absolument pleurer. Parce que
les larmes des femmes, quoiqu'on croie
parfois le contraire, ont toujours un
effet : c'était ce qu'elle pensait. Si elle
n'avait pas pleuré en entendant ces
reproches, qu'aurait-il imaginé ? Elle
pleurait pour lui. Mais comme il ne
s'en préoccupait pas, elle laissa éclater
sa rage. Salaud ! Salaud ! Salaud ! lui
criait-elle. Il conduisait, impassible. Elle
le détesta. Salaud ! dit-elle. Je te déteste !
Et elle lui donna un coup de poing en
haut du bras. Il hurla de surprise et de
colère. Pas en voiture ! Tu n'as pas à me
frapper quand je conduis ! Il avait raison, elle était penaude. Pardon, bou-
gonna-t-elle. Alors il parla fermement :
Cette soirée t'ennuie, c'est ton droit, tu
n'es pas obligée d'y venir, alors ne viens
pas. Préviens que tu resteras chez toi et
restes-y ! Mais, surtout, fous-moi la paix !
Il s'emporta. Fous-moi la paix ! Il criait
plus fort qu'elle ne pourrait jamais crier.
Arrête de me castrer haché menu ! Il
n'y avait plus trace d'amour entre eux.
Elle pleurait maintenant comme une

Madeleine. Mari et femme ! le beau spectacle ! pensa-t-il. Il laissait tourbillonner
dans sa tête le début de leur histoire, les
détails traîtres dont il avait gardé souvenir. Je ne suis pas un si bon parti que
cela ! dit-il en ricanant. Elle ne comprenait pas ce qu'il voulait dire par là, et lui
non plus. Ils restèrent silencieux. Des-
cends, dit-il, je vais chercher une place.
Je peux rester avec toi, dit-elle avec une
toute petite voix. Elle s'essuyait le coin
des yeux avec un mouchoir. Comment
était-ce possible cette petite voix ? pensa-
t-il. C'était horrible. Non, dit-il sans cesser de regarder devant lui la route, et les
mains rangées sur le volant, j'ai envie
d'être seul. Il la regarda s'en aller à pied
vers le club, assez gracieuse, bien habillée, avec ses cheveux châtains lissés
derrière et sa dureté cachée là-dessous.
Un piège. Comment était-il tombé dans
ce piège, lui, comment ? Il fit sa manœuvre pour se garer. Cette scène l'avait
vidé. C'était le moment où Gilles André
disait à sa compagne : Que voudriez-
vous manger ? Il y a toutes sortes de
choses délicieuses, tenez, regardez.

9

Les couleurs du soir n'étaient pas les
mêmes quand on sortait de la ville.
L'incendie qui tenait encore les quartiers
du centre ne pesait déjà plus sur la péri-
phérie. La grande chaleur de la journée
quittait les jardins, la nature retrouvait fraîcheur et vigueur. Mélusine Tropp goûtait
l'ombre vespérale, assise dans une chaise
longue. D'un instant à l'autre les pas
des futurs amants s'accorderaient sur
l'asphalte brûlant, tandis que Sara, Louise
et Marie entreprendraient de choisir une
robe, et qu'Eve serait grossière avec son
mari. Car, au même moment du monde,
ils vivaient des intimités singulières. Et
même si les méandres se croisaient,
chaque sentier n'avait qu'un promeneur :
une vie par personne, et pas moyen
d'échanger ou de partager. Et quand un
homme et une femme unissaient leurs
sorts, était-on bien certain que c'était ce
qu'ils faisaient ? L'un des deux tout simplement n'était-il pas le spectateur de la
vie de l'autre, réduisant la sienne à néant ?
C'était la seule question que Mélusine
Tropp était capable de se poser lorsqu'elle
tenait un verre à la main. Qu'as-tu fait de
ton talent ? Qu'as-tu fait de ton talent ? Le
téléphone sonnait mais elle restait assise.

Ce qu'elle avait fait ? Mon Dieu elle n'en savait rien. Elle buvait une gorgée d'une boisson qui ressemblait à une limonade. Laisser sonner, ne pas courir vers le combiné : c'était sa liberté. Le chapelet des sonneries en battait la mesure.

Quelle affreuse journée encore ! Mélusine n'avait pas quitté sa cuisine depuis le matin. Elle avait bu assez de gin tonic pour être dans cet état de langueur qui l'empêchait d'entreprendre quoi que ce soit. Elle souriait aux anges en écoutant la radio. Le poste était resté dans la cuisine. Dans le silence de la maison vide, ces voix étaient vitales. Henri avait toujours voulu habiter ce pavillon de la grande banlieue, celui où les enfants avaient été petits, celui où il avait un jardin : Mélusine était isolée de tout tandis qu'il s'en allait à son bureau. Bien sûr les visites des amies s'étaient raréfiées quand elle avait eu grand besoin d'amies. Rien de tel que les liqueurs fortes pour vous isoler de ceux qui sont bien portants. Elle s'était trouvée de plus en plus seule. C'était plus pratique pour boire. Boire est une chose intéressante. Mélusine avait entendu un grand philosophe le dire à la télévision. Et beaucoup d'hommes qui avaient fait leur chemin dans le monde

connaissaient les bienfaits de l'alcool. Elle
but encore une gorgée sans se lever pour
décrocher. C'était Henri, à cette heure ce
ne pouvait être que lui. Il voulait s'organiser avec sa femme pour cette soirée au
club de tennis. Il se doutait forcément
que Mélusine était là. Après seize heures,
elle n'était plus capable de rien. Voilà, il
avait raccroché. Il suffisait d'être patiente,
de supporter le bruit jusqu'à ce qu'il se
décourageât ! Le découragement ne durait
jamais longtemps, il rappelait toujours.
Une minute. Deux minutes. Parfois davantage s'il allait prendre un café. Le silence
derrière les voix radiophoniques durait.
Trois, quatre, cinq minutes passées. Enfin !
Mélusine pouvait à nouveau entendre
l'entêtement de la sonnerie. Celui qui
téléphonait savait vraiment qu'il y avait
quelqu'un pour répondre. Mélusine se
leva et marcha péniblement vers la maison. Elle tanguait comme un bateau.

   Sa main attrapa le combiné en tremblant. L'annulaire était gonflé autour
de l'alliance et les ongles étaient tous
rongés. Mélusine, dit-elle. Sa voix était
flûtée et douce, une tessiture aiguë et
moelleuse à la fois. Un don qui n'avait
mené qu'à des regrets. Mon grand
remords, disait-elle, c'est de n'avoir pas

chanté. Elle changeait *regret* en *remords*,
comme si elle avait été activement coupable envers une grande intention, et
qu'elle eût dû s'acquitter d'une tâche très
attendue dont on lui faisait maintenant
reproche de l'avoir négligée. Mon grand
remords… Tout le monde s'en foutait,
elle le savait bien, et elle ne parlait de
cela que pour elle-même, pour s'entendre dire quelque chose d'important. Les
autres ne sauraient s'attrister tout de
même des rêves que nous avons laissés !
Ma chérie ! disait Henri. Il était à la gare,
dans une cabine téléphonique, s'apprê-
tant à prendre le train. Ma chérie ! Pourquoi ne réponds-tu pas ! Il avait un ton
suppliant, le ton d'un époux qui ne sait
plus quoi faire, qui abdique dans l'ordre
de la supplique et du désespoir. Elle ne
répondait rien. Ma chérie, ça ne va pas ?
demanda-t-il. Il l'aimait comme enfant
on aime sa mère : sans pouvoir envisa-
ger de la perdre. Cette adoration n'avait
pas suffi. Il avait cru qu'un mari aimant
faisait la vie d'une femme, et ainsi la vie
de Mélusine avait manqué de ce que
l'amour ne donne pas : une place que
soi-même on creuse dans le monde. Il
l'avait protégée du dehors. Elle s'était
abandonnée à lui. Il était si amoureux !
Combien de fois Henri n'avait-il vanté sa
voix ?! La voix de Mélusine ! Ma chérie !

Car il est certes plus facile de vanter et
de parler, que d'épanouir et de travailler.
Oh ! voilà ce qu'elle avait appris à ses
enfants : On doit se mener dans la vie
comme un âne sur un chemin, à coups
de fouet, tirant peut-être à hue et à dia,
mais avançant de l'aube jusqu'au crépuscule. Elle était morte sur place parce que
personne ne lui avait fait entrer dans la
tête cette vérité : il faut prendre le fouet
contre soi-même. Ma chérie, ma chérie…
Il le disait encore : Ma chérie, je vais rentrer à la maison pour te chercher. Mélusine ne disait rien. Peux-tu m'attendre ?
Préférerais-tu venir seule ? Pas de réponse.
Que nous nous retrouvions directement
au club ? Il faisait seul la conversation.
Ma chérie je suis désolé d'être en retard,
et toute sa voix disait qu'il l'était, et même
plus que désolé, inquiet. Elle ne répondait rien, engourdie et ombrageuse dans
le cercueil de l'ivresse. Mélusine ? dit-il. Tu
m'entends ? Oui Henri, je t'entends, dit-
elle enfin. Elle était en colère, il s'affola.
Ma chérie, recommença-t-il dans sa supplique, tu ne m'en veux pas ? Il fallait
bien qu'elle l'aimât pour n'être pas agacée par sa larmoyante tendresse. Je serai
là vers dix-neuf heures trente, dit-il. Tu
ne m'en veux pas ? Je t'embrasse ma
chérie. Ma chérie, tu ne m'en veux pas
trop ? Mais non ! dit-elle, excédée. Mais

je vois bien que tu n'es pas contente !
dit-il, désespéré. Je suis désolé. A tout
à l'heure, dit-elle. A tout à l'heure ma
chérie. Elle raccrocha. Il était frappé. Il
regardait le combiné dans sa main. Il était
de ces maris qui croient que les choses
vont s'arranger quand on ne les dit pas.
Il fallait éviter la vaine agitation que cau-
sent les mots. Quelle heure était-il ? Mélusine s'était rassise. Elle irait au club dans
cette tenue, de toute façon elle n'avait
plus rien à se mettre.

   La chose la plus importante à propos
de Mélusine Tropp c'était cette chose
qu'elle faisait : boire. Elle se glissait
entre la table et le frigidaire, elle déposait là son gros ventre, et dans sa cuisine
rafraîchie par la nuit, elle versait les pre-
mières gouttes dorées dans son café. La
chaleur du café exhaussait l'odeur du
whisky, l'ivresse était aussi olfactive. Mais
elle avait toujours été seule pour respi-
rer ce parfum dénonciateur : les enfants
à l'école, le mari au bureau, et puis, plus
tard, plus d'enfant du tout. Il peut y avoir
tellement de solitude autour d'une mère.
Personne dans la famille ne s'en faisait la
remarque puisqu'elle n'était pas seule
quand on la voyait. N'avait-elle pas bu
d'être seule avec la machine à laver, le

linge et le fer à repasser, et le frigidaire,
les casseroles et les fait-tout, et d'ailleurs
c'était dans la cuisine – elle disait même
ma cuisine – qu'elle était venue dès le
début pour faire ça.

Ils n'avaient rien vu, ni le mari, ni les
enfants. C'était son corps qui avait trahi
Mélusine. Il avait changé, il avait pris la
forme connue des corps d'alcooliques.
La peau de son visage était devenue
d'un grain plus épais, les pores s'étaient
dilatés jusqu'à former de vrais trous. Les
traits s'étaient enfouis dans une bour-
souflure. Le ventre était sorti de lui-
même, comme si elle faisait pousser un
autre enfant. J'étais mince autrefois, disait Mélusine, lorsque l'ivresse la rendait
capable de dire une telle phrase. Elle
était même belle. Et cela était si vrai
qu'elle avait cru que c'était assez. N'était-
ce pas la vie d'une femme : être regardée,
sourire, être aimée, et rendre cet amour,
rester dans la continuité bienheureuse
qu'instaure la fidélité entre deux personnes ? Elle n'attendait que l'amour, et
tout le reste par l'amour. Il avait pourtant
bien fallu se rendre à l'évidence : on se
sentait seul même quand on aimait. Elle
était abandonnée dans sa maison et
encore plus abandonnée dans sa tête.

Que faisait-elle de sa vie ? Elle mourrait.
Elle aurait vécu pour les autres. Le passé
s'enfuyait. L'angoisse de vivre et de mourir l'étreignait. Il n'y avait pas de mots
pour dire cela. Elle essayait quand même.
L'amour répondait par des sourires.
Henri ! Il croyait bien faire. Les gestes
tendres étaient en face du néant et du
froid et du doute comme de minuscules
étincelles presque saugrenues. Les gestes
tendres étaient pourtant les seuls joyaux
véritables. Alors que fallait-il espérer ?
Comment s'y prenait-on pour tenir
debout ? Comment faisaient les autres ?
Mélusine avait d'abord pleuré. Puis
elle avait bu.

Et maintenant elle était une femme
guettée par l'incurie, envahie par la
sueur quand elle ne buvait pas. Elle était
bien capable de mourir si son corps ne
résistait pas. Mourir ! Elle le disait. Je me
tue ! C'est bien ce que je fais ! Parfois le
mari pleurait. Il ne la regardait pas. Il fer-
mait les yeux : afin qu'apparût la jeune
fille qu'elle avait été. La belle géante
brune à la chevelure épaisse. C'était
étrange à quel point la vie pouvait ne
pas tenir ses promesses. Un être se brisait comme du cristal. Mélusine était en
cristal. Il l'avait toujours su. C'était cette

transparence qu'il avait aimée. N'avait-
il pas vu la fêlure ? Il la regardait se
déplacer lentement de la cuisine à son
lit. Comment était-elle devenue ! Elle ne
pouvait même plus marcher. Plus de pro-
menades, plus de voyages, plus de cour-
ses. La gare, c'était une chance que la
maison soit à côté de la gare. On avait
le bruit des trains mais Mélusine pouvait aller en ville.

10

Expliquez-moi comment se passe la création d'un papier peint ? dit-il avec déter-
mination. Grâce à vous je découvre un
métier ! dit Gilles André. Dès que la conversation s'écartait des chemins amoureux, Pauline Arnoult éprouvait un
regret. Sa jubilation diminuait. Elle aimait
qu'il fût enjôleur et sinueux, souriant et
matois, et qu'il ne s'occupât que de ce
qui leur arrivait. Elle ne voulait pas parler d'autre chose. Mais elle vit comme
il la regardait, avec un véritable plaisir,
et elle fut bien aise de ce regard. Elle
répondit en souriant. Ce n'est pas très
compliqué ! dit-elle. Et vous n'allez rien
découvrir du tout. Racontez-moi quand

même, dit-il, tout ce qui vous concerne m'intéresse. Et il ajouta : Vous m'intéressez ! Elle n'osa pas se réjouir tant cela lui parut exagéré. Aussi elle se lança dans une explication.

11

Pénélope Lepeintre mettait la clef dans sa serrure à l'instant où Gilles André s'exclamait : Je ne sais pas ce qu'elles ont toutes à vouloir divorcer ! Dieu sait pourtant que vous n'êtes pas faites pour vivre seules. Pénélope Lepeintre ne s'était jamais mariée et vivait seule. Elle n'avait pas non plus fait l'expérience du concubinage. Vivre auprès d'un autre si ce n'était pas sous serment, il lui semblait que c'était intenable. Les prétendants n'avaient pas manqué à Pénélope, mais elle avait aimé une fois, l'année de ses vingt ans, dans la réciprocité transparente, elle avait connu un bel amour loyal et miraculeux, et puis le garçon était mort. Elle ne l'avait pas remplacé. Elle n'avait plus écouté ni les promesses, ni les requêtes. Les mots tendrement murmurés étaient restés au bord de son oreille, aux portes fermées de son cœur vaillant,

rivé à la mémoire des mêmes mots
qu'avait portés le souffle du premier
amant. Cela ferait quinze ans. Ces souvenirs bruissaient dans sa vie comme
les voiles d'un spectre dont nul ne l'avait
séparée. La solitude, on pouvait ne pas
en mourir, s'ouvrir à autrui comme un
être vacant, disponible et chaleureux,

Pénélope avait hésité à passer chez
elle avant de partir au club. En retard,
bouleversée par ce qu'on ne peut appeler qu'une surprise de l'amour, elle marchait, prenant le pouls de son sentiment,
exténuant en elle le goût de la solitude
et de la commémoration vaine, pour enfin
accueillir le désir d'un autre. Elle aurait
voulu se calfeutrer dans cette pliure de
vie. Mais elle avait promis à Marie de
venir à la fête. Les femmes ne regarderaient pas le combat. Pénélope avait horreur du sang. Naguère le fiancé était
mort d'un empoisonnement du sang en
quelques heures. Si elle n'avait rien dit à
Marie elle serait restée chez elle. Ce tourbillon des mots qu'on dit et qu'on entend
et qu'on répète, dont on se moque ou
qui nous blesse… Dire qu'elle venait
d'être demandée en mariage ! C'était
comme un coup de poing dans le cœur
lorsqu'on ne s'y attendait pas. Elle était

bouleversée parce qu'elle avait compris
qu'elle allait glisser sa main dans celle
qui se tendait.

Il serait bientôt vraiment un vieux
monsieur. Jamais elle n'aurait pu croire
qu'elle tomberait amoureuse d'un homme plus âgé que son propre père. Voilà
pourquoi elle était sortie si facilement
et si souvent avec lui. L'amitié était une
grâce que leur valait la différence de
leurs âges. Elle ne s'était pas méfiée.
Ils avaient vu ensemble des dizaines
de films, des pièces de théâtre, et des
opéras, des expositions de peinture, des
ballets même ! Il était toujours disponible
pour elle. Elle avait pensé que c'était
ensemble son veuvage et sa retraite. Ils
avaient dîné, en tête à tête, bien plus
que souvent, essayant des restaurants.
Spécialités de poissons, couscous, cuisine japonaise. Pénélope ne mangeait
pas de viande. Elle disait à ses amies :
On se fait des gueuletons d'enfer ! Tant
de connivence par-delà la barrière des
âges étonnait les amies. Ils avaient pourtant des tas de choses à se dire. Ils parlaient de philosophie, d'économie, de
littérature… Quel âge avez-vous ? avait-il
bien murmuré un soir, et secouant la tête,
comme pour un refus, un regret, après

qu'elle eut répondu qu'elle avait trente-
six ans, et qu'il sut en avoir soixante-
douze, c'est-à-dire – avait-il aussitôt
remarqué – le double d'elle trop exactement. Comment pouvait-il se sentir
aussi proche d'elle par le désir, qu'il s'en
trouvait éloigné par l'implacable chro-
nologie ? La souveraineté des sentiments
jouait contre celle de la nature. Il serait
un défunt quand elle entrerait à peine
dans la maturité de sa vie. Paul Jade était
tout ensemble saisi, interloqué, heureux,
et rajeuni. D'ailleurs, était-ce ce regain
de jeunesse, Pénélope éprouvait avec
lui le plaisir d'une affinité d'esprit. En
somme : l'âge ne sépare pas les êtres qui
se ressemblent.

Alors les choses s'emballèrent, comme
si à la fin les corps se mêlaient forcément
de ces inclinations de l'esprit. Un soir,
tandis qu'ils étaient à marcher au sortir
du théâtre, en une fraction de seconde
elle perçut que le ton de leur rencontre
avait changé. Paul n'était plus le même :
une attirance, un intérêt viril étaient en
lui. Il marchait à côté d'elle, beaucoup
plus près que d'ordinaire. Elle était chamboulée. Elle sentait qu'une force le poussait à s'approcher tout près d'elle, comme
s'il avait voulu l'attraper. Elle marchait de

plus en plus vite. Elle se sauvait devant lui. Il lui fit des compliments qu'il n'avait jamais faits, des compliments galants. Elle fut assez fâchée d'être ainsi poussée dans le rôle convenu de la féminité courtisée. Et cependant quelque chose en elle, à son insu, était touché. Le temps passé avait restauré l'innocence des mots et des gestes.

Les lettres qu'il écrivait changèrent. Il n'avouait pas ses sentiments mais elle pouvait les lire. Elle était émue. Cette histoire semblait inexplicable. Comment n'avait-elle rien vu venir ? La connivence avait été immédiate, elle s'en souvenait très bien, au café, il pleuvait, il lui avait tenu longtemps la main dans le métro au moment de se quitter. Elle avait eu le sentiment de rencontrer une vraie personne. Cet homme l'avait charmée. En somme, pensa-t-elle, si elle n'avait rien vu venir, c'était surtout qu'elle ne l'avait pas voulu. Elle s'était installée dans cet amour sans se le dire… Un sentiment qui naît est si vulnérable. Elle avait laissé grandir l'attachement comme si de rien n'était. Elle écrivit. Elle écrivit que les affinités n'ont pas d'âge, qu'elle l'avait ignoré mais qu'elle le savait pour toujours. Il l'avait prise dans ses bras, longuement, sur le trottoir comme le font les adolescents qui ne veulent pas rentrer chez leurs parents. Ils sortaient du cinéma. Aller ensemble voir un film n'était plus un acte engageant, mais puisque Paul était d'une autre génération il avait fait sa demande.

Pénélope Lepeintre noua un foulard doré autour de ses épaules et s'en alla au club dans le scintillement de cette étoffe et la gloire intérieure que donne l'assurance d'être aimée.

II

RENCONTRE

1

IL L'AVAIT DÉCOUVERTE A L'ÉCOLE, devant la rangée des portemanteaux à l'entrée des classes maternelles. C'est là que l'envoûtement était né. Dans le déferlement des enfants, au cœur de leurs pépiements matinaux, un rapt silencieux : une femme se saisissait d'un homme. Une image mordait dans un regard.

Ils étaient occupés aux mêmes gestes que faisaient là tous les parents : s'agenouiller devant son enfant, déboutonner le manteau puis le tricot, se relever en même temps que l'on tire sur une manche pour enlever le vêtement, suspendre le tout au crochet surmonté de la photographie du garçonnet ou de la fillette qui

porte votre nom et votre sang, étreindre
cet enfant contre soi, lui prendre la main
pour l'amener jusqu'à sa classe, lui faire
dire bonjour à la maîtresse, l'asseoir avec
les autres, l'embrasser encore une fois et
partir en lui faisant signe avec la main.
C'était au moment d'accrocher les affaires
qu'il l'avait aperçue.

Pauline Arnoult portait un long manteau rouge, cintré à la taille et s'évasant
vers le bas, avec deux rangs de boutons
dorés comme en possédaient les anciens
uniformes militaires. Gilles André était
occupé avec sa fille. La tache de couleur
traversa son champ visuel. Il était agenouillé. De fines chevilles dansotaient
sur des escarpins, au milieu de l'étoffe
abondante. Un homme agenouillé devant
une petite fille pouvait reconnaître dans
la pâleur des bas de jolies jambes de
femme. Il leva donc les yeux pour découvrir le visage qui allait avec les jambes.
Alors il tomba dans un fantasme. Il fut
saisi. Un visage clair souriait et dispensait
des tendresses. Impossible de détacher
ses yeux de ce sourire. C'était inexplicable. D'autres pères étaient là qui n'étaient
pas emportés dans cette vision. Etait-ce
pour lui une chose déjà vue, retrouvée,
attendue ? Il fut transporté d'un coup

dans l'allégresse tourmentée du désir.
Une blondeur ramenée en chignon se
mêlait dans un baiser à la blancheur des
cheveux d'un petit garçon. Elle lui chuchotait des câlineries à l'oreille et le rire
cristallin de l'enfant crépitait dans le brou-
haha. Gilles André restait bête. Il n'entendait plus que le rire enfantin, et il aurait
voulu être ce rejeton puisqu'elle ne voyait
rien d'autre. A la fois juvénile et maternelle, Pauline Arnoult laissait une impression contrastée de jeune femme fatale et
de maturité qui a fini de séduire. Elle
était dévouée à son enfant, mais pas
encore faite ni rassurée sur elle-même.
Elle n'avait pas rassasié le besoin de
plaire. Le devina-t-il ? A ce moment pourtant elle n'appartenait qu'à son fils. C'était
précisément dans cette inattention gracieuse qu'il fut pris, dans rien d'autre que
cela. Ce qui était homme en lui fut tor-
pillé par cet aperçu de la douceur des
femmes quand elles sont mères. Le
charme et l'apaisement quand elles
s'approchent de leurs petits, et, pensait-
il, la merveilleuse tiédeur sensuelle dans
laquelle elles accueillent aussi leur amant,
quand elles ouvrent leurs cuisses de
velours, et laissent tomber leur tête en
fermant leur visage. Il voulait être cet
amant. Pourquoi le voulait-il ? Il ne se
poserait la question que beaucoup plus

tard. Il tâcherait de lire le tissage, l'avè-
nement et le déploiement de cette attraction. Pouvait-il trouver quelque part sur
elle la cause de son propre désir ? Etait-
ce en lui ou en elle que se trouvait la
clef ? A l'instant il voulut être aimé d'elle.
C'était aussi violent que mystérieux. Mais
c'était vivre l'expérience la plus intéressante de la vie. Il n'était ni assez sot, ni
si jeune, qu'il pût l'ignorer. Il ne l'ignorait pas, et, pactisant avec son mal, il le
pensa même avec une clarté extraordinaire. Ceci expliquera qu'il ne se retint
pas. Ni de la contempler, ni de la désirer.
Elle ne ressemblait à personne qu'il eût
déjà aimé, elle ne réitérait pas un passé.
Mais elle était si jolie ! Il ne pouvait tout
simplement pas ne pas la regarder.
Une silhouette, les traits d'un visage,
une expression tendre, une indifférence
étaient le centre déclencheur d'une attraction.

Il fut donc éperdu dans le lacis des
mots et des brûlures sans mots qu'apporte
en nous le désir. Il fut ravi à lui-même,
désuni par une émotion qu'il voulait
accueillir. Un délire s'étendait. Je suis le
spectre d'une rose que tu portais hier au
bal… et je te reconnais, tu es ma sœur,
ensemble nous avons traversé l'enfance,

je ne connais aucune femme mieux que
toi, et je te trouve enfin, et tu es la tendresse de ma mère, et tu es mon désir,
l'image exacte du vœu qu'en moi j'ignore,
et je ne peux plus rien que te regarder,
toi la dame de mes songes, je ne puis
plus que me déployer pour te plaire,
t'enchanter et te coucher sous mon désir,
et j'ai l'air stupide ravagé par ce soudain
tourment, et je suis innocent, moi qui
n'ai jamais été bête et même par amour !

La femme embrassait son fils, l'homme
restait immobile et muet devant ce spectacle. Le voyant si captivé, quelques
enfants cherchaient ce qu'il observait. Ils
n'apercevaient rien qui valût cet hébéte-
ment singulier. Ils ne voyaient que lui,
pris dans cette béatitude solitaire. Sa fille
s'impatienta. Papa, dit-elle en tirant sur
sa veste, viens voir ma maîtresse. Il se
releva dans le ravissement où il était,
entraîné par la minuscule main de la fillette, et c'était comme un double rapt de
la douceur, il voulait le penser, lui qui
(du moins le disait-il) n'avait tenu à la
vie que par les femmes. Quel secret possédaient ces princesses pour savoir l'em-
porter si loin de lui-même ? Saluant la
maîtresse à la grande fierté de sa fille, il
retrouva ses esprits et le monde réel : la

perception de soi-même dans un temps
et dans un espace. Il resta un moment à
côté de l'enfant qui babillait des cajole-
ries pour retarder le départ de son père.
Elle montra ses cahiers, ses dessins, il ne
parvenait pas à se concentrer pour regarder. De temps à autre il prenait dans ses
mains la tête bouclée, roulant ses doigts
dans les cheveux, et l'embrassant. Pauline Arnoult poussait son fils dans la
classe. Le garçonnet marchait dans les
jambes de sa mère et elle riait avec lui
de le faire avancer contre son gré. Elle
n'était occupée qu'à son enfant et cette
indifférence était à Gilles André la même
torture qu'une vraie rebuffade. Il l'enveloppait dans un regard qu'il ne maîtrisait
pas.

Alors seulement elle le vit à son tour :
un homme qui la regardait obstinément.
Et c'est aussitôt dans le paysage de ce
désir qu'elle soutint le regard : elle
incrusta en lui l'harmonie d'une pleine
féminité. Il s'enfonçait dans l'émerveillement sexuel que les hommes ressentent
plus souvent que les femmes, parce que
la vue joue un plus grand rôle dans leur
désir. Elle eut un sourire gêné à quoi il
reconnut qu'il était deviné. Une attente
magique venait de commencer. Nul ne

sait les détours que prendra le réel pour
venir à son dessein. Nul ne sait comment
adviennent les choses rêvées, ni comment il se peut qu'elles n'adviennent pas.
Le dieu des amours jubilait. Un invisible
filet se refermait sur eux. S'ils voulaient
s'épargner, c'était le dernier instant pour
le faire. Ils passaient la grille d'une prison éclairée comme un palais. Jusqu'à
ce que la mort rende toute caresse inutile,
vous vous désirerez. Jusqu'à ce que la
mort vous sépare, vos corps s'attireront,
et ainsi jusqu'à l'effacement de la chair,
jusqu'au délitage et la poussière…

Il leur fallut quitter la classe. Allez ! tous
les parents dehors ! disait la maîtresse.
Je ne veux plus voir aucun parent. Les
enfants riaient. La femme, agenouillée,
babillait encore avec son fils. Furtif et
ardent, l'homme la regardait. Un monde
masculin l'attendait, qui lui sembla laid
et glacé, disqualifié par l'immémoriale
faim qui l'avait pris. Il serra sa fille dans
ses bras. Je te retrouve ce soir, lui
murmura-t-il, car c'était ce jour illuminé
où il en avait la garde. Son sort de père
était une amertume. Gilles André était, à
cet instant de la rencontre, un homme
qui se décomposait dans le sentiment
que laisse l'échec amoureux. Chez lui,

une chambre d'enfant vide et silencieuse
ranimait chaque soir la détresse de ne
plus vivre sous le même toit que sa fille.

Pauline Arnoult salua la maîtresse. Elle
envoyait des baisers à son garçon. Elle
avait enfanté son bonheur, l'enchantement d'un fils, et c'était un charme d'enchantée qu'elle portait sur elle en s'en
allant. Le petit garçon riait. L'harmonie
s'était infiltrée dans chaque recoin de cet
enfant. Gilles André était capable de voir
cela qui broyait une part secrète de lui-
même. Il serra encore sa fille dans ses
bras. Des mamans caquetaient. Il pensa :
Des mères qui demanderaient le divorce
et emporteraient leur enfant. Il les
regarda se nourrir de la chair enfan-
tine. Les enfants leur appartenaient-ils
donc ? Il lui semblait que tout l'attes-
tait : les mères et grands-mères, les avo-
cats, les juges, et les pères eux-mêmes.
On les dépouillait, ils s'y faisaient. Ils
refaisaient des enfants auprès d'une
deuxième femme... Gilles André retourna faire un dernier baiser à sa fille.
Comme une mère ! se dit-il. Mais alors
il eut à entendre le prénom de l'image
ensorcelante : Pauline ! Une femme
appelait. Pourquoi était-il si ému ? Il
était vraiment ému ! Son tempérament

s'exaltait seulement parce qu'il entendait ce prénom. Quelle bêtise ! Pauline !
cria encore la voix. La blondeur s'arrêta
de marcher. Je prends ton fils à midi,
disait la mère. Tu es sûre que ça ne
t'ennuie pas ? disait l'ensorcelante blondeur. Non, ça n'ennuyait pas. Merci !
cria la jolie Pauline, s'en allant dans le
grand manteau rouge. Où allait-elle ? Il
aurait été capable de la suivre, et même
pas pour le savoir, pour la regarder. A ce
soir ! disait-elle. Merci ! Elle agitait la
main en l'air au-dessus de sa tête, avec
un bras joliment arqué et un léger déhan-
chement parce qu'elle se retournait. Il
fut dans l'obsession du désir. L'image
fascinante avait un nom. Pauline. Il le
murmura entre ses dents comme un
vers aimé. Pauline.

   Bien sûr rien d'autre ne se produisit
ce jour-là, que cette capture silencieuse
d'un homme dans une femme et d'une
femme dans un regard. Il n'advint rien,
que ce silence plein de choses sues,
d'évidences indéfiniment jouées, ce langage d'éclairs, d'eau et de lumière que
parlent les yeux, le sabir du désir qui n'a
de mystère que celui des choses tues, un
faux mystère, puisque nous n'avons pas
besoin des mots pour reconnaître une

attraction. Gilles André avait découvert un fétiche. Pauline Arnoult était dans ce trouble heureux que beaucoup de femmes éprouvent à être sexuellement admirées. C'était un plaisir primordial et intense : une jouissance de vanité. Elle existait comme une femme. Un intérêt pour cet homme s'était piqué en elle du moment qu'il l'avait regardée. Qui oserait se demander si les femmes ne tombent pas amoureuses par mimétisme ?

Gilles André monta dans sa voiture. La jeune femme partait à pied. Il suivit dans le rétroviseur la silhouette fugitive. Elle disparut. Alors il retourna d'un seul coup au temps ordinaire, celui qui n'avait pas de saveur, le temps qui l'avait éloigné de sa propre épouse. C'était bien dans le limon de ses amours finies qu'il avait allumé ce nouvel éblouissement. Il était si libre. Mais pouvait-il suivre son penchant ? Il sentait que cette femme n'était pas disponible. Elle ne l'était pas. Et cependant il la rendrait disponible, sans savoir ni ce qu'il était en train de faire, ni comment il s'y prendrait.

Au même instant, victorieuse, elle avait cessé de penser à cette rencontre, simple exaspération d'un regard, et elle marchait vite dans la trace de ce plaisir des femmes qui peut être aussi simple que grave : plaire à un homme.

2

Ils avaient tous deux des époux. Ils s'étaient liés par serment, selon les lois de l'Eglise et de l'Etat. Ils avaient vécu des journées et des nuits conjugales. Ils avaient prononcé des mots d'amour. Ils s'étaient avancés sur les grandes pentes de l'intimité, jusqu'à ce moment saugrenu où l'on croit connaître un autre que soi, jusqu'à cette amertume de découvrir que non, jusqu'à former en dépit de cela une gerbe de corps nus et drus, jusqu'à se voir et se revoir et ne plus se voir, être aveugle et plein d'habitudes, ne plus distinguer ni le corps, ni l'esprit de l'autre. Ils étaient venus à ce point de la vie commune où l'on découvre, dans l'inexorable quotidienneté de l'existence, dans la misère du désir disparu, dans les envoûtements dissipés, la vigilance qu'il faut pour restituer sans cesse à l'amour ce que le temps lui enlève et faire scintiller ce qu'il lui apporte.

Ils n'étaient pas neufs, ils avaient tous les deux des époux. Ils avaient engendré. Elle attendait encore un enfant. Ils connaissaient le langage de l'amour. Oh oui ! ils avaient entendu et répété des mots d'amour, des tas de compliments, des suppliques et des requêtes, et des murmures extasiés, avant d'en passer (du moins en ce qui le concernait lui) par des mots définitifs, qui servent à rompre les liens, ou même à dire que ces liens n'ont pas existé, qu'il n'y a pas plus d'attachement que de chaînes. Elle avait moins que lui usé de ces mots qui défont les êtres en même temps que les nœuds. Je t'aime, et toi m'aimes-tu ? Etait-ce une formule magique ou bien les mots que dictait le doute ? Je t'aime, et toi m'aimes-tu ? C'était une injonction, une supplique, une interminable clameur douce, et Pauline Arnoult la redisait le soir avant de s'endormir, dans la pénombre et la douceur des corps rapprochés. Gilles André avait à peu près cessé quant à lui de la murmurer. Il semblait qu'on ne l'aimât plus.

Ils avaient tous les deux des époux qui ne jouaient pas la même mélodie. J'en ai marre, disait Blanche, la même qui avait dit autrefois à Gilles : M'aimes-tu ?

Marc disait à Pauline : Tu es belle dans
cette robe. Viens ici que je t'embrasse.
Embrasse-moi. Et toi m'aimes-tu ? Et il la
serrait dans ses bras.

Gilles avait aussi embrassé Blanche de
cette façon passionnée et rieuse qui suit
celle qui est simplement passionnée.
C'était un autre temps. Aucune chute,
aucune explosion n'en avait marqué la
fin. Pourtant le terme était là, ils étaient
désunis. Et parce que c'était elle qui avait
demandé la séparation, il avait l'impression de l'avoir perdue. Qui avait perdu
qui ? Ce n'était pas la bonne question.
Personne n'avait jamais eu personne.
C'était l'amour qu'ils avaient égaré. Le
sentiment se délitait. Il n'avait pas eu le
courage d'en parler à temps. Pourquoi
ne l'avait-il pas eu ? Avait-il déjà sans
se l'avouer fait son deuil d'un unique
amour dans sa vie ? Avait-il en somme
toujours préféré l'infidélité, le trouble
des commencements, la multiplicité des
vies ? Ou bien avait-il échoué d'abord,
et fait le choix de l'errance ensuite ? Il
n'aurait pas su le dire. Et le délitage
s'était achevé : Blanche avait recouvré
sa totale indépendance affective. Elle
avait eu ce jour-là des mots très ordi-
naires : J'en ai marre. Voilà ce qu'elle

avait dit pour signifier que tout était
consommé, la passion et l'amour, la souffrance et les larmes. J'en ai marre. Rien
de plus. Lui aussi à ce moment en avait
assez, il n'était pas heureux, mais il n'avait
pas fini de vivre dans ce malheur. J'en ai
marre, pour lui, ne voulait pas dire la
même chose. Il avait à vrai dire aménagé
la morosité conjugale. Il possédait un
refuge dont Blanche se privait : il était infidèle. Des femmes le courtisaient, nombreuses parce qu'il était séduisant, jeunes
parce qu'il ne répondait pas à celles qui
ne l'étaient pas. On s'offrait à lui qui
semblait susciter, et il ne faisait que pro-
fiter, et si étrange que cela pût paraître,
ce papillonnement l'attachait encore à
son épouse. Elle était la permanence vers
laquelle il revenait. Elle était son havre, la
gardienne de sa foi dans l'amour, la seule
pour qui il ressentait ce sentiment. Tout
cela était parfaitement explicable.

Voici la manière dont il expliquait le
comportement qui était le sien : Il était
infidèle parce que Blanche le repoussait.
Sa nature profonde était d'être fidèle. Il
ne demandait qu'à aimer une femme
unique pourvu qu'elle fût tendre. Mais la
femme unique avait été de bois. Quand
il s'approchait d'elle au fond du lit, elle

soupirait, elle avait envie de dormir, il la
laissait dormir, elle dormait. Elle dormait
complètement, pensait-il, elle dormait son
amour. Jamais plus elle n'avait un éveil
sensuel. Il le lui faisait remarquer. Je sais,
murmurait-elle, j'ignore ce qui s'est passé
(elle sous-entendait depuis la naissance
de Sarah). Il ne se mettait pas en colère.
Il essayait de parler. Tu ne peux pas
me repousser et m'interdire en même
temps d'aller voir ailleurs ! disait-il. Il
était de ceux à qui la fidélité pèse. Tu
crois vraiment que je te repousse, que tu
peux dire cela ? disait-elle finalement
avec colère. Elle ne pouvait pas admettre, puisqu'il leur arrivait encore d'être
amants, de l'entendre parler comme ça.
Lui aussi finissait par s'énerver. Oui,
disait-il, je crois que je peux le dire. Le
désaccord faisait de lui un comptable :
il lui fallait prouver ce qu'il disait. Si elle
l'avait bien voulu, il aurait fait l'amour
tous les jours. Elle n'avait presque jamais
envie. Le calcul était simple : avec les
années, les jours d'amour, les jours de
refus, cela faisait près de trois mille Non
qu'elle lui avait opposés. Blanche André
voyait bien que c'était juste. A ce moment,
elle avait les yeux pleins de larmes. Elle
éprouvait de l'amour pour son mari mais
le désir s'était envolé et elle n'avait pas
envie de se forcer. Va voir quelqu'un,

disait-il. Il voulait dire un médecin. Que
lui dirais-je ? répondait Blanche. Il n'y a
rien à dire ! s'exclamait-elle. Elle pensait
que personne n'était en mesure de l'aider.
En fait, concluait-il, tu t'en moques. Elle
murmurait, comme si le dire tout bas
avait amoindri le risque : Je ne m'en
moque pas car un jour tu en aimeras
une autre. Tu mélanges tout, disait-il,
c'est toi que j'aime. Il disait la vérité.

Et voilà qu'une autre était arrivée en
lui. Pauline. Il ne savait pas encore son
nom. Mais cela s'était passé plus tard,
lorsque Gilles et Blanche étaient séparés.
Il n'avait pas connu un grand amour tant
que Blanche était près de lui. Il n'avait
que parcouru de jolis corps pâles. Blanche ne l'avait pas supporté longtemps
quand elle l'avait su. J'en ai marre. J'ai
appelé un avocat. Si tu es d'accord, nous
pourrons prendre le même, ce sera plus
simple et moins coûteux. Elle parlait sans
emportement, il comprit qu'elle avait réellement fait cette démarche. Il ne dormit
pas de la nuit ! Blanche avait été capable
de faire, penser et dire tout cela ! Ils ne
se ressemblaient décidément pas ! Jamais
il n'aurait pu casser, de sa propre initia-
tive, ce qui avait été leur pacte sublime.
Car, pensa-t-il, la permanence de ce pacte

était nécessaire à celui qui voulait croire
en l'amour. Un sentiment vif ne finit pas,
pensa-t-il, il se transforme mais il ne finit
pas. La preuve était en lui : il recélait
encore tant de tendresse pour Blanche.
Il le lui dit. Allongé dans la pénombre
de leur chambre, à côté d'elle dans le lit
(elle avait voulu dormir sur le divan du
salon mais il l'avait suppliée de n'en rien
faire). Que s'est-il passé ? murmurait-il.
Comment en sommes-nous arrivés là ?
Tu sais combien je t'aime. C'était sa voix
d'alcôve, mais Blanche avait fini d'être
troublée. Non, je ne le sais plus, disait
Blanche, glaciale par crainte d'être faible.
C'était fou de découvrir la fermeté dont
cette femme était capable. Il y a encore
beaucoup de tendresse pour toi au fond
de moi, dit-il. Je ne t'écoute plus, dit-elle,
c'est trop tard, tu l'as trop cachée. Ce ne
sont que des mots, dit-elle. Il avait une
mine étonnée. Ne l'as-tu pas remarqué ?
dit-elle. Tu n'es plus tendre avec moi
depuis longtemps. Mais parce que tu me
repousses ! dit-il. Je ne te parle pas de
cela ! dit-elle (elle voulait dire de désir
sexuel). Je te parle de tendresse. Et moi
je t'explique ! dit-il. Je t'explique pourquoi j'ai peur de te donner des preuves
d'amour. Toi peur ! s'exclama-t-elle. Quel
menteur tu fais, si menteur que tu crois
même à ton mensonge ! Ils avaient raison

tous les deux, ce qui est d'ailleurs presque toujours le cas. Blanche était secouée de rires nerveux, désespoir et colère mêlés. C'était qu'elle n'avait pas renoncé à lui faire reconnaître ses fautes. C'est toi qui m'as amenée à partir, dit-elle. C'est toi seul qui as provoqué cela. Peut-être tout simplement parce que tu n'avais pas le courage de partir toi-même, dit-elle songeuse. Il s'emporta : Ne me prête pas des pensées ou des actes si éloignés de moi ! Ce serait trop fort, dit-il, que je sois coupable de ce qui me détruit. Mais tu l'es ! cria-t-elle. Tu es le seul coupable. Ça n'existe pas *seul coupable*, dit-il. Très bien ! fit-elle. Mais dis-moi alors de quoi je suis responsable. Il dit aussitôt : Tu le sais. Comme elle faisait une mine, il articula : Tu es coupable de n'avoir plus voulu être ma femme dans le sens entier de ce terme. Tu m'as repoussé, dit-il. Pauvre chéri, dit-elle en ricanant, il avait envie de baiser et il ne savait pas donner envie à sa femme ! Pauvre chéri, fit-il en parodiant son épouse, il espérait faire l'amour à sa femme mais sa femme était frigide ! Pauvre mec, dit-elle. Et alors elle le regarda sans un mot. Et il lut dans ce regard qu'il appartenait au passé. Peut-être même avait-elle déjà rencontré quelqu'un d'autre. Il y songea seulement

à cet instant. Il avait été son amant et
son époux, mais il n'était plus ni l'un
ni l'autre, il avait fini de l'intéresser et
de l'attirer. Tu ne m'aimes plus, dit-il.
Le démenti ne vint pas. Blanche ne
répondit rien. Gilles laissait ses yeux
vagabonder sur la pénombre et l'ombre
des choses. L'appartement plongé dans
l'obscurité pouvait bien fourmiller d'objets
que leur avaient valu leur amour, leur
passé, leurs voyages, tout cela était mort,
tout cela serait réparti. Il leur faudrait
partager entre ce qui était à lui et ce qui
était à elle, vivre cette scène si étrange
et affreuse où l'on sépare ce qui a été
uni. Les objets participaient toujours à
nos deuils. Et leur fille, la couperaient-
ils en deux ! Il aurait pu en pleurer. Au
lieu de cela il se leva pour aller regarder dormir cette enfant. Elle ignorait, la
pauvrette, que le toit de sa maison allait
s'envoler.

Depuis que Gilles avait laissé l'appartement à Blanche et à leur fille, il n'y avait
là plus aucun désordre et seulement des
affaires de femmes. Le jour où il était
venu retirer ses vêtements, Blanche avait
pleuré. Elle avait trouvé les penderies
vides, plus de chemises, plus de com-
plets. Elle lui avait téléphoné aussitôt.

Tu es venu prendre tes affaires ? avait-
elle dit comme si elle ne l'avait pas déjà
su. Je suis malheureuse, avait-elle murmuré. Moi aussi, avait dit Gilles, mais ce
n'est pas à toi de me dire cela. Elle savait
ce qu'elle voulait, mais cela ne l'empêchait pas de souffrir. Non elle n'aimait
plus Gilles (du moins le croyait-elle) ;
il n'avait jamais vu lorsqu'elle était sa
femme ce que valait d'avoir une famille
et une femme, il avait couru à droite et
à gauche et travaillé sans se soucier de
rien, et elle était sans arrêt seule avec la
petite fille. Un soir, ça n'avait pas loupé,
Blanche s'était dit : tant qu'à être seule,
autant l'être vraiment. Elle avait répété
ces mots à Gilles, et alors, au lieu d'être
cohérent, il avait dit qu'il tenait à elle.
Tout à coup et puisqu'elle voulait partir,
il tenait à elle ! Même leur séparation, il
n'avait pas su la réussir. Il ne lui aurait
rien rendu facile. Dire qu'il avait pleuré
dans le cou de Sarah ! Et Sarah n'avait que
quatre ans ! Et il téléphonait tous les soirs.
La petite pleurait. Blanche mettait le haut-
parleur. Je te manque ? demandait-il à sa
fille. Tu n'as pas pleuré quand je suis
parti dimanche ? Si tu as pleuré !? Blanche couchait Sarah. Ensuite elle le rappelait. Tu es con ! hurlait Blanche dans le
combiné. Jamais je n'aurais cru que tu
pouvais être aussi con. Ce qu'elle ignorait

c'est qu'il se disait de lui la même chose. Comment peut-on être aussi bête ?! criait-elle. Quand on est malheureux ! criait-il. Quand on est séparé de sa gosse ! Tu la vois quand tu veux, disait Blanche. Je veux qu'elle dorme sous mon toit, disait-il. Il fallait t'en apercevoir plus tôt, disait Blanche, triste et lasse. Souvent elle lui raccrochait au nez. Ça va s'arranger, lui disaient ses amies, laisse-lui le temps de s'y faire.

La rencontre de l'école avait mis fin à ce harcèlement. Un amour fleurissait dans le terreau d'un désespoir. La fleur s'appelait Pauline. J'ai rencontré une femme, avait-il dit à Blanche. Je suis contente pour toi, avait dit Blanche. Elle était à la fois soulagée et émue que sa place fût soudain prise dans un cœur qui lui avait appartenu, qu'un temps fût ainsi achevé et qu'il fût impossible désormais d'y revenir. Mais elle se contrôla. Je la connais ? demanda-t-elle. Tu pourrais la connaître, dit-il, tu la vois sûrement à l'école, son mari joue au tennis au club. Elle est mariée ? s'était étonnée Blanche. Je te raconterai, dit-il. Embrasse ma Sarah, dit-il. Il n'avait pas demandé à lui parler ! Incroyable, pensa Blanche. Elle songea à cette femme qui lui vaudrait peut-être

d'être tranquille et d'avoir de bonnes relations avec son ex-mari. Elle avait peine
à penser que sa fille pourrait rencontrer
cette femme, et passer des moments
avec elle. Et puisqu'elle ne pouvait se
faire à cette idée, Blanche s'était félicitée
que cette femme fût mariée.

3

A l'école, un matin, il s'était approché
d'elle. Nous nous connaissons je crois,
je joue au tennis dans le même club que
votre mari. Voilà ce qu'il avait dit. C'était
parfaitement ridicule. Pauline l'avait
pensé, c'est parfaitement ridicule. Les
mots pourtant la faisaient trembler. Et
elle avait répondu. Elle avait dit : C'est
possible, dans quel club jouez-vous ?
Puis (après qu'il eut parlé) : C'est bien
le même. Ils étaient restés bêtes, face à
face sans rien trouver à dire. Alors elle
avait dit : Il me semble que je connais
votre épouse. Elle accompagne souvent
votre fille en classe. Il acquiesça. (Pauline et Blanche se saluaient comme font
les mères qui se voient tous les jours à
l'école.) Il n'avait rien trouvé à ajouter.
Alors, comme si elle avait voulu le punir

de ce silence, Pauline Arnoult avait eu
un petit sourire moqueur pour dire : Au
revoir. Et elle avait tourné les talons, le
cœur battant, mais cela, il ne le savait
pas. Ces premiers mots avaient suffi à la
convaincre qu'ils ne viendraient jamais
à rien, parce que tout dès le départ était
artificieux. Il fallait bien que quelqu'un fît
le premier pas, mais de quel premier pas
pouvait-on rêver quand aucun chemin
n'était naturel ?

Il cherchait un premier pas qui ne l'eût
pas trop engagé. Tu l'aimes bien ce petit
garçon ? demandait-il à sa fille. Par malchance la petite faisait signe que non. Tu
le connais ? insistait le père. Comment
s'appelle-t-il ? Théodore, disait la fillette.
Et Sarah se moquait totalement de Théodore. Non elle n'avait pas envie de l'inviter à jouer à la maison. Elle était à cet âge
de l'amitié où l'autre sexe n'a pas d'attrait.
Il renonça à cette voie de l'invitation du
fils qui eût été le plus discret des commencements. Il cherchait désormais n'importe lequel des premiers pas.

Une somme de jours s'écoula. Bonjour.
Aucun des deux amants ne semblait pouvoir dire autre chose. Bonjour, bonjour,

bonjour. Mais ce mot était murmuré, soufflé, dans la révérence d'un regard qui s'attarde comme s'il cherchait quelque chose. Certains regards suppliaient, d'autres encore appelaient, suscitaient, abandonnaient la partie, certains s'enfuyaient. Pauline Arnoult aimait de plus en plus être observée. Elle répondait par un sourire et ne pouvait se défendre de baisser les yeux avant de s'esquiver. Enfin il sut créer une occasion. Il osa demander quelque chose. Voulez-vous prendre un café ? Je vous invite à boire un café. Il était plein d'un entrain convivial. C'était un matin où ils se trouvèrent sortir ensemble de la classe. Ce n'était pas un hasard. Il avait traîné à dessein, il l'avait attendue. Tout fut simple. Elle rougit un peu, mais elle dit : Pourquoi pas ? C'est une bonne idée. Ils marchèrent dans la rue en parlant du temps qu'il faisait, des enfants, de la maîtresse. Au bistrot, elle refusa de s'asseoir et préféra le zinc. Ils se retrouvèrent debout côte à côte, gênés, à tourner une petite cuillère dans une petite tasse, à reparler du temps qu'il faisait, des enfants, et de la maîtresse et de l'école. Puis elle s'excusa : Je dois y aller. Et il sut ainsi qu'elle travaillait. Probablement. Au revoir, disait-il en faisant ployer sa voix devant elle et cherchant une lueur

dans les prunelles bleues. Au revoir.
Merci pour le café. Ce fut tout. Etaient-ils
toujours autant des étrangers l'un pour
l'autre ? Il essayait de croire que non.
Cette femme n'était pas disponible. Le
voyait-elle ? Il avait l'impression par
moments d'être transparent pour elle.

Il fallait continuer. Nouer des mots à
des moments : créer une familiarité naturelle. Bonjour. Bonjour. Voilà qu'il fallait
tout recommencer. Elle savait pourtant
bien de quelle façon il la regardait. Il en
aurait mis sa main à couper : elle savait.
Il y a des choses qui seraient très faciles
à expliquer, immédiates à faire entendre. Mais parce qu'on ne peut pas les
dire, tout devient compliqué. Et ridicule,
pensait-il. Est-ce pour cette raison qu'il
se jeta à l'eau ? Le fait est qu'il s'y jeta. La
fin de l'année scolaire approchait. Il dit :
Nous devrions dîner ensemble. J'aurais
grand plaisir à vous emmener quelque
part, où vous voudrez. Il se dévoilait
entièrement. Il était obligé de le faire
pour avancer vers son dessein. Aucun
prétexte ne lui était offert par la vie. S'il
voulait rencontrer cette femme, il fallait
le lui demander. Comment expliquer,
sans un sortilège, qu'il eût été capable
de demander cela ? Il avait répété vingt

fois cette demande. Dans sa tête. Et cela
faisait d'ailleurs très préparé, j'aurais
grand plaisir à vous emmener quelque
part, et cela faisait très faux, presque
absurde, comment aurait-il eu grand
plaisir puisqu'il ne la connaissait pas, et
pourquoi l'emmènerait-il quelque part
puisqu'ils n'étaient pas des amis. Mais
comment s'y prendre pour masquer
cette tricherie ? Il n'y avait pas moyen.
J'aurais grand plaisir à vous emmener
quelque part, ça trichait tellement que
ça disait la vérité : Vous me plaisez. Et
c'était évidemment la voix d'alcôve qui
parlait, où vous voudrez, il avait murmuré cela comme s'il en défaillait. Il n'en
défaillait pas, mais il brûlait d'envie de la
découvrir : en somme, d'être avec elle.
Hélas pour cela il fallait dire toute cette
phrase convenue. Il la prononça partagé
entre l'impression de se mettre à nu et
celle de jouer. Où vous voudrez, résonna
dans la tête blonde comme une offrande
indécente. Mais elle jubila. La vie remuait
tout à coup, la vie roulait et ruait, quelque
chose advenait, la vie était mer et jument,
et elle aurait dansé pour accompagner
cette houle de désir qui la soulevait.
Sommes-nous donc si seuls, et même
lorsque nous sommes aimés, qu'un désir
nouveau nous transporte de joie ? Elle
restait à rêver. Il avait cru détecter qu'elle

n'était pas indifférente, mais elle n'avait
encore rien dit et il pensa s'être trompé.
Il fit fondre sa voix pour demander :
Cela vous serait-il possible ? Je crains
que non, dit Pauline Arnoult avec une
bouche pincée. Elle n'en revenait pas !
Comment osait-il ? Et quelle maladresse
en somme ! Que pouvait-elle faire d'autre
que refuser ? C'était une histoire à dormir debout ! Un homme vous observe,
vous ne le connaissez pas, il vous aborde,
vous tourne autour et finalement vient
tout de go vous inviter à dîner ! Comme
c'est dommage, dit-il. Et en effet les
regrets agitaient Pauline. Par chance, il
lui tendait une autre perche, et elle la saisit. Et prendre un verre ? demandait-il.
En fin de journée. Après votre travail.
Cela vous serait possible ? Tout à fait
possible, dit-elle essoufflée par la confusion. Ah ! fit-il. Puis il rit : Je vous promets d'être très drôle ! dit-il. Pour la
première fois elle le regarda dans les
yeux et dit : Ce sera un plaisir pour moi.
Elle n'avait pas pu préparer cette réponse,
elle n'avait pas plus de bonnes raisons
que lui n'en avait, et pas moins de désir.
Voilà pourquoi cette phrase paraissait
aussi convenue et fausse que la question.
Seuls les yeux livraient la vérité crue.
Cela serait donc possible ?! répéta-t-il
comme s'il était étonné. Bien sûr, dit-elle,

pourquoi pas ? Ils pensaient tous les
deux au mari, à ce qu'elle lui dirait ou
ne lui dirait pas. Elle évacua sa gêne en
disant : Mon mari ne dira rien si c'est là
ce que vous voulez savoir ! Elle sentit
combien tout cela aurait été ábsurde sans
l'émoi qui les portait. Elle n'était pas certaine de vouloir se dévoiler à ce point.
Alors il se passa cette chose étrange, elle
ne put s'empêcher de demander : Votre
femme sera-t-elle là ? Un doute l'avait
prise d'un seul coup : peut-être proposait-
il un dîner en couple et c'était elle qui se
faisait des idées (elle avait bien cru comprendre qu'il s'agissait d'un tête-à-tête).
Il répondit sans sourciller : Ma femme ne
viendra pas, mais vous pouvez inviter
votre mari. Quel menteur il faisait ! Ils le
pensèrent l'un et l'autre. Elle fit non de
la tête. Les mots auraient trop révélé
qu'elle viendrait seule avec sa liberté.
Comme on triche ! Je viendrai seule.
Même cette phrase simple elle se sentait
incapable de la dire. Il y avait trop de
sous-entendus. A l'idée de ce que dévoi-
laient leurs petites simagrées, elle devint
toute rouge et le salua précipitamment.
A peine eut-il le temps de répondre à ce
salut qu'elle était partie. A très bientôt
alors, souffla la voix d'alcôve. Il ne put
être certain qu'elle avait entendu. Le bas
de la jupe voletait déjà dans les escaliers.

Il prit tranquillement ce chemin derrière
elle. Il se sentait dans un état d'acuité
perceptive extraordinaire, être au monde
était violent et beau, sa conscience des
choses et d'une splendeur de la vie était
hypertrophiée par le désir. Pour la première fois depuis très longtemps il pensa
à Blanche et Sarah sans que son cœur
lui semblât écrasé.

Pauline Arnoult rougissait à la seule
pensée de ce qui s'opérait en elle : elle
était vraiment en train de tomber amoureuse d'un regard. Mais cette fois elle
ouvrait son cœur sans plus pouvoir offrir
sa vie – parce que sa vie était faite et donnée. Son mari l'embrassait, elle lui rendait
ses baisers. Cet amour était tendre et
résolu. L'autre était douteux et téméraire.
Quelle qu'en fût la pureté, ce serait un
amour illégal. Même s'il n'était jamais
découvert, ce serait un secret illégal. Ce
serait un secret *parce que* ce serait illégal,
inopportun et peut-être même tragique.
Elle ne disait pas à son époux : Je vais à
la rencontre d'un homme qui me regarde
à l'école. Elle ne lui dirait jamais : J'ai rencontré un homme qui me fait frémir. Elle
ne pourrait que le lui cacher. Est-ce qu'un
homme pouvait entendre ces mots-là
de la part de la femme qui partage son

lit, de la part du ventre qui porte ses
enfants ? Et cependant l'amour qu'elle
éprouvait pour son mari n'était pas
altéré. Ce n'était pas la faiblesse du sentiment conjugal qui avait placé un autre
homme sur sa voie. Elle était sûre que
ça ne l'était pas.

Jusqu'à ce que la mort vous sépare
vous vous chérirez. Les époux se doivent
mutuellement fidélité, secours et assis-
tance. Pauline Arnoult avait été lavée
dans ces mots. Et voilà qu'elle se trouvait
éprise de deux hommes. Elle vivait avec
l'un et rêvait à l'autre. Presque chaque
soir, au cœur de l'harmonie conjugale,
elle façonnait un visage, elle entendait
une voix. J'aurais grand plaisir. Où vous
voudrez. C'était dans ses regards remé-
morés et ses murmures qu'elle s'endor-
mait. Cela lui valait quelques tourments.
Non pas des remords, des désirs. Elle
se retournait entre les draps. Tu ne dors
pas encore ? disait le mari. Elle répondait
Non. Et s'il disait A quoi penses-tu ?, elle
était obligée de mentir. A rien, répondait-
elle. Et peut-être alors savait-il qu'elle
mentait puisqu'il est rare et difficile de
ne penser à rien. Ils étaient couchés sur le
dos. Leurs silhouettes bosselaient le drap
comme deux gisants parallèles. Parfois

elle caressait le visage de Marc. Il ne bougeait pas. Elle le regardait. Il serait semblable à cela dans la mort. Cette seule
idée la propulsait dans l'amour. Je t'aime,
lui disait-elle. Je t'aime aussi, disait-il.
Il venait murmurer dans le corps de sa
femme. Elle recevait cet amour loyal,
silencieuse dans les sensations de son
corps et les balades de sa pensée, car
c'était aussi à l'autre qu'elle pensait dans
les bras de celui-ci. Marc disait : Comme
tu es belle et douce. Elle savait que c'était
vrai (la confiance en soi est une chose
presque sexuelle). Elle était repue et
heureuse grâce à l'amour des hommes.
Personne ne sait comme tu es douce,
disait Marc. Elle aurait voulu que l'autre
le découvrît. Elle se réjouissait d'avoir un
secret qui sauvegardait l'harmonie de ce
qu'elle aimait. Rien n'était laid. Pourquoi
désunir plutôt que mentir ?

4

Elle vivait avec cet époux très amoureux. Elle s'était préparée à ses côtés le
matin même de ce jour où elle dînerait
en secret avec un homme qui la troublait.
Tu n'as pas oublié la soirée au club, disait

le mari. Non, disait Pauline, et toi tu n'as pas oublié que tu y vas sans moi ? Je t'avais prévenu que j'ai un dîner, dit-elle. Elle était plus heureuse de cette perspective que gênée d'en parler. Un dîner, répéta-t-il. Il espérait peut-être qu'elle en dît davantage, mais ne demanda pas. Tout de même il réclama une précision : Tu ne viendras pas du tout ? même pas après ton dîner ? Je ne sais pas à quelle heure ça va finir, dit-elle. Elle le prit par le cou. Ça ne t'ennuie pas que je te laisse tout seul ? dit-elle. Elle était capable d'être très tendre. Non, dit-il, je suis content quand tu passes la soirée qui te fait plaisir. Il était si gentil ! pensa-t-elle. Est-ce qu'il fallait se sentir plus coupable parce qu'il était gentil ? Elle posa ses lèvres sur les siennes, furtivement d'abord puis, comme il la retenait par la taille, plus longuement. Elle se dégagea. Tu n'aimes pas m'embrasser, murmura-t-il avec un sourire. C'est très intellectuel notre amour. Elle hochait la tête. Vraiment pas, dit-elle. Comment ça vraiment pas ?! dit-il. Rappelle-toi, dit-elle, comme je te trouvais beau mais bête ! Ils riaient. Se remémorer leur fulgurante rencontre était un plaisir inusable. Cela n'a pas duré longtemps, dit-elle, j'ai très vite compris que tu étais intelligent et fou ! Moi, dit-il, j'ai pensé que tu étais

un ange, j'ai voulu venir dormir dans tes
ailes. Ah ! Ah ! fit-elle avec une grosse
voix. Il regardait son visage de si près
qu'il pouvait distinguer les pores et le
duvet blond minuscule de la peau. Même
par lui elle n'aimait pas être regardée de
si près. Elle essaya de s'en aller de cette
étreinte. Il resserra ses bras. Je te tiens !
dit-il. Ça ne doit pas être drôle d'être le
moins fort ! Je n'aimerais pas dépendre
ainsi de la bienveillance d'un autre. Il
déposa un baiser sur chaque joue, et la
laissa partir comme un oiseau.

Elle s'envola bel et bien. A cette heure,
elle minaudait à la terrasse d'un café,
dans sa petite robe jaune, et disant :
Vous n'allez pas m'appeler madame ! Et
ainsi, à cause d'un regard à l'école, Marc
Arnoult passait une soirée sans sa femme.
Leur petit garçon était absent lui aussi,
qui était chez sa grand-mère. Marc ren-
tra dans un appartement vide. L'ombre
et le silence fondirent sur lui. On perd
l'habitude de trouver chez soi silence et
solitude. Quelqu'un avait fermé les per-
siennes de toutes les fenêtres pour pré-
server la fraîcheur. Pauline avait dû passer
avant son rendez-vous. Que faisait-elle ?
se demanda-t-il. Elle n'avait rien dit de
ce dîner. Il aurait pu se l'imaginer si au

moins elle avait dit où et avec qui elle se trouvait. Mais il n'en savait rien. Et pas même que s'il avait su ce que faisait son épouse, la forme de sa pensée, de ses certitudes et de sa vie en aurait été changée. Quand on a vraiment la chance d'ignorer quelque chose, on ignore aussi qu'on a cette chance. Sa femme en tout cas lui manquait. Il n'avait pas tellement envie de sortir seul. Sans un autre qui se tient à côté de vous, rire, parler, apprendre, chanter… sont des actes qui ont peu de sens. Comme pouvait être triste cet appartement vide ! L'espace appartenait à la longue silhouette qui chaloupait de la cuisine au salon et à la chambre. Il faisait les gestes qu'il avait à faire en pensant à Pauline. Il se déshabillait, jetait ses affaires sales dans un grand panier, se douchait, passait un léger coup de rasoir électrique sur ses joues et son menton, jetait un coup d'œil dans la glace pour vérifier le visage qu'il avait, se caressait le menton, puis enfilait des vêtements décontractés pour aller à cette soirée. Pauline. Comme il l'aimait ! Comme il était habitué à sa présence ! Il aperçut sur le lit les vêtements que sa femme avait enfilés sous ses yeux le matin même. La part automatique de sa pensée en déduisit qu'elle s'était changée pour dîner. Mais il n'avait

pas vu avec quelle attention et recherche elle avait fait cela : s'apprêter pour
un amant. S'il avait vu, il aurait deviné :
qu'elle dînait avec un homme, qu'elle
voulait lui plaire, qu'il n'était pas anodin. Mais tout cela étant resté secret,
Marc Arnoult était heureux.

Je ne suis pas jaloux ! disait-il souvent
à sa femme. Ce n'était pas faux. Pauline
protestait. Menteur ! disait-elle en riant. Il
avait, pensait-elle, une sorte de jalousie
camouflée, une manière dont on pouvait
ne pas avoir honte. Elle n'avait pas manqué de voir les subtils désintérêts et les
visages lugubres ou clos par lesquels il
avait su congédier certains de ses amis
dont il devait bien être jaloux peu ou
prou. Après le dîner, lorsqu'ils étaient
partis (se demandant sans doute quel
genre de mufle avait épousé leur amie
Pauline), il les épinglait d'une critique
parfaitement vue. Elle en riait sous cape.
Tu es jaloux, disait-elle. Crois-le si ça te
fait plaisir ! répondait-il.

Je suis jaloux du passé, ça oui, c'est
idiot mais je n'y peux rien, disait-il. Il ne
détestait rien tant que cette vulgarité
qu'avaient certaines femmes de dévoiler

en présence de leur époux, et à des
étrangers, les détours de leur passé sen-
timental. Pauline elle-même en convenait : ce n'était pas délicat. Oh ! sur de
nombreuses choses ils s'entendaient
bien. Ils formaient un couple gai et
vivant. La vitalité de leur amour était
palpable dans leurs connivences autant
que dans leurs disputes.

Tout de même, dit Marc ce matin-là,
je ne suis vraiment pas jaloux, j'espère
que tu t'en rends compte. Je vais passer la soirée sans toi et je ne sais même
pas ce que tu fais pendant ce temps.
C'était sa manière à lui d'amener sa
femme à révéler ce qu'elle ferait, mais
elle ne voulait rien dire pour cette fois,
et peut-être s'apercevrait-il qu'elle ne faisait pas comme d'habitude, qu'elle ne le
rassurait pas en murmurant Mais ne t'inquiète pas je suis avec Une telle. Elle
s'était au contraire mise à rire comme
une gamine ravie d'un tour. Il poursuivit
sa démonstration : Je ne suis pas jaloux,
dit-il, je ne sais pas ce que tu fais de tes
journées. Tu me dis Je dessine, mais est-
ce que je sais moi si tu dessines ?! Je ne
vois jamais un dessin ! Je ne te demande
pas qui tu vois, ni qui t'écrit, ni où tu vas
et avec qui tu sors. Si c'est ça que tu

appelles être jaloux ! Elle souriait. Ce
monologue était troublant : tenu juste en
ce matin où elle s'apprêtait à le tromper.
Le tromper ? C'était bien cela malgré tout,
puisque quelque chose était caché. Pour
la première fois elle comprenait vraiment
le sens de ce mot. Elle aurait pu se dire :
Je ne fais rien de mal. C'était ce qu'elle
pensait. Mais sans le formuler. Se le dire
eût été ridicule, tandis que le penser, profondément, sans besoin d'énonciation, le
croire comme on a la foi, cela n'était pas
ridicule. Ne rentre pas trop tard, dit-il, je
suis inquiet de te savoir seule dans les
rues. Toi si belle ! dit-il en riant. C'est promis, dit la belle, je tâcherai de rentrer tôt.
Tu pourrais venir en taxi jusqu'au club
et nous rentrerions ensemble, dit Marc.
Que répondre ? Il pouvait interpréter un
silence. J'essaierai, dit Pauline.

III

A TABLE

1

ILS AVAIENT DONC TROUVÉ cet endroit pour dîner et faire en sorte que personne n'entendît ce qu'ils se diraient, même s'ils ignoraient encore jusqu'où s'en iraient les mots, parce qu'ils connaissaient mieux leur désir que leur audace. Ils étaient assis face à face autour d'une table ronde prévue pour deux convives. Le diamètre en était si petit que leurs genoux sous la table pouvaient se toucher. Ils ne se touchaient pas. Toute gêne avait disparu. Celle du moins que cause, au début, l'étrangeté d'une situation dont la raison d'être est inavouée. Ils s'étaient habitués à ce qui n'arrive pas si souvent : se tenir très proche physiquement de quelqu'un sans être un de ses familiers, partager un repas sans se montrer capable d'énoncer le motif de cette relation. Ils n'étaient pas des amis. Justement ils ne seraient jamais des amis. Avaient-ils à travailler ? Pas davantage. Allaient-ils faire affaire ? Aucunement. Pourquoi étaient-ils assis à faire connaissance et à rire ? Il n'y avait aucune explication légitime. Il n'y avait que la force d'attraction. On pouvait d'ailleurs l'apercevoir : sur deux visages, l'attention trahissait le dessein. Sans qu'un seul mot ne fût dit, ils étaient donc convenus de cela : ils se plaisaient. Et c'était maintenant la transparence d'un savoir commun : une rencontre totale les occupait.

Elle émettait un rayonnement de sourire, et cela était d'autant plus exquis que cette harmonie entre eux était dans le secret qu'offrent les choses cachées à ceux qui les taisent. L'inclination poursuivait son œuvre et ils bavardaient dans une zone moins conventionnelle de la conversation. Le charme amoureux n'avait pas cessé de les désigner, au serveur qui les avait placés (Nous voudrions une table tranquille, avait dit Gilles tandis que Pauline baissait les yeux), aux commensaux inconnus qui les avaient observés (l'absence du monde sur deux visages), et à eux-mêmes. Lui se révélait par ses rires et une insistance mordante du regard. Elle, par un excès de sourire et quelques minauderies spécifiques à la féminité qui se fait admirer. A quoi s'ajoutait la posture de son buste au-dessus de la nappe : penchée vers son compagnon, comme sous l'effet d'une aimantation. La voix d'alcôve jouait de ses chatoiements, le brassage subtil d'une dévotion chevaleresque et d'un intérêt sexuel. A chaque assaut de parole, Pauline Arnoult se sentait dévoyée.

Elle parlait plus volontiers qu'au début de la soirée. Et voilà que cette jolie envoûtée s'exprimait avec discernement. Elle était sensible. Bref, la Vénus blonde avait des mots et de l'esprit même. Gilles André en fut encore plus attiré, car il est vrai que l'intelligence est une qualité érotique, du moins faisait-il partie de ceux qui le ressentent. Il fut donc contraint, par ces mots à elle, de cesser d'imaginer qu'il la courtisait en la dominant, et qu'elle était entre ses mains un jouet près de livrer son secret. Non, elle flirtait aussi, avec finesse, ou alors il n'y comprenait plus rien, elle s'amusait avec lui, elle avait du plaisir à sentir son désir. Et elle attendait.

Croyez-vous aux anges ? disait-il à ce moment-là. Je crois qu'il y a des gens qui ont un ange en eux, dit-elle, et parfois je l'aperçois. Ils rirent. Vous êtes dangereuse ! dit-il. Voyez-vous mon ange ? demanda-t-il. Non, avoua-t-elle, je ne vois aucune paire d'ailes ! Ils riaient encore. Cela ne m'étonne pas, dit-il, je n'ai rien d'un ange. Elle ne releva pas. Je le vois plus souvent chez les femmes, dit-elle. Je n'ai pas dû bien les regarder alors, dit-il. Il me semble, dit-il, que j'ai rencontré plus de diablesses que d'anges. Un songe vint le prendre. Parlez-moi de votre femme, dit-elle. Comment s'appelle-t-elle ? Blanche, dit-il. Que fait-elle dans la vie ? Elle est pédiatre, dit-il. Je la trouve très belle, dit Pauline. Elle l'est ! dit-il en souriant. (Cette notation était si féminine !) Il dit : Elle était ravissante, elle l'est un peu moins aujourd'hui, elle a vieilli. Ne dites pas cela, dit-elle. Racontez-moi d'autres choses, dit-elle. Il n'avait pas envie de parler de sa femme. Et elle était curieuse de Blanche comme une femme l'est d'une autre, surtout quand cette autre est aimée. Est-ce qu'elle travaillait beaucoup ? Etait-elle intelligente, dévouée, maternelle, aimante, douce ? Jusqu'à quel point l'aimait-il ? Pauline aurait voulu entendre cela de la bouche de ce futur amant et ex-mari. En somme il devait

trahir un lien dans un autre. Depuis
combien de temps étiez-vous mariés ?
demanda Pauline. Il ne répondait plus.
Elle répéta sur un ton plus suppliant :
Racontez-moi d'autres choses ! Mais
décidément non il ne voulait pas parler
de Blanche. Cette jolie Pauline ne tirerait
rien de lui. Il le lui dit. Non, dit-il en la
regardant dans les yeux, je ne ferai jamais
cela avec vous. D'ailleurs elle n'est plus
vraiment ma femme. Si je vous parlais
d'elle, dit-il, je veux dire d'une manière
intéressante (il n'osa pas dire : intime),
vous penseriez à juste titre que je pourrais un jour parler de vous de la même
manière à une autre. Mais je ne suis pas
votre femme ! protesta la jeune femme.
Il sourit. Je le sais bien, dit-il, mais je
crois que vous voyez ce que je veux dire.
Il murmura : On perd le droit de parler
des autres quand on se met à les connaître intimement. Ou alors, dit-il, il n'y a
plus de familiarité possible. Il acheva là
cette conversation : Je ne fais pas de
commentaires sur ma femme, je l'aime,
c'est tout ce que je puis vous dire d'elle,
dit la voix d'alcôve. Et cependant vous
divorcez, dit Pauline. La jalousie avait
ruisselé en elle avec une promptitude
étonnante. Elle avait eu beau se dire
C'est sa femme, je ne vais pas être
jalouse de sa femme, cela n'avait rien

tari du ruisseau et de l'envie soudaine
qu'il parlât d'elle-même avec autant de
douceur et de mystère dans la voix.
Sans doute vais-je bel et bien divorcer,
commença-t-il. Il s'interrompit, songeur,
puis presque pour lui-même, il dit : Moi
qui ai toujours voulu l'éviter et qui ai
peine à m'y résoudre aujourd'hui. Alors
il la regarda et dit : Ma femme juge que
la vie commune est devenue insupportable, pourtant je ne crois pas que ce
soit la fin de l'histoire. Etes-vous heureuse avec votre mari ? demanda-t-il.
Très heureuse, dit-elle. Et comme il souriait, elle protesta : C'est vrai ! dit-elle.
Mais je vous crois ! dit-il. Pourquoi l'avez-
vous épousé ? dit-il avec la vivacité de
conversation qui lui était naturelle. Elle
répondit sans hésiter. Je l'ai épousé
parce que j'étais sûre que je ne me lais-
serais pas aller dans une vie que je
pourrais un jour regretter. Je voulais réaliser quelque chose, et je savais qu'il m'y
aiderait. Et que réalisez-vous ? demanda-
t-il amusé. Elle dit avec foi : Mes dessins,
voyez-vous, c'est une forme d'œuvre
pour moi. Et je sais que je ne m'arrêterai
pas à cela, j'ai envie de faire beaucoup
d'autres choses... Je suis sûr que vous
les ferez, murmura-t-il. Elle était dans
une sorte de brusquerie parce qu'elle se
dévoilait, tandis que lui, pour la même

raison, parce qu'elle était en train de
fonder leur relation, était dans le plaisir.
Et vous, dit-elle, pourquoi avez-vous
épousé votre femme ? Il prit un air malicieux. Parce que je l'aimais, dit-il. Vous
trichez ! dit-elle. Comment ça je triche ?!
fit-il. Pas du tout ! C'est la pure vérité !
Elle protesta : On n'épouse pas toutes
les personnes que l'on aime. Puis continua : Aimer et se marier, c'est bien différent. Aimer ne suffit pas. Il n'ajoutait rien
à ces évidences qu'elle alignait. Il souriait en la regardant, repris par son désir
et captivé par l'image qu'elle était pour
lui (image qui était capable de lui faire
oublier qu'elle disait des banalités). Il
prit sa main dans les siennes : Vous
avez une jolie bague, dit-il en scrutant le
bijou. Il restait penché sur la main et
l'avant-bras. Elle se demandait ce qu'il
voyait exactement. Il était trop proche
à son goût, et si elle l'avait voulu perceptible dans sa respiration et son odeur,
comme elle devait l'être pour lui. Cette
idée la gênait horriblement. Elle était de
ces femmes physiquement sauvages, à
qui la proximité des corps, loin d'être
spontanée, réclame une longue accoutu-
mance. Il la vit devenir toute rouge et
transpirer un peu aux tempes en retirant
sa main. Elle n'était pas prête à se laisser toucher, il le pensa, frustré dans un

intense désir d'elle, intense comme jamais
plus il ne serait. (Plus tard il le lui dirait :
Je sentais que vous n'étiez pas prête,
pourquoi ? Et elle ne saurait trouver de
réponse. Elle dirait, comme on propose
une hypothèse : Je crois que je ne pensais pas pouvoir coucher avec vous tant
que j'étais enceinte. Et il s'étonnerait :
Pourquoi ? Vous pensiez que je n'aimais
pas les femmes enceintes ?!)

    Vous n'aimiez pas votre mari ?
demanda-t-il avec malice. Si, dit-elle, bien
sûr que je l'aimais. Vous voyez ! fit-il.
Puis, sans la laisser parler, il demanda
tout à coup : Votre mari était-il votre premier amant ? Il ne souhaitait pas être
offensif, il ne cherchait pas à la cerner,
il était naturel. Elle ne fut pas choquée.
Elle répondit très librement. Il se sentait
plein de complicité. Elle semblait si immaculée, il aurait cru la contrarier, du moins
la faire rougir une nouvelle fois. Mais les
idées ne la faisaient pas rougir, seulement
les choses concrètes et prosaïques. Non,
dit-elle résolument, je n'ai pas épousé
le premier homme que j'ai aimé. Mais
je n'ai pas aimé beaucoup d'hommes,
dit-elle. Et, au plein de son sourire, elle
ajouta : Je n'étais pas faite pour les aventures. Et dorénavant l'êtes-vous ? dit-il. Il

riait. Pas davantage je suppose, dit-elle.
Elle riait aussi. Elle réagissait à tous les
signes. Cette femme-là avait le printemps
dans le sang, pensa-t-il, et c'était lui qui
avait fait fleurir ce jardin. Il ne cessait pas
de la regarder, elle restait sous cette
mitraille comme savent le faire les jolies
femmes. Ce printemps de l'être lui rosis-
sait le teint.

Avez-vous déjà trompé votre femme ?
dit-elle, retournant l'offensive dans l'exaltation de la complicité, stupéfaite de ce
que lui faisait dire le sentiment de plaire.
Mais il ne se choqua pas. Ils pouvaient
tout se dire. Ils parlaient justement des
choses dont on ne parle pas. Tromper ?
répéta-t-il en faisant une grimace. Ce
n'est pas le mot qui convient. Lequel
choisiriez-vous ? demanda-t-elle aussitôt. Mais, au lieu de lui répondre, il dit :
Et vous, trompez-vous votre mari ? Il
avait à dessein usé du présent. Pourquoi
employez-vous ce mot-là pour moi ?! dit-
elle, indignée par la dissymétrie qu'il instaurait entre eux. Parce que pour vous
c'est celui qui convient, dit-il, vous trom-
periez votre mari. Elle riait. Personne
ne m'a jamais parlé comme ça ! dit-elle.
Ça ne m'étonne pas, dit-il. Alors ? insista-
t-il. L'avez-vous déjà trompé ce pauvre

homme ? Je ne réponds jamais à cette
question, dit-elle. Ah oui ! fit-il. Vous
avez des secrets ?! Ses yeux avaient
recommencé de parler, en phrases longues et scintillantes. Comment pourrais-
je le lui cacher et le révéler à un autre ?
dit-elle. Ce serait la vraie trahison. Il fit :
Aaaaaaah ! Et elle ajouta : Pour ce genre
de liberté, il faut que personne ne sache.
Au moins une personne saurait ! dit
Gilles André. C'est pourquoi il faut bien
la choisir, dit-elle, il la faut muette et
heureuse. Vous me semblez avoir bien
réfléchi à la question ! dit-il. Leurs mots
se livraient dans les rires, un mélange
de complicité, de gêne, de gaieté, de
malice. Assez bien, dit-elle, c'est un problème qui m'a toujours émue. Emue ?
répéta-t-il, signalant bien par là que le
mot semblait impropre. Oui, émue, dit-
elle, parce que nous en souffrons tous
plus ou moins. Or n'est-ce pas un problème que nous avons inventé ? Il
hocha la tête pour signaler qu'il n'en
était pas du tout certain. Elle dit : Nous
l'avons monté de toutes pièces. Nous
pourrions penser la fidélité autrement
que nous ne la pensons. Je suis im-
pressionné ! dit-il. Et que pense votre
mari de tout cela ? demanda-t-il avec
un visage malicieux. Arrêtez de vous
moquer ! dit-elle. Mon mari pense

comme moi, dit-elle, je ne fais que
répéter ce qu'il me dit. Ha ! fit-il. Alors
finalement, dit-il, quel genre d'amant
choisiriez-vous ? Et il pensa que le mot
fatal était dit. Pourquoi s'en amusa-t-il ?
Sans doute parce qu'il était heureux. Elle
dit : Je choisirais un amant qui a intérêt à se taire. Et qui a intérêt à se taire
d'après vous ? dit-il. Un homme bien
marié, amoureux et heureux, dit-elle.
Vous êtes maligne, concéda-t-il, on dirait
que vous avez fait cela toute votre vie !
Non seulement elle ne répondit rien,
mais trouva tout à coup exagéré pour
eux de parler de ce sujet précisément.
Quel sujet pour un dîner comme celui-
ci ! fit-elle, mais elle ne put se retenir de
poursuivre. Vous n'avez pas répondu à
ma première question, dit-elle. Il ne se la
rappelait pas du tout. Avez-vous déjà
trompé votre femme ? répéta-t-elle. Il
souriait. Son sourire était une réponse.
Vous avez eu beaucoup de maîtresses ?
souffla-t-elle. Elle n'aima pas du tout
s'entendre lui poser cette question.
Jamais elle n'avait prononcé une phrase
pareille ! Cet homme faisait d'elle une
autre femme et elle était troublée sans
pouvoir contrecarrer le changement. Il
dit : Beaucoup. Il le dit avec simplicité,
sans vanité masculine. De toute évidence il mettait ces femmes sur un pied

d'égalité avec lui. Elles n'étaient pour lui
en aucune façon des conquêtes.

Il expliqua : Je plaisais. A un certain
moment de ma vie, j'en ai profité. Elle se
sentit glacée par cette réponse. Elle était
bel et bien jalouse ! Comment cela se
pouvait-il ? Elle était piquée de ce qu'il
n'eût pas encore fait d'elle une maîtresse.
Elle pensa à son mari. Pourquoi les hommes à femmes ne faisaient-ils pas fuir
leurs victimes ? répétait souvent Marc.
Pourquoi les femmes étaient-elles si
bécasses ? Et voilà ! Elle était une bé-
casse de plus. Que c'était ridicule ! pensa
Pauline Arnoult. Il lui disait Je suis un infidèle, un ardent, et elle avait envie d'être
sa maîtresse. Comment s'y prenait-il ?

Votre femme le sait-elle ? dit-elle.
Jamais, dit-il, avec une gravité qui semblait de l'amour pour sa femme et du
sérieux pour réussir (mais il se mentait
à lui-même). Pauline Arnoult fut de nouveau jalouse, une fulgurante brûlure
parce qu'il parlait de sa femme avec douceur. Elle n'entendait pas que Blanche
André était trompée, elle entendait que
Blanche André était aimée. Enfin, pensait-
elle, comment se faisait-il que tous les

autres échouaient à se faire des secrets et
pas lui ?! Elle essayait de démêler le vrai
du faux. Quel genre de vie sentimentale avait-il réellement ? Tant d'histoires
secrètes et vives la plongeaient dans le
doute et le vertige. Car elle se demandait
si elle appartenait à cette cohorte. Elle
voulait être unique. Et bien sûr elle ne
l'était pas. Et maintenant ? demanda-
t-elle. Maintenant, dit-il, c'est une autre
vie. J'ai payé pour tout cela. Et il se mentit à nouveau en disant : J'ai cessé parce
que je rendais ces femmes malheureuses.
Elles voulaient me voir, je n'étais pas
libre, j'aimais ma femme, je le leur disais,
elles ne l'entendaient pas, c'était idiot.
Elle resta silencieuse, songeant peut-être
à ce que serait l'extrême sensualité du
tempérament, l'infidélité irrémissible : un
imbroglio de jouissance et de malheur,
la perdition. Malgré ce spectre des tourments, elle voulait qu'il fît d'elle sa maîtresse. Pris par son charme spécifique, il
succomberait plus que d'habitude. Voilà
ce qu'elle espérait ! Elle serait unique,
irremplaçable, parce qu'elle l'était réellement. Je suis vaniteuse, pensa-t-elle. Puis
elle cessa de le penser et recommença
de l'être. Il la regardait comme on con-
temple un objet, sans lui parler, et souriant. Alors elle dit : Votre chance, c'est
de m'avoir rencontrée sans mon mari.

Vraiment ?! fit-il. Et ils rirent, une fois de
plus.

   Bon, ça n'était pas tout de jouer. Il
se mit à parler sérieusement. Pourquoi
croyez-vous que l'on ne respecte pas
cette règle de l'exclusivité conjugale ?
dit-il. Croyez-vous que cela soit mal ? Il
énonçait ces questions avec méthode.
Réfléchir avec cette femme qu'il courtisait, voilà ce qu'il entendait faire. Mettre
les choses au point en lui donnant clai-
rement son idée. Il possédait d'ores et
déjà ses réponses, précises et libres des
conventions. Il s'embarqua dans une longue explication. Bien sûr que non, allait-
elle dire. Il ne lui laissa pas le temps
de répondre. Voyez-vous, lui dit-il, il se
trouve des gens pour croire qu'une trom-
perie, disons un amour adultère, est la
preuve qu'un couple ne va pas bien.
Et rien de plus, dit-il. Sa main mima l'idée
avec un geste de désinvolture. Mais moi
je n'ai jamais cru cela, dit-il. On aime au-
dehors de son mariage, non pas parce
que son mariage se porte mal, mais
parce qu'il nous faut un jardin secret. Il
dit : Il m'arrive de croire que je ne me
suis marié que pour cela. Afin de posséder des secrets. Les explications qu'il faisait à sa femme de ses infidélités n'étaient

pas du tout celles-là qu'il donnait maintenant. Pauline ne pouvait pas le savoir et
puisqu'il croyait ce qu'il disait elle le crut
aussi. N'étant pas sûre de penser comme
lui, elle ne répondit rien.

Il dit : Je ne suis pas un mari, je suis
un amant. J'aime profondément la féminité. Sa voix à ce moment était un froissement, une caresse. Aussi n'était-il en
rien ridicule, mais résolument sensuel. Il
ajouta, comme si elle n'était pas apte à
saisir la qualité qu'il s'attribuait : Tous les
hommes ne sont pas comme cela. Beaucoup ont des lubies. Un ne peut voir
les pieds d'une maîtresse, aussitôt il la
quitte. L'autre n'aime pas les peaux
blanches. J'ai un ami qui ne supporte
pas les femmes teintes. Ce sont des
excuses, dit-il, ces hommes-là n'aiment
pas les femmes, voilà la vérité. Elle rit.
Votre mari est-il un mari ou un amant ?
dit-il. Les deux, dit-elle. On ne peut pas
être les deux à la fois, dit-il, c'est une
question de nature. On est ou bien l'un
ou bien l'autre. Alors ? demanda-t-il. Elle
concéda : Il est plus un mari je crois. Je
m'en doutais, dit-il. Elle n'aima pas qu'il
fût si sûr de lui pour parler d'une personne qu'il ne connaissait pas. Mais il
jouait le jeu galant, la cruelle manigance

qui sacrifie les êtres à un seul. Je suis sûr
que vous êtes très douce, dit-il tout à
coup. Tout le monde doit croire le contraire, mais vous l'êtes. La voix d'alcôve
était revenue pour dire cela tout bas. Et
là, ce fut presque émouvant, elle rougit
comme au soleil une tomate, son visage
s'enflamma en une fraction de seconde.
Il n'était ni ivre, ni même gris pour dire
cela. Il était sincère. Il suffit de songer,
pour le comprendre ou le croire, à l'immédiate intimité qui accompagne un désir
amoureux partagé. Ils étaient capables
de tout se dire. C'était entre eux une affinité exacte. Ils étaient d'ailleurs dépas-
sés : elle était égarée dans le charme, il
essayait de donner un nom à la relation
qu'il menait, de la comparer à d'autres,
mais celle-ci ne ressemblait à aucune.

Il posa ses deux avant-bras sur la table
et avança son sourire vers celui de Pauline. Qu'est-ce qui vous fait du bien dans
la vie ? demanda-t-il. Qu'est-ce qui vous
aide vraiment ? Elle sourit. Mon fils, dit-
elle sans hésiter. Puis, comme il ne repre-
nait pas la parole, et qu'elle avait un peu
peur du silence, elle dit : Quand je le
prends contre moi, quand je l'habille, j'ai
l'impression de tenir la vie entre mes
mains. Il ne répondit rien. Elle vit qu'il

était absent. Lui parler de l'enfance dans une maison n'était pas délicat. Elle changea de sujet. La musique aussi me fait grand effet, dit-elle. Je ne sais pas si je pourrais vivre sans musique. Parfois je pense que la mort me privera de la musique. C'est ce que je regrette le plus… Elle rougit. Pourquoi lui confiait-elle cela ? Elle ne savait pas pourquoi elle lui racontait ces choses dont elle ne parlait à personne, mais elle continua. Perdrons-nous aussi la musique ? dit-elle. J'aime avoir des oreilles, murmura-t-elle en riant. Il semblait ne pas comprendre de quoi elle parlait. Elle avait changé de ton. Oh ! elle était bien plus jeune que lui ! Par moments cette différence d'âge était évidente. Il scruta les yeux bleus. Non elle n'était pas niaise, elle était jeune, pensa-t-il. Elle cessa de rire pour parler de nouveau. Croyez-vous, comme on le dit souvent, que la musique appelle les anges ? dit-elle. Croyez-vous, demanda-t-elle, que les morts se tiennent au milieu de nous, invisibles comme des secrets, et qu'ils entendent la musique ? Croyez-vous que nous ferons des anges ? Elle était grave, mais il se permit de rire. Vous sûrement ! dit-il. Elle resta dans sa gravité. Elle dit alors : J'ai très peur de mourir. J'ai l'impression que jamais je n'y arriverai. La vie est si délicieuse !

Je ne me résous pas à ce qu'elle finisse
un jour. Même si nous sommes immor-
tels par l'esprit, j'aime être incarnée.
Posséder un corps, c'est la vie parce
que c'est ce que la mort nous enlève.
Comme vous êtes sentencieuse ! dit-il. Je
ne vous regarderai plus après ma mort
avec ces yeux-là, dit-elle avec malice.
Et il pleuvra dans nos cheveux, dit-il,
poursuivant à dessein dans ce ton un
peu dramatique qu'elle avait pris. Mais
elle ne perçut pas qu'il se moquait gentiment. J'ai tant de mal à me l'imaginer,
dit-elle. C'est pourtant la seule vérité en
cette vie, dit-il sans s'émouvoir. Nous
finirons, et je crois pour ma part qu'il ne
restera rien de nous, à peine le souvenir
que nous laisserons un moment à ceux
qui nous ont connus. Et c'est pourquoi,
conclut-il, il nous faut simplement et
intensément vivre pendant le temps qui
nous est imparti. Faire quelque chose
si c'est ce dont nous avons besoin. Etre
heureux, si cela nous suffit. Et aimer, dit-
il. Mon mari détesterait vous entendre
parler comme cela, dit Pauline Arnoult.
Il croit à la réincarnation. Elle rit comme
si elle venait de dire une grosse sottise.
Il croit que nous nous reconnaîtrons dans
toutes nos vies futures. C'est parce qu'il
n'accepte pas que vous soyez un jour
perdus l'un pour l'autre, dit-il, sans faire

excessivement attention à ce qu'il disait
là. Il était trop occupé au charme de ce
visage en face de lui. Mais non ! dit-elle.
Il est certain que l'amour est plus fort
que la mort ! Et vous ? dit Gilles André.
Que croyez-vous ? Elle ne répondait pas.
Elle n'avait pas un très beau regard et, à
cet instant, ses grands yeux bleu délavé
parurent stupides. Une femme qui rit de
l'amour de son mari ne fait-elle pas forcément figure d'idiote ? Il aurait pu le
penser. C'était à peu près ce qu'il aurait
jugé d'habitude. Mais il était pris par elle,
le visage, le teint, la grâce du cou mince
et droit, cette blondeur nordique, tout le
paysage de cette femme et sa froideur
qui fondait quand elle riait, et l'enfance
de ses dents. Il avait des peaux de sau-
cisson dans les yeux. Jamais il n'aurait
pu se dire Elle a un de ces regards bleus
qui n'ont aucune vigilance. Il ne remarqua donc rien. Il dit : Il paraît bien que
l'amour finit avec notre corps, même
chez les catholiques. Et comme elle restait muette, il récita doctement : "Vous
êtes dans l'erreur, car vous méconnais-
sez les Ecritures et la puissance de Dieu.
A la résurrection, en effet, on ne prend
ni mari ni femme, mais on est comme
les anges dans le ciel." Ne connaissez-
vous pas cette parole du Christ aux pha-
risiens ? dit-il, avec un sourire las, comme

si l'énonciation presque profanatoire de
cette assertion l'emplissait de tristesse.
Elle murmura : Il me semble que si je
parvenais à le croire vraiment je serais
apaisée.

Il la regardait de nouveau dans l'enchantement le plus simple. Elle lui souriait. Il prit ses mains blanches dans les
siennes, les massa un instant, tout ember-
lificoté d'ardeur, de désir et d'empêche-
ment, les reposa tendrement sur la table,
et dit : Soyez apaisée ! Pourquoi ne l'êtes-
vous pas ? Vous l'êtes ! Que me chantez-
vous là ? Vous l'êtes ! regardez-vous, c'est
un rayonnement de bonheur ! Il riait, de
toute son impertinente nature. Mais elle
ne voulait pas qu'il se moquât, elle voulait qu'il l'aimât. Et, folle comme elle l'était
à cet instant, empêtrée dans cette âme de
midinette qui lui était venue avec cet
homme, elle ne pouvait se défendre
d'entendre : Soyez apaisée, je vous aime
et je vous chéris, et je vous protège. Elle
ne voulait entendre rien d'autre que cela.
Pourquoi donc ne le disait-il pas ?

Il ne le disait pas parce qu'il ne le pensait pas. Et si elle avait su qu'il ne le
pensait pas, alors elle aurait demandé :
Pourquoi ne le pense-t-il pas ?! Car c'était

cela qu'elle voulait : qu'il l'aimât, la chérît et la protégeât. Toute cette adoration qu'est l'amour réclamé par les femmes, elle la souhaitait dite et pensée. Elle voulait être aimée, et que cela fût affirmé, répété, avec les mots qui lui convenaient, et sans avoir à rien demander. S'il lui était donné d'entendre ces mots, alors elle serait capable de les redire après lui, d'entrer dans l'écho de l'amour partagé. Elle était capable de les répéter, mais pas de les dire en premier, puisqu'elle espérait encore les entendre. En somme, cette exigence hardie et penaude donnait la mesure de son sentiment et la preuve de ce qu'il était, saugrenu et fier, chevaleresque et romantique...

Mais Gilles André ne disait rien de ce qu'il fallait. Et comme elle n'entendait rien de ce qu'elle voulait, Pauline Arnoult était agacée. Ces paroles qui se faisaient attendre avivaient une colère de coquette. Pourquoi ne voulait-il pas le dire, puisque c'était ce qu'il pensait ? Elle ne s'avouait pas qu'il pensait autrement. Elle se refusait à lui confier ce qu'elle attendait qu'il fît. Je voudrais que vous m'aimiez, me chérissiez et me protégiez. Si elle lui avait simplement dit cela, il aurait très bien su quoi lui répondre.

Il aurait dit : Vous avez votre mari pour cela, pourquoi voulez-vous que je fasse cela ? Je ne suis pas votre mari. Mais elle ne réclama pas. Il était trop tôt encore pour exiger des mots. Plus tard elle supplierait. Non, elle ne demanda pas, et comme il ne disait décidément rien de ce qu'elle voulait, elle en conclut qu'il jouait, qu'il calculait, et se retenait de lui conférer du pouvoir en lui avouant sa tendresse. Ce n'était là qu'un début de suspicion. D'autres hommes lui avaient-ils donné cette image de tricheur ? Elle soupçonnait manipulation et stratagème. Evidemment qu'il jouait un peu avec elle, habile, matois comme un amant ! Elle était cependant dans l'erreur. Il ne faisait (et ne ferait) que suivre son penchant, se tenir dans la beauté simple d'une affinité incontournable. Mais non, il ne prononça aucun de ces mots sacramentaux, il parla de tout autre chose.

Il dit : Votre mari doit avoir retrouvé ses amis. Pourquoi me dites-vous cela ? dit-elle. Son mari revenait sur elle comme un météore dont la séparait le gouffre des songes inavouables. Parce que je pensais à lui, dit-il. Un silence se posa entre eux à ces mots. A lui qui ne sait pas où vous êtes, dit-il avec un visage rieur. Elle ne trouvait pas ça drôle. Alors il dit sérieusement : Je voudrais ne pas connaître votre mari. Eh bien, dit-elle (impatiente), n'est-ce pas le cas ? Non, dit-il, je sais son visage, j'ai entendu sa voix, je me souviens de son corps, je l'ai vu nu sous la douche au club. Pouvez-vous imaginer cela ? dit-il. C'est presque grotesque. Je ne vois pas pourquoi, dit-elle. Et elle n'avait pas tort. Il exagérait ce problème qui n'en était pas un. Il s'amusait. Quand une femme vous plaît de cette façon, peu de choses font problème. Mais il voulait la faire réagir et il adora la sentir qui s'énervait. C'était il y a combien de temps ? dit-elle. Il y a longtemps... Y aurait-il prescription ?! dit-il (ironique). Elle ne sut plus quoi répondre et le silence tomba d'un coup. Je plaisantais, dit-il. Je ne connais pas votre mari. Mais je vais vous donner un conseil. Si un jour vous lui êtes infidèle, ne le lui dites jamais, c'est une blessure narcissique insoutenable. Elle ne dit rien. Elle le trouvait culotté de parler ainsi. Elle le regarda. Ce serait un amour illégal, pensait-elle à nouveau. Et qui peut présager l'accord d'un autre pour rompre les promesses sacrées ? Quelle opinion avait l'amant sur la femme adultère ? Elle le lui demanda. Que penseriez-vous de moi si j'étais infidèle ? Il sourit.

Je penserais que vous avez besoin d'un
secret. Vous dites toujours la même
chose, dit-elle. Oui, dit-il, je ne cherche
rien, je vous dis ce que je crois et je ne
change pas d'avis sans arrêt. Et là bien
sûr elle fut estomaquée, parce que de
toute évidence il ne mentait pas. Il ne
jouait pas, tandis qu'elle trichait un peu,
parce qu'elle voulait lui plaire. Absolument : elle cherchait à lui plaire, dût-elle
composer et mentir. Pourquoi tenait-elle
tant à le séduire ? Elle avait la réponse. Il
suffisait de l'accepter : parce qu'elle avait
été regardée et désirée et que cela avait
suffi à la séduire. Elle n'avait fait que
répondre à un appel dont elle était flattée. Il avait deviné qu'elle était une
amante. Il avait rivé son regard à son
visage. Et désormais c'était à elle, par ce
principe d'imitation qui prévaut dans
l'attachement des femmes, de se laisser
habiter par le visage qu'il lui présentait.
Elle sut tout cela dans une secrète honte,
mais elle en admit le fait et les consé-
quences. Il avait donc décidé pour elle ?
Elle lui accordait ce pouvoir. Comment
avait-elle pu le suivre si facilement, elle
qui ne manquait ni d'un homme ni
d'un amour ? Elle n'avait désiré que
parce qu'elle avait été désirée, regardé
que parce qu'elle avait été regardée…
N'y avait-il pas là de quoi se poser des

questions !? Il avait osé venir à elle. Il s'était planté devant elle comme un grand conquérant, et animé d'une force qu'elle pouvait percevoir malgré la barrière de la chair et les mots dits. Elle avait été conquise, comme une terre, un trésor, comme un objet. Etre convoitée comme un objet lui sembla délicieux. En tout cas, dit-elle en guise de conclusion, ce n'est pas à vous de me parler de mon mari. Non ? fit-il. Non, dit-elle. Il commenta avec ironie : Vous savez être ferme ! Le serveur s'approchait pour remplir les verres. Il ajusta la serviette enroulée au cou de la bouteille. La crainte de déranger le rendait circonspect. Mais il vit que l'ambiance s'était détendue.

2

Les femmes s'étaient retrouvées : Louise, Marie, Sara, Eve, Mélusine, Pénélope. Certaines étaient des amies de Pauline. Pauline avait été invitée à ce dîner. Dans la salle de restaurant du club, dont les tables avaient été repoussées sur les côtés comme si on prévoyait de danser, elles parlaient avec animation. Leurs visages avaient une expression presque frivole, un air de fête et d'exubérance. Elles allaient passer une soirée entre femmes, et cette perspective, somme toute assez rare, les rendait plus piaillantes et joyeuses que la compagnie de leurs époux. On ne le fait pas assez ! disait Pénélope. La solitude lui pesait davantage puisque les autres ne faisaient rien sans leurs maris. Je suis d'accord, dit Mélusine, je ne sais pas pourquoi on est toujours collées à nos maris ! Parle pour toi Mélu ! dit Sara. Moi le mien c'est qu'un demi-mari, j'ai déjà du mal à l'attraper, alors, ne pas se quitter... S'ensevelir l'un dans l'autre, voilà comment il appellerait cela ! Elle faisait mine d'en rire. Les autres savaient qu'elle en pleurait. Je suis bien contente d'être là ce soir, dit Mélusine à l'idée de tout ce qui leur tirait des larmes. Il ne manquait que Blanche et Pauline. C'est rare que Pauline soit en retard, dit Sara. Elle ne viendra pas, dit Eve. C'est Blanche qui sera en retard, dit Louise. C'est mercredi aujourd'hui, elle a toujours plus de consultations quand il n'y a pas école, dit Mélusine. Pauline et Blanche se connaissent ? demande Eve. Leurs enfants vont dans la même école, dit Marie, elles ont dû se croiser là-bas. Et c'est Mélu qui a eu l'idée de les présenter. C'est Mélu qui a décidé d'inviter les jeunes et les

vieilles ! dit Mélusine. Arhhh ! tout de
suite les vieilles ! dit Marie. Vieille ?! dit
Louise. Je ne connais pas ce mot !

Les amitiés étaient forgées par âge.
Sara, Eve, Pauline et Pénélope faisaient
souvent des parties de double ensemble.
Mélusine, Louise et Blanche bavardaient
plus souvent à la piscine que sur les ter-
rains. Eve dit : Soyez pédiatre ! quand
vos enfants sont à la maison vous êtes
avec ceux des autres ! C'est vrai que contrairement aux apparences ça n'est pas
un métier pour une femme, dit Louise.
Il y a trop d'urgences, dit Marie. Raide
derrière le petit buffet, le serveur en
veste blanche écoutait le groupe multi-
colore et bruyant. Aucune d'elles ne faisait attention à ce regard. Il raconterait à
sa bonne amie qu'il avait servi un dîner
de femmes et que Dieu ! ça papotait !
Un spectacle d'ailleurs fatigant à la longue. Qui attendons-nous à part Blanche ?
demanda Louise. Et ce disant elle s'approcha du buffet, avec une mimique d'ins-
pecteur. Que voulez-vous boire, dit-elle,
du vin ou du champagne ? Qui veut des
noisettes salées ? dit Mélusine. A quelle
heure commence leur match ? dit Louise.
Dix-neuf heures trente, dit Eve. Tu sais
ce que faisait Pauline ce soir ? dit Marie.

Je ne sais rien, dit Louise, seulement
qu'elle avait sa soirée prise depuis longtemps. C'est parfait cette formule, dit
Marie. Elle commentait ce choix d'un
buffet dînatoire. Oui, dit Louise, c'est
très bien, on se sert comme on veut et
on va s'asseoir, et on n'est pas obligé de
passer toute la soirée à côté de la
même personne. Les hommes ont de
quoi dîner à la télévision ? dit Marie. Ne
t'inquiète pas, dit Louise, ton Jean a tout
ce qu'il lui faut !

Louise dit : Ils sont excités comme des
gamins à l'idée de regarder deux types
se cogner ! La boxe est un beau sport, dit
Marie, c'est un combat réglé, presque
une danse, pas une destruction. Allez !
dit Mélusine. Ne répète pas ce que te dit
Jean. Le KO est un petit coma, dit Louise,
j'ai déjà assisté à un match, le sang gicle
en même temps que la sueur, et parfois
c'est le cerveau qui déconnecte, le type
tombe par terre, et tu crois un instant
qu'il est mort, et alors – je vous jure – tu
as envie d'insulter les hommes qui ajou-
tent une horreur de plus à celles qui
existent déjà. Marie dit : Ils sont contents,
c'est tout ce qui compte. Sainte Marie !
dit Eve. Je n'ai jamais pu aller jusqu'à
ce point de l'amour où le bonheur de

l'autre fait le mien. Eh oui ! dit Sara. Ça
n'est pas donné à tout le monde... Louise
avait entrepris de servir du vin et Mélusine se promenait avec un plateau de
petits pains diversement fourrés. Atten-
tive et lente à se déplacer, elle chaloupait
entre les convives, avec un sourire qui
s'inscrivait au cœur des boursouflures de
son visage, et elle ne savait rien de ce
qu'elle donnait à voir, ce spectacle de
l'altération de toute sa vie intérieure, elle
n'avait aucune idée de son allure à ce
moment, de son corps important dans sa
large chemise, car si elle avait entrevu
cela, elle aurait cessé à l'instant même de
passer les toasts et peut-être même s'en
serait-elle allée se cacher chez elle. Au
lieu de cela, elle était un peu grise, et
tremblante au bord des émotions perpé-
tuelles que sont les mots dits, les choses
tues mais vues, la fête et la chaleur
humaine. Elle n'était pas seule. Comme
c'était bon de ne penser à rien. Non loin
de Mélusine, Louise continuait de remplir
quelques verres rangés sur le buffet, si
fluette que l'on pouvait la croire malade.
Elle avait entendu Eve et Pénélope parler tout bas. Eve disait Trois mois, hochant
la tête et passant la main sur son ventre.
Louise avait compris qu'Eve était enceinte.
Sa soirée était gâchée. C'était idiot, mais
elle ne supportait pas cette idée du ventre

plein d'une autre. La vie des autres
marchait-elle donc continuellement sur
la nôtre ? pensa Louise. Pourquoi donc
ne pouvait-elle se moquer de ce qui
arrivait à Eve, s'en réjouir et vivre sa
propre destinée sans se comparer à
personne ? Bien sûr que c'était ce qu'il
fallait faire, ne jamais se comparer,
savoir que personne ne se compare à
personne. Mais ce n'était pas ce que
les femmes apprenaient. Elles étaient
dans les relations d'ordre, dans les
puissances sombres de l'envie et de la
jalousie. Est-ce que je suis plus belle
que ? Est-ce que je fais plus jeune que ?
Combien de fois avait-elle entendu sa
grand-mère lui poser ces stupides questions ?! Louise pensa : On place les femmes dans la compétition pour les mâles,
et elles foncent sans réfléchir, elles se
complaisent sous le regard des hommes. Cette pensée l'apaisa, comme si
comprendre exorcisait, ou rassasiait.
Mais non, comprendre ne rassasiait
pas, et son visage était brouillé par son
tumulte secret. Elle était soudain à cent
lieues de la fête. Elle était seule au milieu
des autres. Mon Dieu ! L'idée de l'enfant
d'une autre lui faisair sentir sa solitude.
A en hurler.

Mélusine posa son plateau et s'approcha de Louise. Qu'as-tu ma Louise ? Quelque chose ne va pas ? dit-elle à son amie. On est bien ! N'aimes-tu pas rester entre femmes ? dit Mélusine. Si, de temps en temps, dit Louise. Louise n'éprouvait pas le besoin de se débarrasser des hommes. C'est amusant, concéda-t-elle, les conversations changent. Crois-tu ! dit Mélusine. Qu'est-ce qu'on perd quand ils ne sont pas là ? dit Mélusine dans un éclat de rire. Je ne sais pas l'expliquer, dit Louise, mais on perd quelque chose. Elle resta songeuse. C'est peut-être un climat sexuel, dit-elle, oui, quelque chose qui a trait au désir. Entre femmes il me manque le sexe, dit-elle résolument. A son tour, elle éclata de rire. Est-ce qu'elle pensait vraiment ce qu'elle venait de dire ? Elle n'en savait rien. Mais elle comprenait ce qu'elle entendait par là. Aussi elle insista. C'est vrai ! ajouta-t-elle. Justement ! dit Mélusine. Entre femmes on se repose du jeu perpétuel. Qui te parle de jeu ? dit Louise. Oh ! dit Mélusine, ne me dis pas que le climat sexuel, comme tu dis, n'instaure pas des petits jeux ! Louise acquiesça. Ce doit être ce que j'aime au fond, dit-elle. C'est bon de ne pas jouer non ? dit Mélusine. Elle souriait. Je suis devenue si vilaine à regarder, pensait-elle, j'ai banni toute seule le désir de ma vie. Cette expression qu'avait eue Louise, *climat sexuel...* la ramenait à sa vie. Ses relations avec les hommes n'avaient plus jamais rien d'érotique. Elle dit : Enfin ! toi tu es belle, je comprends que les hommes te manquent. Mais moi ! Louise ne disait rien. Je ne pourrais plus jamais me mettre nue devant un autre homme qu'Henri, dit Mélusine avec une simplicité déconcertante. Alors je suis heureuse avec mes copines, dit-elle. Elle chercha les yeux de Louise. Si vous n'existiez pas, s'il n'y avait pas la société des femmes, pour savoir et comprendre ce qu'est ma vie, je me suiciderais. Arrête ! dit Louise. Mais c'est la vérité ! dit Mélusine. Sans vous je m'écroulerais. La vie me serait insupportable. Elle me l'est déjà mais elle le deviendrait carrément. Je ne resterais pas une seconde dans cet univers de tourments. Elle vida son verre de vin rouge et le remplit dans la même minute. Pour moi les femmes rendent le monde vivable, dit-elle. Louise sourit. Mélusine insista. Elle tenait à cette idée. Il y a des hommes qui le savent et qui le disent volontiers, dit Mélusine, comme si c'était là une preuve irréfutable. Des hommes que seules les femmes attachent au monde. Certains me l'ont confié, dit-elle. Et rageusement elle ajouta : Ils devraient avoir honte de

le savoir sans rien restituer de ce qu'ils
gagnent. Qu'est-ce qu'elles ont donc les
femmes que les hommes n'auraient pas ?
murmura gentiment Louise. Je ne sais
pas ! fit d'abord Mélusine. Mais en tout
cas elles ont quelque chose. Mais quoi ?!
dit Louise qui riait. Elles savent ce que
c'est que souffrir, dit Mélusine. Elles ont
cet incroyable corps, saignant, enfantant,
pardonne-moi de te dire cela, elles ont
la douceur, elles ont l'amour qui vient
pour les autres quand on sait qu'ils mour-
ront. Et à ce moment elle rectifia son
propos, elle sembla réfléchir et dit : Les
femmes et les enfants, voilà bien ce qui
a mis de la joie et de la douceur dans
ma vie. Tu crois vraiment ce que tu dis
là ? demanda Louise, amusée par cet
excès. Mélusine poursuivait : Est-ce qu'un
homme est capable de mettre dans la
vie de la beauté et de la douceur ? Mais
oui ! s'exclama Louise. Ce n'est pas la
même douceur, dit Mélusine. Ni la même
beauté. Une souffrance secrète la rendait
obstinée. Regarde comme les petites filles
sont capables d'être maternelles avec un
bébé, dit-elle. Mais les petits garçons le
sont aussi ! dit Louise. Il y a bien des
hommes tendres tout de même ! Oh oui !
dit Mélusine ironiquement. Mais tu sais
aussi bien que moi ce qu'ils cherchent !
C'est une tendresse qui monte comme

le lait. Elle pensait : C'est une tendresse étrangère. Il y a une part du monde que les hommes ignorent, et alors, comment leur en parler quand elle vous occupe ou préoccupe ? Le poids de la vie des autres qui pèse sur la vôtre, comment en auraient-ils idée puisqu'ils ne s'occupent jamais de rien ! Chaque fois que je me suis confiée à un homme, dit Mélusine, j'ai vu qu'il ne comprenait pas. J'ai deviné qu'il se disait : encore une emmerdeuse ! Les larmes lui montaient aux yeux, comme souvent lorsqu'elle était grise. Mélu, dit Louise, tu es saoule ? Non ! dit Mélusine, je te dis ce que je pense et je suis émue et tu ne penses pas comme moi, mais je ne suis pas saoule (elle l'était cependant). Tu es si jeune ! dit Mélusine. Louise hocha la tête, signe qu'elle doutait de l'être encore. Si, dit Mélusine, tu es jeune. Moi, je suis vieille. Chaque matin, dit-elle, mon visage se charge de me rappeler notre destinée. Toi tu es jeune, tu ne penses pas encore à ce qui nous attend. Bien sûr que j'y pense, dit Louise. Nous ne sommes promis qu'aux deuils, aux larmes et au cercueil, dit Louise, et je n'ai même pas un enfant pour me faire oublier cette horreur. Pardon ! dit Mélusine. Pardon de te faire penser cela, je ne sais pas pourquoi je parle comme cela, je suis tellement navrée.

C'est gai votre conversation ! dit Eve, en passant un verre à la main. Elle venait d'entendre la phrase de Louise. Quelle méchante idiote ! pensait Louise dès qu'elle rencontrait Eve. Mélusine ne s'interrompit même pas, Tu sais, dit-elle, les enfants ne sont pas une vraie solution, Quand ils partent, c'est affreux, J'en ai pleuré des jours entiers dans cette maison vide, On essaie de l'oublier, mais ils ne sont pas à nous, Et maintenant ils sont grands, ils vivent leur vie, et moi j'ai fini ce que j'avais à faire, Tu as Henri encore, dit Louise, Tss-tss, fait Mélusine, il n'a pas tant besoin de moi ! Quelquefois je me dis même que je lui gâche la vie, C'est vrai que je la lui gâche ! Elles riaient comme des gamines, Mélusine disparut de nouveau dans une rêverie, Je suis tellement déprimée ! dit Mélusine, Sa main gonflée serrait le pied du verre, On ne va pas commencer cette soirée comme ça ? dit Louise, Non, dit Mélusine, on ne va pas pleurnicher, on va boire un coup. Et pour ce soir Louise est magnanime : Buvons, dit-elle à Mélusine qui est déjà grise,

3

L'homme affalé sur le canapé, Jean, l'époux de Marie, s'était mis à parler

du divorce de Gilles, chose à quoi il
avait pensé pendant tout le trajet en voiture avec sa femme qui venait de lui
apprendre cette nouvelle. Tu étais au
courant ? demandait-il à Tom. Sara
m'avait prévenu, dit Tom, pour que je
ne fasse pas d'impair si je le rencontrais.
Voilà la modernité du mariage, dit Jean,
les femmes partent en emportant les
enfants. Et le plus fort, dit-il, c'est que
tout le monde trouve ça normal. Est-ce
que ce serait désormais notre sort
d'hommes ? dit-il. Géniteur éphémère ?!
Il pensait à ses quatre garçons. L'idée
que Marie s'en allât avec les quatre lui
paraissait tout bonnement impensable,
et cependant cela arrivait à d'autres, et
ces autres n'en continuaient pas moins à
vivre. Comme les mœurs s'étaient trans-
formées ! Est-ce que les êtres avaient
changé ? Il se posait très souvent cette
question. Crois-tu que les femmes d'an-
tan, sans avoir les moyens de disparaître
en emportant la famille, en avaient le
désir ? dit-il. Nos grands-mères ? dit Tom.
Est-ce que nos grands-mères avaient
envie de s'envoler avec les oisillons…
Tom songeait au visage serein à côté
du vieux corps sec d'un homme aimé, il
ne concevait pas de désassembler cette
image ! Aussi il dit : Je ne peux pas me
l'imaginer.

Tout le monde avait entendu la question de Jean. D'abord, dit Tom, il faut rendre justice aux femmes d'aujourd'hui, toutes ne s'envolent pas, et j'en connais qui auraient pourtant des raisons. Ta femme ne partirait jamais, dit-il à Jean, quelque conduite que tu aies. C'est peut-être parce qu'elle n'en aurait pas les moyens, suggéra Guillaume. Toi ne commence pas à dire des horreurs ! dit Max en lui bourrant un coup de poing dans le bras. Il était encore dans l'émoi de sa dispute avec Eve, et il comprenait si bien ce que venait de dire Guillaume ! Il savait confusément que sa femme à lui n'était pas près de partir, que son mariage n'était pas une alliance mais un contrat par lequel il était devenu pourvoyeur. L'indépendance matérielle des femmes est la modernité de l'amour, dit Tom. Et c'est un bien, dit-il, on est sûrs d'être aimés pour nous-mêmes ! Max restait silencieux maintenant. Qu'aurait-il fait si Eve avait été indépendante ? Il aurait été plus libre lui aussi. Mais elle avait arrêté de travailler dès qu'elle s'était trouvée enceinte. Il pensa qu'il ne pouvait pas parler de sa femme ici. Il se rappelait son mariage avec trop de précision, l'étonnement à peine dissimulé de ses amis en rencontrant la fameuse fiancée, Eve. Fiancée ? Ça existe encore ?! s'était moqué Tom.

Eve avait été furieuse, elle n'avait plus voulu recevoir Tom. Max n'avait pas essayé de s'expliquer sur le moment, D'ailleurs est-ce qu'on peut expliquer ? Aujourd'hui il comprenait qu'il n'aurait rien trouvé pour les convaincre, il s'était fait emballer comme un puceau, il n'avait rien vu. Ces souvenirs assombrirent son visage. Comme le passé devenait vilain lorsqu'on était éclairé sur son triste avenir ! Il n'acceptait pas encore de s'être vraiment fourvoyé. Sa morosité passa pour de la fatigue. Ils étaient tous fatigués ! pensait Tom en regardant Max. Ils avaient des vies de travail effréné. Des vies de cons, disait Guillaume. Il le pensait. Il était le seul à s'en défendre. Cette année je prends huit semaines de vacances ! disait-il. Oui mais toi tu es patron, disait Max. Nous on bosse pour payer nos impôts ! disait Jean.

Tout de même, sa décision de ne pas défaire un mariage qui lui pesait fit dire à Max : Ce qui a changé dans l'amour moderne, c'est le sens du devoir. Les gens n'ont plus le sens du devoir. Il disait cela parce qu'il souffrait de l'avoir, et de rester, tout en pensant, dans la poix conjugale, que partir eût été de sa part plus courageux (parce que plus difficile). Pourquoi était-on de la race à qui il en coûte trop de rester et qui sait se délier, ou de celle à qui partir semble insurmontable et donc indigne ? N'était-ce pas, comme pour d'autres choix, une simple question de mobilité ? Changer d'emploi, changer de ville, changer de pays, changer de femme, est-ce que ce n'était pas toujours les mêmes qui en avaient la volonté ? Il eût été bien en peine de fournir le moindre début d'analyse. Il ignorait surtout si cela tenait aux êtres qui décidaient, ou bien aux situations dans lesquelles ils se trouvaient pour décider. Autrement dit, ceux qui se séparaient de leur épouse, se remariant ou non, souffraient-ils des situations conjugales plus pénibles que la sienne ? Ou bien étaient-ils moins durs à la douleur ? Tout au fond de lui il penchait pour la seconde idée. Aussi répétat-il : Les gens n'ont plus le sens du devoir, ils s'épousent, font des enfants, et divorcent comme si ça n'était rien de détruire une alliance qui a été féconde.

Les autres n'étaient décidément pas d'accord. Guillaume dit ; On sait maintenant que rester ensemble pour les enfants n'est pas une bonne solution. Les psychologues disent qu'un couple de parents en mésintelligence est plus

nuisible aux enfants qu'un divorce qui
se passe bien. Qui se passe bien... répéta
Max, sur un ton bourru. Il n'y croyait
pas. Il y a des divorces sans drame ! dit
Guillaume. Le crois-tu vraiment ? dit Max.
L'autre faisait oui de la tête. Et alors, dit
Max triomphant, comment expliques-tu
que le divorce vienne juste derrière le
deuil dans la liste des expériences jugées
traumatisantes par les individus ? Mais
rien ne désarçonnait Guillaume. Tu me
parles d'autre chose, dit Guillaume. Etre
très malheureux et être destructeur, pourquoi faudrait-il que cela marche de pair ?
Il pressentait le malheur intime qui faisait parler Max, mais il ne put se retenir
de dire : Vois-tu, je crois que nos reje-
tons connaissent beaucoup de choses
de nous. Ils sentent évidemment l'harmonie et le dissentiment, mais aussi la
répulsion et le désir, oui, ils savent
même si leurs parents ont cessé ou non
de faire l'amour. Je ne crois pas, dit Max,
les enfants n'ont pas idée de ces choses,
et c'est pour cette raison que la séparation de leurs parents est toujours pour
eux une surprise. Tu peux même dire
un soulagement ! dit Guillaume. Son
gros visage était hilare. Est-ce qu'on peut
parler sérieusement ? dit Max. Est-ce
qu'on peut rire ? répliqua Guillaume.
Qu'est-ce que tu essaies de nous dire ?

demanda Jean à Max. Je veux seulement
dire qu'un couple amoureux ne fera pas
des efforts par devoir au moment où il
pensera que c'est fini, dit Max. S'il fait
des efforts, ce sera par amour justement,
parce qu'il reste encore de l'amour qu'il
peut sentir. Tu n'as pas l'air de trouver
ça bien ? dit Guillaume. Ce n'est pas que
ce soit bien ou pas bien, dit Max, c'est
surtout que le devoir aidait l'amour, il le
portait dans les périodes creuses de
l'harmonie. Et puis, dit-il, si tu donnes
beaucoup à un être tu te mets à l'aimer
davantage. Tu peux aussi te mettre à le
détester, dit Jean. Comment Max pourrait-
il entendre ça ? Max dit : Il y avait une
sorte de cercle vertueux sur lequel nous
ne pouvons plus compter. A quoi sert
le mariage ? dit-il. A faire durer l'amour,
pas à autre chose. Et pourquoi faudrait-il
faire durer l'amour ? dit Tom. Parce qu'il
faut élever des enfants, répliqua Max. Et
si tu n'as pas d'enfants ? dit Tom. Alors
oui, dit Max, tu fais ce que tu veux, tu
es libre et tu n'as pas besoin du mariage
et tu tiens le temps que tu veux. Sur
quoi pouvons-nous compter ? dit Jean.
Peut-être sur les femmes, murmura Tom
qui pensait à Sara, elles ont le sens de
l'engagement. Tu parles ! dit Guillaume.
Ce sont elles en majorité qui demandent le divorce. Regarde Gilles, il ne

veut pas divorcer ! Pourquoi crois-tu
qu'il ne le veut pas ? dit Max. Parce qu'il
aime encore Blanche, dit Guillaume.
C'est probable, dit Max, mais ce n'est
pas pour ça. C'est parce qu'il ne veut
pas voir sa fille quatre jours par mois !
Quatre jours par mois ! tu as déjà pensé
à ce que c'était ? Assez peu pour construire une relation avec un enfant, dit-il
ironiquement. Max résuma : Tu divorces
parce que tu n'aimes plus ta femme et
hop ! tes enfants ne vivent plus sous ton
toit. Eh bien que fais-tu si ta femme ne
te rend pas heureux ? Tu rouspètes un
peu, mais tu t'accommodes et tu restes.
Mais maintenant ça aussi c'est fini, ta
femme s'aperçoit qu'elle ne t'aime plus
assez, elle divorce, et toi ? Tu regardes
partir ta progéniture chez un autre type.
Parce que le plus souvent elle part quand
elle a trouvé le remplaçant. Pourquoi n'a-
t-il pas essayé de demander la garde ? dit
Henri à propos de Gilles. Refuser la
garde à une mère pédiatre ! dit Max, Tu
crois qu'un juge ferait cela ? Pourquoi
pas, dit Henri, Blanche travaille beaucoup, elle n'est pas très présente, il y a
des urgences. Gilles est plus disponible
qu'elle. Je crois qu'il n'a pas eu le cœur
d'enlever sa mère à sa fille, dit Guillaume.
Le trouble qu'avait jeté cette conversation
dans l'esprit de Guillaume était visible.

Mais il ne dit rien. Il n'évoqua pas sa situation, ni pour acquiescer, ni pour se plaindre de cette maladresse : lui parler de tout cela à lui que ses trois enfants avaient fini par détester. Malgré tout, dit Henri, je crois que Tom a raison, elles ont le courage et le sens de l'engagement, et elles boivent la coupe jusqu'à la lie. A condition qu'il y ait de l'argent ! dit Guillaume. Là oui, dit-il, elles restent et elles s'arrangent une vie sans le grand amour, avec leurs enfants, leur maison, leurs copines. Mais si tu perds ton boulot, tu verras : tu perds aussi ta femme !

Ils se turent. Pourquoi étaient-ils allés remuer leurs plaies ? Ils auraient voulu des épouses comme avaient été leurs mères et leurs grands-mères, maternelles, féminines, et dignes, au lieu de quoi ils avaient des furies qui réclamaient le partage des tâches ! Jean et Henri s'étaient tournés vers le poste de télévision dont le son était coupé. Dix minutes de pages de publicité ! dit Henri. Ce match doit faire de l'audience. Marc, qui n'avait encore rien dit, se tourna vers Guillaume : Gilles c'est ce type pas très grand et costaud qui a l'air assez drôle ? Qui est très drôle, dit Guillaume. Et sa femme était splendide, dit Tom, une vraie rousse faite comme

une Junon. Depuis combien de temps
étaient-ils mariés ? dit Marc. Et la conversation recommença. Quel âge avait
Gilles ? Quarante-neuf ans. Il a rencontré Blanche à la fin de ses études, ils
avaient vingt-cinq ans, donc ça fait plus
de vingt ans qu'ils sont ensemble. Et ils
ont une fille de cinq ans ! Oui, je crois
que c'était un imprévu. On avait dit à
Blanche qu'elle n'aurait jamais d'enfant,
et pif ! Elle n'a pas été contente, elle
trouvait que c'était trop tard, mais tu
parles que quand la gamine est née elle
a été comme les autres, elle n'a plus
pensé qu'à sa fille.

Ils parlèrent de l'intimité de Blanche
et de Gilles sans même y penser. Ils
devaient se défendre des remous que
soulevait en eux ce divorce. Des choses
passées, rêvées, interdites, impossibles,
se trouvaient ranimées par le seul fait
que deux amis se séparaient, qu'ils les
avaient vus s'aimer, qu'ils s'étaient fait
une idée de leur couple, et que ce couple
explosait sans qu'ils l'eussent prévu. Ils
devaient se convaincre que leur vie
amoureuse n'était pas une erreur ou un
mensonge. Il fallait trouver la sérénité
sentimentale.

Blanche a dit à Eve que ça n'allait
pas bien depuis déjà longtemps. Je
crois qu'ils ne s'entendaient plus sen-
suellement ; je me demande si Gilles n'a
pas été infidèle pour supporter cette
mésentente. Gilles avait des aventures ?
Tu ne savais pas ! Tout le monde était au
courant. Elle lui disait Non, il en a trouvé
d'autres pour s'entendre dire Oui ! Et
elle ne l'a pas accepté. Elle n'a pas été
élevée comme cela. Personne ne l'a été.
Nous avons tous été éduqués dans le
sens de l'exclusivité sexuelle, de la pro-
priété et de la jalousie. Mais c'est idiot.
(C'était Marc qui disait cela.) Pourquoi
est-ce idiot ? Une bonne morale sexuelle
devrait varier en fonction de toutes sortes
d'éléments, dit Marc. Quoi par exemple ?
fit Tom hilare. L'état de la science, le
niveau de l'hygiène et les maladies, le
tempérament des personnes… Le tempérament des personnes, ça oui, je suis
d'accord ! Nous pourrions ne pas être
jaloux d'après toi ? Je crois que nous en
sommes capables. Car, au fond, nous
savons bien qu'il existe des relations
sexuelles sans aucune espèce d'importance. Le crois-tu ? Bien sûr. Et toi aussi.
Le seul problème c'est que ce ne sont pas
celles que l'on aimerait avoir. Il suffit
d'apprendre à les tenir pour ce qu'elles
sont : presque rien. C'est nous qui

décidons de leur importance. Je peux te dire les choses autrement, dit Marc : certaines relations sexuelles ont plus de valeur que d'autres, mais c'est justement ce qui n'est pas sexuel qui leur confère cette valeur. Ce n'est pas le sexe qui rend importante une relation sexuelle. Ce sont les femmes qui rendent importantes les relations sexuelles ! Oui ! mais seulement parce que nous les avons contraintes à le faire, dit Marc. Nous avons appris aux femmes à les tenir pour importantes. Nous leur avons interdit d'être légères. Nous avons réussi à les convaincre qu'elles donnaient ou perdaient quelque chose d'important en s'allongeant très près d'un homme. Et nous l'avons fait parce que notre préoccupation principale en matière de morale a été la vertu féminine. Ce qui avilit les femmes frivoles, c'est l'idée qu'on s'est forgée et à laquelle elles croient, qu'elles commettent un crime. Et alors maintenant qu'est-ce qu'on fait ? On essaie d'aimer autrement qu'on aime. Et si c'est trop rentré dans les tripes ? On s'arrache les tripes ! dit Marc en riant. Si tu aimes ton conjoint, tout ce qui le rend heureux te rend heureux. Je suis loin de cet idéal. Tu es le gardien de la liberté de ta femme, dit Marc. Et si je suis jaloux… ? Tu ne te maries pas ! Voilà ! c'est ça : Jaloux s'abstenir d'aimer. Arrête de faire l'andouille ! Si tu es jaloux, tu réfléchis à ce qui fait à tes yeux la valeur de ton amour pour ta femme, et tu découvres que ce n'est pas la vie sexuelle. Même si celle-ci peut refléter l'intensité de ton amour. Et si certaines images restent insupportables ? Tu cesses de convoquer ces images, tu cesses de te complaire dedans. Ces images ne sont pas la cause de ta jalousie, elles en sont le résultat, elles sont la création de ton esprit jaloux. Mais oui bien sûr ! Comment en sommes-nous venus à cette conversation ?! Oui, quel rapport avec Gilles et Blanche ? Celui-là, dit Marc : que si l'infidélité était une chose concevable, Blanche aurait retrouvé du désir avec un amant par exemple, pendant que Gilles patientait avec d'autres femmes, et leur couple ne serait pas détruit aujourd'hui. Gilles a toujours dit qu'il aimait sa femme. En un mot tu es le héraut de l'infidélité salvatrice ! Et il a la femme la plus glacée et incorruptible de nous tous.

Jean et Tom avaient commencé à servir des verres de vin et à apporter des assiettes. Il y avait toutes sortes de charcuteries, du pain et du vin rouge. Tom dit : Je désire de plus en plus facilement les femmes, et de plus en plus de femmes, et je me moque de ce qu'elles font dans la vie, je n'ai aucune envie de savoir qui elles sont ou croient être, je ne veux que les allonger et faire glisser leur slip le long de leurs cuisses, et caresser ces cuisses si douces, et m'y faufiler comme un voleur, les dévoyer et m'esquiver. Et Sara ? dit Jean. Quoi Sara ? dit Tom. Jean renonça à discuter. Tu es très banal, dit Max. Pourquoi lui dis-tu cela ? demanda Jean. Et pourquoi es-tu si agacé que je le lui dise ? demanda Max. Je ne suis pas agacé, dit Jean, mais je ne vois pas pourquoi tu le confortes dans son excès en lui faisant croire que tout le monde lui ressemble. Mais je ne fais que lui dire ce que je pense ! dit Max. (Il se mit debout.) Je ne fais que lui dire qu'il est comme tout le monde, qu'il est intéressé par le désir, qu'il en éprouve souvent, qu'il regarde les femmes, qu'il a envie de séduire sans entraves celles qui lui plaisent, qu'il a envie de toucher leur poitrine, de découvrir le paysage de leur abandon, leur beauté cachée et leurs métamorphoses. Et qu'il en souffre parce que de tous les côtés on l'empêche, on contrecarre ses désirs, on avilit ses extases. Tu as fini ? demanda Guillaume. Pourquoi ? dit Max étonné. Parce que j'ai envie de dire quelque chose. Quoi ?

demanda Max. Après toi, dit Guillaume.
Et Max reprit : Pourquoi ne pourrait-on
passer une soirée et une partie de la nuit
avec une femme sans que celle avec qui
l'on vit vous fasse aussitôt une scène ? Ou
sans qu'on soit obligé de lui mentir ? J'ai
envie de voir qui je veux quand je
veux comme je veux, de recevoir des
confidences, de consoler et caresser,
d'exister dans le cœur des autres, et je
ne peux pas, et qu'est-ce que j'ai ? Il
s'interrompit d'un coup. Guillaume dit :
Je suis heureux de rentrer chez moi et
de trouver ma femme et de me dire
qu'elle est à moi tout seul et que je
n'aime qu'elle. Rappelle-moi combien tu
as eu d'épouses ? dit Tom. Quatre ! dit-il
sans attendre. Une tous les cinq ans ! Le
mariage, dit-il, tu ne sais pas de quoi tu
parles. Tom, dit Tom en se frappant la
poitrine, il est resté avec la même pendant douze ans ! Et maintenant Tom
s'amuse à faire souffrir Sara ! dit Jean.
Non, dit Tom, Tom essaie de prolonger
sa passion pour Sara.

    Avez-vous remarqué qu'il y en a un qui
n'a rien dit dans cette conversation ? dit
Max. Ils se tournent vers Henri qui n'a
pas cessé d'écouter, qui se sent d'un autre
âge, qui songe à ce qu'ils disent avec un

émerveillement triste, comme si leur
ardeur était enviable mais pas leurs désirs.
Je suis étonné, dit-il, voilà ce que je puis
dire. Etonné, comment ? dit Tom. Etonné
que vous soyez si peu expérimentés, dit
Henri. Ils attendaient l'explication. Marc
avait baissé le son de la télévision, c'étaient
encore des pages de publicité. Henri dit :
Faire l'amour avec une nouvelle femme
ne procure pas à coup sûr plus de plaisir
que le faire avec la femme qui se désha-
bille tous les soirs dans votre salle de
bains. Tom et Max riaient doucement, Jean
approuvait de la tête, Marc et Guillaume
attendaient la suite. C'est tout ? demanda
Tom. Oui, dit Henri. Les gens jugent plus
enviable d'être infidèles parce qu'ils sont
fidèles, ou parce que la fidélité sexuelle
leur pèse au point d'oublier ce qu'elle
leur apporte. La surprise n'est pas tout,
dit-il, elle accroît l'émotion ou le trouble,
mais pas forcément le plaisir. Car il y a
un savoir-faire du plaisir. Celui ou celle
dont vous êtes lassé sait mieux que n'importe qui ce qui vous plaît ou déplaît. Ce
n'est pas le cas de la belle inconnue que
vous emmenez à l'hôtel. Et même si cette
connaissance n'est pas romantique, dit
Henri, elle est efficace. Je suis étonné,
dit-il, qu'avec vos vastes désirs vous
n'ayez pas découvert tout cela. L'habitude donne plus de jouissance que la

surprise. Bon, dit Tom, je vous signale
que ça commence. Mais regardez comme
il est beau ce mec ! Un boxeur noir marchait vers le ring, au milieu d'une fumée
blanche et des hurlements de la salle. Il
se glissait prestement entre les cordes. Ils
s'assirent tous. Henri tu es exceptionnel !
Mais moi j'ai une autre idée. Chut ! firent
les autres.

4

Votre poisson était-il bon ? demandait-il.
Délicieux, répondit-elle. Madame, monsieur, dit le serveur en leur tendant des
cartes. Un dessert vous ferait plaisir ?
Merci, je ne prendrai rien, dit Pauline.
Allez ! dit Gilles. Laissez-vous tenter.
J'adore les femmes qui prennent un dessert. Je choisirai l'assiette de fruits rouges
et sa glace à la framboise, dit-il au garçon. Pauline le suivit. C'est bien ! dit-il.
Soyez un peu obéissante ! J'ai l'impression que vous n'en faites qu'à votre tête…
Elle confirma en riant avec un petit air de
fierté. Il dit : Je ne sais pas pourquoi les
femmes ont toujours ce plaisir inouï à
maîtriser un homme et à lui échapper. Il
vous faut nous asseoir dans la dévotion

et nous commander ! Pourquoi ??!! Elle
ne savait pas. Elle riait. Vous êtes si charmante quand vous riez ! dit-il. Elle eut
l'air d'en douter. Vous ne vous voyez
pas, vous ne pouvez pas savoir ! dit-il.
Fiez-vous à moi, dit-il en la regardant
dans les yeux, vous êtes jolie. Il allait
dire : Et vous me plaisez beaucoup. Au
lieu de cela il dit : Et je vous préfère
quand vous riez. Il avait déjà pris les
deux mains baguées dans les siennes.
Mais il sentit qu'elle les retirait et il ne
souffla mot. Elle savait. De toute façon
elle savait, pensa-t-il. Et il reposa les
mains. Ah ! Pauline... murmura-t-il,
comme si un monde naissait en lui avec
ce nom. Que pouvait-elle dire ? Elle souriait. Vous êtes gentil de me dire ça, dit-
elle. Ce n'est pas de la gentillesse, dit-il.
En tout cas, dit-elle, je suis contente
d'avoir passé cette soirée avec vous. Il se
mit à rire. On ne trouve jamais complètement désagréable ou inintéressant quelqu'un à qui l'on plaît n'est-ce pas ? Elle
fit une moue de sourire et de réflexion.
Moi aussi je suis content, murmura-t-il. Il
avait retrouvé la voix d'alcôve. Pourquoi
êtes-vous content ? dit-elle, au comble
du bonheur à cause de la voix. Pff, fit-il,
ses mains expliquant qu'on n'en savait
rien. C'est comme ça et nous n'y pouvons rien, dit-il. Elle se délectait de cette

conversation à la fois sincère et tendancieuse. Est-ce que cela vous est souvent arrivé ? demanda-t-elle. Une affinité pareille ? dit-il en riant. Elle fit signe que c'était bien la question. Jamais, dit-il avec fermeté. Et votre femme ? demanda-t-elle. Je ne me le rappelle pas, dit-il. Je ne vous crois pas ! protesta-t-elle. Vous avez raison, concéda-t-il en riant. Elle était capable de sentir cette sagesse : il ne parlait pas, il ne livrait pas sa vie. Elle pourrait toujours être garantie de son silence. C'était une chose merveilleusement rassurante. Etre le secret d'un homme qui ne raconte pas.

Vous ne m'avez pas dit ce que vous faisiez dans la vie, dit-elle. Je préférais vous écouter, dit-il. Mais je ne vous cache rien. C'est très simple, dit-il, je gagne ma vie en écrivant des histoires pour la télévision. Mais il n'y a que d'exécrables téléfilms ! s'exclama-t-elle. Voilà ! fit-il avec une voix que l'humour rendait plus pointue. J'invente d'exécrables téléfilms, et on me paie très cher pour ce travail. Il était si justement sûr de lui qu'il ne se vexait de rien. Ne parlez pas de ce que vous ne connaissez pas, souffla la voix d'alcôve. Qu'est-ce qui lui donnait sur elle cet ascendant ? Elle se sentait comme

une petite fille. Il s'était penché vers elle,
muet. On le regardait. Il vit qu'on le regardait. Un couple bien-pensant qui avait
largement dépassé les âges de la passion
et qui semblait se dire : Que fait ce type
avec cette gamine ? C'est dégoûtant. Il se
redressa et dit : Vous êtes si fraîche que
tout le monde nous regarde ! Je n'ai
même pas remarqué, dit-elle. Vous ne
voyez que moi ! dit-il. C'est ce que j'allais
vous dire, dit-elle. Elle se mettait à jouer
comme lui. Ils avaient atteint l'unisson
de la cour amoureuse. Ils rirent ensemble. Les dents étaient si belles, il ne pouvait empêcher ses yeux de fixer leur
écrin, et elle était troublée de ce regard
sur sa bouche. Il se pencha à nouveau
vers elle et dit tout bas : Voyez-vous ce
couple là-bas ? Elle jeta un œil et fit
signe qu'elle les voyait. Ils se disent que
je suis trop vieux pour vous. Elle se mit
à rire. La confusion et le bonheur se
mêlaient. Elle dit : Vous ne l'êtes pas.
Avec un visage si grave qu'il fut obligé
de rire. Parce que, cette fois encore, tout
était dit entre eux. Pauline, souffla-t-il.
Oui ? fit-elle. Rien, dit-il, j'aime dire votre
nom. Elle prit une grande inspiration. Ce
moment était délicieux. Elle était ensevelie dans cet étourdissement de plaire.
Mais c'était un plaisir si fort qu'elle douta
de celui qui le lui donnait. Se moque-t-il

de moi ? pensa-t-elle, Sa crainte était réelle
et persistante, Elle sentait bien ce que
leurs relations avaient d'horriblement
banal, C'était comme un chemin mille
fois parcouru, Un homme et une femme !
Forcément il savait ce jeu par cœur, Il
devait bien s'apercevoir comme elle
minaudait gracieusement ! Peut-être s'en
amusait-il ? Il l'amenait dans cette extase
et rigolait intérieurement de la voir se
pâmer en entendant son prénom. Il avait
dû voir des centaines de femmes sourire
de se croire adorées. Vaniteuses… Avec
ces brefs moments de clairvoyance, Pauline Arnoult se gâchait son plaisir. La
honte de jouer avec un galant ! La banalité de leur motif n'avait-elle pas une
grossièreté imparable ?

Elle picorait les fraises des bois qui
entouraient la boule de glace. Il la contemplait. Ils étaient aveugles et sourds à
tout ce qui n'était pas eux. Elle leva les
yeux de son assiette et lui sourit. Voilà
le moment le plus doux de l'amour,
pensa-t-il. Et il dit : Voilà le moment le
plus doux d'une rencontre. Le silence, un
sourire… Elle ne disait rien. Il murmura :
Et l'avenir… Pauline était muette. Il préférait qu'elle fût muette. Au fond il tournait
autour d'elle, il s'approchait prudemment,

enfilant un mot après un autre, et elle
l'écoutait en souriant de toutes ses jolies
dents. Le défaut de tout cela c'est qu'il
n'arrivait plus à descendre du manège,
à s'imaginer autre chose. Elle était très
présente, il éprouvait intensément sa présence, et cependant il se voyait de moins
en moins faire un geste avec elle. Elle
était intimidante comme l'ingénuité. Et
pourtant elle n'était pas une ingénue. Elle
savait. Fermez les yeux, dit-il. Il regarda
sans rien dire le visage clos. Quelle merveilleuse peau elle avait ! Les yeux bleus
réapparurent. C'était pour vérifer que vous
obéissiez comme il faut ! fit-il. Donnez-
moi vos mains et ne les retirez pas ! dit-
il. Mais c'était dépasser les bornes. Elle
fit non énergiquement. C'était trop de
cinéma qu'il faisait. Elle avait honte de se
prêter à de tels jeux. Elle le lui dit : Arrêtez de me faire votre numéro ! Il rit mais
ne nia pas. Mais vous êtes terrible ! fit-il,
amusé. C'est vous qui l'êtes, dit-elle. Et
je vous laisse faire, dit-elle. Parce que
vous y trouvez votre plaisir, dit-il avec la
voix suave. Sans doute, concéda-t-elle.
Le regrettez-vous ? demanda-t-il. Il semblait anxieux, délicat. Non, dit-elle, je sais
très bien ce que je fais. Je n'en ai jamais
douté ! dit-il. Les mots étaient plombés.
La force d'attraction détournait leur sens.
Ils rirent. Pas moyen d'échapper à ce jeu.

5

Marc dit : Nous ressentons du désir pour d'autres femmes que les nôtres, c'est inévitable, et certaines y répondent, c'est presque électrique. Néanmoins notre vie est engagée avec une femme, nous sommes capables de tenir à cette alliance, nos enfants espèrent sans le savoir que nous demeurons dans l'amour. Comment réconcilier les forces contraires ? Je me demande si nous n'avons pas besoin simplement du jeu amoureux et du sentiment qu'une femme dirait oui. Dans ce cas il suffit de s'interrompre quand on a compris, conclut-il. En somme tu nous proposes une chasse sans fusil ! dit Tom. Quelle tristesse ! dit-il. C'est parti ! dit Guillaume. Le match commençait. Les deux boxeurs sautillaient sur le ring. La foule s'était calmée. Max s'enfonça dans son fauteuil. Il pensait encore à Eve.

Il y a un stoïcisme des maris. Ils sont dans l'amour conjugal comme dans un pays étranger. Ils se trompent, comprennent de travers et parfois pas du tout. Sans le désir qui les porte vers elles, ils seraient en face des femmes, capables de bévues ou d'indélicatesses involontaires.

Et finalement malheureux. Il faut aux maris le courage de se tenir jour après jour à côté d'une nature fluide, une matière ardente, bouleversée d'humeurs et de sang.

Alors les maris sont dans l'attente. C'est à cela qu'on reconnaît qu'ils aiment. Lorsqu'ils cessent d'attendre et de guetter, ils ont fini d'aimer. Les maris, avec appréhension, guettent les sourires sur le visage des épouses : ceux qui sont là et ceux qui manquent. Et quand il n'y a pas de sourire, quand le visage est fermé, ils ne disent rien, ils s'installent dans leur patience, parfois se détournent en secret vers un autre visage. Pour la plupart, ils veulent alors croire que les choses tues n'existent pas. Jusqu'au retour du sourire, ils ne laissent rien paraître de leur inquiétude. En somme leur silence règle les problèmes de la nature fluide en éruption. Mais les épouses veulent que les choses soient dites, elles espèrent toujours être comprises, elles rouspètent, elles font du bruit. C'est ainsi que naissent les rôles.

J'ai engueulé Eve dans la voiture, dit Max. Sur le ring le premier round venait

de s'achever. Deux grandes filles en minijupes s'avançaient vers les cordes pour
promener un panneau où l'on pouvait
lire Second Round. Les hommes hurlaient
dans la salle. Qu'est-ce qu'elle avait fait ?
demande Jean. Comme d'habitude, dit
Max, elle n'était pas contente et elle râlait.
Vous vous disputez souvent Marie et toi ?
dit-il. Sans arrêt ! dit Jean. Et j'ai horreur
de ça ! dit-il. Je trouve ça moche, on est
parfaitement laid et ridicule quand on
crie l'un contre l'autre. Mais est-ce que
ça n'est pas fatal ? Deux rythmes l'un à
côté de l'autre ne produisent pas que de
l'harmonie. Comment cela pourrait-il ne
produire que de l'harmonie ?! Mais je ne
veux pas lâcher, continua Jean, Marie est
un despote, elle a une énergie que tu
n'imagines pas, elle ferait de moi une
loque. Nous on se dispute à cause du
fric, dit Henri, j'essaie de surveiller ses
dépenses, alors Mélusine me ment et je
ne le supporte pas. Elle s'achète des vêtements et elle me dit qu'ils sont vieux ! Il
ne dit pas qu'elle achète aussi des bou-
teilles de whisky, mais les autres y pensèrent. Tu ne lui mens jamais toi ? demanda
Guillaume. Max s'amusait de ce visage
clément. Dans ce genre de conversation,
on se montre toujours compréhensif à
l'égard des problèmes des autres ! dit-il en
guise de commentaire. Et Henri dit : Non,

je ne mens jamais. Quel menteur tu fais !
dit Guillaume. Je te promets que c'est
vrai ! Tom dit : Les plus grands menteurs
sont ceux qui disent Je ne mens jamais.
Ensuite, dit Tom, ils font d'énormes mensonges et ne se font jamais prendre !

Je vous raconte la dispute type ! dit
Jean. Les autres s'étaient tus pour l'écouter. Une hilarité en suspens dans l'attention modelait les physionomies. La grosse
tête de Guillaume était toute rouge. Max
avait retrouvé un regard. Jean commença : Les invités sont partis. Marie a
raccompagné les derniers jusqu'à la porte
de l'ascenseur. Je suis resté au salon. Elle
a refermé la porte d'entrée sans faire de
bruit pour ne pas réveiller les enfants.
Elle se met en route. Ce n'est plus une
femme que j'ai, c'est un robot ! Elle commence à ranger. Débarrasser les verres,
les assiettes à dessert, jeter les serviettes
en papier, mettre la nappe au sale, ranger la vaisselle dans la machine. Moi j'ai
besoin de faire une pause, dit-il. Tout le
monde rit. En général je m'assois un
moment devant l'ordinateur. Je mets un
disque. Marie s'affaire déjà dans la cuisine. Elle est fatiguée mais elle se force à
mettre de l'ordre. Je ne sais pas pourquoi.
On pourrait tout ranger tranquillement le

lendemain matin. Mais non ! Madame dit qu'elle n'aime pas se réveiller dans le bordel. Je comprends très bien qu'elle soit fatiguée, je lui dis : Va te coucher. Il est plus de minuit, il y a des personnes qui ne sont plus bonnes à rien à cette heure, et Marie est pire que cela : elle se transforme en bête. Après minuit, dit Jean, Marie elle mord ! Les commensaux rirent encore. Et d'ailleurs, dit Jean, elle vient dans le salon et commence à aboyer. Je lui dis encore une fois : Laisse tout ça, je vais le faire. Elle me dit : C'est toujours *Je vais*. Mais tu m'expliqueras un jour pourquoi tu ne peux pas le faire tout de suite. C'est plus logique quand même de ranger d'abord et d'allumer l'ordinateur ensuite. Je ne m'énerve pas et je lui réponds : Tu as dit tout à l'heure que tu allais prendre un bain, j'ai cru que j'avais un peu de temps pour me mettre à ranger, tu n'as qu'à faire ce que tu dis. Elle est très énervée, je sens que ça monte ! Elle dit : Mon bain est en train de couler, et pendant ce temps j'en profite pour débarrasser. Elle commence à m'expliquer ces trucs, toujours les mêmes trucs : Je m'en moque de le faire moi-même, ça me fait même plaisir de dorloter tout le monde, mais ne dis pas que tu cherches à m'aider, et patati et patata... Là je m'énerve. Les leçons, ça va comme ça,

Est-ce que je peux décider moi-même
quand je fais une chose ou bien est-
ce que tu veux même m'imposer le
moment ? J'articule bien pour poser ma
question. Maintenant elle se tait. Je vais
la voir dans la cuisine et je la regarde
ranger. C'est inimaginable la vitesse à
laquelle elle va ! Elle est branchée sur un
voltage particulier. Elle ne sourit pas,
évidemment ! Et comme le sourire tout
de même embellit bien, elle est assez
vilaine ! Je lui dis : Si tu te voyais, une
vraie grognasse ! Elle dit : Je sais quand
je fais la gueule, merci. En tout cas moi,
je suis pas daddy. Je lui dis ça pour
l'énerver. C'est son grand-père qui a
complètement abdiqué devant la mammy
qui fait la loi. Tom éclata de rire. Et là,
dit Jean, je suis tranquille, ça lui coupe le
sifflet. Après, je l'enferme dans sa cuisine. Je ferme carrément la porte. C'est
un geste qui la met hors d'elle : cloîtrée
dans la cuisine ! tu penses ! Elle ouvre la
porte que j'ai fermée. Elle retourne frot-
ter sa cuisinière. Elle s'apitoie sur son
sort. Je suis la bonne ici ! Je suis reparti
définitivement à l'ordinateur, je ne dis
plus rien. Je reste inatteignable. Elle sait
qu'elle a perdu. Ensuite on va se coucher,
muets. Elle me tourne le dos dans le lit.
Le lendemain, elle est reposée et tout est
oublié. On est comme les enfants, dit Jean

pour conclure : quand on est fatigués, on
fait des colères ! Nous, dit Guillaume, on
se réconcilie toujours avant de s'endormir, mais à part ça c'est pareil !

Ils s'amusaient beaucoup avec ces histoires de dispute. Voilà qui mettait un peu
de baume au cœur de Max. Il doit se
trouver quelque chose d'apaisant dans le
partage d'une destinée. Nul n'échappait
à ce qui blesse. L'imbroglio des cœurs et
des êtres était un sort commun. Et ce
principe de la communauté valait pour
eux plus que pour quiconque, car ils
étaient tous semblables : des hommes
dans la force de l'âge, des actifs doués
pour le monde et qui avaient le pouvoir,
l'argent, et femme et enfants... qui avaient
toujours eu tout cela, et qui l'auraient
encore. Tu me rassures, dit Max, c'est
pareil dans toutes les maisons. Il se trompait pourtant, car il n'y avait plus dans sa
maison l'amour qu'il y avait chez Jean.
Les querellants ne sont pas tous aimants.
Oui, dit Tom, dans chaque famille il y a
une terreur qui commande ! Il dit : C'est
pour ça que je me suis tiré ! Mais tu n'as
plus les bons côtés, dit Marc. Comment
ça, je n'ai plus les bons côtés !!? dit Tom.
Tu rigoles ou quoi, je n'ai *que* les bons
côtés !

6

Louise dit : Veux-tu savoir pourquoi je
n'aurai peut-être jamais d'enfant ? Marie
acquiesça. Ce n'est pas parce que je suis
stérile, ni parce que j'ai avorté quand
j'étais jeune, dit Louise. C'est parce que
je suis vieille. La nature dit que je n'ai
plus l'âge d'avoir des enfants. Et pourquoi suis-je vieille et sans enfants ? Parce
que j'ai passé ma vie à craindre d'en
avoir, à craindre d'avoir à donner quelque chose et d'être comme les autres :
éperdue d'amour et presque bête. Et
maintenant je ne suis plus féconde, et il
faudrait beaucoup de chance... et il faudrait justement que je sois sûre de mon
désir pour provoquer cette chance. Or je
n'en suis même pas certaine. Je doute
encore de vouloir cette chair dans mon
ventre ! Il n'y a aucune raison pour que
je n'aie pas d'enfant, aucun organe en
moi n'est atteint, rien n'est amoindri si ce
n'est le désir. Et même aujourd'hui dans
mon fou désir il y a une part de haine
et de peur. Au fond la maternité me
dégoûte ! dit Louise. Comme si je pres-
sentais quel lien monstrueux elle instaure !

Ne dis pas cela, ne pars pas vaincue, ça peut très bien marcher, dit Marie. Ah ! tu es si gentille, dit Louise. J'ai entendu qu'Eve était enceinte, alors je me remets martel en tête, c'est idiot ! Marie dit : Il n'y a pas que les enfants dans la vie. Mes enfants ! j'ai peur pour eux, leurs chagrins me bouleversent, je me fais du souci pour un rien. C'est de la folie, dit-elle. Et ça va durer toute la vie ! ça n'a pas de fin ! Certains jours, ça me fatigue d'avance ! Elles ne pouvaient que rire. Marie reprit son sérieux : Certains jours j'aimerais avoir coupé la lignée, n'avoir pas couru comme je l'ai fait sur la route de l'instinct… Le sang nous tient, il frémit et nous dirige. Il commande nos sentiments. Mes parents ! dit-elle. Imaginer leur mort me fait déjà pleurer ! Quand mon père s'aperçoit qu'il a vieilli, je suis bouleversée ! Alors que c'est la nature, qu'il va bien, et que nous sommes heureux. Mais non ! il faut que je m'angoisse par avance, comme si l'idée de la fin me gâtait la vie. Et ton mari, dit Louise, il te fait souffrir ? Justement, dit Marie, pas de la même façon ! Elles rirent. Ne le répète à personne ! souffla Marie. Puis elle dit : Si tu n'as pas d'enfant, tu feras autre chose avec ta vie, tu feras une œuvre, une découverte, un sacrifice, quelque chose qui vaut autant qu'un enfant.

La chose la plus importante à propos de Louise, c'était la chose qu'elle ne pouvait pas faire : l'enfant. Sa vie s'abîmait dans ce deuil d'une transmission. Elle poursuivait d'hôpital en hôpital, cet amour qui se tisserait au-dedans et ne poserait pas de condition. Si jeune (trente-huit ans), elle se sentait déjà passée de l'autre côté de la jeunesse, comme si c'était cela vieillir sans descendance ; sur une pente glacée de solitude, glisser plus vite jusqu'au tombeau. Les âges de Louise passaient, elle était de moins en moins féconde, cela devenait certain pour elle, la médecine la plus avancée ne parviendrait pas à lui planter un enfant dans le ventre. Et puisque le corps parle, sa physionomie s'était modelée en harmonie avec ce néant. Ses mains et ses poignets étaient osseux, elle était légère et fluide dans l'inquiétude. Les hommes ont de la chance de ne pas vieillir comme nous, dit Louise, il leur suffit de prendre une femme jeune et, tout vieux qu'ils sont, ils ont des enfants. Mélusine s'approchait. J'aperçois du noir, je sais que c'est toi, dit-elle à Louise. Louise souriait tristement. Elle murmura : Je dois me sentir en deuil. Tu es toujours habillée en noir ? dit Eve. Toujours, répondit Mélusine. Prenant Louise par les épaules, elle dit : Vous ouvrez un placard de Louise, tout est noir ! Ses bas, ses

souliers, ses vêtements, tous ses falbalas
de femme… tout tout tout. Louise riait.
Elle sentait la grosse poitrine de Mélusine lui envelopper l'épaule, elle sentait
que Mélusine se reposait sur elle, Mélusine tenait à peine debout. Mais elle
avait des antennes, elle était la seule à
savoir que Louise était déprimée. Louise
embrassa Mélusine. La peau de Louise
était blanche dans l'écrin d'obscurité de
la robe, elle resplendissait. Elle semblait
extraordinairement nue et fragile. Pourquoi tu aimes tellement le noir ? dit Eve.
Louise dit : Je ne sais pas. Est-ce qu'on
sait ce qui nous conduit et nous plaît ?
dit-elle, confuse de parler trop gravement.
En tout cas le noir lui va bien, dit Mélusine. Le tour des yeux de Louise était un
peu mauve et flétri. Tu as l'air fatiguée,
dit Mélusine. Je le suis, dit Louise. Elle ne
disait pas qu'elle surveillait du sang, des
filaments couleur de miel, des noyaux
blancs… C'est fou tout ce qui s'échappe
du ventre stérile d'une femme qui essaie
d'avoir un enfant. Elle taisait ce qui causait sa fatigue et qui n'était ni le travail,
ni les réveils des enfants la nuit, ni les
agapes amoureuses, mais l'attente au bord
du téléphone au retour de l'hôpital : non,
elle n'était pas enceinte, les tests étaient
négatifs. Nul ne compte le nombre de
larmes qu'il faut rentrer en soi, pour

continuer d'aimer un homme qui ne sait
comprendre ni le désir, ni l'exténuation,
et qui dit : Tu vas te détruire la santé.
Ils ne savent même pas si c'est cancéri-
gène ou non. Pourquoi on n'en adopte
pas un ?

Vous n'avez jamais pensé à en adopter
un ? demanda Eve. Louise hocha la tête.
Elle ne pourrait pas aimer l'enfant d'une
autre. Elle ne lui pardonnerait pas n'importe quoi. Je te donne mes enfants, lui
disait parfois Guillaume. Elle ne répondait même pas. Comment pouvait-il être
aussi stupide ? Elle ne voulait surtout pas
y penser, sans quoi elle n'avait plus ni
enfant, ni amour. Moi non plus je n'ai
pas d'enfant, dit Pénélope. Sa voix était
flûtée comme celle d'une fillette. Et je n'ai
pas de mari non plus, dit-elle.

7

Louise ne savait jamais quoi dire à Pénélope. Tant de malchance, de malheurs et
de sourires ramassés sur le même être !
Mais tous les hommes sont amoureux
de toi, murmura Marie, en embrassant

Pénélope (et soufflant : Je ne t'ai même
pas dit bonjour). Je suis témoin ! dit
Louise, c'est vrai. Forcément ! dit Pénélope. On leur dit que je suis une femme
inaccessible, alors ils peuvent m'aimer
sans danger ! Et Paul ? dit Marie. Crois-tu
qu'il t'aime sans danger. Non, dit Pénélope. Puis tout à coup, les yeux perdus
dans un songe invisible, elle dit : Il m'a
demandée en mariage cet après-midi.
Paul !? dit Marie. Et qu'as-tu répondu ?
dit Louise. J'ai répondu que j'allais réfléchir, dit Pénélope. Ça ne m'étonne pas
de toi, dit Marie. Et alors, dit Louise du
tac au tac, tu as réfléchi ? C'était déjà
tout réfléchi ! dit Pénélope. Son visage
s'ouvre à un sourire malicieux. Et c'est
non évidemment, dit Louise. Perdu ! dit
Pénélope. Perdu ! s'exclame Louise. Tu
veux dire que tu vas te marier avec Paul !?
Elle en rit de bonheur. Oui, dit Pénélope.
Je crois que je l'aime profondément, dit-
elle, malgré le monde et le temps, malgré
son âge et le mien. J'ai compris que nous
n'avions pas d'âge lorsque nous étions
ensemble. Et je l'aime aussi parce qu'il est
vieux, parce qu'il va mourir bientôt,
parce que je suis la lumière dans sa vie,
parce que je lui fais du bien. Je suis
comme un miracle, tu te rends compte,
être le miracle de quelqu'un ! Elle s'interrompit, à nouveau absentée, ensevelie

dans des images. Je l'aime aussi parce
que nous pleurons tous les deux un
défunt aimé, dit-elle. Ses yeux s'empli-
rent de larmes. Quelque chose dans ces
larmes fascinait Louise. Des larmes qui
ne cessaient pas ! Voilà ce qui lui faisait
impression mais sans qu'elle en eût
jamais rien dit. J'en pleure ! dit Pénélope,
confuse de son émotion sans pouvoir la
cacher. Pénélope dit : Je l'aime parce qu'il
est vieux, parce qu'il va bientôt mourir
et que parfois il y songe à voix haute, et
que d'autres fois, pour ne pas me faire
peur, il fait semblant de croire qu'il a tout
le temps. C'est merveilleux, dit Marie, sois
heureuse. Je le suis, dit Pénélope, et par-
dessus le marché j'ai l'impression d'être
non conforme, tu imagines comme je
suis heureuse ! A trente-huit ans, épouser un homme qui en aura bientôt
soixante-douze... certains ne compren-
dront pas que j'aie tant attendu pour finir
de cette manière ! Elles éclatèrent de rire.
Pour finir en beauté ! dit Louise. Je suis
si bouleversée, dit Pénélope, c'est pour
ça que je ris bêtement. Elle a un fou rire
de fillette. Elle dit : On va dire Vous vous
rendez compte, Pénélope épouse son
vieil amant. Puis : Je crois que je vais
déposer une liste ! Elles s'étouffèrent de
rire, avec un temps de retard pour Louise
et Marie, le temps de la délicatesse qui

harmonise leur manière avec celle de Pénélope. Sur le papier, dit Pénélope, on a le droit de se marier à l'église puisqu'il est veuf. Mais il ne veut pas. Depuis combien de temps t'aime-t-il ? demanda Louise. Je ne sais pas ! dit Pénélope. Il m'a courtisée sans penser réussir, parce que c'était plus fort que lui, et il avait la patience de ceux qui ont un surcroît de vie. Est-ce que c'était même de la patience ? Plutôt une mélancolique résignation, une force d'abandon au grand principe du début et de la fin. Et je crois, dit-elle, que j'ai voulu lui donner ce plaisir : la tendresse d'une jeune femme. J'étais émue, j'ai fermé les yeux, je me suis laissé toucher, et il a pleuré, et moi aussi finalement. C'est ainsi que tout a commencé. Parfois je pense que je verrai le monde sans lui, que la pile de ses lettres cessera de monter. Ma vie perdra cette présence. Cela me le fait aimer davantage. Ça vous étonne ? demanda Pénélope. Pas du tout, dit Marie. Rien ne m'étonne, dit Louise, rien ne me choque. C'est ça les chercheurs ! dit Marie. Elle dit : Tu as la chance de vivre une relation d'exception. Ne la gâche pas surtout. (Elle caressa la joue de Pénélope avec une tendresse de mère. Et elle n'était presque que cela à ce moment.) Et puis, dit-elle, c'est le plus beau moment de

la vie, le début de l'amour… Louise se
répétait intérieurement cette phrase. Pourquoi était-elle troublée ? Elle finit par le
trouver : le début de l'amour, c'était le
singulier qui la troublait. Marie n'avait
connu qu'un seul amour et elle parlait
comme si c'était le cas pour tout le
monde. Enfin, dit Marie, pour moi ce fut
une si belle période. Je n'avais jamais été
amoureuse, dit-elle. Cette réciprocité…
murmura-t-elle. Où vous êtes-vous ren-
contrés Jean et toi ? demanda Louise.
Dans un dîner, dit Marie. Je m'en souviens comme si c'était hier, dit Pénélope.
Tu étais là ?! dit Marie. Mais bien sûr
que j'étais là ! dit Pénélope. Rappelle-toi,
tout le monde croyait que vous vous connaissiez ! Oui c'est vrai ! dit Marie. Se
rappeler ce moment ! quel bonheur…
Pénélope se tourna vers Louise et dit :
Jean et Marie, ce fut un vrai coup de foudre, on aurait dit qu'ils s'étaient toujours
connus.

Mais d'ailleurs, dit Marie, Jean le croit.
Nous nous connaissions mais nous ne
pouvions pas nous aimer. Nous avons
été frères et sœurs dans une autre vie !

8

Pauline Arnoult lécha avec une rapidité animale une goutte de café qui coulait sur la faïence de sa tasse. Et puisque ce dîner était colorié par leur désir, ce mouvement de langue anima en elle une pensée sensuelle. C'était un geste érotique. Elle en eut bien idée. D'ailleurs une femme bien élevée s'abstenait de lécher sa tasse. Elle se le dit aussi. Mais elle n'imagina pas l'effet qu'elle suscitait. Sa langue était très rouge parce qu'elle venait de manger la glace à la framboise. Cette image si simple renversa une digue. Elle était tellement jeune et fraîche ! Est-ce que c'était cela qui le chamboulait à ce point ? Sans doute. La fraîcheur d'un être mettait le feu en lui. Est-ce qu'on sait assez ce que sont un corps ferme, un visage fin et plein, des formes inaltérées et la lumière sans défaut d'une peau lisse et serrée ? Et l'empire de cette perfection sur un amant ? Elle sortait une langue toute rouge ! Aucun homme n'avait été fabriqué pour résister à ce remuement. Son sang ne fit qu'un tour. Jusque dans ses mains se déployait la force qui le poussait vers la jeune femme.

Pauline Arnoult sentait pour la première fois, avec une évidence brutale, qu'il avait envie de s'approcher tout près d'elle, comme s'il lui fallait l'attraper. Cette force muette se précipitait sur elle, elle pouvait presque croire la toucher. L'élan impérieux était soudain préhensile. Une candeur s'empara d'elle. En un instant elle découvrit l'effroi d'être un de ces êtres que l'on serre dans ses mains, et qui palpite, et tremble, et s'abandonne. Elle fut cela en face de lui, nue devant la force, juste le temps de retirer ses mains qu'il avait saisies, de rougir de confusion, d'être désolée de se trouver au cœur d'une chasse, de s'échapper et de le faire souffrir. Il la regardait sans rien dire. Le joli visage s'était crispé en une fraction de seconde, et face à ce désastre il se demanda, déconcerté, ce qui avait pu tout ruiner. Car il ne la comprenait pas. Etait-ce seulement ce geste de lui prendre les mains ?! Il ne concevait pas que l'on pût à ce point être séduite et fuyante. Elle n'était plus avec lui, pensa-t-il. Elle était l'instinct de fuite qui ne cesse pas d'exister dans une femme, comme dans tout être qui ne dispose pas de la force physique. Elle avait reculé très loin de lui, elle s'était dérobée en un éclair, à l'instant où l'envie de la toucher le faisait plier. Il n'aurait su voir plus juste : elle

pensait à son mari. Trois mots de Marc
Arnoult lui revenaient à l'esprit, comme
si d'avoir sous les yeux la virilité en
action lui rapportait ces paroles. C'est
une épée ce truc, disait Marc, à propos
du sexe des hommes. Elle aurait pu dire :
Ne me touchez pas, ce sera forcément
laid. Le murmure du dedans le lui disait.
Ils ne se connaissaient pas, et cet homme
lui fondait dessus comme un aigle ! Et
elle s'était quasiment jetée à sa tête ! Elle
regretta d'avoir minaudé et joué avec lui,
et cependant elle allait continuer de le
faire, elle le savait, et elle en éprouvait
une joie fantastique. Elle entendit la voix
d'alcôve qui soufflait : Ne soyez pas farouche comme cela avec moi ! Il se moquait
un peu d'elle dans le dépit où elle l'avait
renvoyé. Il avait eu bien raison de sentir
qu'elle n'était pas prête ! pensait-il. Je ne
suis pas farouche, répéta-t-elle. L'effroi
lui avait enlevé les mots.

Ils se faisaient face. Maintenant il ne
cessait pas de la regarder à la bouche,
avec quelque chose d'allumé dans le regard, un point de moquerie sur le visage.
Il ne quittait pas des yeux ses lèvres. Et
elle se demandait si sa bouche avait
une anomalie, ou un défaut. Elle se sentait presque aux aguets, décontenancée

devant lui. La force était entre eux. Elle
sentait qu'il aurait aimé l'embrasser. Il
pensait à un baiser et c'était comme si elle
entendait cette pensée. Mais elle n'était
pas prête. L'idée de la proximité des corps
la remplissait de stupeur. Et cependant
elle n'avait cessé de subir une attraction
irrésistible. Etait-ce incohérent ? Elle ne
voulait pas perdre cet homme. Mais elle
ne voulait pas le gagner si vite. L'horloge
des femmes et celle des hommes dans
l'amour n'ont pas les mêmes aiguilles…

   Ils avaient fini de dîner. Ils auraient pu
se lever et partir. Quelque chose les retenait. Et cette chose était l'attrait qu'ils
exerçaient l'un sur l'autre. C'était plus
que le plaisir de se trouver réunis : l'obligation de l'être. Se séparer à cet instant
de la soirée eût réclamé une puissance
de volonté dont ils étaient dépourvus.
Prendrez-vous un autre café ? demanda-
t-il. Deux autres cafés, dit-il au serveur.
Ils restèrent un instant silencieux. Cette
intimité de l'absence des mots les troubla
plus que tout ce qu'ils s'étaient dit. Alors
il devint grave. Son visage s'altéra dans
une contraction. Il allait déclarer le sentiment qui le tenait. Il allait panser la
longue plaie du désir avec un aveu sans
détour. Elle le devina aussitôt. C'est

pourquoi elle parla. Elle voulait devancer
les mots. Je sais ce que vous allez dire,
dit-elle. Parce que… Elle hésita, puis se
résolut. Parce que j'ai envie de le dire
moi aussi. Il s'était remis à regarder sa
bouche et elle baissa les yeux. Taisez-
vous, demanda-t-elle. Ne le dites pas,
parce que je ne peux rien en faire. Il
était suspendu à ses lèvres. Elle osa dire
qu'elle était troublée. Il n'apprenait rien
mais admirait comme elle était sincère
pour une jolie femme. C'est si rare d'être
troublée, n'est-ce pas ? dit-elle. Un sourire étira son visage vers l'arrière, parce
qu'elle n'avait pas osé dire *sexuellement
troublée*, mais qu'elle l'avait pensé. Il ne
disait rien, elle continua. Je voudrais que
vous continuiez à me parler de cela
autrement qu'avec des mots, souffla-
t-elle. Il crut avoir rêvé. Pourtant non, elle
venait bien de lui dire comme à un sou-
pirant : Taisez-vous mais surtout conti-
nuez de soupirer. Oh… comme elle était
féminine ! Mais…, dit-il, que je continue
pourquoi ? Sa drôlerie avait résisté à tout
ce qu'elle venait de dire, et il se moquait
bien d'elle. Elle dit : Parce que c'est agréable comme ça. Alors il éclata de rire. Quel
mépris il éprouvait pour cette fausse
lasciveté et ces atermoiements qui ne
mènent nulle part ! Ces femmes qui
jouaient petit ! C'était mesquin. Non, elle

ne pouvait pas appartenir à cette race de petites joueuses, elle se mentait à elle-même. Il allait la malmener un peu, et rirait bien qui rirait le dernier ! Comment savez-vous ce que je voulais vous dire ? demanda-t-il avec un sourire malicieux. Il avait posé cette question comme il aurait donné une gifle. Mais elle ne se démonta pas du tout. Elle était en plein moment de loyauté, et Dieu sait que la loyauté décuple nos forces. Parce que j'aurais pu vous dire la même chose, dit-elle en rougissant. Il avait raison d'en mettre sa main à couper, elle savait. Elle savait ce qui les tenaillait tous les deux et elle avait flirté avec lui sans s'effrayer des mots et du désir. Elle n'était effrayée que par leur réalisation concrète. Elle lui sembla à ce moment une enfant perverse. Qu'adviendra-t-il ? demanda-t-il. Je ne sais pas, dit-elle. Il la regarda dans les yeux sans dire un mot. Et alors le désir de romance craquela l'édifice : elle livra son trouble, l'imbroglio que faisaient son tempérament et sa vie. Tout est si compliqué, dit-elle, nous avons déjà fait nos vies, et j'attends cet enfant... Elle n'arrivait pas à réfléchir. Ne croyez-vous pas que l'on puisse aimer deux personnes en même temps ? dit-il. Si je le crois, dit-elle, mais on ne peut pas le vivre. Les relations extraconjugales sont vouées au

néant, elles n'ont ni le temps ni l'espace
pour s'épanouir. Alors, dit-il en se
moquant d'elle à nouveau, vous pouvez
ressentir une attirance sans succomber ?!
Elle fit signe que oui. Comme vous êtes
forte ! dit-il. Oui, dit-elle en baissant la
tête. Mais vous avez tort, et un jour vous
le regretterez, dit-il. Dans dix ans, dans
vingt ans, vous vous demanderez comment on peut se refuser à vivre un amour
qui s'offre. Nous sommes faits pour cela,
dit-il, c'est cela qui nous fait vivre. Rien
d'autre, dit-il.

Il était dangereux et convaincant ! Il
prêchait vraiment pour sa propre église !
Voilà ce qu'elle pensa en l'entendant.
Mais elle avait tort de le suspecter. Il ne
cherchait pas à la dévoyer, il lui parlait
sincèrement, il avouait ce qui avait dirigé
sa conduite. Oui, répéta-t-il, un jour vous
le regretterez. Il se mit à rire et dit : Et
alors vous penserez à moi, parce que je
vous aurai prévenue. Elle pensa qu'il
aurait pu dire : Parce que je vous aurai
courtisée. Ils riaient de nouveau, et c'était
le retour jusqu'au début enchanté de cette
soirée. Oh ! elle était heureuse avec lui,
c'était simple et délicieux d'être là dans
l'extraordinaire regain du désir. L'idée
qu'il faudrait le quitter vint obscurcir ce

plaisir. Un papillon voletait en haut de
ses jambes fondantes, des ailes battaient
dans un nid au creux des cuisses, elle se
sentit affaiblie dans la risée de désir qui
mordait. Tout son être physique démen-
tait ce qu'elle avait dit. Elle pensait le
contraire de ce qu'elle venait d'affirmer :
elle voulait cet homme, elle trouverait
une place pour lui, elle suivrait cette irrécusable injonction du corps, elle aurait
deux amours dans sa vie. J'ai un amant !
J'ai un amant ! Oui, c'était bien de cette
éternelle façon que les femmes exul-
taient. Elle ne différait d'aucune autre,
elle avait la honte, la naïveté et la folie.
Son silence camouflait ces pensées. Il sut
qu'il pouvait l'aimer seulement pour
cette gravité. Il sut qu'il ne la lâcherait
pas tant qu'il ne l'aurait pas eue pour
amante. Il la ferait crier. Il en eut l'image.
C'était en lui la violence du désir et de la
chasse. Elle ne pouvait avoir aucune
idée de ce déchaînement. Il la ferait crier.
Cette pensée le rendit conquérant. Comment était-elle au lit ? A force de la regarder et de l'écouter, il pouvait s'en faire
une idée. Mais pourquoi ne pas le lui
demander ? s'amusa-t-il. Il le fit. Etes-
vous une bonne maîtresse ? demanda-t-il
presque méchamment. Son visage se frag-
mentait entre sérieux et plaisanterie. Ils
avaient atteint une intimité profonde à la

vitesse qui n'appartient qu'à ceux qui
sont ensemble pris dans un désir. Elle
hésita. Je ne sais pas, dit-elle, troublée,
avec un pauvre sourire. Et elle demanda :
Suis-je la personne la mieux désignée
pour dire cela ? Elle avait un peu rougi.
Vous êtes celle que j'ai désignée, dit-il
avec malice. Et toujours dans cette folie
de femme amoureuse, elle entendait
qu'il l'avait nommée pour l'amour. Elle
dit : Mon mari dit que je suis trop lascive. C'est votre mari, dit-il avec un sourire moqueur. Je sais que vous n'êtes pas
une femme froide, dit-il en la regardant
dans les yeux. Elle dit : Si je suis une
bonne maîtresse, c'est parce que je crois
que donner son corps est grave. Je comprends bien cela, dit-il. De nouveau ils
ne purent que rire, parce que tout cela
était assez étrange, ce tour que prenait la
conversation. Alors il dit : C'était pour
vous faire rougir. Elle ne comprit pas ce
qu'il voulait dire. Quoi donc ? dit-elle.
Cette question idiote, dit-il. Elle n'était
pas idiote, dit-elle. Bien sûr que si ! dit-
il. Car il n'y a pas de mauvaise maîtresse.
Elle dit : Mon mari… Et là il reprit son
visage sérieux de professeur pour l'interrompre : Cela veut simplement dire qu'il
n'a pas une grande expérience des femmes. Et vous ? demanda-t-elle malicieu-
sement. Moi oui, dit-il.

N'est-il pas tard ? dit-elle en regardant sa montre. Vous avez froid ? demanda-t-il. Je vous sens toute recroquevillée. C'est bon ? demanda-t-il. Vous avez eu tout ce que vous vouliez ? Nous pouvons y aller ? A ces mots il se leva.

Et de nouveau ils furent dans la rue. C'était un sort d'amants. Il avait marché derrière elle en sortant du restaurant. Il l'avait beaucoup regardée. La hardiesse de ses yeux l'avait enflammé et il se trouvait maintenant obsédé par son désir. Elle mesurait l'étendue du sien à l'idée de le quitter sans savoir quand ils se reverraient. Etait-ce de lui qu'elle avait besoin ? Ou bien de la conversation amoureuse et du regard d'un homme ? Vous m'appellerez, dit-elle étranglée. C'était une supplique. Je vous le promets, dit la voix d'alcôve. Et c'était bien à une alcôve qu'il pensait ! Elle baignait dans une détresse liquide. Il n'avait plus l'air de vouloir l'attraper, il restait calme-ment à côté d'elle. Si étrange que cela pût paraître, elle ne sentait pas quelle force contraire il opposait à celle qui le propulsait vers elle. Elle n'avait aucune idée du désir qu'il éprouva à ce moment. Il ignorait aussi qu'elle était immolée par la même envie que celle qui l'affamait lui comme un ogre. Est-ce que ce n'était pas une malédiction que tout en eux soit clandestin ?

Ils passèrent devant un petit hôtel de quartier, deux marches de pierre sur la rue, une porte à simple battant, des fenêtres étroites sur une façade grise, une enseigne lumineuse. HÔTEL. Elle leva les yeux pour lire en dessous des lettres lumineuses : du Lion d'or. Elle pensa : Jamais je ne pourrais aller à l'hôtel avec un amant. Elle le pensait parce qu'elle le voulait. Impossible de savoir de quoi elle était capable. Il vit ce qu'elle regardait. L'espace entre eux était plus grand qu'en début de soirée. Elle avait un écheveau de silence, de désir, et de regret, au creux du ventre. Elle songea qu'elle avait peur de tout : de le quitter, de le toucher, d'elle-même. Elle se sentait tout à coup impure et triste devant un horizon noir où tout n'était que tristesse et privation. Il pensait à une chambre close qu'il pouvait atteindre, un peu plus loin dans cette rue où personne ne les verrait. Puis il pensa qu'elle n'était pas prête à cela, et se disant aussi qu'elle n'était pas le type de femmes que l'on emmenait à l'hôtel. Et alors il la regarda sans rien dire. Il pouvait voir son profil droit, et le

petit menton autoritaire qu'elle avait. Elle
marchait avec une sorte de sourire accolé
aux lèvres ; un sourire de souffrance,
pensa-t-il. Mais il pensa cela parce qu'il
souffrait lui-même. Il fait très doux,
murmura-t-il, êtes-vous d'accord pour
vous promener un peu ?

9

Le vieux boxeur noir avait recommencé
de danser sur ses jambes de femme.
Un mètre soixante-seize, cinquante-sept
kilos ! dit Guillaume. Les autres étaient
installés dans de larges fauteuils disposés
en arc de cercle autour du poste de télévision. Ils regardaient cette gerbe de
muscles élastiques enfermée dans une
peau d'ébène. C'était une sorte de corps
que sa perfection mettait à part des autres.
La beauté, inique, éclatante, se donnait à
contempler, elle se contentait d'être, elle
se déployait sur le ring, dans le danger
des coups et de la haine. Pas de pâleur,
rien qu'une chair pure et tonique qui
s'enivrait dans le sautillement ininter-
rompu des jambes. Ils étaient pris dans
la splendeur de la chair sans défaut. Tom
rompit le charme. Vous savez quelle vie

a ce type ? dit-il. Les autres firent signe qu'ils n'en savaient rien. Il est magasinier à Arcueil, il habite un petit trois-pièces dans une cité avec sa femme et ses deux filles, et il va être champion du monde de sa catégorie ! Le silence persistait dans la contemplation des gestes harmonieux du boxeur, le combat était pour lui un art. Sa bravoure avait conquis les quinze mille spectateurs de la salle. Derrière la voix du commentateur, on distinguait des cris, des injonctions, tous les bruits de l'émoi impuissant.

Je me demande ce que font les hommes, disait Marie. Tu le sais ! dit Sara. Ils regardent deux types se taper dessus, laisse-le un peu tranquille ton Jean ! Il va se sauver ! dit-elle. Pas de risque ! dit Marie. Ah oui ! fit Sara. Tu es si sûre de toi ? Marie acquiesça sans hésiter. Et au même moment Jean disait : Ça doit papoter les oiselles ! J'en connais d'autres qui ont dit ça, dit Sara.

Tu ne dis rien ce soir, dit Louise. Eve attendit un instant avant de répondre. Continuant un rêve, et comme si des mots pouvaient éclore dans ce rêve, elle dit : On s'est engueulés Max et moi

en venant. Puis : On s'engueule tout le
temps. A cause de quoi ? dit Louise.
A propos de tout, dit Eve, des broutilles
et des choses plus importantes, tout. Un
vêtement pas rangé, les dîners, les amis
de l'un que l'autre n'aime pas. Ses parents
qui m'énervent. C'est partout la même
chose, dit Louise. Je n'en doute pas, dit
Eve. Mais je ne sais pas pourquoi, ces
scènes m'affectent de plus en plus. Je
vieillis ! Autrefois j'oubliais, désormais je
me souviens de ce qui s'est dit, comme
si nous savions mieux nous blesser. Nous
nous connaissons bien, nous ne nous
disons plus des choses méchantes et
fausses, nous proférons des vérités bien
discernées. Tous ces mots s'incrustent et
s'emballent dans ma tête, une sarabande
de chagrins, de désespoirs et de doutes,
j'en viens à me demander si j'aime Max
et, surtout, je n'ai plus de désir pour lui,
je ne peux pas faire l'amour avec un
homme qui a cette idée de moi, voilà
l'effet que me font les disputes. Mélusine
dit : Dis-toi que les scènes de ménage
sont un langage de l'amour. Tu ne fais
de scènes de ménage qu'à ton mari,
réjouissez-vous de cette exclusivité ! Et
puis, dit Louise, c'est plutôt drôle d'avoir
dit J'appelle mon avocat ! en y croyant
dur comme fer et d'être là dix ans après !
Non, dit Eve, les scènes me détruisent,

parce que je découvre ce qu'il pense de
moi. Et quand j'essaie de parler calme-
ment, quand je ne dis pas ce que je
pense, pour ménager l'atmosphère, ça
ne ménage rien du tout : car les mots
tirent des trains de mots, tous ceux que le
passé a entendus. Chaque mot est devenu
un collier de mots. Quand tu en pronon-
ces un, n'importe lequel, un petit anodin
de rien du tout, les oreilles de l'autre
entendent le collier entier, et il s'énerve
pour un seul petit mot qui n'aurait rien
fait s'il n'y avait pas le passé, toutes ces
traces, des mots qui s'enfilent les uns
derrière les autres. Sara dit : La cohabitation dans un espace clos d'un homme et
d'une femme relève du miracle. Et si l'on
se demande ce que c'est que l'amour, on
a la réponse : c'est le miracle. Pourquoi
dis-tu cela ? dit Marie. La solitude doit
être pire que la cohabitation. Les deux
sont pires ! dit Sara qui a l'expérience du
célibat, du mariage et du divorce, et qui
ne partage pas le même appartement
que Tom parce qu'il ne le veut pas. En
tout cas, dit-elle, vivre un amour avec un
homme sans vivre avec lui est éprouvant.
Je vous assure ! dit-elle. D'ailleurs on ne
vit plus, on ne fait qu'attendre. Attendre
que le téléphone sonne, que l'on con-
vienne d'un rendez-vous, que l'on se
retrouve. Attendre et rêver et craindre et

pleurer, être seule. Je crois qu'une femme
a besoin d'une maison avec un homme
dedans ! dit Sara. Louise et Mélusine
rirent. Mais pas n'importe quel homme !
dit Eve. Eve pensa : Elles ignorent ce
que je vis avec Max, elles croient que
ce sont les mêmes difficultés que celles
des couples remplis d'amour. Et elle
murmura, au bord des larmes à l'idée de
la piètre qualité de cet amour conjugal :
Je ne sais pas si Max et moi nous sommes
remplis d'amour. Louise s'ébroua comme
un petit oiseau gonfle son plumage.
Remplis d'amour ! répéta-t-elle, sur un
ton rigolard et dubitatif. Qui est certain
d'être rempli d'amour ! Et qu'est-ce que
ça veut dire ? Puis sérieusement elle dit :
Qu'est-ce que c'est, aimer ? Tu le sais
toi ? dit-elle à Eve. Tu es sûre de toi ? Tu
ne doutes jamais ? Tu aimes, tu n'aimes
pas, tu sais. Elle dit : Est-on jamais certain d'aimer ? Les autres, comment font-
ils pour savoir ? Sont-ils certains que ce
qu'ils font c'est aimer ? N'ont-ils jamais
un doute, parce que par exemple ils
ont besoin de l'autre ? Ils ont tant besoin
de l'autre ! dit Louise. On a trop intérêt à
aimer, dit-elle, s'agit-il bien d'amour ? Un
vrai amour devrait être gratuit. Il devrait
être tout entier pour l'autre, pour sa
liberté, pour sa vie. J'ai souvent pensé
qu'une femme bien mariée pouvait

donner cet amour-là à un deuxième homme, celui avec qui aucune vie ne peut plus être partagée. Tu veux dire un amant ? dit Mélusine. Pas forcément, dit Louise. Un homme qui pourrait être un amant, mais, dit-elle, on n'a pas forcément l'envie ou le temps d'avoir un amant et on peut néanmoins tomber amoureuse après son mariage… Dans ce cas, dit-elle, on a la chance de vivre un véritable amour, je veux dire un amour qui ne rapporte rien, qui n'exige rien, un simple sentiment. Elle dit : Je t'aime, je te veux du bien, et c'est tout. Tu crois que c'est possible un truc pareil ? demanda Eve. Où vas-tu chercher ces idées ! dit Mélusine. Elles me viennent naturellement ! dit Louise. Tu t'es toujours posé beaucoup de questions ! tu n'as jamais cessé de t'en poser ! Et c'est toi qui as raison, dit Mélusine, songeuse. Et elle murmura : C'est tellement inexplicable, ceux qui se contentent de vivre et ceux qui interrogent ce qui est.

J'ai beaucoup trop bu, dit Louise, je n'aurais pas dû, avec l'âge je ne le supporte plus. Elle était désolée d'avoir pris tout ce vin qui lui tournait la tête. On avait envie de boire pour être à l'unisson de la fête. Mais pourquoi la fête

réclamait-elle l'alcool ? Mélusine dit : Pour
s'exalter ! On n'a pas tellement de raison
de rire autrement ! Elles avaient toutes
des malheurs à oublier. Toutes sauf Marie.
Eve se disputait avec son mari, Mélu ne
savait pas quoi faire de sa vie, Louise
n'avait pas d'enfant, Pénélope était seule,
... Ma parole, se disait Louise, il y a toujours quelque chose qui cloche. Est-ce
que ça ne devenait pas une conversation
de femmes vaguement grises ? Louise
pensait : Aimer ? Etre attiré irrésistible-
ment ? Etre attiré longtemps ? Avoir envie
de toucher ? Coucher avec ? Avoir des
enfants avec ? Vivre avec ? Souffrir pour ?
A quoi penses-tu ? dit Marie. Je cherche
une définition du verbe aimer, dit Louise.
Et elle répéta le cheminement de sa rêverie. Est-ce que c'est : Etre attiré irrésisti-
blement ? Etre attiré longtemps ? Avoir
envie de toucher ? Coucher avec ? Avoir
des enfants avec ? Vivre avec ? Souffrir
pour ? Mélusine et Eve écoutaient, elles
firent une place à Marie dans le triangle
qu'elles formaient à une extrémité du
buffet, à côté des petits pains au jambon
qui n'avaient pas été mangés, et le triangle devint un cercle. Compter avec ?
proposa Mélusine. Compter sur ? dit Eve.
Ne pas lutter avec ? dit Eve. Etre dans
l'éblouissement ? dit Louise. Elles s'amusèrent quelques instants à cette idée de

l'enchantement. Ne pas survivre à la mort
de ? dit encore Louise. Attendre ? dit
Marie. Ne faire qu'attendre ? dit Louise.
Vouloir l'amour de ? dit Eve. Vouloir le
bien de ? dit Marie. S'oublier ? dit Mélusine. Sortir de soi, dit Marie. Oui, murmura Louise, se déprendre de soi-même,
c'est une belle définition. Sa tristesse la
rendait douce, chuchotante et circons-
pecte comme la faune invisible d'une
forêt. Et alors, dit-elle en égrenant un
rire minuscule, sommes-nous aimantes ?!
Elle se posait la question à elle-même.
Mais Marie dit : Moi je me sens très
aimante. Bien ! fit Louise. Puis Louise
dit : Moi non. Mélusine dit : Je ne sais
pas. Eve ne disait rien et pensait : Evidemment non. Bon, dit Louise, qui veut
un verre de vin ? Moi, dit Mélusine. Tu
ne crois pas que tu en as eu assez ? s'inquiète Louise, c'est pas du bon pinard tu
vas être malade. Je m'en fous, dit Mélusine, je serai malade, et après ? Je me
coucherai. Qu'est-ce que j'ai à faire avec
mes journées ? Rien du tout, dit-elle.
Personne ne m'attend, même pas moi-
même ! C'est trop tard. Tout est trop tard.
Elle dit : Je bois, je suis une femme alcoo-
lique, je ne m'en cache plus, je préfère
le dire plutôt que surprendre les gens
qui parlent dans mon dos, mais c'est
accepté, je ne ferai pas l'effort de changer,

je ne me corrigerai pas, j'ai toujours trop obéi, cela ne m'a pas réussi. Tu n'aimes pas Guillaume ? demanda Marie à Louise. Pas comme on peut, dit Louise. Comment le sais-tu ? dit Marie. Je le sais, dit Louise. J'essaie de l'oublier, je fais semblant de ne pas le savoir, mais une part de moi-même le sait. Pourquoi tu ne l'aimes pas ? dit Marie. Tu sais ce que ça coûte d'aimer un mari ?! dit Louise. Non, dit Marie. Cher, dit Louise, très cher. Elle regarda Marie et elle dit : Ça te coûte ta vie. Marie resta muette un moment, vaillante mais torpillée, parce qu'elle donnait sa vie. Puis elle répondit à Louise : Il nous faut toujours la donner à quelqu'un.

IV

AU PLUS FORT DE LA FÊTE

1

À LA TABLÉE DES FEMMES, il manquait encore Blanche. Ses amies
parlaient d'elle. Parce qu'il y avait
des choses à dire. Blanche ne resplendissait pas d'un de ces bonheurs qui ne
se commentent pas. On a beau croire le
contraire, la joie se partage moins que
le malheur. Elles parlaient. On pouvait
se demander s'il s'agissait bien d'amies.
Eve était la plus gourmande de secrets
et d'aveux, méchante parce qu'elle était
malheureuse. Le divorce de Blanche
lui rendait plus léger son désamour
conjugal : après tout elle était encore
mariée et conforme, rien n'était perdu.
Elle disait donc : Je n'ai pas vu Blanche
une seule fois depuis qu'elle divorce,
est-ce qu'elle va bien ? Elle avait l'air de

s'en inquiéter alors qu'elle s'en moquait.
Il y a comme cela des femmes qui sou-
rient quand elles mordent. Elle entendait porter la conversation sur cette
rupture. Seule Louise fut capable de
déceler cette hypocrisie. Elle travaille
beaucoup, dit Mélusine. Louise se mor-
dit les lèvres : voilà, c'était gagné, Eve
avait ce qu'elle voulait. Cette manie de
parler des autres lorsqu'ils sont absents
ne quitte personne : toutes enchaînaient
sans se faire prier. Blanche divorçait, et
la fin d'un amour fait parler. Les amis
sont troublés, les liens sont transfor-
més, des préférences se révèlent, l'un ou
l'autre des conjoints est abandonné, des
torts et des excuses sont attribués. L'amitié a ses avis. Et ses miroirs. Quels amis,
marqués par les malheurs conjugaux
d'un autre, ne se demandent pas à quoi
ressemble leur propre histoire amoureuse ? Par quoi tient-elle ? Risquerait-
elle de mal tourner aussi ? Il s'agissait
alors d'estimer la relation amoureuse
dans laquelle on se trouvait. Comme
une mort nous rappelait que personne
n'était immortel, la fin d'un amour réfléchissait toutes les amours : les fragilités,
les pressentiments d'échec, les vœux
d'éternité, les difficultés. Oui, c'était pour
chacun l'ordalie de l'amour des autres.
Il y avait une communauté des amants

séparés comme il en est une des amants,
et un amour défunt pouvait réfuter tous
les autres.

Elles parlaient donc de l'amie absente
et divorcée, et, même si elles étaient sans
méchanceté, Blanche aurait été blessée
de les entendre. Parce que les mots
réduisaient en bouillie ce qu'ils touchaient : la longue ferveur de Blanche,
son épiphanie tant d'années auparavant, et cet évanouissement imprévi-
sible d'un sentiment très apparent. C'était
un couple que je citais toujours en
exemple. Personne n'aurait pu deviner.
Oui quelle surprise ! Et comment est-
elle ? Pas si mal. Je la trouve coura-
geuse. Evidemment qu'elle supporte
bien son divorce puisqu'elle l'a tellement voulu...

Les paroles ont une brutalité, quelque
chose de fatidique et de cruel. Cela paraît
bien étrange si l'on songe que penser
est plus profond que dire. Il faut croire
que l'on s'y habitue puisqu'elles ne s'arrêtaient pas de parler : On peut vouloir
divorcer et en souffrir. On peut savoir
que c'est le mieux mais avoir du mal à
le traverser. Et sa fille ? Pour les enfants,

c'est toujours un malheur. Je crois qu'elle
le prend assez mal. C'est une gamine qui
adorait son père. C'est lui qui va le plus
mal dans cette histoire. Je me demande
toujours, dit Marie, comment deux personnes qui se sont aimées sont ensuite
capables de vivre l'une sans l'autre.
Rien n'est éternel ! dit Eve en plaisan-
tant. J'en viens à douter qu'elles se
soient jamais aimées, dit Marie. Et Marie
répète : Ce qui finit n'est pas de l'amour.
Les gens croient qu'ils s'aiment et font
erreur. Est-ce que ça n'est pas très radi-
cal ? sourit Louise. On change, dit-elle, et
on ne change pas forcément ensemble,
et puis la vie réserve des surprises, la
vie ne donne pas tout. Louise savait de
quoi elle parlait : elle avait été quittée
parce qu'elle était stérile. Il peut arriver
que la séparation soit inévitable. Gilles
ne l'a pas voulue, il a tout fait pour
l'empêcher. Il aime encore Blanche. Il
aime surtout sa fille. Louise dit : Savez-
vous ce qu'il m'a confié ? Non, dirent
les autres, quoi ? Cela m'a semblé si
beau, chuchota Louise, il m'a dit comme
ça, en murmurant : Je crois que je suis
incapable de quitter une femme. Tu le
connais si bien que ça ? Non pas si bien,
dit Louise, mais il avait vu que j'étais
malheureuse et nous avons bavardé
tous les deux, il n'y a pas longtemps, un

jour, ici, au bar. Pourquoi étais-tu malheureuse ? dit Eve. Devine, dit Louise. Elle
n'arrivait pas à trouver une phrase
pour dire sa déveine. Elle n'était pas
capable d'articuler : Je suis stérile. Que
c'était laid ! Et cette phrase Je ne peux
pas avoir d'enfant, il y avait le mot
Enfant, et aussitôt, le prononçant, elle
se mettait à pleurer. Jamais elle n'aurait
cru que les mots pouvaient ainsi s'arrêter dans sa gorge. Leur son s'amuïssait
dans les choses qu'ils signifiaient et qui
manquaient. Elle resta muette devant
Eve. Et d'ailleurs cela valait mieux. Si
elle avait parlé, ce n'aurait été que pour
se mettre en colère et crier : Tu te souviens que je n'arrive pas à faire un
enfant ! Mais non je ne vois pas, disait
l'autre. Eh bien réfléchis, lui dit Mélusine.
Eve se renfrogna. Un silence était tombé.
Pourquoi Louise est-elle triste ? répéta-
t-elle à Marie à voix basse. Tu sais bien
qu'elle n'arrive pas à être enceinte, dit
Marie. On peut comprendre qu'elle soit
désespérée. Mais si tu n'en as pas eu,
tu ne sais pas ce que tu manques, dit
Eve. Ce doit être facile de l'imaginer, dit
Marie. Eve ne disait plus rien. Non ?
dit Marie. J'ignorais que c'était si important pour elle, dit Eve. Ça l'était, dit Marie,
et ça l'est encore, elle n'a pas renoncé.
Non la compassion n'était pas le fort

d'Eve. Moi je comprends qu'il puisse
dire cela, reprit Marie. Elle revenait à
cette fameuse phrase : Je crois que je
suis incapable de quitter une femme.
Je n'imagine pas de me séparer de Jean,
cela me serait impossible, dit-elle. On
croit cela, dit Sara, mais on y parvient
quand tout est gâché. Je ne vois pas
comment on n'en est pas déchiré, dit
Marie. On l'est, dit Sara, mais on part tout
de même. J'ai l'impression, dit Marie,
que je pourrais le vouloir, dire que je
vais le faire, mais que je serais incapable de commencer un geste. Sortir
des valises ! Ranger des affaires ! Partager des livres ! Comment peut-on supporter de faire tout cela ?! On le fait, dit
Sara, on le fait parce qu'il n'y a plus
rien de mieux. C'est comme trier les
affaires d'un défunt, dit Eve, ce doit être
horrible et pourtant il faut bien s'y mettre.
Marie tomba dans une rêverie. Elle
sentait combien sa position était délicate, avec son bel amour partagé elle
blessait toujours les cœurs accidentés.
Et cependant elle dit : Et comment
font-ils ensuite pour aimer à nouveau ?
Comment s'y prennent-ils puisqu'ils
n'ont pas d'autres mots ? et que les
gestes sont les mêmes... Que tu es
compliquée ! dit Eve. Elle est romantique, dit Mélusine, je peux comprendre,

je suis comme elle. Et amoureuse ! dit
Louise.

Blanche montait les escaliers qui
menaient à la salle de restaurant. Les
femmes venaient de se servir en dessert. Il y avait toutes sortes de tartes
aux fruits et elles faisaient des mines
parce que ces pâtisseries les feraient
grossir. Blanche entendit leurs rires
tandis que sa main suivait l'incurvation
de la rampe. Inconsciemment elle mar-
qua une pause, comme si elle prenait
son souffle avant d'affronter ce monde
bruissant des amies que l'on a, et qui
parlent forcément beaucoup quand on
les rencontre, puisque en somme on est
là pour cela, parler, savoir que tous nous
sommes dans la même éternité provi-
soire et la même difficulté d'être, et que
nous attendons l'amour, l'éblouissement
des caresses, la dévotion d'un autre et
les rires d'une complicité. Qui serait là
ce soir ? pensa Blanche. Elle ne se
rappelait plus ce qu'avait dit Sara. Elle
n'avait pas envie de rencontrer ces mal-
veillants qui s'inquiètent de votre peine
pour s'en réjouir. Blanche n'était pas
sûre que toutes parmi ces femmes fussent des amies (ou plutôt, elle savait que
toutes n'en étaient pas). Elle se faisait

violence pour aller à cette fête, s'inter-
disant de se laisser aller, comme elle
s'était interdit de rester dans ce mariage
du moment qu'elle avait imaginé une
seule fois d'en partir.

D'où elles étaient assises, elles virent
surgir ses cheveux roux, sa tête, et son
buste ; puis son corps entier se silhouetta
dans la pénombre au sommet des
marches. C'était une femme de taille
moyenne, assez large mais qui avait
une allure, avec sa belle poitrine et un
visage d'une finesse angélique. Une
Slave, disaient ceux qui connaissaient
ses ascendances polonaises, avec la
volonté en plus du charme. Elle était
essoufflée de se dépêcher maintenant
d'arriver (ce pourquoi elle n'avait pas
allumé la lumière). Sa journée avait été
harassante – toutes sortes d'enfants qui
pleurnichaient, et des mères amenant
des bébés alors qu'elle leur avait cent
fois demandé de laisser ce jour aux
enfants scolarisés –, elle s'était même
emportée contre une maman dont le
fils bavait sur la moquette neuve du
bureau. Son visage était gonflé sous les
yeux et son teint gris comme celui des
grands fumeurs. Elle ne fumait pas
mais manquait de sommeil. Néanmoins

elle avait tenu à être présente ce soir.
L'idée que l'on pût penser qu'elle ne
se montrait plus à cause de son divorce
et que l'on en parlât lui était déplai-
sante (même si c'était bien ce qu'elle
aurait voulu faire : travailler le jour et
se calfeutrer le soir chez elle avec sa
fille). Mais elle s'était réjouie de cette
fête avant de ressentir cette fatigue.
Elle avait eu souvent envie de venir au
club et n'en avait rien fait de crainte
d'y rencontrer Gilles. C'était ce soir une
occasion, il ne viendrait pas, elle savait
qu'il avait un rendez-vous avec une
femme.

Il le lui avait dit. Il lui avait tout dit.
L'image rouge et le sourire, le coup de
foudre, ces nuages électriques, la somme
de regards, le doute, le malheur qu'il
existât un mari, l'invitation, l'acquiescement, le brûlant désir, le sentiment
étrange que tout cela est partagé, le
rendez-vous fixé, l'attente, l'attente. Tout
même un prénom. Elle s'appelle Pauline.
Pourquoi avait-il eu besoin de lui mettre un prénom dans l'esprit ? déplora-
t-elle. Blanche n'appréciait pas du tout
les hommes bavards. Elle aimait que
l'on gardât un secret d'amour. Et d'ordinaire Gilles couvait les secrets. C'était

même pour cela qu'elle l'avait épousé.
Il fallait qu'il fût bien amoureux et perdu
pour tout livrer comme cela… Elle
s'appelle Pauline… Par malchance il y
a des phrases que l'on ne peut pas ne
pas entendre, et qui demeurent. Que
répondre ? Blanche avait dit : C'est joli.
Mais il avait déjà repris son fil de souci
et d'attente. Crois-tu qu'elle viendra ?
avait-il demandé à celle qui avait été
son épouse, et sans prendre garde à
l'incongruité subtile de cette question.
C'était si étrange pour elle cette nouvelle
intimité, si inexplicablement douloureux
de voir son propre mari amoureux d'une
autre. On se sépare deux fois, elle l'avait
pensé, une première fois quand l'amour
est mort, une seconde quand un sentiment renaît. Le premier qui aime à nouveau poignarde l'autre déjà abattu, et
pourtant ce n'est pas forcément une
guerre. Les gens qu'on aime sont aussi
ceux qui nous torturent, pensait Blanche
André. Elle y revenait fréquemment
au spectacle des mères et des enfants.
Les sentiments étaient nos couronnes
d'épines. Crois-tu qu'elle viendra ?
répétait-il, parce qu'il n'y avait pour lui
plus rien que cette question. Comment
puis-je le savoir ? avait-elle répondu. Il
l'agaçait de la faire souffrir sans réfléchir. Et elle pouvait savoir, à cause des

doutes qui assaillaient Gilles, qu'il était non pas dans une galanterie mais bien dans une passion. En somme elle découvrait que Pauline était aimée, tandis que Pauline l'ignorait parce qu'elle commençait à aimer. Tu es une femme, tu sais ce que font les femmes, continuait Gilles. Elle avait protesté : Toutes les femmes ne font pas la même chose ! Et alors elle avait eu cette phrase qui était une critique masquée, elle avait dit : Je n'aurais pas accepté le rendez-vous. Elle avait dit cela alors qu'elle n'en savait rien, alors même qu'elle trouvait romantique et enviable d'être submergée par le désir, et de sombrer dans une aventure sans prendre garde à rien. Mais elle n'avait pu résister à l'envie d'égratigner cette femme qu'elle ne connaissait pas. Comme c'était mesquin ! Et se disant : Je suis capable de juger cela mesquin mais pas de m'en abstenir... Question de féminité. Oui, elle était bien femme en cela : jalouse, compétitive. D'ailleurs Gilles aimait les femmes excessivement féminines, jusque dans le mauvais sens du terme. Et quel âge a-t-elle cette Pauline ? avait-elle fini par demander. Parce qu'elle voulait le savoir et qu'il ne le disait pas.

Blanche ! s'exclama Eve en se levant de sa chaise. Nous commencions à croire que tu ne viendrais plus. Je n'ai eu que des urgences qui décalaient mes rendez-vous, dit Blanche. Et tu es fatiguée, dit Marie avec douceur, pourquoi n'es-tu pas allée te coucher ? Cela me faisait plaisir de venir, dit Blanche. Elle allait ajouter Je ne vois plus personne, mais se retint de le dire, elle aurait pu se mettre à pleurer, elle était si fatiguée qu'un rien risquait de la faire pleurer. Ses yeux firent le tour de la tablée. Tout le monde est là sauf Pauline dont je voulais que tu fasses la connaissance, précisa Mélusine. Oui je sais, dit Blanche qui pensait à Gilles. Tu sais où elle est ? dit Louise. Qui ça ? dit Blanche. Pau-line ! dit Louise. Ah non ! je ne sais pas, pardon ! je pensais que tu m'avais dit Gilles n'est pas là. Lui je sais où il est, dit Blanche. Et à cet instant il était possible qu'une part inconsciente d'elle-même eût déjà fait le lien, et qu'elle sût plus parfaitement que jamais *voir* son mari et cette Pauline. Louise pensa aussitôt : Blanche est venue parce qu'elle était certaine de ne pas rencontrer Gilles. Et Mélusine dit tout à coup : C'est étrange, Pauline ne manque jamais une fête de cette sorte. Peut-être alors à ce moment une part secrète de Blanche

avait-elle compris que Pauline, entre-
vue au club et à l'école, était l'ensorce-
leuse. D'ailleurs la part secrète lui souffla
cette question complémentaire : Marc
est-il absent lui aussi ? Non, dit Eve, il
regarde la boxe avec les autres. Ton
mari aussi adore la boxe ? dit Eve. Oui,
dit Blanche. Comme elle souffrait d'entendre ces mots ! Ton mari. Il serait
toujours son mari. Il se passerait beaucoup de temps avant qu'une autre sût
à quel point un match de boxe peut le
mettre en joie. Les moments de cette
joie étaient ineffaçables. On va se faire
un plateau et tu verras le match avec moi
et je rangerai tout, tu n'auras rien à
faire. Mais elle avait bel et bien renoncé
à ce bonheur douillet d'être accompagnée dans la vie. C'était un confort pour
une femme d'avoir un homme à son
côté, au moment de sortir et d'affronter
le monde, on ne le disait pas assez, être
deux en face des autres, les femmes et
les hommes, et dans les labyrinthes de
la ville. Elle n'était pas certaine d'être
douée pour vivre seule. Elle avait su
autrefois se déplacer, organiser, elle avait
l'âge pour cela, elle savait que c'était seulement pour un temps. La pensée de
Blanche ne s'arrêtait pas un instant. Un
manège s'était emballé dans sa tête,
Gilles, Blanche, Sarah, des moments, une

femme mystérieuse, la solitude, tout
cela lui barattait l'esprit sans lui laisser
de répit. En consultation, à son cabinet,
le tourment s'interrompait, puisqu'elle
s'occupait des autres. Mais là à table au
milieu de ses amies, elle était très agitée.
Allez, lui dit Louise, bois un verre, mange
quelque chose. L'émoi avait rosi les joues
de Blanche. Sa main droite tripotait
compulsivement un morceau de pain.
Sans que personne n'eût rien demandé,
elle dit : Gilles avait un rendez-vous.
De qui parlez-vous ? dit Mélusine qui
n'avait pas suivi la conversation. De mon
futur ex-mari, dit Blanche en essayant
de sourire. Etre trompée, cesser d'aimer
(ou le croire), ne plus supporter la vie
commune, se séparer, dire que l'on se
sépare, divorcer, être divorcée, rien de
tout cela n'était passé sur elle sans la
briser. Elle ne s'était aperçue de rien.
Longtemps on croit que l'on ne s'use
pas. Elle avait pensé vraiment rester la
même, le sourire au monde, l'élan pour
désirer, la curiosité, elle avait pensé
que tout cela était inaltérable, que c'était
un tempérament, un don qui ne se
reprend pas. Est-ce qu'un tempérament
se perd ? Elle avait découvert qu'il se
fatigue, s'émousse contre les ombres.
Oh comme elle avait changé ! La tristesse était venue l'habiter. Qu'est-ce

que je suis maintenant ? pensait-elle.
Rien n'était plus idiot que cette question !
On aurait dit qu'elle n'avait jamais été
que la femme de Gilles et seulement
cela. Et pourtant elle avait toujours été
plus que cela, elle avait eu une vie per-
sonnelle, en plus de la vie à deux, et
toute cette vie n'était pas brisée. Elle avait
un métier passionnant qu'elle aimait.
Mais non, il semblait que désormais
plus rien ne l'intéressât. Un homme
ne ferait jamais cela, pensa-t-elle, un
homme se concentrerait sur sa carrière
et son métier. Mais voilà, elle n'était
pas un homme... évidemment. Elle était
atteinte dans sa force vitale. Elle se
répéta pour la centième fois : Personne
n'est mort. Mais c'était une phrase de
Gilles. Ce devait être une consolation,
un appel à une sagesse. Ça ne marchait
décidément plus. Un sentiment était
mort. Blanche pensa : Voilà pourquoi
ça ne marchait plus, non seulement
cela lui rappelait Gilles, mais en plus
ça n'était pas vrai. Ses yeux étaient
déjà pleins de larmes. Elle était si fatiguée ! Gilles n'est pas avec les autres ?
dit Mélusine, bien trop ivre pour enre-
gistrer quoi que ce fût. Je croyais qu'il
était là-bas. Moi je pensais qu'il n'était
pas venu pour éviter de te rencontrer,
dit Eve. Non, il n'est pas allé regarder

le match. Il n'aime pas la boxe ? Mais
si il adore ça. Et alors ? Alors, il doit
préférer son rendez-vous !

Les autres parlaient. Les autres ne
s'arrêtaient pas de parler. Blanche pensait : Je n'aurais pas dû venir, je n'en
suis pas capable. Les autres étaient
brutales. S'il m'avait quittée, les choses
auraient été différentes, se dit-elle. Elles
auraient deviné que j'étais malheureuse.
Tandis que là elles n'y songent pas. Elles
pensent que j'ai fait un choix et que
je vais refaire ma vie. Et cependant,
Blanche le savait bien, sa décision n'était
que la surface d'un phénomène plus
large dont elle n'était pas l'instigatrice ;
la rupture ne se ramenait pas à l'énonciation de la rupture, les remous étaient
profonds et cachés. Celui qui prononce
la décision n'est pas toujours celui qui
a décidé. Parler n'était pas si grave et
irrémédiable que piétiner en silence,
que bafouer et déserter sans dire un
mot. Il y aurait de quoi hurler, pourquoi
ne pouvait-on faire la part des torts et
des ombres ? Pourquoi ? Pourquoi fallait-
il qu'il ne lui restât de l'amour que la
trahison et les ténèbres, que la solitude
empoisonnée qui poursuit les deux
cœurs séparés d'un couple défunt ? Et

voilà ! le manège des pensées s'était
enfin arrêté : Blanche pleurait.

    Blanche s'abandonnait. Les autres
lui passaient des serviettes en papier
tout en cherchant des paroles apai-
santes. Il était temps d'être délicat et
de se taire... Louise l'avait prise à demi
dans ses bras. Ne pleure pas, murmurait-
elle, et sa voix tremblait d'émotion. Tu
aimes Gilles, dit Marie qui décidément
ne pouvait se résoudre à la fin d'un
couple. Ne lui dis pas ça, chuchota Mélusine, tu n'en sais rien, et si c'est vrai
elle le découvrira toute seule. Je suis
sûre que c'est vrai, dit Marie, elle ne
se mettrait pas dans cet état si elle ne
l'aimait plus. Oh ! si, dit Mélusine. Crois-
tu que la désunion ne fasse pas souffrir ? Crois-tu qu'elle ne compromette
pas l'avenir amoureux tout entier ? Souvent je me dis que tout prête à pleurer
si on ose, murmura Mélusine, le bonheur
autant que le malheur, l'union et la rupture, l'amour et le désamour. Les larmes
sont notre lot, et la finitude de toute
chose, on ne s'y fait jamais. J'ai vécu
cela toute ma vie, dit Mélusine. Mais toi
tu pleures tout le temps ! dit Marie. Et
elle était gênée, parce qu'elle voyait
bien que Mélusine était saoule.

Louise avait installé son bras autour des épaules de Blanche, Eve et Sara cherchaient le café et les tasses, Mélusine et Marie débarrassaient un peu la table. Le serveur était parti depuis longtemps. Je me sens si ridicule, dit Blanche. Tu ne l'es pas, dit Louise. Si tu savais pourquoi je pleure… dit Blanche. Pourquoi ? murmura Louise. Je pleure à l'idée qu'il en aime une autre ! dit Blanche. Comme si j'avais pu croire que ça n'arriverait jamais ! Comme si c'était interdit ou impossible. Comment sais-tu qu'il en aime une autre ? dit Louise. Il me l'a dit, dit Blanche. Louise pensa : Encore un qui manquait de finesse. Elle avait toujours pensé pourtant que Gilles était subtil. Il est envoûté, dit Blanche. Envoûté, envoûté, qu'est-ce que ça veut dire ?! grognonna Louise en souriant. Mais elle était troublée à l'idée que ce pût être vrai. Il est amoureux, dit Blanche. Et alors ? tant mieux ! tu voulais qu'il te laisse un peu tranquille, toi aussi tu seras amoureuse, dit Louise qui changeait d'argument. Blanche fit une moue dubitative. Elle dit : Il l'a vue à l'école, un coup de foudre, il s'est mis à accompagner Sarah en classe tous les matins. Il se console de t'avoir perdue, dit Louise. Non, dit Blanche, ce n'est pas du tout cela, il l'a dans la peau, c'est physique.

Même si nous avions encore été amants,
il l'aurait aimée, dit Blanche. Et à cette
idée elle enfouit son visage dans ses
mains et se remit à pleurer. Ça, tu ne
peux pas le savoir, dit Louise. Et elle,
qu'est-ce qu'elle fait ? Est-ce qu'elle
l'aime ? dit Louise qui marchait sur des
œufs. Il t'a dit quelque chose ? Blanche
hocha négativement la tête. Il a l'air
malheureux, dit Blanche, elle est mariée.
Quel imbroglio, pensait Louise. Elle
s'appelle Pauline, dit Blanche. Tiens
c'est marrant, pensa Louise sans rien
dire.

Les larmes avaient fini. Blanche buvait
son café. Dans sa tête il n'y avait que
son époux. Jamais il n'avait été si présent en elle qu'à ce moment. Comme
c'était étrange. Elle comprenait de mieux
en mieux les couples qui divorçaient
puis se remariaient. En fait cette idée
taillait sa route dans la tête de Blanche
André. Elle éprouvait un impérieux
besoin de se recueillir autour de cette
intention, et de penser à son mari à
travers les traits qu'elle avait aimés.
Gilles était un amant. Il était drôle. Son
regard faisait ouvrir les chrysalides, sous
ses yeux elle s'était sentie belle. Il ne
s'emportait jamais : il riait. Elle pensait

comme une amoureuse. Elle avait voulu
démentir cette union parce qu'il y avait
quelque chose d'insoutenable dans l'idée
d'être unie sans retour à un homme. Et
parce qu'elle était lasse, jalouse avec
raison, et furieuse de ce qu'il menât la
vie qu'il voulait pendant qu'elle faisait
ce qu'il refusait de faire. Mais tout cela
était si misérable à côté d'un amour. Ses
récriminations ! comme elles lui semblaient stupides désormais. J'ai tout
gâché, pensa-t-elle.

Pendant ce temps, Sara disait à Eve :
Ce qu'il lui faudrait, c'est un amant. Et
Marie protestait : Vous verrez qu'elle
retournera avec son Gilles. Arrêtez de
vous mêler de ce qui ne vous regarde
pas ! dit Mélusine. Puis, debout, tremblante, laissant tinter sa tasse de café
sur la soucoupe, et le cou rougissant de
se contracter pour parler, elle s'écria :
Rien de plus opaque qu'un couple vu
de l'extérieur ! Nul ne sait qui reste avec
qui et pourquoi, et comment ça casse
et comment ça tient, ni qui est heureux
et qui ne l'est pas, qui fait l'amour et
qui ne le fait plus… Mieux vaut se taire.
Blanche avait souri en entendant Mélusine. Elle pensa : Même de l'intérieur
on ne sait pas ce que l'on est en train

de vivre, à quel moment on commence
à se perdre. A quoi pensait Gilles à ce
moment précis ? se demanda-t-elle.
Comment pouvait-il ne pas entendre
en lui l'écho de sa douleur à elle ?
Comment pouvait-il sourire et plaire à
une autre femme ? Elle sentit sa poitrine crever de chagrin à cette pensée.
Mais elle ne pouvait pas se remettre
encore à pleurer, ses amies se lasse-
raient de la consoler, elle n'aurait plus
qu'à partir. Blanche se redressa, prit
son verre de vin dans la main, et commença à parler de choses et d'autres qui
avaient fait sa journée, d'une exposition
qu'elle était allée voir, de la vie pleine
dc détails. Et ce qui la tenait droite, ce
qui étirait son sourire, était caché au-
dedans, et ce n'était qu'une idée, une
résolution incroyable : elle irait reconquérir Gilles. Elle songea à cette singulière renaissance de son amour dans
l'amour d'une autre. Avait-on tellement
besoin que le monde vous désignât un
objet à aimer ? Fallait-il à une femme
l'avis d'une autre sur un homme pour
savoir l'élire ?! On est si seul, pensa-t-elle,
si seul pour penser, choisir, se tromper,
avoir raison. N'était-il pas naturel parfois de vouloir être rassurée ? Peut-être
lui fallait-il le regard d'une autre pour
retrouver le sien ? Je suis faible, pensa

Blanche, je suis influençable, je ne sais pas ce que je veux, je n'ai jamais été sûre de ce que je voulais, et Sarah sera heureuse, et pensant tout cela son visage s'était restauré dans le sourire. Je suis contente que tu ailles mieux, dit Louise. Oui, murmura Blanche, j'ai eu un coup de barre. Et au-dedans le manège avait repris : Il faut que j'appelle Gilles ce soir. Que fait-il ? Où peut-il être allé ? Où a-t-il emmené cette femme ? Va-t-il rentrer chez lui ? Elle se disait avec soulagement qu'il serait forcé de rentrer puisque cette femme était mariée. A quelle heure va-t-il rentrer ? Elle avait déjà effacé la femme à qui il souriait. Et elle avait hâte de rentrer chez elle et de téléphoner chez lui.

2

Il marchait à côté d'une robe jaune. Il souriait et plaisait à une autre femme. Et cette femme avait à ce moment l'air ennuyé de ne pas pouvoir lui donner ce qu'elle croyait qu'il voulait. La proximité physique. Il en avait soudain un grand appétit. De temps à autre il s'arrêtait et se plantait devant elle : il lui murmurait alors une chose, comme si celle-là avait été plus importante que ce qu'il disait l'instant d'avant et qu'il fallût interrompre la marche pour la lui confier. C'était souvent une question qu'il posait. Il s'approchait, la texture de sa voix devenait plus feutrée, ses yeux se concentraient sur sa compagne. Il était devant elle une puissance masculine. Il dansait autour d'elle. C'était peut-être imperceptible de l'extérieur, mais Pauline sentait la force qui le poussait. Il s'approchait tout près, elle avait beau se reculer, il revenait comme par enchantement. Elle avait le sentiment de se sauver. A ce moment un intense désir de la toucher le tenait. Ses mains auraient pu saisir le visage, les cheveux, et forcer ce refus à l'embrasser. Il se retenait. Mais la force en lui était si vivace qu'il arrivait à ses mains de s'avancer. Il les arrêtait à la hauteur de ses yeux : quand il les apercevait. Elle voyait bien ce manège des mains trop vivantes. Elle restait devant ce fiévreux compagnon, figée dans une stupeur qu'il n'imaginait pas, exaltée de causer pareil élan et effrayée d'y faire face. Tandis que lui pensait : Elle est étrange, on dirait qu'elle laisse faire, qu'elle attend de voir. Est-ce qu'elle jouait ? Il n'était soudain plus certain de la réponse. Il n'était

plus certain de rien. A table il avait vraiment pensé lui plaire. L'attirer physiquement même. Tandis que maintenant… il
ne savait plus. Alors il recommençait à
marcher, perplexe devant cette sauva-
gerie. Plus tard il dirait : Je sentais que
vous n'étiez pas prête. Pourquoi ?

Non, elle n'était décidément pas prête
à se tenir trop près de lui. Malgré le
désir, elle n'était pas capable d'accepter l'intimité et l'audace. En somme elle
craignait bien moins les mots que les
gestes. En dépit du frémissement que
soulevait la voix d'alcôve, elle n'aurait
pu ni l'embrasser, ni se dévoiler et l'aimer. Tandis que lui aurait été capable
sur-le-champ de la serrer dans ses bras
et d'être son amant. Elle se trouvait
devant lui, troublée, mais sans se représenter une seule image d'amour. Imaginer qu'elle pût s'en aller dans la danse
immémoriale, et ensuite, à côté de cet
inconnu, en faire disparaître les traces,
se rhabiller, rentrer chez elle dans la
fausse innocence des choses effacées, et
peut-être mentir ! Le moindre geste eût
été impossible. Elle était dans un rêve. Il
ne s'agissait pas d'agir. De quoi s'agissait-
il en somme ? se demanda Pauline
Arnoult. Elle pensa : De galanterie. Et

elle se désapprouva de minauder à ce point devant cet homme. Ce spectacle d'elle-même vue de l'extérieur lui faisait honte. Tout lui faisait honte. Depuis le début tout avait été ridicule, tout n'avait été que feintes et ricanements pour camoufler le simple instinct qui les commandait.

Mais l'instinct n'avait pas gagné. La voix du dedans disait : Plus tard. Et cela repoussait au loin les choses concrètes, pour ne laisser que l'envoûtement de la voix, l'affinité, le rire, tout cela qui avivait l'exaltation de séduire, l'enjouement d'être regardée. Elle n'était pas en cela une jeune fille, au contraire : justement parce qu'elle savait les formes impétueuses et précises que prenait à la fin le désir, elle s'en défendait. Elle se sentait divisée : habitée par une vive passion, enchantée par la griserie de plaire à cet homme, mais se refusant aux gestes réels. Comme si son désir avait été chimérique. Il ne l'était pourtant pas, mais il réclamait un apprêt, un temps de cour galante, une familiarisation avec l'étrangeté de l'autre. (Je sentais que vous n'étiez pas prête. Pourquoi ?) A cet instant il lui semblait inconcevable d'être un jour transparente à cet homme, et cependant elle le serait : prête et ardente.

Il y avait aussi l'enfant. Elle le sentait bouger. Pouvait-on, impunément et sans le sentiment lourd d'une faute, coucher son ventre et l'enfant d'un autre contre un étranger ? A cette idée Pauline Arnoult cessa de sourire. Il voyait bien qu'elle avait un souci et se demandait lequel. Mais il n'aurait pas su comprendre quel combat se livrait entre la faute et l'innocence, ni comment elle imaginait que s'opposaient sans se réconcilier le délice de plaire et la pureté due à l'enfant à naître. Allez-vous bien ? demanda la voix d'alcôve. Voulez-vous rentrer ? Elle n'avait pas entendu qu'il lui parlait. Vous êtes fatiguée, dit-il comme si soudain il y pensait. Et de fait il songeait seulement maintenant à cette grossesse invisible qu'il avait oubliée. Je suis impardonnable, dit-il, je vous fais marcher alors que vous devez être lasse. Elle l'assura qu'il n'en était rien, insista pour ne pas s'arrêter et continuer. Et comme elle avait pour dire cela un joli visage outragé et têtu, il la jugea exquise. Oh oui ! elle était adorable. Il le lui dit : Adorable Pauline ! Mais elle n'entendit rien, perdue dans son désir et le refoulement de son désir. Une angoisse enflait : elle se sentait entraînée dans cet amour secret, il était trop tard pour reculer, ils avançaient, ils avançaient à toute vitesse,

elle avait déjà besoin de cette présence,
et ils seraient séparés, et elle souffrirait.
Alors il sentit bien que quelque chose
décidément n'allait pas. Et il pensa au
mari. Nous devrions aller à cette soirée,
dit-il brusquement en s'arrêtant de marcher. Je ne devrais pas vous accaparer.
Ils peuvent parler de vous, de moi, se
demander ce que nous sommes en
train de faire l'un et l'autre. Ils devine-
ront peut-être même que nous sommes
ensemble. Et que dirait votre mari s'il
le croyait ? Elle répondit simplement :
Pourquoi le devineraient-ils ? Il n'y a
aucune raison. Elle frémissait de la complicité qu'instaurait entre eux l'évocation
de ce mensonge. Tant de familiarité à
cause d'un secret ! Vous avez raison,
dit-il, oubliant qu'il avait très impru-
demment parlé à sa femme. Mais tout
de même... Je crois que nous devrions
y aller, chacun de notre côté, dit-il. Elle
murmura en rougissant : Je ne sais pas
si c'est une bonne idée, je ne suis pas
douée pour cacher la vérité. Il rit et dit :
C'est ce que disent les grands menteurs.
Elle croyait elle aussi que c'était juste
et que, sans se l'avouer, elle mentait
peu mais sans erreur. Pourtant elle
répéta : Non, je vous assure, ce n'est
pas une bonne idée. Si, dit-il, c'est une
très bonne idée, vous irez la première,

comme si vous arriviez d'un dîner qui s'est fini tôt. Et si je rougis en vous voyant ? dit-elle. Vous ne rougirez pas. Parce que vous êtes la seule à savoir et que vous n'en doutez pas. Soyez sûre que seuls vous et moi savons ce qui s'est passé ce soir, et vous ne vous troublerez pas, dit-il avec la fermeté de sa volonté. Elle dit : Votre femme ne risque-t-elle pas d'être là ? Je n'en sais rien, dit-il, mais je ne le pense pas, elle ne sort pas beaucoup depuis notre divorce. Cela vous ennuierait de la rencontrer ? demanda-t-elle. Elle avait une incompréhensible envie de parler de sa femme. Pas depuis que je vous connais, dit la voix d'alcôve. Le ton de cette voix-là était si feutré, si suave, qu'elle manqua une fois encore lui dire qu'il exagérait. Mais elle aimait qu'il allât si loin dans l'apparente dévotion, et peut-être savait-il qu'elle serait prise dans ce filet de murmures et de douceur. Allez ! dit-il, comme s'il lui fallait s'en convaincre aussi, lui que hantait le rêve d'éblouissements dans une chambre secrète. C'est une très bonne idée, allons au club ! Elle sourit. Le croyez-vous vraiment ?! dit-elle. Elle sentit qu'elle n'aurait pas dû poser cette question. A quoi cela mènerait-il ? Elle se mettait en danger toute seule. Et, en effet, il s'arrêta de

marcher, l'attrapa par le bras et lui per-
çant les yeux avec les siens il dit :
Connaissez-vous un autre moyen de
prolonger cette soirée ? Et comme elle
ne répondait rien à ces mots qui faisaient flèche en elle, il dit : C'est bien
ce que je pensais, vous n'en voyez pas
d'autre, alors ne discutez plus ! Il se
mit à rire de l'apercevoir piteuse, et
murmura : Je n'ai pas envie que cette
soirée finisse. Il n'avait pas lâché le
bras. Elle sentait l'emprise chaude avec
une volupté extravagante. Un si petit
geste ! Les idylles font de nous des
imbéciles.

3

Des frémissements et des cris soule-
vaient comme une houle le groupe des
hommes assemblés autour du poste de
télévision. La bravoure du boxeur noir
avait fouetté les spectateurs. Le champion du monde en titre cachait derrière ses poings un visage tordu par la
haine. C'était un petit homme maigre et
pâle, dont l'expression était avilie par
une moustache méchamment recourbée
vers le bas. Et lorsqu'il se découvrait

pour frapper, la grimace qui déformait ses traits était si cruelle que pas une âme dans le public ne songeait à se mettre à la place d'un vainqueur qui est vaincu, ou même d'un homme qui fait son métier : tous le détestaient et voulaient sa défaite. Les relations particulières qu'instaurent la beauté ou la laideur sont l'iniquité même, et peut-être seulement à cause d'un visage il avait le public à dos. Il cherche le KO, dit Tom. L'autre n'a pas encore gagné, dit-il parlant du bel athlète au corps d'ébène. Il peut se retrouver au tapis en une fraction de seconde. Ces commentaires très justes avivaient le suspense. Tom craignait que l'un de ses amis ne crût le combat gagné et ne fût déçu par un ultime retournement. Le sport, dit-il, c'est jusqu'à la fin ! Et il ajouta : Il y a des personnes dans n'importe quel sport qui sont incapables de gagner un match, ça s'appelle la peur de gagner. Ça existe la peur de gagner ?! dit Guillaume en riant, lui qui réussissait dans son métier sans se troubler de questions. De temps en temps Guillaume servait à boire. Ceux qui n'en voulaient pas davantage faisaient le petit signe de la main (les doigts qui se redressent), les autres avec leur tête un acquiescement. Ils se taisaient. Le boxeur noir sautillait sur ses jambes de femme. Le boxeur noir pouvait gagner, il le méritait, mais la défaite menaçait encore de faucher ce bel élan. Ah oui ! s'écria le chœur des voix. Le gong frappa la fin du round. Les filles en minijupes se levaient pour entamer leur tour de ring dans les hurlements des spectateurs qui, cette fois, se désintéressaient d'elles. Les pauvres ! dit Tom en riant. Les jolies cuisses ne faisaient pas le poids longtemps contre un beau combat. Dommage pour Gilles de manquer ça. Il s'en moque non ? Oh sûrement pas ! il est fou de boxe depuis qu'il est gosse. Et alors où est-il ? Ah ! Mystère. Une femme ? Ce serait étonnant. Rien ne m'étonne en cette matière. Depuis que Blanche l'a quitté il dit qu'il restera seul, que si ça n'a pas collé avec elle, ça n'ira avec personne. Ce divorce l'a douché. Il a vraiment changé. Comment ça changé ? Parles-en avec lui, il dit qu'il a été stupide, qu'il aurait dû être moins coureur. A notre âge personne ne cesse de penser aux femmes, dit Tom. Personne ne pense à autre chose ! N'exagère pas ! Je n'exagère pas, je le crois. Je regarde les femmes, tu regardes les femmes, tu regardes leur poitrine, tu laisses traîner tes yeux sur leurs fesses, et même si tu ne fais rien avec elles, tu y penses, tu te demandes

pourquoi ce n'est pas permis et possible, pourquoi en avoir une t'empêche
d'avoir les autres, pourquoi tu ne peux
pas voir ou toucher ! Ils rient. Vous
n'allez pas recommencer, dit Jean. Quel
con ! rigole Guillaume en faisant mine
de boxer Tom. On ne va pas reprendre
cette conversation ! dit Henri. Oui, dit
Jean, je croyais que c'était clos. De toute
façon, dit Guillaume, quand on a divorcé,
ne croyez pas qu'ensuite on soit à la
noce. Ça coûte cher de divorcer… dit-il
avec un visage hilare. Tu sais de quoi
tu parles ! dit Tom. Pour ça oui ! dit
Guillaume. Combien Gilles va-t-il donner à Blanche ? Ils n'ont pas encore
tout fixé, mais il veut être large, pour
la gamine. Rien ne lui garantit que c'est
elle qui en profitera. Je pense qu'il fait
confiance à sa femme, dit Henri. L'aparté
fut interrompu par les hurlements de
Max et Marc. Dernier round !!

Ils retinrent leur souffle. Cette émotion
d'avoir peur pour un autre, et de ne pouvoir rien, les transportait. Ils détestaient
le petit homme blanc. Quel salaud ! Il
cherche le KO ! Salaud, salaud salaud…
Va dans les cordes ! criait Tom à son
athlète favori. Oui, c'est ça, ne le cherche pas, va dans les cordes ! C'était la

fin. Le Noir se protégeait derrière ses poings, le Blanc frappait de toutes ses forces. Puis les deux couleurs se mêlèrent, l'ébène attrapait l'albâtre et s'y enfouissait pour éviter les coups. Et tout à coup le gong retentit, ce bruit singulier pour mettre fin au combat. Le bel homme noir était debout dans les cordes, il enlevait son protège-dents et levait les bras, il savait que ce match était à lui. Oui ! Ils se redressèrent en levant les bras et en riant. Attendez, dit Tom, il faut la décision des arbitres. Il y a parfois des surprises. Ils regardèrent le perdant présumé enfiler son peignoir et sortir du ring. Son visage était blanchi par la fureur et un rictus de cruauté contractait le bas de ses traits. L'autre était porté en triomphe.

La fin du spectacle ramena Marc dans la vie, et aussitôt il pensa à sa femme. Est-ce qu'elle était venue ? Il était inquiet lorsqu'elle était seule dehors tard le soir. Il n'en disait rien, mais c'était un soulagement de la savoir rentrée. Pauline prenait cette inquiétude pour de la jalousie. Mais il n'était réellement pas tranquille. Aussi résolut-il d'aller voir si elle était avec ses amies et, dans le cas contraire, de téléphoner à leur domicile.

Quelle heure était-il ? Presque minuit. Un dîner était forcément fini à cette heure. Je vais voir les femmes, dit-il. Laisse-les encore un peu ! dit Max. Je veux savoir si Pauline est là, dit Marc. Tu as peur qu'elle s'envole ! dit Guillaume. Bien sûr ! dit Marc avec un sourire plein de finesse. Est-ce bien cohérent avec ce que tu nous as expliqué ? dit Max. Je crois que ça l'est, dit Marc. Attends le résultat avec nous, dit Tom. Tous s'étaient levés, ils s'étiraient en faisant des commentaires. Ils étaient grands et forts, c'était ce qui frappait lorsqu'ils étaient réunis dans un espace fermé, l'encombrement des corps puissants. Il fallait dépenser pareille force, ils n'auraient pu vivre comme s'ils n'avaient pas eu ces corps-là. Ils attendirent la proclamation en rangeant un peu les reliefs de leur dîner. C'était un sacré combat, répétait Tom, et puisqu'il était celui qui connaissait le mieux la boxe, tous opinaient après lui. L'athlète noir fut bel et bien vainqueur. La retransmission était terminée et Tom éteignit le poste. Tu veux un coup ? demandait Tom pour finir un fond de bouteille. Ils mirent un peu d'ordre – pourtant quelque chose de viril et de désordonné justement était partout autour d'eux –, puis s'en allèrent rejoindre les femmes. Marc marchait en

avant, d'un pas athlétique, enjoué à
l'idée de trouver sa femme. Jamais il ne
savait mieux combien il l'aimait que
lorsqu'elle était absente.

4

On a le droit de le dire ou bien c'est
un secret ? disait Louise à Pénélope (à
propos de son mariage). Non non, fit
Pénélope, ce n'est pas un secret. Elle
sourit : Autant que les gens aient le
temps de s'habituer ! Arrête-toi d'en faire
une montagne ! dit Louise avec tendresse. Je n'en fais pas une montagne,
c'est une montagne ! dit Pénélope. Tu
verras, dit-elle, tu verras ce que tu enten-
dras, tu n'oseras même pas me le répéter tellement ce sera méchant… Elle
se leva. Je vais me chercher de la tarte,
dit-elle en prenant son assiette. La vie
immolait cette femme. Pourquoi certains
étaient-ils comme voués au malheur ?
pensait Louise. Etait-ce au-dedans d'eux
un rouage qui était inapte à la vie, une
impropriété qui constamment les emmenait dans la difficulté d'être ? Une part
d'eux-mêmes choisissait d'être malheureuse, pensa Louise. Ce n'était qu'une

pensée clairvoyante, elle ne jugeait pas.
Oui, se disait Louise, Pénélope aurait
pu oublier le jeune fiancé défunt, elle
aurait pu aimer à nouveau sans attendre
si longtemps, et sans choisir un homme
qui allait mourir lui aussi. C'était sûrement pour cela qu'elle était capable de
l'aimer, parce qu'il allait mourir, comme
l'autre... Pénélope était l'artisan de son
sacrifice. Et il y avait une étrange beauté
à ces ténèbres inconsciemment entre-
tenues. A quoi penses-tu ? dit Eve. Elle
avait pris la chaise de Pénélope. A ce
que me disait Pénélope, dit Louise.
Eve avait un joli minois, un visage de
blonde, à l'ossature délicate, mais une
expression de chipie. Louise s'en faisait la réflexion chaque fois qu'elles se
voyaient : quelque chose était écrit sur
Eve, et Eve avait beau essayer de l'effacer par des grâces et des sourires, ça
ne disparaissait pas puisque c'était elle.
Louise fit le test : Pénélope se marie,
dit-elle. Mais c'est merveilleux ! dit Eve
qui s'en moquait parfaitement. Elle se
marie avec Paul, dit Louise sans laisser
deviner ce qu'elle en pensait. Le vieux ?
dit Eve. Elle fit une grimace. C'est un
homme extraordinaire, fit remarquer
Louise avec une innocence feinte. Et
elle dit : Je n'ai jamais rencontré un
homme comme lui. D'accord, fit Eve,

mais il a soixante-dix ans. Soixante-douze même ! confirma Louise. C'est un peu beaucoup non pour faire un marié ? dit Eve. Tu ne trouves pas que c'est un peu beaucoup ? Un peu beaucoup pour quoi ? dit Louise. Tu crois qu'à partir d'un certain âge on a fini d'aimer ? demanda Louise. Bien sûr que non ! dit Eve. Lui je le comprends très bien (l'ironie mordait dans sa voix), mais ce n'est pas à lui que je pense, c'est à Pénélope ! Lui, répéta-t-elle, il a bien raison de foncer tout droit. Mais elle, elle est complètement malade ! Je veux bien croire qu'on peut baiser par dépit, qu'on peut dire oui à un homme parce qu'un autre a dit non... ça s'est vu bien souvent des hommes qui ont gagné une femme parce qu'elle était éconduite et malheureuse, mais là quand même ! Je crois qu'elle l'aime, tout simplement, dit Louise. Je ne peux pas le croire, ce n'est pas possible, dit Eve. Ou alors, dit-elle, elle n'a qu'à pas l'épouser. Eh bien, dit Louise, en se levant seulement pour prendre congé, tu es plus forte que moi, je ne connais rien à tout cela, je me contente de croire ce que me dit Pénélope. Et ça me fait plaisir, dit Louise, parce qu'elle a l'air heureuse.

L'arrivée des maris sauva donc un dîner qui tournait mal. Eve renfrognée enlevait les assiettes à dessert. Pénélope mangeait encore. Blanche, Mélusine et Marie prolongeaient la quiétude du café. Je ne vais pas dormir, murmurait Marie. Louise et Sara trempaient leurs lèvres dans des verres de vin rouge. Elles s'en amusaient. J'entends du bruit ! dit Marie. Je reconnais le rire de Guillaume d'ici ! dit Louise. A quoi Sara ajouta : Ils ne doivent pas vraiment être à jeun ! L'instant d'après ils étaient là devant les femmes : Jean, Marc, Max, Henri, Guillaume et Tom. Alors, dit Tom à Sara, vous vous êtes bien raconté votre vie ? Elles prirent de conserve des airs offusqués. Pas plus que vous ! répliqua Sara. Je suis sûr que si, dit Henri moqueur et prenant Mélusine sous son bras. Ma chérie ! dit-il. Louise eut l'impression qu'il bêlait. Avait-il donc du mépris pour sa femme ? Tu vas bien ? Tu as passé une bonne soirée ? lui demandait-il comme il l'aurait fait avec un simple d'esprit. Mais Mélusine était assez hébétée. Mmm mmm, fit-elle. Louise était révoltée. Comment pouvait-il être gentil aussi bêtement, ce n'était rendre service à personne, et ça n'avait pas aidé Mélu d'être infantilisée dans cet amour paternaliste et macho. Oui, macho, pensa-t-elle. Les couples s'étaient reformés comme sous l'effet de forces cachées. Marie parlait à Jean : Viens plus près, disait-elle. Elle mettait ses bras en couronne autour de son cou et se serrait contre lui. Comment fais-tu pour être si chaud ? Ils riaient. Ces deux-là étaient un vrai couple, pensait Sara. Tom aussi la prenait beaucoup dans les bras, il avait même posé ses deux mains sur ses seins il y a deux minutes. C'était justement là le signe, pensa-t-elle, elle était *désirée*. Est-ce que Tom l'aimait ? Elle pensa qu'il ne le savait pas lui-même. Sans quoi, se répéta-t-elle pour la millième fois, pourquoi lui ferait-il la peine de lui refuser ce qu'elle voulait (vivre avec lui). Elle le regardait maintenant qui parlait à Blanche. Qu'est-ce qu'il lui racontait encore ?! Fatiguée tu peux l'être, disait Tom, mais pas déprimée. Pourquoi ? disait Blanche. Parce que tu es très belle, dit Tom. A quoi ça sert ? dit Blanche. Il était tout près d'elle, poussé par ce béguin qu'il avait toujours eu. Elle eut un mouvement de recul. A séduire, dit-il en la regardant dans les yeux. A quoi ça sert ? répéta Blanche. A exister, dit Tom gravement. Il y croyait. Pas elle. Mais grâce à lui elle se sentait moins vieille et vilaine. Vieille et vilaine,

pensa-t-elle, c'était un avenir assuré. Et
elle se mit à rire. C'était bien d'un homme
de lui débiter des idées pareilles alors
qu'elle divorçait ! Max et Eve se disputaient à voix basse. Max s'était souvenu
qu'ils déjeunaient le lendemain chez sa
mère et l'avait rappelé à sa femme, pour
vérifier qu'elle n'avait pas oublié. Elle
n'avait pas du tout envie d'y aller ! Elle
avait assez vu sa mère ! Il s'en moquait.
Elle irait ! Je n'ai pas épousé ta famille,
disait Eve. J'ai bien épousé la tienne,
disait Max. Arrêtez-vous tous les deux,
dit Guillaume. Puis il dit : Et toi, ma
Louise, tu as épousé ma famille ?! Il
riait. Seul Marc était silencieux, étonné
et immédiatement inquiet de ne pas
trouver Pauline. Il pensa qu'elle était
rentrée chez eux, et s'en alla téléphoner.
Ce fut bien sûr en vain. Il revint parmi
les autres. Il ignorait qu'un taxi déposait
sa femme devant le club pendant que
Gilles marchait dans la rue. Blanche était
seule elle aussi, un peu en retrait du
groupe des couples depuis que Tom
était retourné auprès de Sara. Qu'est-ce
que tu racontais à Blanche ? demandait
Sara. Tom n'osa pas dire qu'il lui disait
qu'elle était belle. Il dit : J'essayais de lui
remonter le moral. Marc s'approcha de
Blanche. Son visage, aperçu au club et
à l'école, ne lui était pas étranger. Il en

déduisit qu'elle connaissait forcément
Pauline. Vous n'avez pas eu d'appel de
mon épouse ? Pauline Arnoult, précisa-
t-il, elle n'était pas certaine de venir. Je
suis arrivée très en retard, dit Blanche,
mais elle manquait au dîner. Elle devinait une inquiétude en lui. Il lui sembla
touchant. Demandez à Louise, dit-elle
avec un aimable sourire. Elle frémissait
de la conjonction des prénoms. Pauline.
Ce mot lui trouait la tête. Elle regarda
partir le mari qui s'enquérait auprès
des autres. Elle l'avait déjà vu à l'école.
Il accompagnait parfois le fils et la mère.
Maintenant elle mettait parfaitement un
visage sur ce nom Pauline Arnoult. Elle
voyait même comment était l'enfant, un
petit garçon si blond que les cheveux
étaient blancs. Et alors peut-être à ce
moment, dans un recoin secret d'elle-
même, devina-t-elle la coïncidence, que
la femme qu'il cherchait était celle que
Gilles avait trouvée.

5

Ils convinrent que Pauline arriverait la
première et qu'ensuite Gilles se présen-
terait à son tour. Ne serait-ce pas plus

simple de dire que nous avons dîné
ensemble ? dit-elle. Croyez-vous ? dit-il
en se moquant d'elle. Il savait comme
cela semblerait étrange aux autres. Avez-
vous dit ce matin à votre mari que vous
dîniez avec moi ? dit-il. Il connaissait la
réponse et ce n'était que pour le premier point d'une démonstration. Elle fit
non de la tête. Alors vous ne pouvez
pas le lui dire maintenant, dit-il, il ne
comprendrait pas pourquoi vous l'avez
caché avant. Elle concéda qu'il avait
raison. Je suis incapable de songer à
tout cela, pensa-t-elle. Elle n'avait idée
ni des tromperies réelles que se font
les conjoints, ni des suspicions. Au
contraire, elle se disait que la vérité
nue est le meilleur des camouflages.
N'y avait-il pas des choses vraies qui
semblaient incroyables ? Ne refusait-on
pas celles qui nous détruiraient ? Mais,
dit-elle, si je dis comme une blague
J'étais avec Gilles André et nous avons
fait l'amour dans un hôtel, même mon
mari ne me croira pas ! Elle avait rougi
à ces mots, il le vit, la trouva d'une
nature adorable et, sans relever l'embellissement de son teint, il demanda :
En êtes-vous certaine ? Il me semble
que oui, répondit-elle. Alors faites-le !
Dites ce que vous venez de dire ! dit-
il. Je rirai à vos côtés. Le problème, dit

Pauline Arnoult, c'est que je ne suis pas capable de mentir de cette façon. Vous voulez dire que si je vous emmène maintenant à l'hôtel, et ensuite à cette soirée, alors vous pourrez le raconter pour faire croire le contraire ? Elle convint que cela semblait un peu idiot. Ce n'est pas exactement cela, dit-elle, je sens que c'est ce qu'il faudrait jouer (il éclata de rire à ces mots), mais, quoi qu'il se soit passé, j'en serais incapable. Si vous ne savez pas mentir... dit-il d'une voix emmiellée. Elle ne se demanda pas ce qu'il voulait dire. Parce qu'elle entendait : Si vous ne savez pas mentir, ce ne sera pas pratique. Elle était honteuse et enchantée, et sûre de lire dans son âme.

Elle comprenait tout ce à quoi il pensait sans le dire. Il pensait : Certaines histoires ont besoin du secret. Il leur faut non pas forcément mentir mais taire, mentir par omission. Parce qu'elles sont interdites. Parce qu'elles sont advenues trop tard pour se déployer à l'air libre. Il leur faudra s'épanouir dans le silence. Elle entendait : Nous nous aimerons dans le secret. Il faudra que vous soyez capable de garder ce secret. Un mot alors papillonnait en elle : Amants. Il se

peut que les mots nous ruinent, fassent
naître en nous des désirs et des desseins
qui brillent comme les mots, mais ne
sont pas plus des mots que de l'or, seulement des choses concrètes dont le tra-
cas est sûr. J'aurai un amant. Elle était à
cause de cette phrase dans l'éblouissement de la faute, résolue à sa reddition
et aux frissons. Il lui souriait comme si
elle avait été une enfant, et d'ailleurs elle
se sentait à ses côtés une jeune fille.
Aussi bien, elle prit une façon gourde de
regarder ses pieds en marchant. Comme
c'était étrange, pensait-elle, de se sentir à
la fois si heureuse et si oppressée. Jamais
encore elle n'avait traversé cette conjonction particulière d'émotions. Auprès de
son mari, à cet instant précis de l'amour
naissant, elle n'avait été qu'heureuse :
l'avenir leur appartenait.

Pauline Arnoult s'était sentie plus à
l'aise dans la rue qu'elle ne l'avait été
au restaurant. Parler en marchant, dans
le rythme des pas qui était presque un
alibi, lui semblait nettement préférable
à cette manière d'être béante en face
d'un compagnon, livrée entière au regard
comme elle l'avait été à table avec lui.
Gilles André ne donnait quant à lui
aucun signe d'émotion ou de gêne. Son

costume était froissé, par cette chaleur il avait transpiré toute la journée, il paraissait fatigué sans le ressentir. Il n'y avait pas de grand jeu, d'effort et de simagrées, il était tout uniment lui-même, sans se faire valoir, sans pavoiser, sans fausse modestie non plus. Et cela est si rare qu'elle était impressionnée. Une personne qui ne joue pas à être quelqu'un d'autre et qui ne se compare pas, qui est intéressante, qui a de la fermeté et de la confiance en lui, voilà ce qu'il était. Elle se sentait un peu amenuisée devant cette forte manière d'exister. A ce moment où elle s'abandonnait au sentiment d'être dominée, à la certitude qu'elle l'était, et au plaisir de l'être, c'est-à-dire de côtoyer un titan et de s'exhausser par cette compagnie, il aperçut un taxi. Voilà une voiture, dit-il, il s'avança sur la chaussée et fit signe au conducteur.

Pour la première fois assis à côté d'elle, et sans qu'une table la camouflât à demi, il pouvait voir ses genoux et sa peau. Elle avait de jolies jambes, longues et galbées. Il le pensa en les regardant, sans prêter attention à l'insistance de son regard. Elle était gênée de se sentir observée. Bien qu'elle fût très capable de le jouer, elle aurait voulu refuser d'être ainsi poussée dans ce rôle convenu de la féminité. Elle était assez fâchée d'y entrer, de minauder et d'être convoitée, oui de se sentir tout à coup contemplée comme une proie. Elle lissa sa robe sur ses cuisses, mal à l'aise. Ne tirez pas sur votre robe, dit-il en se moquant d'elle, vous êtes jolie comme ça. Et de nouveau elle se trouva rougir et s'enfonça au fond du siège. Mais elle acceptait toute son impertinence, elle était ensorcelée et obéissante. Je vais descendre avant vous et le chauffeur vous amènera jusqu'à la porte du club de telle sorte que vous y serez bien avant moi, lui dit-il. Ils roulèrent un moment. Elle avait de plus en plus peur. Les brèves suées qui trempaient son dos lui parurent une chose incroyable : la preuve de ses intentions pendant cette soirée. Sans quoi, pour quelle raison aurait-elle peur ? Elle ne disait mot. Et il fit ce qu'il avait prévu : il fit arrêter la voiture, donna un billet au conducteur et claqua la porte. Tout va bien ? demanda la voie d'alcôve. Elle chuchota un oui inaudible. Elle voyait les yeux de l'homme devant, qui la regardait dans le rétroviseur. Il les prenait pour des amants qui venaient de passer la soirée ensemble à l'hôtel,

elle en était certaine. Elle se sentait indécente et transparente à cause de son
secret. Peut-être son amant le devinat-
t-il, il murmura : Personne ne sait que
vous avez dîné avec moi, n'en doutez
pas. Elle chuchota encore un acquiescement misérable. Et cette fois il entendit sa détresse, sa fragilité soudaine, et
une immense grâce dans tout cela, alors
il s'approcha de la portière et, passant
le bras par la vitre toute baissée, lui
caressa la joue avec le dos de la main.
Il dit : Ce soir, lorsque nous serons au
milieu des autres, voulez-vous que je
vienne vous parler, ou bien préférez-
vous au contraire que je vous laisse
tranquille ? Elle n'en savait rien. Elle
ignorait à quel point elle était capable de
duplicité. Nous verrons, dit-il alors. Il la
regarda et dit : Je vous sens inquiète !
Vous n'avez aucune raison de l'être…
Elle songea qu'elle était seule à connaître
les raisons. Puis il dit : Je vous télé-
phonerai la semaine prochaine. Elle ne
disait rien. Je peux ? demanda-t-il. Elle
fit oui au cœur d'une joie profonde,
parce qu'il lui demandait cela comme
une faveur. Elle voulait être requise,
priée, désirée. Elle voulait hanter la douceur inquiète et dévote d'un amant ! Et
à cet instant, sans qu'il fût rien de tout
cela, ni vraiment dans la dévotion, ni

inquiet, seulement tendre et attentionné comme un homme épris, la voix sensuelle laissait entendre qu'il l'était, dans l'au-delà des catégories qu'elle avait inventées, et elle était heureuse, illusionnée.

V

EN PLEIN MENSONGE

1

ET MAINTENANT PAULINE Arnoult n'était plus la même. Ni au-dehors, ni au-dedans. Au-dehors elle brillait davantage, au-dedans elle rêvait. C'était le rêve qui la faisait briller.

La femme en robe d'été, avec ses escarpins plats et son écharpe jaune, donnait toujours cette agréable impression de finesse, de jeunesse hardie et d'impertinente beauté. Mais il y avait désormais sur elle un homme de plus. A l'instant où elle venait de le quitter, on pouvait en apercevoir la trace lumineuse : une émanation de secret. Pauline, qui avait été convoitée, resplendissait de désir partagé. Plus tard celui qui avait

causé tout cela dira : Nous avons été
amants dans une vie antérieure. Ce serait,
en même temps qu'une coquetterie,
quelque chose qu'il se plairait à croire.
Pour le moment, il le voit sans le dire :
il l'a si bien regardée qu'elle en est devenue amoureuse. Rien de tel qu'une inclination réciproque pour livrer une femme
à la beauté. Elle avait été traversée par
l'immédiate complicité, celle qui vous
donne raison de vous-même. Ainsi
Pauline Arnoult se trouvait-elle embellie
de l'aisance qui accompagne la confiance
en soi. Le sentiment de vivre une rencontre affirmait sa grâce naturelle. Gilles
André aurait pu en rire tant était petite
pour lui la nouveauté de cet effet. Il
connaissait ce mécanisme d'attachement
et d'épanouissement. Mais l'innocence
d'un visage, le mystère d'une femme
dans une robe, les yeux qui bavardent,
ce jeu du viril et du féminin, leurs
feintes, leurs doutes et leurs émois,
leurs masques et leurs secrets, la timidité revenue que l'on croyait vaincue à
jamais, cette impression de jeunesse,
de renaissance, ce tressaillement, l'em-
ballement de la vie ordinaire… il y a
un vertige dans tout cela, une griserie
capable de vous faire refaire cent fois
la partie. Et puis Blanche l'avait quitté,
il avait besoin de croire que ce n'était

pas comme d'habitude. Après tout, cette femme avait su le tenir à distance tout en lui témoignant de l'intérêt. Elle était timide, sans trace de vulgarité, tout en portant sur elle ce que cherche un amant chez une maîtresse : le goût de l'amour. Cette conjonction à elle seule était une grâce. Ainsi l'avait-elle capturé ; il n'était même pas sûr qu'il aurait été capable maintenant de l'embrasser si l'occasion s'en était présentée.

Pauline s'était rassise au fond de la banquette dans un grand désordre de pensées. Le chauffeur de taxi l'observait à la dérobée. Il s'enthousiasmait en silence. Quelle belle femme ! Et amoureuse en plus. Cela se voyait tout de suite. Il n'était pas aveugle. La recrudescence en elle de l'être lumineux ne lui échappait pas. Il fallait voir comment elle fondait tout à l'heure devant cet homme. Des amants sûrement. Il riait tout seul : Est-ce qu'on regarde son mari de cette façon ?! Il était marié depuis douze ans et pensait savoir de quoi il parlait. Jamais une femme ne s'était donnée à lui comme il voyait faire celle-là. Avec cette félicité voluptueuse dans les yeux. Elle avait l'air bien

songeuse depuis que l'autre était parti.
Il la sentait qui tremblait, et la lumière
était partout sur elle.

Elle était étourdie de petites simagrées, de sourires, et de sous-entendus,
ensevelie sous son désir, et déjà téné-
breuse de sa solitude. Vous avez un iti-
néraire préféré ? s'entendit-il demander
à cette belle femme éperdue. Elle murmura : Nous sommes presque arrivés.
Cela fut dit le dos tourné et avec dis-
traction. Elle regardait au travers de la
vitre arrière s'amenuiser la silhouette
déjà familière. C'est une chose singulière que regarder de loin et sans être
vue un homme au milieu du monde,
soit souvent l'occasion de trouver la
mesure du sentiment qu'il inspire. Elle
fut tout à coup certaine d'aimer. Oui,
submergée par cette évidence et un
sentiment de malheur horrible. Elle
sentait quelle présence il était désormais dans sa vie. Et elle savait qu'il lui
faudrait souffrir l'absence et l'intermit-
tence. Puisqu'il ne serait jamais pour
elle un mari.

Alors elle se désola d'avoir joué.
L'authenticité du sentiment apparu ne

s'accordait pas avec les manières qui
avaient accompagné sa naissance. J'ai
fait la coquette, pensait Pauline Arnoult.
Elle en était maintenant désappointée.
Cela n'était pas nécessaire et elle l'avait
pourtant fait. Elle n'avait pas pu s'empêcher d'entrer dans ce rôle immémorial des femmes courtisées. Il fallait
l'admettre, elle n'avait pas résisté, elle
avait minaudé dans le plaisir de plaire...
Vu de l'extérieur, ce devait être un spectacle ridicule, se disait-elle une fois de
plus. Elle le pensait chaque fois qu'elle
contemplait un couple emporté dans
une galanterie. Elle croisa les yeux du
chauffeur dans le rétroviseur. C'était
bel et bien en courtisane qu'elle lui apparaissait. Elle voyait bien comme il la
regardait. Il se faisait des idées et elle
n'avait aucun mal à deviner lesquelles.
Aussitôt vue, aussitôt emballée dans
un rôle, sans spécificité, sans délibéra-
tion préalable ! Et quelle horreur cette
assimilation à la plus répandue des
pulsions ! Dans les histoires de trouble
et de délices, il fallait connaître les plus
secrets détails pour oublier le stéréo-
type, pensa Pauline Arnoult. Elle avait
besoin de croire à l'obligation qui les
confrontait l'un à l'autre. Sans la nécessité de ce lien, la banalité de leur motif
avait une grossièreté imparable. Il lui

sembla que seule la pureté d'un amour presque vain pouvait la dignifier. Fallait-il que cela fût vain pour être beau ? Il fallait aussi que ce fût éternel.

Cette soirée entamait donc une longue histoire ! voulait croire Pauline Arnoult. Elle aurait d'ailleurs aimé être assurée que son héros partageait cette pensée. Lui eût-elle posé la question qu'il n'eût pas été étonné : les femmes sont déjà à penser l'éternité d'un don quand les hommes sont encore à le conquérir. C'est en quoi l'amourette fait plus mentir le chasseur que la proie consentante : il promet l'avenir pour tenir le présent. Mais le héros était parti. Pas moyen de l'interroger. D'ailleurs elle n'aurait pas osé. Elle flambait ! Ses joues étaient brûlantes, un manège d'images s'était emballé et son corps était dans une exaltation anormale. Et tout cela à cause d'un homme ! Alors qu'elle était mariée et enceinte ! Fait à quoi elle ne songeait pas du tout. Se remémorer ce dîner suffisait à ses pensées. Certains souvenirs étaient des escarbilles : ce moment où elle avait retiré ses mains et pris peur si inexplicablement, et la gêne qui avait suivi, et les mots qu'ensuite elle avait dits, mots incohérents, éperdus, et le

revirement final, l'acquiescement de toute
sa personne à un homme inconnu. Que
s'était-il passé en somme ? J'ai perdu la
tête, pensa-t-elle. Cette soirée avait une
fin. Cette conversation ne durerait pas. Je
n'ai pas pu le supporter. Quelle détresse
à l'idée de quitter cette flatteuse compagnie ! Comme si j'avais alors été rendue à la grisaille de ma vie ! C'était une
chose inconcevable. La grisaille de ma
vie ! Il fallait croire que toute vie était
grisaille. La rapidité de son attachement,
la fulgurance du besoin qu'elle éprouvait lui semblèrent les signes d'une
élection. Un amant entrait dans sa vie.
Elle s'était déjà demandé quand et de
quelle manière le revoir avant même
qu'il fût rentré chez lui. Elle s'était
apaisée lorsqu'ils avaient décidé de se
rendre au club. Il serait encore là. Elle
pourrait le voir, l'entendre, se sentir
regardée, être désirée, être unique.

Une rencontre magnétique incruste
sa trace palpable : Pauline Arnoult était
encore ardente d'émoi sensuel. Et c'est
dans cet éclat de félicité féminine qu'elle
montait maintenant les escaliers jusqu'à
la salle de restaurant. Au rez-de-chaussée,
tout était éteint. La salle de ping-pong, la
salle des enfants, l'entrée des vestiaires,

tout était plongé dans l'ombre. Pauline
Arnoult pensait à deux choses qui se
contrariaient et qu'elle réconcilia : elle
allait retrouver la présence ensorcelante, mais son mari serait là lui aussi.
Se sentant déjà rougir, elle commençait
à craindre de se trahir. Ses intentions
se peignaient donc sur elle autant que
ce qu'elle n'avait pas fait ? Ce qu'elle
espérait, ce qu'elle ressentait… N'avait-
elle donc eu aucun doute sur ce qu'elle
manigançait en acceptant ce dîner ? Sa
gêne était à elle seule une réponse. Elle
avait séduit un homme et elle en était
amoureuse. Forte de cette découverte,
elle devint frondeuse comme une femme
heureuse. Elle serait entourée de deux
hommes qui l'aimaient. Il fallait s'en
réjouir. Elle ne trouva plus rien d'incon-
venant à cet imbroglio de choses sues
et tues, rien d'inégal dans sa façon de
les distribuer, parce qu'à ce moment elle
eut très distinctement cette pensée : elle
était capable d'aimer deux personnes
sans qu'aucun de ces deux sentiments
ne dût rien à la défaillance de l'autre. Il
n'y avait aucune altération de ce qui la
liait à son époux. Voilà qui était une certitude originale. Le mari était aimé. Pas
de doute là-dessus. Elle ne s'était pas
mise à le juger moins aimable, moins
attirant, ou à sentir qu'il pesait sur sa

vie. Pas du tout. A vrai dire il ne pesait
pas ! Le mari n'était pas une prison, non :
elle voulait tout et elle avait tout. En
somme, pensa-t-elle, elle triomphait.
Elle l'emportait sur la règle, sur ceux
qui s'en tenaient à la convention habituelle, sur l'exclusivité. Pas le moindre
remords à cet instant ne venait la hanter.
Elle déboutait la jalousie, la morosité,
l'ennui. Elle ensoleillait sa vie amoureuse. Cette cohorte d'idées arrangeantes
se déroulait dans son imagination renversée au rythme rapide et régulier de
ses jambes grimpant les escaliers. Elle
distingua bientôt le bruit que faisaient
les femmes, elle reconnut le rire aigu
de Marie et la belle voix de Louise. De
quoi parlaient-elles ? Tentée un instant
d'écouter sans être vue, elle acheva de
gravir les marches. Le rire de Tom réson-
nait fort. Les hommes étaient donc là
aussi. Le match devait être fini. Etait-il si
tard que cela ? Elle jeta un coup d'œil à
sa montre. Minuit vingt. Un dîner qui
s'achevait à cette heure risquait de la
trahir. Elle aperçut Marc de dos, esseulé.
Son cœur se mit à battre. Elle essaya de
se représenter l'allure qu'elle avait. Est-
ce qu'elle n'était pas une somnambule
qui arrivait ? Le secret qu'elle taisait ne
se lisait-il pas sur elle ? Amoureuse ! disait
sa beauté. Est-ce que deux amours dans

le cœur d'une femme ça ne sautait pas
à la figure ? Elle pensa comme il avait
dit : Personne ne sait. Elle se répéta :
Les yeux ne voient rien. Elle s'apprêtait
à mentir, elle avait préparé ce qu'elle
allait dire si une question lui était
posée, une histoire simple de dîner
professionnel. Quelque chose comme
un magazine qui voulait lui acheter un
dessin. Elle le débiterait sans rougir ni
trembler, elle ne se trahirait pas, et si
on ne lui demandait rien elle ne dirait
pas un mot, ni un mot vrai, ni un mot
faux.

C'était aussi simple que cela. C'était
simple parce que cela valait qu'on le
fît. Rien d'autre n'était préférable. Parce
que la vie continuerait de scintiller si cela
restait un secret. La vie faite et enviable
de Marc et Pauline Arnoult avait besoin
de ce secret. Marc serait sauvé par cette
cachotterie. Il ne réclamait pas qu'elle
se privât d'aimer, qu'elle se morfondît
dans un seul amour quand elle était
capable d'en contenir davantage. Qui
étaient-ils chacun vis-à-vis de l'autre
pour verrouiller leurs cœurs ? La vie
faite et enviable n'interdisait pas les
secrets : elle ne permettait rien d'autre.
Une bouffée d'amour pour son mari la

prit, à songer qu'il avait cette sagesse, l'intelligence de la vitalité, et qu'il n'y avait entre eux aucun dissentiment sur ce point. Il lui sembla capable de tout comprendre, et de pardonner mieux que le monde qui n'excuse rien. Doutant d'en être capables, ils ne s'étaient jamais juré la fidélité. Mieux, pensa Pauline Arnoult, ils n'avaient pas aimé cette idée d'en être capables, c'eût été une atrophie du cœur, un amenuisement des surprises. Ils s'étaient juré la félicité du silence : vivre et se taire. Il fallait mentir pour le pacte de l'amour consommé. Qu'est-ce que c'était que mentir ? Elle pensait que c'était peu faire. Qui pouvait croire à la transparence ? Elle n'avait cru qu'à l'altérité, à la barrière de la chair, aux clôtures que ne cessent pas d'être les visages. Pouvait-elle prétendre qu'elle connaissait Marc ? Elle n'avait espéré qu'aimer longtemps l'image qu'elle avait conçue de lui, qu'il avait contribué à lui faire concevoir. Rien de plus, rien de moins. Elle pensa : Nous ne faisons que nous échapper les uns aux autres, et même si nous ne nous mentons pas à dessein, nous sommes les uns pour les autres des énigmes, des secrets, des blessures inavouables, de vastes territoires de silence. Tant de fois nous renonçons à dire ! Elle montait l'escalier dans

ce cortège de pensées. Et les autres
l'avaient aperçue et l'appelaient. Pauline ! Hou ! Hou ! Elle ne nous entend
pas, hou ! hou ! Bien sûr que si elle les
entendait ! Elle retardait le moment de
répondre. Le bruit que faisaient les autres
allait engloutir le trouble et le secret
qu'elle portait. Et de fait elle se sentit
violemment détournée d'un objet d'attention. Où étais-tu ? Et : Que faisais-tu ?
Tu nous as manqué. Comme tu es jolie
toute en jaune et blanc ! Et (aux autres) :
Vous avez vu comme elle est élégante !
Et : Ah ! elle rougit ! C'était pour qui
cette élégance ? dit Eve. Ton mari t'a
cherchée, dit Louise. Tiens ! dit-elle.
Justement le voilà. Marc s'approchait
de sa femme.

Il l'embrassa, il la gardait tendrement
dans ses bras. Je commençais à être
inquiet, murmura-t-il comme s'il s'en
excusait. Et, dit-il, ça ne répondait pas
à la maison. Il caressait ses longs bras
nus. Elle ne connaissait pas une personne plus délicate et attentionnée que
Marc. Elle ne répondit rien. Elle sourit
et lui rendit un baiser avec la fougue
du désir ravivé. Il la serra plus fort
contre lui. Il ressentit aussitôt le désir
d'elle, comme un choc électrique. Tu

sens bon, souffla-t-il. Tu es magnifique, lui dit-il en s'écartant un peu pour la regarder. Elle rit. Magnifique, répéta-t-il en admirant les dents festonnées. Il aimait l'embrasser parce qu'elle avait cette rangée de perles derrière les lèvres. Tu m'as vue ce matin ! dit-elle. Il répondit : Mais tu n'avais pas cette robe ce matin. Elle regretta d'avoir dit cela. J'ai vu que tu t'étais changée en repassant tout à l'heure à la maison, dit-il. A nouveau elle ne répondit rien. Elle était sortie des bras de son mari et, pour être avec lui tendre comme il l'était avec elle, elle lui tenait le bout des doigts. Les voix résonnaient dans la salle de restaurant. Le rire de Tom était énorme. Et celui de Mélusine, parfaitement ivre, n'avait rien à lui envier. Ils ont trop bu ! dit Pauline. Marc acquiesça. Louise et Max bavardaient doucement. Toujours leur conversation sur le bouddhisme. Louise devenait de plus en plus calée en méditation. Max cherchait à s'expliquer le succès soudain de ces pratiques en France. Car après tout la religion chrétienne n'apportait pas moins de réconfort. Louise dit : Est-ce que ce n'est pas parce que le bouddhisme insiste sur le corps. La relaxation, la concentration… Les gens ont tout de suite l'impression d'aller mieux. Max n'y avait

jamais songé. Tandis que le christia-
nisme est plus abstrait, dit Max, d'un
accès plus rébarbatif, plus difficile... Eve
s'immisça dans le tête-à-tête. Ras-le-bol
du dalaï-lama ! dit-elle. Elle coupait court
à toutes les conversations de Max. Que
Max fût, comme beaucoup le disaient,
un esprit supérieur, elle n'arrivait pas à
l'accepter. Max si intelligent, et si gentil,
et modeste par-dessus le marché ! C'était
à croire que les gens étaient aveugles.
Pas si modeste que ça ! disait Eve. Elle
était jalouse de l'attachement des amis
de Max. Ah oui ! Max soignait son image
à l'extérieur. Dommage qu'il ne s'occupât pas autant de sa famille ! Tu as vu
l'heure qu'il est, dit Eve, j'aimerais rentrer.
Quelle heure est-il ? fit Max en regardant sa montre. Ah mon Dieu ! et il
faut ramener la baby-sitter. Louise, fit-
il en l'embrassant, à bientôt. A bientôt,
dit Eve. Ils partirent. Blanche, furtive,
inscrutable, buvait une gorgée de vin.
Pauline croisa son regard morose. Le
secret la remplit d'une honte fraternelle
et féminine. En une fraction de seconde
Pauline se trouva à la place d'une Blanche qui connaissait la vérité. Une jeune
femme avait passé une onctueuse soirée
avec son mari, une jeune femme mentait et ses yeux flous disaient qu'elle
mentait. Pauline aurait giflé la peste qui

le méritait. Et voilà que la peste c'était elle ! Elle découvrit ce singulier et inattendu désagrément : elle était plus ennuyée vis-à-vis de la femme de son amant que vis-à-vis de son propre époux. Mais aussitôt, puisque les esprits sont vifs à se désengager lorsqu'ils le peuvent, Pauline pensa : Elle n'est plus sa femme.

Tout de même elle ne put se décider à saluer Blanche, et elle demeura aux côtés de Marc qui lui racontait le match de boxe. Pauline attendait que vînt la question fatidique : Et toi ton dîner c'était bien ? C'est pourquoi elle n'écoutait pas son mari. Elle était occupée à sa réponse. Pourtant le hasard fut clément, comme une bénédiction : à l'instant où Marc commençait le fameux Et toi ton…, Gilles apparut en haut de l'escalier, et tous les hommes se mirent à lui hurler qu'il avait manqué le match de sa vie. Cela fit une cacophonie de voix viriles et de rires féminins dans laquelle Pauline se réfugia avec son secret, son trouble, et ce plaisir de le regarder, lui qui avait été une voix et des yeux, et qui faisait mine maintenant de ne pas prendre garde à elle. Elle se sentit troublée comme une jeune fille. Et puisqu'elle luttait pour le cacher, elle sembla doublement troublée.

Marc Arnoult pensa que son épouse
était lasse. Dans son état rien n'était
plus normal. Il dit : Il est tard pour toi.
Ça va ? murmura-t-il en la prenant par
la taille. N'es-tu pas fatiguée ? Je vais te
ramener à la maison. Puis il lui souffla :
Tu es très belle ce soir.

2

Gilles avait marché dans la douceur de
l'air d'été exactement comme s'il avait
marché sur la lune. Il volait. Ce moment
l'avait emporté, il n'était plus sur la
terre, le monde était devenu tendre et
feutré. Le monde était l'émoi d'un visage
lorsqu'il avait saisi une paire de mains
blanches et que ces mains s'étaient sau-
vées. Quel étrange tempérament elle
avait ! se disait-il. Mais il était totalement pris à cet instant. Pincé par une
fée, pensa-t-il.

   Pourtant, en arrivant devant la grille
du club, l'enchantement s'était déjà
dissipé. Le séducteur avait besoin de
voir. Séparé de Pauline, il se dégageait
du charme. Ce qu'elle faisait chanter

en lui s'évanouissait avec elle. Il retrouvait ses esprits. Un dessillement lui rendait la réalité plus prosaïque que ce
paysage d'une femme contemplée... Il
allait rencontrer le mari et il risquait aussi
de voir Blanche. L'idée de rencontrer
Blanche le troublait bien davantage que
le mari. Il se moquait parfaitement de
celui-là. Il pourrait lui parler sans le
moindre embarras. Après tout il n'avait
encore rien fait qui pût être embarras-
sant. Mais il avait parlé à Blanche... Il
se le rappelait seulement maintenant. Et
si elle se mettait à lui demander, en
présence de Pauline, comment s'était
passé ce dîner promettcur... Il poussa
la grille, marcha dans l'allée, les graviers
chantaient sous ses pas rapides, l'odeur
des roses le saisit, il ébaucha le geste
d'en cueillir une et s'arrêta. A qui pouvait-
il l'offrir ? A Blanche. Il aurait pu offrir
cent roses à Blanche. Il l'aurait fait avec
plus de ferveur qu'une offrande à Pauline, car le passé ne s'effaçait pas en
lui. En montant l'escalier, sa main sur
la même rampe qu'avaient tenue Blanche et Pauline, et cachant autant de
secrets qu'elles en recélaient, et dans
un semblable tourbillon de pensée et
d'émoi, il recomposa son visage. Alors
il entra à son tour dans le tumulte des
autres.

Comme on parle ! On ne s'arrête pas de jeter des mots ! N'importe quoi pourvu qu'on cause ! Et ensuite on ne se souvenait de rien tellement ça n'en valait pas la peine. Mon vieux tu as manqué un match incroyable ! Qu'est-ce que tu foutais au lieu d'être avec nous ? Quel lâcheur ! Qui a gagné ? demanda Gilles pour couper court. Et là, comme il l'espérait, ils se mirent aussitôt à raconter le combat et lui à se taire dans le secret de son secret. Pendant ce temps Mélusine disait à Pauline : Alors tu dînes sans ton mari et tu abandonnes tes amies ! Exactement ! disait Pauline. Tu as bien raison ! dit Mélusine. Je ne l'ai pas fait assez quand j'étais jeune, dit-elle, et maintenant c'est trop tard. Je ne suis plus sortable ! dit-elle. Pauline souriait. Mélusine était si innocente. Jamais Mélusine ne pourrait accepter que l'on se laissât courtiser en secret ! Elle avait été une épouse inaccessible et pure. Est-ce que ça l'avait rendue heureuse ? pensa Pauline.

Gilles écoutait les hommes. Voilà qui le tenait écarté de deux femmes : Blanche et Pauline. Blanche était seule en retrait et ne cessait pas de le regarder. Que voulait-elle ? Il n'en avait pas idée. Son

regard disait qu'elle attendait pour lui
parler. Celui de Pauline l'évitait. Une
fois il le croisa. Elle s'empourpra en
une fraction de seconde. Il ne s'in-
quiéta pas, il s'en réjouit : c'était une
déclaration d'amour et d'intention. Eût-
elle rougi si elle n'avait rien eu sur la
conscience ? Si elle n'avait pas parfaitement lu le jeu ? Il cessa de la regarder.
C'était Eve maintenant qui observait
Pauline. Elle fut saisie par l'expression
du visage. Personne n'avait rien vu, le
regard de Pauline, personne n'avait
rien vu... Le cœur d'Eve se mit à battre
à toute vitesse. Elle ne détachait plus
ses yeux de Pauline et jetait des regards
vers Marc. Marc disait : Jusqu'au bout
il a risqué le KO. Le gardien de nuit faisait sa ronde. Je suis désolé messieurs
dames, dit-il, il va falloir fermer. Il était
une heure du matin.

Ils marchaient tous ensemble vers la
sortie. Blanche se trouva à côté de Marc.
Vous avez retrouvé votre femme ! lui
dit-elle avec le même aimable sourire
qu'elle avait eu pour le guider vers
Louise. Et je suis le plus heureux des
hommes ! dit Marc Arnoult. Il attrapa
sa femme par la taille et dit : Vous
connaissez Pauline ? Les deux femmes

se reconnaissaient et se saluèrent. Merci
de votre gentillesse, dit Marc. Gilles marchait derrière. Il regardait Pauline : les
cheveux, la nuque, le grand trapèze du
dos, la taille fine, les reins, les fesses, les
mollets. Elle savait qu'il la regardait.
Puis il rattrapa sa femme. Tu connais
Marc Arnoult, dit Blanche. La lumière
venait d'être éteinte. Les deux hommes
se saluèrent dans la pénombre. Nous
nous sommes déjà croisés au bar, dit
Gilles. Et vous êtes le fameux qui a manqué le match ! dit Marc. Vos amis se sont
demandé ce qui pouvait vous retenir ! dit
Marc. Ils ne comprenaient pas du tout
que l'on pût faire autre chose qu'être
devant la télévision. Hélas on peut ! dit
Gilles.

Les commensaux se séparèrent dans
la rue. Salut, se disaient les hommes.
Ou aussi : Quel match ! Il y avait sur
eux une extraordinaire décontraction
virile. Les femmes s'embrassaient en se
penchant l'une vers l'autre, comme si
chacune avait voulu faire de l'autre la
plus petite des deux. Seule Mélusine
prit Louise à pleins bras et la serra contre
sa grosse poitrine sans avoir besoin de
dire un mot. Chaque couple partit vers
sa voiture. L'observateur aurait pu noter

qu'ils ne marchaient pas tous pareillement. Jean donnait le bras à Marie.
Henri tenait Mélusine par les épaules.
Louise et Guillaume se donnaient la
main. Sara et Tom marchaient côte à
côte mais plus proches l'un de l'autre
que Max et sa femme. Gilles et Blanche
restaient sur le trottoir à parler. Pauline
et Marc descendirent vers le parking
l'un derrière l'autre. Elle ne se retourna
pas vers Gilles. Ton dîner ? dit Marc. Elle
se concentrait, elle groupait sa force pour
faire une réponse, n'avoir l'air de rien,
n'avoir pas l'air d'une menteuse. C'était
bien ? dit-il encore comme elle ne répondait rien.

3

Mais tu crois qu'ils sont amants ? disait
Eve à son mari. Ils étaient de nouveau
assis dans la voiture. La dispute semblait oubliée. Mais elle ne l'était pas.
Elle laissait une amertume chez Max,
une angoisse chez Eve. Est-ce qu'elle
n'était pas allée trop loin ? Elle se posait
si souvent cette question depuis quelque
temps qu'il lui fallait bien convenir
qu'elle exagérait. Et que se passerait-il

alors, que se passait-il dans un cas de
mésentente secrète comme le leur, elle
n'en avait pas idée. Gilles et Pauline ?
dit Max en éclatant de rire. Tu penses
que je délire ? dit Eve. Ah oui, dit-il,
complètement ! Elle était tout émous-
tillée, parlant d'une chose qui lui faisait
à la fois peur et envie. Je sais ce que
j'ai vu, dit-elle, d'un air entendu. Gilles
serait incapable d'une chose pareille,
dit Max, il n'a jamais fait la cour à la
femme d'un copain. Et d'ailleurs, dit-il,
Pauline est enceinte. Comment le sais-
tu ? dit-elle. Je n'ai rien remarqué. C'est
Marc qui me l'a dit, dit-il. C'est pour
cela que tu ne crois pas qu'elle soit la
maîtresse de Gilles ? dit Eve. Tout de
suite les grands mots ! dit Max. Quel
mot veux-tu employer ? dit-elle. Il ne
répondit pas mais, à la place, se contenta
de remarquer : Elle est très amoureuse de
Marc. Est-ce que cela empêche quelque
chose ? dit Eve. C'est à toi de me le
dire, dit-il en souriant, je ne connais
pas si bien le cœur des femmes ! Je
crois qu'on peut aimer deux personnes,
dit Eve, avec un sérieux excessif. Max
souriait. C'est un avertissement ?! dit-il.
Pff ! fit-elle. Elle ne voulait pas rire.
Max ajouta : Rassure-toi, je ne crois pas
que Pauline soit assez folle pour tromper Marc pendant qu'elle est enceinte.

C'est encore un moment sacré de la vie des femmes. Eve jalousait Pauline d'avoir un amant ce qu'elle-même n'avait jamais connu, faute d'opportunité. Ce qui faisait le succès d'une autre, elle feignait toujours de s'en étonner. Mais, tout de même, la solidarité féminine à ce moment l'emporta et elle dit : Beaucoup de maris le font pendant que leur épouse est enceinte et c'est bien plus ignoble. Ils se pavanent tandis que leur femme a pris quinze kilos et ne risque pas de séduire quelqu'un. Cela me fait presque plaisir que Pauline ait séduit Gilles ! Tout de même ! Max s'exclama : Comment peux-tu être si affirmative ?! Mais je t'assure que cela crevait les yeux ! dit Eve. Pauline Arnoult crève beaucoup d'yeux, dit Max. Il ne disait cela que pour énerver sa femme. C'est vrai qu'elle est ravissante, dit-il. A tous les coups je gagne ! pensa-t-il entendant sa réponse. Je ne sais pas ce que vous avez tous à dire ça ! disait Eve. Je ne la trouve pas si jolie. Elle a des yeux de vache et de grands pieds. Max éclatait de rire.

Pendant ce temps Sara et Tom roulaient sur le boulevard périphérique et, puisque Sara n'avait pas pu s'empêcher

de dire Tu devrais ralentir, Tom s'était
renfrogné et ne disait plus rien. C'était
bien cette soirée, non ? hasarda Sara, af-
firmant et interrogeant en même temps.
Très réussi, dit Tom sans se départir de
son humeur. La nuit était perdue. Sara
pensa : Je ne ferai pas d'effort. Elle n'avait
pas envie de reconquérir son sourire
pour gagner ses baisers. Tu me dépo-
seras chez moi, dit Sara. Très bien, dit
Tom. Et Sara pensait à Jean et Marie, à
leur maison pleine d'enfants, à cet impalpable sentiment entre eux. Ils avaient
trouvé ce que tout le monde cherche :
un amour vivant qui traverse la vie.
Comment donc s'y prenaient-ils ?

Et Louise se posait la même question : en grimpant dans la voiture elle
avait trouvé que Guillaume était trop
gros, et il était encore ivre, et son rire
était gras… et elle était inquiète de ces
impressions négatives qui s'accumulaient
malgré elle. L'impression de laideur que
vous donne un autre lui semblait le
signe même du désamour. C'est pourquoi elle aussi se demandait ce qui permettait à Marie de rester violemment
amoureuse de Jean. Elle pensa à Pauline. Pauline resplendissait de cette harmonie amoureuse. L'entente conjugale

était décidément un mystère, pensa
Louise.

J'ai trouvé Pauline vraiment en beauté,
disait Henri au même moment. Salaud !
dit Mélusine. Tu serais prêt à ramper
devant elle comme tous les autres ! Sa
voix était altérée, méconnaissable. Toute
sa personne s'était évaporée dans l'alcool.
Sa gentillesse s'était envolée auprès de
son souffre-douleur. Mais Henri ne s'emporta pas. Il traitait sa femme comme une
grande malade. Ma chérie ! Je n'aime que
toi ! dit-il en riant. Il s'était approché
pour embrasser sa femme, elle le gifla.
Tiens ! dit-elle. Voilà ! Il riait. Ma chérie !
Pourquoi te mets-tu en colère ?

4

Je comptais t'appeler en arrivant chez
moi, disait Blanche. Debout dans la nuit,
face à celui dont elle avait fait son mari
puis son ex-mari, et sachant à quel point
c'était elle qui avait tissé et défait. Elle
était incertaine devant les mots, mais
déterminée. Ils étaient restés devant les
grilles du club. Mais il aurait été tard,

ajouta-t-elle, je ne sais pas si j'aurais
osé. Elle ne mentait pas. Elle aurait pourtant appelé et quelle que fût l'heure.
Elle n'aurait jamais fermé l'œil sans parler. Parce qu'elle tremblait de vouloir le
reprendre. Je ne veux plus divorcer.
J'ai fait une terrible erreur. Je sais que je
t'aime toujours. Pouvait-on attendre pour
dire une chose pareille ? Suspendre un
drame qui court, est-ce qu'on remettait
cela à demain ? Il fallait que celui qu'on
aime sût aussitôt qu'on l'aimait, que ça
ne devait pas finir, qu'on s'était trompée.
Elle voulait le lui dire. Et elle était debout
et tremblante, essoufflée de rien. Il lui
souriait. Il n'avait en somme rien à dire
quant à lui. Le découvrir la déconcer-
tait. Elle murmura : Tu es content de
ton dîner ? Et si perdue, elle n'écouta
pas la réponse. Pourquoi lui parler justement de ce qu'elle entendait effacer ?
Elle n'avait qu'à se taire alors ! Pourquoi fallait-il constamment qu'elle trouvât quelque chose à dire ?! Elle se tut
résolument. Il s'était contenté d'acquiescer d'un signe de tête. Mais le visage
portait l'empreinte d'un bonheur très
doux et secret. Blanche souffrit terriblement de le voir si contenté. Il allait
falloir lui dire ce qu'elle avait fait de
cette soirée. J'ai beaucoup réfléchi pendant cette soirée, dit Blanche. Ah ! fit-il.

Il ne l'aiderait pas. Il lui semblait naïf
comme un enfant. Elle venait d'enfermer
sa fierté. Ce n'était vraiment rien. Voilà
ce qu'elle pensait en regardant la nuit à
côté de son mari en train de devenir en
même temps ex et futur époux. Il la
regarda. Elle semblait vraiment lasse. Sa
peau était grise. Et son visage était gonflé sous les yeux. Tu as l'air fatiguée,
dit-il. Il avait voulu dire Tu as l'air d'aller
bien, mais n'y avait pas réussi. Il aurait
eu l'impression de se moquer d'elle. Il
y a des mensonges idiots que l'on n'im-
pose pas à ceux qu'on aime. Elle devait
bien savoir qu'elle n'était pas en forme.
Je le suis, répondit-elle très simplement.
Tu n'as pas de raison, murmura-t-il. Etait-
il sciemment mufle ou tout simplement
inconscient ? Sans l'élan de réconcilia-
tion qui l'occupait, Blanche se serait
emportée. Comment pouvait-il dire une
chose pareille ? Mais ils n'allaient pas
recommencer à se disputer, pensa-t-elle
aussitôt. Je ne sais pas pourquoi, dit-
elle, mais je ne dors plus. Et comme je
travaille beaucoup... A nouveau elle
se trouva au bord des larmes, comme
à table tout à l'heure. Elle s'apitoyait
sur elle-même. Tu n'es pas malade ?
demanda-t-il. Il la connaissait si bien...
il savait qu'elle se taisait parce qu'elle
ne voulait pas pleurer. Alors tout à coup

il s'approcha tout près, passa son bras
autour du dos de sa femme et dit : Vas-y,
pleure, laisse-toi aller. Elle se jeta sur la
poitrine de son mari et sanglota. Pardon, bredouillait-elle, pardon, pardon.
Puis, comme elle sentait la main monter et descendre le long de sa colonne
vertébrale, elle se détendit. Je t'aime,
dit-elle à son mari, avec une ferveur
ressuscitée. Jamais elle ne l'avait su à
ce point. Il avait fallu le croire perdu…
Elle le lui livra : Jamais je ne t'ai aimé
comme ce soir, dit-elle. La réponse vint
aussitôt : Moi aussi je t'aime, disait Gilles,
je n'ai jamais cessé de t'aimer. Le soulagement s'étendait en elle. Même lorsque
tu as fait la folle ! dit-il. Elle souriait. Mais
elle ignorait ce qui se passait en son
mari. Il triomphait. Sa femme lui revenait. Il n'était plus celui qui est quitté,
qui n'a pas su garder son épouse. Il
n'était plus le sans-famille bon seulement à payer. Il devenait celui qui n'a
pas perdu la foi dans cet amour. Il était
celui qui avait su mieux qu'elle. Celui
à qui seraient dus tous les bonheurs à
venir.

   Bras dessus bras dessous, ils marchaient. Elle disait ces choses qu'on dit
en vrac en toute confiance : J'ai viré

une maman de mon cabinet cet après-
midi ! Sarah a eu des poux ! J'ai dû laver
tous les oreillers de la maison ! Mélusine a encore beaucoup bu, je ne comprends pas qu'Henri la laisse dans cet
état. Sais-tu que Pénélope va se marier ?
Il s'étonnait. Elle racontait. Ils riaient.
Elle en profita : Je voudrais un mariage
à l'église, dit-elle. Gilles hocha la tête.
Il réprouvait. Elle insistait : Pour moi !
S'il te plaît. Ils riaient. Il se sauva : Laisse-
moi le temps de me faire à l'idée. Elle
l'embrassa. Il dit : Je suis à pied. Elle ne
commenta pas. Ils se mirent à marcher.
Comme autrefois ! dit-il. Et il était heureux à l'idée de voir sa fille le lendemain.
Tu vas voir comme ta Sarah est belle
avec ses cheveux courts, dit Blanche.
C'était une étrange phrase : stratégique,
guerrière. Le calcul dans un étui d'attention. Blanche avait un enfant dans son
jeu. Pourquoi négliger cet atout ?

    Ils marchèrent jusque chez Blanche.
Des deux, c'était elle qui pensait le plus
souvent au dîner qu'il avait attendu, et
à la femme qu'elle ne connaissait pas.
Pauline. Pauline… A quoi penses-tu ?
finit-il par lui demander. Je pense que
je suis heureuse, mentit Blanche. Moi
aussi je le suis, dit Gilles.

5

Pauline Arnoult fit le mensonge. Très
bien. Le danger supprimait l'émotion.
La rougeur ne venait que devant celui
qui la causait. Je suis content pour toi,
dit Marc. La conversation était lancée.
Il commenta : C'est une très bonne
revue professionnelle. Elle allait vendre
un dessin, ça n'était pas anodin. Il fallait aller dans cette conversation. Quel
prix lui avait-on proposé ? Pas davantage ? Elle aurait pu demander un peu
plus. Bon ça n'avait pas d'importance.
Là elle fut gênée tout de même de parler dans un néant. Je suis crevée, dit-
elle. Tu vas dormir, dit-il. Il était tendre
avec son épouse. Tu es presque arrivée,
dit-il, j'irai tout seul au garage. Elle
aurait voulu proposer de l'accompagner,
comme elle le faisait d'habitude, mais
l'envie d'être seule était plus forte que
la sollicitude. Un silence s'installa qu'il
rompit. Où avez-vous dîné ? demanda-
t-il à sa femme. Là elle se contenta de
dire la vérité. C'était bien ? demanda-
t-il. Elle faisait des réponses brèves. Quel
âge avait ce type ? dit-il. Elle pensait que
mentir, tronquer le réel, inventer, recréer,
ça n'était pas si sorcier dans l'instant.
La durée seule venait tout compliquer.

Il ne fallait pas que la mémoire flan-
chât et qu'elle oubliât ce qui n'existait
pas et avait été énoncé. C'est pourquoi
elle en dit le moins possible. Et sur l'âge
présumé pas davantage ne se risqua.
Comment savoir ? répondit-elle. Entre
trente-cinq et quarante-cinq ? Comme
moi ? fit-il. Et là, elle retourna à la vérité
secrète, disant : Plus vieux que toi. Elle
avait l'impression singulière de vivre
une scène de film, un moment qui aurait
été à côté de sa vraie vie, à part. Un
moment faux.

Voilà, dit Marc en arrêtant la voiture
devant l'immeuble où ils logeaient, à
tout de suite. Elle dit : A tout de suite.
Il la contempla qui courait vers la porte
cochère et entrait dans l'immeuble. Ses
yeux et ses mains aimaient quelque
chose en elle qui était plus que cette
anatomie. Dès qu'elle eut disparu dans
l'immeuble, la voiture démarra. De la
suite, comme du début de cette soirée,
il ne sut jamais rien : Elle se dépêcha
comme une folle, enfilant sa chemise
de nuit, se brossant les dents, défaisant
le lit, se couchant, fermant les yeux, les
poings serrés au bruit de la clef dans la
serrure, et faussement endormie sous
les yeux aimants de celui qui entrait

dans sa chambre. Marc Arnoult se glissa
sans bruit à côté de sa femme, prenant
mille précautions afin de ne pas l'éveiller,
et s'endormit bien avant elle. Comment aurait-elle pu dormir ? Les images
tournicotaient.

VI

AU TÉLÉPHONE

1

LE MATIN DU LENDEMAIN, Gilles André
était à l'école avec Blanche. Ils
accompagnaient ensemble leur fille.
Sarah levait un visage rayonnant tour à
tour vers sa mère puis vers son père.
Ils lui donnaient chacun une main. Les
époux passés au bord de la trappe
étaient souriants, des vainqueurs, des
exorcistes réunis dans la splendeur de
l'amour renaissant. Pauline les aperçut
au moment où ils se souriaient. Ce fut
comme la foudre ! Leur complicité était
d'ordre à lui laisser imaginer qu'il avait
peut-être tout raconté. C'était une chose
concevable. L'idée que Blanche sût ce
dîner de la veille et l'affinité qui l'avait
amené était insupportable. Des yeux
de femme sur une trahison de femme !

Loin s'en fallait donc que Pauline fût à
l'aise devant Blanche André. Elle devint
aussi rouge que son manteau. Une brève
panique accéléra ses gestes. Théodore
était étonné et regardait sa mère, elle
lui caressa la joue avec une expression
renversée. Gilles s'avançait vers la
classe. Mais il ne passa pas à côté de la
jeune femme sans la saluer. Il fut d'un
naturel à couper le souffle de celle qui
était si confuse. Une telle maîtrise de
soi : elle vit en lui un maître. Bonjour,
dit-il, d'une voix neutre qui n'avait pas
de parenté avec la voix d'alcôve. Il avait
su trouver à chaud le ton exact qu'adop-
tent les pères ou mères qui se rencon-
trent à l'école. Blanche aussitôt renchérit,
avec plus de chaleur puisque, depuis
la veille, elles avaient fait connaissance.
Votre mari vous cherchait anxieusement
hier soir ! Il semblait très malheureux
de ne pas vous trouver au club ! dit-
elle en souriant. Je n'étais pas perdue,
dit Pauline, et il m'a trouvée ! J'étais
désolée de le voir si inquiet, dit Blanche,
et en même temps cela me semblait
attendrissant et remarquable. Elles se
parlaient ! Gilles André en fut épouvanté.
Il ne savait plus quels secrets de sa rencontre magnétique avec l'une il avait
livrés à l'autre, mais il était certain d'avoir
trop parlé. Quelle bêtise ! pensa-t-il.

Comment avait-il pu déroger à sa règle ?
Et quand c'était si important ! Il se mit à
réfléchir, un détail le préoccupait. Avait-
il dit qu'il avait eu ce fameux coup de
foudre à l'école ? Oui, il lui semblait
bien l'avoir dit ! Comment sa femme, à
qui il avait confié ce prénom de Pauline, pouvait-elle ne pas faire maintenant le rapprochement ? Il pensa : C'est
qu'elle *ne veut pas* le faire. A nouveau
il observa les deux femmes. Blanche
semblait vraiment à l'aise. Etait-ce de se
sentir victorieuse ? En revanche la jeune
Pauline était toute chamboulée ! Il se
rappela comment elle souriait à table
en face de lui. Maintenant elle serrait
les dents… Son visage bouleversé lui
fit peine. Tout cela était de mauvais
augure. Elle prenait les choses trop à
cœur. Il ne s'y était pas attendu. C'était
toujours le même résultat et il était, se
disait-il, un imbécile malchanceux, il allait
encore une fois rendre tout le monde
malheureux. Mais tout cela se passait
très vite, au bord de la classe des
enfants, les mères y entrèrent ensemble,
et il s'éclipsa faisant signe à Blanche
qu'il était pressé en tapotant sur sa
montre avec l'index. La rougeur de Pauline qui évitait de le regarder fut son
dernier supplice.

Dans l'après-midi il lui téléphona.
Elle était muette, tout étranglée dans sa
ferveur désolée, et découvrant le premier travail de l'amour qui est peut-être
de se taire et d'accepter, et de poursuivre, quand même il semblerait que
cela ne se peut plus. Vous m'en voulez
n'est-ce pas ? dit la voix d'alcôve. Pauline était remuée malgré elle. Cette voix
était sa ruine et son effervescence. Elle
ne voulait pas cesser de l'entendre. Aussi
elle lui répondit. Non pourquoi ? dit-elle
en essayant d'être simple. Je ne vais pas
vous interdire d'être marié ! Mais elle
voulait bel et bien le lui interdire, et il
pouvait le deviner malgré ses mots,
dans la tessiture altérée qui les portait.
Il s'efforça d'en rire. Ma parole ! dit-il.
Vous n'êtes pas jalouse tout de même !
Il ne pouvait pas croire qu'elle le fût. Il
se moquait avec une gentillesse qui était
de la délicatesse. Elle se taisait. Allô ?
dit-il. Vous êtes toujours là ? Oui, fit-
elle. Je ne vous entendais plus, dit-il,
j'ai cru que nous étions coupés. Elle eut
conscience de ce qu'elle était : vorace
et envoûtée. Elle en perdait le langage.
Il devina cet égarement et prit les rênes.
Vous aimez votre mari ? demanda-t-il.
C'était une fausse question, dont il savait
la réponse, et qui allait servir de prémice
pour cette conversation. Pourquoi me

demandez-vous cela ? dit-elle. Parce que
vous ne divorceriez pas de lui si je vous
suppliais de le faire, dit-il. Divorceriez-
vous ? répéta-t-il dans le seul but de lui
faire confirmer le non. Non, avoua-t-elle
avec une voix misérable, amenuisée
par le désir qu'elle avait de tout vivre
et la crainte qu'il s'en allât. C'était ainsi
que s'y prenaient les hommes, elle le
pensait : ils vous capturaient, et ensuite
ils s'occupaient de tout autre chose. Il
dit : J'en suis heureux. Cela me prouve
que vous êtes comme je le crois. Maintenant je vais vous expliquer une chose
qui est arrivée.

Et il commença de lui raconter ce
qui était advenu la veille avec Blanche :
J'ignore comment, et pour quelles raisons, mais ma femme a souhaité suspendre la procédure de notre divorce.
Elle désire me voir revenir auprès d'elle
et de notre fille. Elle me l'a dit hier soir
en sortant du club. Il s'interrompit sans
entendre une seule réaction. Vous ne
voulez pas me parler ? dit-il. Et là il
attendit un assez long moment. Que
pourrais-je vous dire ? murmura Pauline Arnoult. Je ne sais pas, dit-il. Ce
que vous voulez. Vous pouvez tout me
dire. Ouvrez-vous toujours à moi, rien ne

me choquera, murmura-t-il avec une tendresse vivante. Mais elle se taisait encore, alors il poursuivit. La vie est étrange, n'est-ce pas, souffla la voix d'alcôve. J'attendais cette chance depuis des mois, au point même de n'y croire plus que par désespoir. Enfin la voilà… Il a fallu que ce fût justement le soir que nous avons passé ensemble, et après ce dîner où j'ai eu le sentiment de faire vraiment votre connaissance. Cette façon qu'il eut de dire les choses réveilla l'ironie de son interlocutrice. Il n'en sut rien car il n'avait pas cessé de parler : Mais croyez-vous que je veuille refuser à ma femme ce dont elle me supplie, parce qu'elle ignore que c'est aussi mon vœu ? Il se tut, puis reprit. Je ne vous l'ai pas dit, parce que ça ne servait à rien, mais je n'ai jamais cru à ce divorce. La femme que j'ai choisie était forte, amoureuse et lucide, je ne pouvais comprendre qu'elle voulût briser notre famille. On m'a pris pour un fou que son malheur aveuglait. On m'a fait sentir que je l'avais mérité. On m'a répété qu'il fallait m'y résoudre. Faire mon deuil ! C'est le grand leitmotiv aujourd'hui ! Il eut un éclat de rire amer et laissa tomber le silence. Pauline Arnoult était à ressasser l'expression contournée qu'il avait eue : ce dîner

où j'ai eu le sentiment de faire votre
connaissance ! Elle aurait presque éclaté
de rire à l'entendre. Pourquoi ne pas
dire tout bonnement les choses ? Ce
dîner où il l'avait séduite ! Car c'était bien
de cela qu'il s'agissait ! Il est vrai que
c'était trop tard pour le dire… Quelle
malchance de récupérer sa femme le
jour où l'on vient d'en séduire une
autre ! pensait-elle.

Ils étaient l'un et l'autre silencieux, le
combiné téléphonique contre l'oreille.
Pauline avait la gorge serrée par tout
ce qu'elle entendait. Elle était remuée
par la sincérité avec laquelle il lui parlait. La voix d'alcôve avait sur elle un
imparable effet. Aussi l'essor du sentiment amoureux se poursuivait-il malgré tout ce que pouvait dire cet homme
sur son mariage. Il dit : Les autres qui
vous donnent des conseils… ne les
écoutez pas. Il arrive qu'ils aient raison. Mais il y a bien des choses que
l'on est seul à savoir. L'amour qu'on a,
et celui qu'on a suscité parfois. Enfin,
je ne sais pas. Mais… Je suis heureux.
Voilà, dit-il, vous savez tout, je ne vous
ai rien caché. Je comprends votre surprise, ce fut aussi la mienne. Une surprise
que pour rien au monde je ne veux

gâcher. Vous ne pouvez pas m'en vouloir de cela au moins ? Non, dit-elle.

   Enfin elle avait dit un mot ! Il entendait qu'un regret injustifiable lui volait la
parole. Alors il lui parla de sorte qu'elle
se trouvât rassurée. La tendresse qu'il
éprouvait devant ce désarroi de jeune
femme adoucissait encore le timbre
suave de sa voix. Croyez-vous que cela
changera quelque chose pour nous ?
dit-il avec une merveilleuse rectitude.
Il comprenait bien que c'était la question soulevée par le retour de Blanche.
Pauline Arnoult n'avait pas osé la poser.
Il faisait preuve au contraire de fran-
chise et de simplicité. Comme si rien ne
lui semblât laid, inavouable ou incon-
gru, qui ne pût être dit. Elle lui fut recon-
naissante de cela. Je ne sais pas, dit-elle,
soulagée. Moi je crois que c'est ce que
vous vous imaginez, dit-il. Et pour la
sortir de l'ornière du tourment, sa voix
s'enjoua et il dit : Folle que vous êtes !
Il espérait la faire sourire ou rire, mais
rien n'y faisait. Il redevint donc sérieux.
Avez-vous parlé de moi à votre mari ?
dit-il. Non, dit-elle. Vous voyez, dit la voix
d'alcôve, ne soyez pas tourmentée. Vous
ne vouliez pas un mari ?! poursuivit-il,
pédagogue. Non, dit-elle. Le vôtre fait

très bien l'affaire ?! souffla-t-il. Il riait à
nouveau. Arrêtez de rire, dit-elle. Mais
elle était souriante : la galanterie était
entre eux de retour.

Hélas cela finit. Il avait terminé de
parler et elle ne trouvait rien à lui dire.
A bientôt ? dit-il. Oui, murmura-t-elle. Je
vous appellerai, dit-il. Je vous le promets, murmura sa voix d'alcôve. Merci,
dit-elle encore plus imperceptiblement.
A bientôt, souffla-t-il, et il raccrocha le
combiné. Alors ce fut le silence de la
vie ordinaire et elle éclata en sanglots.

2

Elle ne pensait qu'à lui dès qu'elle était
libre de rêver. Toute sa vie silencieuse
revenait sur lui. C'était la plus formi-
dable rêverie amoureuse qu'elle eût
jamais traversée. Elle éprouvait jusqu'au besoin d'être seule et recueillie
pour librement se remémorer ses émois,
leur rencontre, le dîner, la promenade,
et tout ce qui avait été dit ce soir-là.
Elle se lovait dans ce panier de souvenirs, en négligeant un peu tout ce qui

ne se rapportait pas à cet amant imagi-
naire. Parfois elle réalisait la folie d'une
telle songerie. D'autres vivaient-ils ainsi
dans les chimères ? Est-ce qu'elle ne
pouvait pas s'arrêter un moment de
penser à lui ? Elle essayait de vivre
comme autrefois. Mais très vite quelque
chose d'inattendu ramenait Gilles André
dans ses pensées. Elle passait en voiture dans le quartier où ils avaient
dîné... Elle lisait qu'un livre sur les anges
venait d'être publié... Elle remettait sa
robe jaune. Elle rencontrait Blanche à
l'école. Comme tout autre, son monde
privé était peuplé de visages accrochés
à des mots. Qu'un de ces mots surgisse,
et hop ! voilà le visage qui revenait, et
la mémoire entière, élaborée dans l'en-
trelacement des lieux, des noms et des
êtres. Impossible d'oublier ce qu'on voulait comme on voulait, et il y avait une
liste de mots qui faisait advenir un amant
dans sa vie.

Ses propres questions étaient venues
harceler son secret. Etait-elle une femme
comme les autres ? Etait-ce déchoir que
de rêver en secret d'un homme qui (évidemment) n'était pas son mari ? Bien
sûr elle n'avait pas de réponses. Et ce
n'était jamais que penser à lui d'une

autre façon. Elle l'entendait presque qui murmurait. Elle pouvait lui faire répéter les propos qu'ils avaient susurrés. Tous les mots qu'il avait dits s'étaient suspendus quelque part en elle. Ils scintillaient chaque fois qu'elle se les rappelait, ils bruissaient dans la texture sensuelle et feutrée de la voix. Tout simplement : Cet homme l'habitait. Ce qu'elle vivait avec lui, ce qui s'était déjà passé, et ce qu'elle espérait qu'il se passerait. A quoi justement elle rêvait, prévoyant, imaginant, se jouant des scènes où il lui faisait des répliques qu'elle inventait aussi. Il mangeait sa vie. Mieux, sa présence était si obsédante qu'elle devenait réelle, et cela descendait en haut des cuisses, toujours cette chose ronde et chatouillante qui faisait frémir l'eau en elle.

Gilles André était retourné vivre avec sa femme. Etait-il pareillement captivé ? Pauline Arnoult rêvait qu'il le fût. Mais c'était sans y croire. Ça ne se pouvait pas... Les hommes ne mettaient rien en suspens à cause d'un amour. Ils aimaient à côté de ce qu'ils faisaient, en marge de ce qui les occupait, les rendait importants et indispensables. Ils n'étaient insistants et persévérants que pour lancer

les histoires. Ensuite les cœurs féminins
faisaient de grands voyages abreuvés
de larmes, d'espoirs, et des mots qu'ils
disaient pour justifier leur désertion.
Gilles André lui donnait raison : il avait
disparu complètement de l'école, il ne
cherchait pas à la revoir. Cependant il
téléphonait chaque jour pendant de très
longs moments. Est-il besoin de dire
qu'elle attendait chaque appel ? Elle
était suspendue à une voix, sans rien
y comprendre, et lui… il laissait filer les
choses et le temps.

   Son désir était devenu indécis. Par un
mélange de géographie et de raison,
voilà un homme qui s'était extirpé de
l'ensorcellement. On peut mesurer la
magie d'une présence à ce qui dispa-
raît avec elle. Il était sorti du champ de
l'attraction. Il pouvait même se représenter cette femme qui avait été une vision,
comme elle était : une perche, auraient
dit certains, une tringle à rideaux ! et pas
de seins, pas de fesses ! Bref, elle n'était
pas si époustouflante. Quelque chose
pourtant le liait à cette jeune femme,
mais ce n'était pas seulement le désir.
Et puis le retour de Blanche… il ne se
sentait pas disponible comme il aurait
fallu l'être. Il s'était mis à imaginer autre

chose qu'une liaison : une amitié trouble
et totale. Il essayait de la faire naître. Ça
n'était pas si facile : la passion déteste
tout ce qui n'est pas la passion. Avec un
peu de patience, elle le suivrait, pensait
Gilles André. Alors il téléphonait. Il ne
se départissait plus de sa voix feutrée.
Pauline était prise dans ce réseau de
murmures et de rires, qu'il avait tissé
sur elle comme on coud un vêtement
à même un corps.

Si elle avait osé le questionner : Je
suis dans un rêve, l'êtes-vous aussi ?
Cela vous arrive-t-il de penser à moi ?
Il aurait pu répondre : Oui, je pense à
vous très souvent. Ils pensaient donc
l'un à l'autre. Lui : Très souvent. Elle :
Sans arrêt. C'était toute la différence.
Avec beaucoup de sincérité, voici la
réponse qu'il aurait pu lui faire : il y
avait eu un songe, mais la vie l'avait
repris, et il restait une trace de ce songe.
Il parvenait très bien à vivre éloigné
d'elle, mais il avait besoin qu'elle existât.
Il avait besoin de vérifier qu'elle était là,
aimante et douce.

Une partie de sa vie intérieure était
bel et bien consacrée à cette femme. Il

prenait le temps de lui parler. Au téléphone il l'écoutait longuement. Il sentait son frémissement, il la faisait rire. Il
éprouvait une complicité singulière. Il
concevait aussi du désir pour elle. Il se
demandait si ce désir durerait. Il n'avait
plus le besoin de faire d'elle une maîtresse. Mais comment se résoudre à tout
éteindre ? Il n'avait pas ce courage. Avait-
il même une vraie raison pour le faire ?
La peine qu'il lui faisait ? Il ne croyait
pas qu'elle souffrît. Il ne le voulait pas.
Il lui téléphonait pour qu'elle ne souffrît pas, pour qu'elle ne doutât pas qu'ils
fussent indissolublement liés. Mais elle
voulait davantage. Elle qui avait tergi-
versé désirait maintenant l'homme entier.
Tandis que lui, refoulé dans son premier
désir, avait désormais tout son temps.

3

Et donc ils se parlaient tous les jours.
L'affinité survivait à la séparation. Mais
en chacun sous une forme différente.
Il était heureux qu'elle existât, elle était
exaspérée. L'inclination en elle s'était
muée en mots et en attente, en pensées,
en pleurs, et en désir. Et tout cela au

bout d'un fil ! Quand vous verrai-je ?
suppliait-elle. Et il répondait sans varier :
Bientôt. Et ils ne se voyaient pas davantage. Si étrange que cela semblât, ils ne
s'étaient pas revus depuis le dîner clandestin. Je voudrais tellement que nous
dînions ensemble à nouveau, disait-elle.
Bientôt, disait-il. Et des jours tissaient
l'étoffe de cette attente fiévreuse. Il
n'entendait ni les regrets ni les suppliques. Il voulait la laisser, ne pas se
hâter. J'ai beaucoup de travail, disait-il.
Je n'ai pas le temps. Vous me dites toujours la même chose ! disait la jeune
femme. Je vous dis la vérité, répondait-
il. Il était le plus sage des deux. Il pensait à l'enfant qu'elle attendait, au mari
auprès de qui elle dormait, à sa fille
retrouvée, il pensait trop pour aller dans
cette passion. Elle ne comprenait plus
rien. Personne ne saura rien, disait-elle.
Je sais bien que personne ne saura rien !
disait-il.

Il était heureux. L'amertume avait
quitté sa vie. Pas un jour ne passait
sans qu'il embrassât sa fille et il lui semblait parfois que sa femme était très
amoureuse. Dans son métier, il connaissait une réussite sans ombre : il était
fêté pour son inventivité, sa courtoisie

et son intelligence, Sagace pour nouer
les amitiés utiles, il gagnait beaucoup
d'argent en faisant ce qu'il aimait. Vers
la fin de l'après-midi, il appelait Pauline Arnoult, il écoutait les rires mélan-
coliques et l'envie de cette femme qu'il
avait envoûtée. Pourquoi ne voulez-vous
jamais me voir ? disait-elle. Vous avez
peur de moi ? demandait-elle. Elle croyait
l'avoir effrayé à force de laisser voir
les turbulences de son désir. Par quoi
voudriez-vous que je sois effrayé !
répondait-il. Et là elle ne comprenait
plus. Y avait-il seulement quelque chose
à comprendre ? Un amant prenait son
temps, faisait durer sa cour galante,
auscultait son désir… Mais alors pourquoi avoir tant changé ? demandait-elle
enfin. Je n'ai pas changé, disait-il. Vous
savez bien que si, disait-elle. Mais il
n'avoua jamais quoi que ce fût. Nous
allons nous voir, disait-il simplement,
avec une assurance calme, et comme s'il
ne l'avait pas cent fois promis déjà. Vous
me dites toujours cela et je ne vous vois
pas, disait-elle. Et elle était désormais
prise dans cette obsession : un rendez-
vous avec lui. L'obsession papillonnait
autour d'elle. Elle revoyait le sourire
qu'il avait eu pour dîner avec elle. C'était
comme un film qu'elle se passait.

Et le mari dans tout ça ! Ne s'apercevait-il de rien ? Les yeux de sa femme… Par moments les yeux de sa femme ne regardaient rien. Il la contemplait sans qu'elle le vît. Ses yeux bleus devenaient pour lui la mer et le ciel, une joaillerie d'azur lavée par le vent et le rêve. Sa femme était une grande rêveuse ! Voilà ce qu'il pensait le mari. Et Pauline était absente. Elle pouvait presque entendre la voix d'alcôve, l'exténuation singulière dans laquelle Gilles lui parlait. Elle se mettait au lit pour la tranquillité de penser à lui. Elle allait se vautrer dans cette songerie. Tu te couches ? demandait le mari. Oui, disait-elle en se glissant entre les draps. Elle était ardente par ses seules pensées. N'importe quel homme convenait alors. Viens, disait-elle à son mari. Il s'approchait au bord du lit et tendrement se penchait au-dessus d'elle, la caressant avec douceur. Elle recevait cet époux dans le secret désir d'un autre, dans l'étrange emmêlement d'un plaisir réel et d'un fantôme d'amour. La chair est si opaque. Je me demande quel sera son visage, disait-il, parlant de l'enfant à naître. Il caressait le dôme arrondi du ventre. Tu es belle, disait-il. Un peu grosse ! répondait-elle. Il faisait signe que non, elle ne l'était pas. Et ils continuaient ainsi, sur ce

chemin de l'intimité qui est habitude
de la proximité, effleurements permis,
petits mots secrets, gestes tendres, toute
cette grâce de se toucher dont la magie
risque à chaque instant de s'user, et qui
cache l'irréductible étrangeté, et tous
les secrets dont nous sommes capables.
Tu es douce, disait le mari à sa femme.
Et elle songeait que l'autre le lui dirait
pareillement, que c'était peut-être ce
qu'ils disaient tous.

4

Quand on est pris par l'amour, on se
réserve, on rêve, on se consacre : Pauline
Arnoult délaissa ses amis. Sara lui avait
téléphoné deux ou trois fois, Pauline
n'avait pas rappelé. Elle savait que Sara
voulait épouser Tom qui ne le demandait pas. Cette peine d'amour les rapprochait, mais Pauline préférait être
seule. D'ailleurs elle espérait constamment un appel de Gilles. Sara racontait
son triste sort d'amante : Je passe la
nuit chez lui, on s'endort à l'aube, aucun
geste ne manque je t'assure !, je suis
crevée, je pars au bureau sans repasser chez moi. Je les entends toutes qui

chuchotent Elle a découché…, parce
que je suis habillée comme la veille.
L'autre jour, une des rédactrices me propose de déjeuner avec elle. Devine ce
qu'elle fait. Elle me déballe toutes les
aventures de Tom. J'ai chié dans mon
pantalon, dit Sara, je te jure, je me suis
vidée complètement. Pauline ne savait
pas quoi répondre. Mais Sara n'avait pas
besoin qu'on lui répondît. Il paraît que
Blanche et Gilles ne divorcent plus, dit-
elle. J'ai été rudement contente quand j'ai
appris ça. Tu connais Blanche André ?
dit Pauline. Je connais surtout son mari !
dit Sara. Ah oui ? je ne savais pas, dit
Pauline. Il connaît tout ce qui réussit
dans cette ville ! dit Sara. Pauline s'était
tue. Elle ne voulait surtout rien entendre. Personne ne pouvait lui parler de
cet homme-là. On ne parlait pas de lui
comme d'un autre. Et d'ailleurs, elle ne
voulait rien savoir. En revanche, dit Sara,
je crois que les choses vont très mal entre
Max et Eve ! Je m'en doutais depuis un
moment, dit Pauline. Ils se disputaient de
plus en plus souvent et même en public.

    Quand Sara téléphonait, elle donnait
des nouvelles de tout le monde : Mélusine était en cure de désintoxication
dans une maison. Henri dînait tous les

soirs au club. Tu peux aller le voir ! Il boit sa carafe de rouge ! Tu verras qu'il ne s'en passera pas quand Mélu reviendra ! C'est un truc qui me fout hors de moi, dit Sara. Pauline n'avait pas d'avis, elle connaissait à peine Mélusine. Sara continuait : Louise avait fait une cinquième FIV qui était encore un échec. Elle est l'ombre d'elle-même et Guillaume ne se rend compte de rien... dit Sara. Tu n'en sais rien, dit Pauline, tu ne vis pas chez eux, peut-être est-il très attentionné avec elle. Marc n'est pas rentré ? demandait Sara au bout d'une heure de conversation. Quelle heure était-il ? Pauline regardait sa montre. Il ne devrait plus tarder, disait-elle. Et elles raccrochaient. Il était vingt et une heures. Pauline restait si longtemps à bavarder parce qu'elle savait que Gilles ne pouvait pas téléphoner à ce moment. Il était avec sa femme. A quoi ressemblait leur soirée ? se demandait Pauline. Elle se faisait des images puis les chassait. Marc Arnoult rentrait, embrassait son épouse. Théodore est couché ? Il vérifiait. Il racontait sa journée. Pauline répétait les conversations de l'atelier...

D'autres se faisaient des scènes. Pourquoi dis-tu que tu rentres à huit heures

si c'est pour rentrer (elle regarda sa
montre) à neuf heures vingt ? disait Eve
au même instant. Parce que je ne peux
pas imaginer que l'on va venir me voir
et que cela va prendre du temps, dit
Max. Et, dit-il, qu'il y aura du monde
pour rentrer. Elle soupira. J'en ai ras le
bol, dit-elle. C'est moi qui fais tout, tu n'es
jamais là, tu as toujours des réunions, des
déjeuners. Moi, dit-elle, je n'ai pas le
temps de déjeuner figure-toi. Il attendit
qu'elle eût fini cette liste qu'il connaissait
par cœur. Elle plissait ses yeux d'une
façon qu'il connaissait aussi. Mais ça
tombe bien, lui dit-il, parce que moi
aussi j'en ai marre. Il était plein d'une
fermeté qui lui faisait parfois défaut
et qui ne manquait pas, quand elle lui
venait, d'effrayer sa femme. Il vit la surprise craintive se peindre sur son visage.
On change si tu veux, dit-il. Toi tu te
débrouilles pour aller gagner cinq cent
mille francs et moi je reste à la maison
et je m'occupe des enfants. Pff ! fit-elle.
Tu n'en serais pas capable. J'appren-
drai, dit-il.

  Je devrais prendre un amant, dit Eve,
voilà ce que je devrais faire ! Si ça peut
te rendre le sourire, fais-le, dit-il. Elle
ne réagit pas. Je ne serais pas la seule !

Tu as vu Gilles et Pauline au club le soir du match ? dit-elle. Tu n'as vraiment rien remarqué ? dit-elle. Rien du tout, dit-il, tu ne vas pas recommencer avec cette blague ! Tu n'as pas remarqué comme Pauline était troublée, dit-elle. Elle plissa de nouveau ses yeux. Tu crois qu'ils sont amants ? dit-elle. Non, dit-il, je n'imagine pas ce genre de choses. Tout est possible, je ne vais pas t'assurer que non, mais ce ne sont pas mes affaires, j'ai horreur des confidences et des ragots, et s'ils sont amants tant mieux pour eux, ça ne me regarde pas. Tu dis tant mieux pour eux ! dit-elle. Et tant mieux pour Marc pendant qu'on y est ! dit-elle. J'ai trouvé Pauline belle comme un ange l'autre soir au club, dit-il (et songeant avec toujours le même plaisir que sa femme s'agacerait de ce compliment). Elle resta muette. Oui, fit-il, elle avait une lumière particulière, mais qu'elle a souvent, ce sourire de tout l'être qui est l'âme de son charme. Je ne sais pas pourquoi vous êtes béats devant elle, dit Eve, elle n'est pas si jolie que cela et elle a des yeux de vache. Vous êtes toutes jalouses, dit Max. Comment pouvez-vous vivre de cette manière, en vous enviant et en vous détestant les unes les autres même entre amies ?! On ne se déteste pas ! dit Eve.

On se regarde. Elle pensait : On en apprend des choses en observant ! Et alors elle voyait le sourire de romance sur le visage de Pauline Arnoult le soir de la fête au club. Celle-là cachait bien son jeu avec sa beauté glaciale ! Et l'autre gros blondinet, il devait être en pleine félicité d'avoir apprivoisé cette oiselle...

5

Etait-ce la félicité de la confiance en soi ?! Il avait une manière faraude d'affirmer des choses au téléphone. Comme il s'amusait à cela, elle ne savait jamais s'il croyait réellement ce qu'il soutenait, ou bien s'il jouait à la provoquer. Je ne crois pas que vous aimiez votre mari, dit Gilles un après-midi. Elle était maintenant chez elle, en congé de maternité. Comment pourriez-vous le savoir ! dit-elle. L'étonnement la faisait rire. Parce que vous me l'avez dit, dit-il. Je n'ai jamais dit une chose pareille ! dit-elle. Comment l'aurais-je fait puisque je pense le contraire ? Ce que vous m'avez confié il y a deux minutes me l'a fait penser, dit-il. Il poursuivit : Vous n'aimez

pas votre mari, vous lui êtes attachée,
vous éprouvez de la tendresse pour
lui, ce qui lui arrive vous touche et vous
préoccupe, dit-il, mais ce n'est pas de
l'amour. Si l'amour n'est pas cela, dit-
elle, qu'est-ce que c'est ? Ah ! fit-il. Ce
serait trop long, l'amour peut n'être
pas cela mais contenir tout cela, et dans
ce cas il vous manquerait une chose,
ou du moins (il se reprit) il m'a semblé
que cette chose vous manquait. Quelle
chose ? dit-elle, rieuse, insistante, mais
(pensa-t-il) aucunement vexée, comme
si elle avait accepté et su qu'il énonçait
une vérité. Il faudrait que je dise les
choses en n'oubliant pas que c'est à
vous que je les dis, dit-il. Allez-y, dit-
elle, je vous écouterai passionnément.
Il lui fit un sourire de séduction, qu'elle
entendit au fond de sa voix et d'aussi
loin qu'elle vînt. Elle tira le combiné et
s'allongea sur son lit pour aller conforta-
blement dans l'impertinence de cette
conversation. La voix d'alcôve l'entraînait dans la langueur. Il dit : Je crois que
ça a à voir avec le sacrifice. Comme elle
ne disait plus rien il continua. Il dit :
Vous ne sacrifiez rien à votre mari. Vous
faites votre vie, votre mari participe à
son confort, et vous faites vos dessins,
vous poursuivez avec obstination vos
images. Vous ne vous occupez pas plus

de lui que d'une chaussette ! dit-il. Il riait.
Elle adorait entendre ce rire. Mais si je
m'occupe de lui ! protesta-t-elle. C'était
presque une formalité. Tout à coup elle
voyait qu'il en était comme il le disait.
Vous êtes bien affirmatif ! dit-elle. Je vous
connais, dit-il, vous êtes nue devant moi.
Elle ne releva pas. Un long silence s'installa. Elle aimait même le silence avec lui.

Elle dit : Avez-vous déjà été sûr d'aimer quelqu'un ? Est-on jamais certain
de cela ? J'ai toujours un doute, parce
que je vois bien que dans cet amour
conjugal je m'occupe autant de me
faire plaisir que du bonheur de mon
mari. Il y a tant d'intérêt et d'égoïsme
cachés derrière les sentiments, je me
demande s'il s'agit bien encore d'amour.
Le vrai problème n'est pas là, dit-il.
Comme vous êtes sûr de vous, dit-elle.
C'est pour vous faire enrager, dit-il.
Mais je comprends très bien ce que
vous dites, vous avez besoin de votre
mari et cela trouble votre idée d'un
amour désintéressé et altruiste. Vous
avez raison d'être troublée, dit la voix
d'alcôve – elle avait resurgi avec le
sourire de séduction –, car, non, vous
n'aimez pas votre mari. Elle riait carrément. Mais, dit-il, vous n'y pouvez rien,

vous avez été éduquée pour cela : pour
former une association. C'est bien ce
qu'est votre couple, une entreprise, qui a
des dépenses et des recettes, qui a pro-
duit des enfants grâce à deux individus
complémentaires. Beaucoup de ménages
fonctionnent de cette manière et c'est fou
alors comme ce terme de ménage cesse
d'être impropre. Car ce n'est pas de
l'amour, répéta-t-il. Et vous, dit-elle,
aimez-vous votre femme ? Non, dit-il, je
suis avec elle à peu près comme vous
avec votre mari. Avez-vous déjà éprouvé
de l'amour pour une femme ? demanda-
t-elle. Non, répondit-il. Il n'était pas tricheur avec elle, ni poseur, il imposait un
être naturel. Non ! répéta-t-elle en riant.
Et moi ? dit-elle. Oui, dit-il, vous êtes
la femme la plus amoureuse que je
connaisse. Ils éclatèrent de rire parce
qu'il lui disait bien Vous m'aimez. Oui, il
le lui disait comme si elle ne l'avait pas
su ! Et il savait ! Mais elle ne voulut pas le
laisser dire si facilement. Ne croyez pas
cela, dit-elle, il m'arrive d'être troublée,
mais ce n'est rien qu'une attirance ! Vous
vous trompez, dit-il, et je vous l'ai déjà
dit : Vous et moi, c'est unique, et ce n'est
pas sexuel. Faisait-il exprès de répéter
cela ? Elle eut encore envie de protester :
Bien sûr que si ça l'est ! Mais elle resta
muette, heureuse sans compter rien, ni le

temps, ni ce qui progresse ou recule, ni
ce qu'elle voudrait qu'elle n'a pas, heureuse des paroles dites, de la confiance,
de la complicité. Je n'ai avec personne
une relation comme j'ai avec vous, dit la
voix d'alcôve. Je ne parle avec personne
des choses dont je parle avec vous, dit-
elle. Je l'espère bien, dit-il avec malice.
Et il prit congé d'elle, par cette formule
rapide (Salut) qu'il avait souvent, et
qu'elle sentait comme une brutalité, sans
doute parce qu'elle eût voulu ne jamais
raccrocher le combiné et perdre ainsi
la brûlure de la voix. Téléphonez-moi !
implorait-elle parfois à voix basse. La
voix peut être aussi préhensile qu'un
corps. Elle entre alors en vous plus loin
que ne le fait un sexe. Que peut une
voix ? se disait l'amoureuse. Une voix
peut vous habiter, se loger au creux du
ventre, en plein dans la poitrine, au bord
de l'oreille, et harceler ce qui en vous est
le besoin d'amour, l'attiser, le soulever
comme le vent la mer. Est-ce que j'aime
une voix ? souffrait-elle.

6

Les mots qu'il disait se jetaient tout au
fond d'elle, comme des arbres dans un

lac, invisibles mais gisant bien là, agités par les turbulences de l'eau, et s'accumulant, l'amoncellement de bois s'élevant, et de plus en plus près de crever la surface. Les mots étaient en elle comme des troncs, lourds, empilés, qui dessinaient une architecture secrète de ses pensées, leur charpente engloutie : Vous êtes la femme la plus amoureuse que je connaisse. Ce que vous avez de mieux ce n'est pas votre beauté, c'est votre tempérament. Je n'ai avec personne une relation comme j'ai avec vous. Vous n'aimez pas votre mari, vous croyez l'aimer mais vous ne l'aimez pas. Vous formez une association. Ce n'est pas votre faute, vous avez été éduquée pour cela. Les mots entraient en sarabande. Qu'est-ce qu'elle avait de mieux ? Oui ils avaient une relation unique, on ne pouvait pas dire le contraire. N'aimait-elle pas son mari ? Il était capable certains soirs de l'agacer par sa seule présence, est-ce que ce n'était pas un signe ? L'avait-elle aimé ou bien s'était-elle trompée ? Une association ? Non elle ne quitterait jamais l'association, elle ne divorcerait pour rien au monde. Vous avez été élevée pour cela. Comment pouvait-il savoir tout cela ? alors qu'elle n'en savait rien ?

Ne parlez de moi à personne, dit-il. Je veux que personne ne sache que nous nous parlons. Pourquoi ? dit-elle. Je vous l'ai dit, j'aime les secrets. C'est ainsi, dans le secret le plus absolu, que j'ai découvert l'amour. Vous croyez aux secrets ? dit-elle. Je crois à mes secrets, dit-il. J'ai l'impression que tous sont trahis un jour ou un autre, dit Pauline Arnoult. Comme s'ils rencontraient immanquablement celui qui les attendait, le confident prédestiné. Ne dit-on pas d'un secret que c'est une chose qu'on ne dit qu'à une seule personne à la fois ? dit-elle. Pourriez-vous confier, à une personne à la fois, ce que vous éprouvez avec moi ? dit-il. Il était grave, tellement grave qu'elle trouva cela exagéré, et parce que, en somme, cette gravité consistait à amplifier ce qu'elle ressentait pour lui, à le présumer même, puisque ce n'était pas elle mais lui qui en parlait. Mais, au lieu de dénigrer et de rire, elle s'abandonna encore à l'outrancière caresse de la voix. Elle dit : Non, je ne pourrais le dire à personne. Vous voyez, dit-il, avec une malice qui venait de ce qu'il était heureux. Un jour, dit-elle, un homme qui avait beaucoup trompé sa femme et à qui je faisais le reproche de ne pas s'en être caché m'a dit : Si c'est secret, ce n'est pas de l'amour.

Sans quoi, c'est impossible. Je suppose qu'il voulait dire que si c'est de l'amour c'est trop fort, prenant et dévastateur pour rester caché ? dit-elle. Sans doute oui il voulait dire cela, dit-il. Je ne peux pas vraiment savoir puisque je ne l'ai pas entendu, dit-il. Et alors ? dit-elle. Qu'en pensez-vous ? Il avait peut-être raison, dit-il sans chercher à réfléchir. Comme elle fut blessée de l'entendre ! Pareille réponse, c'était lui dire : Je ne vous aime pas. Vous et moi ce n'est pas de l'amour. Et c'était bien ce qu'il pensait. Il disait : Vous et moi, je ne sais pas ce que c'est. Il le lui avait dit dès la toute première fois. Il n'avait jamais cessé de le penser. Ils étaient liés. Pourtant il ne savait dire par quoi. Il ressentait du désir, oui, il en avait ressenti beaucoup le premier soir. Mais autre chose contrecarrait ce désir. Une grande tendresse. Le sentiment d'une gémellité secrète. Cette femme était une sœur, une semblable. Jamais il n'avait rencontré un être qui lui ressemblât à ce point. Aussi se refusait-il à en faire une maîtresse.

C'était pourtant ce qu'elle voulait désormais. Et peut-être tout simplement de deviner sa tiédeur. Puisqu'elle ignorait ce qu'il pensait, puisqu'il y avait

aussi en lui cette force virile pour le
pousser vers elle, le désir l'avait ensеve-
lie et elle voulait être touchée et aimée.
A quel point le voulait-elle ? A quel point
se le défendait-il ? Il ne se le défendait
pas, il tergiversait, il savourait un lien
qui ne ressemblait à rien, il avait tout
son temps. Est-ce que cela durerait cette
attirance ? songeait-il. Il laissait à Blanche
le soin d'accompagner leur fille à l'école.
Il ne faisait rien pour revoir Pauline.
Elle voulait le voir ! Il entendait sa ferveur de femme enamourée. Ses requêtes
étaient lettre morte devant lui. Il était
capable de rester distant, très occupé à
rallumer les feux conjugaux et à quitter une jeune maîtresse dont il était
lassé. Mais il ne la laissait pas l'oublier.
Comme il était faible aussi ! Les femmes… il ne s'était pas fatigué de les
aimer. J'ai besoin de cela, lui dirait-il
beaucoup plus tard. Il téléphonait. Je
ne vous dérange pas ? Que faisiez-
vous ? Avez-vous bien travaillé ? Vous
êtes triste ? Je ne le crois pas. Avez-
vous dessiné aujourd'hui ? Je suis content.
Vous ne devez pas vous laisser aller à
ne rien faire. Ce ne sera jamais votre
style. Il se prélassait avec elle au téléphone. Il ne lui parlait pas des autres :
toujours d'elle, de lui lorsqu'elle l'inter-
rogeait, et surtout d'eux ensemble, face

à face, il y a deux mois et aujourd'hui, d'eux demain, de leur relation unique et totale… *et cætera*. L'amour attend qu'on lui parle de lui-même. Il s'extasiait. Il riait avec elle. Il faisait rire la vie, en somme. Vous faites des choses intéressantes ! Oh moi ! oui je vais bien. Comment êtes-vous habillée ? Et elle, toujours exquise, ardente lorsqu'elle parlait, et morose à l'instant de raccrocher, telle une eau sur un feu, grimpait lentement jusqu'à l'ébullition.

VII

AU LIT

1

ALORS CELA FINIT PAR SE FAIRE. Ils se rencontrèrent à nouveau. Deux ou trois fois. Dans des bistrots. Ces moments galants exaltèrent la jeune femme. Elle se plaisait à ces badinages qui finissaient en voisinage langoureux. Ce qu'elle disait... n'avait pas grande importance alors. Ses grands yeux bleus souriaient continuellement. Et lorsqu'elle riait, la rangée de perles apparaissait entre ses lèvres. Quelle gracieuse jeunesse elle donnait à contempler ! Et il avait bel et bien fait la conquête de cette image ! Il ne pouvait plus faire mine de l'ignorer. Elle était en pleine romance. Le cœur était une machine à rêver. Comment avait-il pu l'oublier ? Alors il pensait à elle. C'était étrange

cette façon qu'ils avaient de progresser
en sens inverse : elle marchait vers le
feu tandis que lui s'était éloigné de son
brasier. Car il s'était bel et bien repris.
Elle ne lui faisait plus le même effet.
Le second regard s'étonne moins de la
pureté d'un visage, et la moindre imperfection passagère peut décevoir les
retrouvailles. Il la trouva plus pâle. C'était
sa grossesse bien sûr qui la fatiguait.
Mais cette lassitude la rendait sensuelle.
Elle voulait absolument coucher avec
lui, bon, se disait-il, pourquoi lui refuser
ce qu'il dérobait à tant d'autres ? Pourtant il hésitait. Elle semblait prendre
tout très à cœur. Il n'avait plus tant envie
de la toucher. Peut-être espérait-il la
garder plus longtemps. Ou même toujours. Qui peut savoir ? Loin s'en faut
que ces sentiments soient simples. C'était
autre chose avec elle, et il ne voulait
pas qu'elle souffrît à cause de lui. Il
s'était mis à l'aimer mieux qu'il ne la
désirait. Mais elle avait le printemps
dans le sang. N'avait-il pas espéré qu'elle
eût vers lui cet ardeur ? Il l'avait courtisée. Il se sentait responsable. Et donc
il céda. C'était le mois de septembre, il
pleuvait sans arrêt, il faisait froid. Il la
fit venir chez lui. Dans l'idée, c'était
pour elle et non pour lui. Il voulait lui
faire plaisir et que cessât cet affront à

une femme qui s'offrait. Il la reçut pour l'aimer. Dans les faits, ce fut une autre affaire. A l'instant où il posa sa main sur elle, il sut que c'était une bêtise, qu'il enfermait, comme en un tabernacle, le ferment des tourments.

Elle portait, arrivant chez lui, figée dans l'encadrement de la porte, l'ample manteau de drap rouge qui avait formé pour lui l'image fascinante. Mais ne restaient que le manteau et le souvenir du ravissement, l'image était morte, jamais il ne pourrait la revoir telle qu'en ce premier regard. Par chance elle n'avait pas idée qu'existât pareille inconstance des impressions. Un bonnet noir couvrait jusqu'au front la racine de ses cheveux dont la blondeur, jaillissant un peu plus bas de sous la laine, caressait ses joues. Ne restez pas là, entrez, dit-il. Elle avait le visage blanc et tendu de qui se devine circonvenu par un destin. Son cœur battait très vite, il n'y avait pas de moyen pour endiguer l'affolement de cette pulsation. Elle était glacée là où s'épanche l'émotion, dans le serpentement du dos, au creux des reins. L'accélération du rythme crucial la trempait où se mouille le corps, quand tremble en lui cette corde qui attend

les désastres et les éblouissements, cette
chose au cœur de la chair qui pressent
ce qui est plus grand qu'elle. Ce qui la
relie, par un chemin d'extase et de souffrance, au don, à l'abnégation de soi, et
à la mort qui est notre communauté.
Voilà qu'une femme subissait les forces
obscures de l'attraction et de la crainte,
croyant saisir un bonheur, quand ce
n'était peut-être que se laisser prendre
par les chimères. Elle avait tellement
voulu cet instant qu'il était presque trop
tard. Cela semblait si injuste ou absurde :
que l'apothéose advînt à l'instant où l'on
cessait de la rêver, qu'elle vînt troubler la
paix restaurée. C'était bien ce qui arrivait
à Pauline Arnoult. Son désir avait été
au bord de se décourager. Cet homme
la faisait marcher. Elle commençait à le
penser sans en souffrir. Elle s'habituait
à ne pas le voir. Elle n'en mourrait pas.
La vie était belle. Elle le redécouvrait
depuis que l'ombre de cet amour amer
cessait de couvrir les choses. Et alors,
justement à ce moment de la résignation,
il téléphonait : en amant il donnait un
rendez-vous. Avait-il deviné qu'elle
était en train d'accepter son échec ? Ou
bien cédait-il à des suppliques féminines ? Elle se donnait. Tout de même,
passer à côté était impossible. Quand
on est jolie femme, on compte sur les

doigts d'une main les hommes qui se
refusent. Mais Pauline Arnoult était loin
de s'imaginer cela. Elle avait conquis
un amant. Voilà ce qu'elle croyait.

L'amant la contemplait. Allez-vous
bien ? demanda-t-il, inquiété par sa
pâleur, et ne pouvant plus oublier
devant sa silhouette arrondie qu'elle
était enceinte. Elle ne disait rien, comme
hébétée. Avait-elle jamais pensé venir
coucher chez un homme pendant que
sa femme était absente ? Et se montrer
enceinte et nue, pour satisfaire un
désir ? Elle découvrait à quel point on
peut se surprendre soi-même. Donnez-
moi votre manteau et venez vous asseoir,
dit-il. Elle voulait garder le manteau.
J'attendrai d'être réchauffée, dit la jeune
femme. Le chauffage de l'immeuble
n'avait pas encore été allumé. Il s'en
excusa. Il fait si froid pour un mois de
septembre, dit-elle. Vous n'êtes pas bien !
répéta-t-il, désolé. C'est juste que je suis
intimidée, murmura-t-elle avec un beau
sourire. Il voulut être gentil, sa main
serra le frêle avant-bras dans le manteau et il crut qu'elle allait pleurer tant
étaient bouleversés le sourire et le
visage. Elle était toute chamboulée. Elle
aurait pu lui dire : J'arrive du désespoir,

je n'ai fait que vous attendre et imaginer cet instant, j'ai peur que la réalité
soit laide, jurez que c'est aussi grave
pour vous que ça l'est pour moi. Mais
comment dire cela ? Elle passerait pour
une tarte, ou une tragédienne qui se
fait des mondes. Elle s'en rendait bien
compte. C'était malgré tout ce qu'elle
éprouvait. Et elle ne pouvait pas l'exprimer ! Il y a des phrases qui ne se laissent
pas mettre au-dehors, qui demeurent
tapies au tréfond du cœur des femmes,
les assujetissent et les empoisonnent.
Aussi bien, enamourée comme elle l'était,
elle resta debout devant lui sans avouer
ni l'espoir, ni l'attente. Elle ne confia
que l'étrange crainte. Un tremblement
secret l'habitait. Quand je me prépare
pour vous rencontrer, j'ai peur, dit-elle.
J'ai le ventre serré comme avant une
épreuve. De quoi ai-je peur ? dit-elle.
Un véritable étonnement lui faisait se
poser la question à voix haute. Je ne
sais pas, répondit la voix d'alcôve. Tout
à coup il devenait presque insignifiant,
et banal parce qu'il s'approchait d'un
désir banal. Elle refusait de s'en apercevoir, c'était une chose inacceptable,
et elle poursuivit ses réflexions. J'ai peur
de vous déplaire, dit-elle, j'ai peur de
votre inconstance, j'ai peur que ce qui
a été ne soit plus et ne puisse pourtant

pas ne pas avoir été. C'est ainsi qu'un bonheur intense est proche d'une crainte profonde, dit-elle. Elle se demanda s'il l'avait écoutée parce que, ensuite, quand elle eut fini, il chuchota : Un de mes amis doit passer, je lui ai dit que je dînerais peut-être dehors, mais je ne veux pas, s'il vient, qu'il voie de la lumière. Chose qui n'avait aucun rapport avec ce qu'elle avait dit, et qui le préoccupait bien davantage. Venez, dit-il, et il l'emmena dans son bureau. Pas une lampe n'éclairait l'ombre, il avait tout éteint, l'appartement était plongé dans la nuit. Elle se taisait, immobile et debout, un peu cambrée, arrivée du désespoir et de l'attente. Vous êtes jolie, dit-il. Ce disant il s'approcha tout près d'elle, et sa bouche commença de l'effleurer à la tempe. Elle ressentait qu'il était ému par elle, mais cela sur le fond de sa légèreté, comme dans une habitude de cette sorte de situation. S'il en avait été autrement, la fièvre paralysante du plaisir imaginé par avance aurait fait de ce rendez-vous un fiasco. Il fallait à ce moment que Gilles André fût plus frivole que bouleversé. Mais n'étant pas un homme, elle ne savait pas ces choses, et elle s'arrangeait pour ne pas penser qu'il était léger.

Debout devant elle et le grand manteau rouge, il embrassa ses yeux, son
cou, les ailes de son nez, lui enleva tendrement son bonnet, respira ses cheveux. Il était lent et doux. Elle lui rendit
ses baisers. Il se fit un silence d'étreinte.
Il prit la tête entre ses mains et impré-
gna ses yeux du visage immaculé. Il
y a longtemps… souffla la voix d'alcôve.
Elle était liquide en face de lui, livrée
non pas à lui mais aux affinités, aux
prières et aux serments, aux mouvements tendres, à tout ce qui nous plie
et nous déploie, nous délasse et nous éla-
bore. J'ai peur, souffla-t-elle. De quoi ?
dit-il. De vous, dit-elle. Elle réfléchit.
J'ai peur de croire ensuite que je vous
aime, dit-elle. Vous le croyez déjà ! dit-
il en riant. Elle était trop perdue pour
s'indigner. D'ailleurs il n'était pas simple
de connaître la raison de ce rire. Il était
peut-être joyeux d'être là. Ou content
de se croire aimé. Avait-il jamais été si
certain de l'amour d'une femme ?… Et
cependant, comme il était cruel de rire !
Il n'ignorait pas ce qu'elle ressentait, il
goûtait qu'elle fût à ce point de l'amour
où il savait qu'il n'était pas, il s'en amusait. Voilà ce que signifiait sa gaieté. Ne
croyez-vous pas m'aimer ? dit-elle du
tac au tac ce qui stoppa le rire. Mais
puisqu'il était assez préoccupé de cet

ami susceptible de les surprendre, il
écoutait ailleurs et ne saisit pas la
question : Qu'est-ce que je dois croire ?
demanda-t-il après un silence. Et elle
souffla, misérable et piteuse : Que vous
m'aimez. Vous ne le croyez pas ? répéta-
t-elle. Non, expira-t-il dans son oreille
en même temps qu'il l'embrassait. Il ne
voulait pas lui dire qu'il l'aimait. A quoi
cela servirait-il ? Et d'ailleurs pouvait-
il le penser, si vite, et pris dans le
chambardement du désir ? Il se remit à
l'embrasser. Il avait une bouche extraordinairement onctueuse. Il défaisait
un à un les boutons dorés. Quand le
manteau s'ouvrit, ses mains se faufilè-
rent jusqu'à elle. Une fringale en elle
s'apaisa d'un coup. Voilà c'était fait !
Tout ce qui l'avait obsédée. Enfin,
pensait-elle, il l'attrapait, elle était à lui.
Elle se laissait envahir comme une terre
ouverte à la mer. Il avait éveillé la femme,
elle voulait être aimée.

Il ne pensait rien de précis. Il venait
de faire les gestes qui l'avaient tracassé
la première fois qu'il l'avait vue à l'école.
C'était en route. Il devinait l'émotion
dans laquelle était la jeune femme. Il
voulait lui donner le plaisir, il voulait le
lui montrer : Voilà de quoi vous êtes

capable, je l'avais senti, vous le savez grâce à moi. Il savait s'y prendre, un geste après un autre, une caresse, un baiser, et ses mains sur elle, une femme si douce c'était un bonheur, et même si aucun acte n'est anodin, même s'il risquait de la casser un peu. Il l'embrassa. Ses mains s'installaient dans le creux des reins et la tenaient. Du plus muet d'elle-même, elle sentit venir l'extrême détente féminine du plaisir. Elle se désunissait sous les baisers. Cet homme qui l'avait séduite venait de refuser de lui dire qu'il l'aimait. Mais, pour ce qui n'était qu'un instant, son désir valait son amour. Il l'embrassait d'une façon qui lui était propre. Il effleura l'arrondi de ses flancs. Cette grossesse était pour lui le seul point singulier de la situation. Il avait toujours aimé les femmes des autres mais pas à ce moment un peu sacré de la maternité. Vous n'êtes pas très grosse, dit-il. Il tint les seins dans ses mains. Même enceinte, trois fois rien, une petite fille. Il dit : Des cerises ! Elle riait. Un nœud crucial se défaisait et elle se laissa aller contre lui.

Elle était venue seulement pour cela. Mais comment l'admettre ?! Elle avait fait mine de venir pour bavarder. Quelle

idée pourtant ! Bavarder ! L'affinité des
mots ne pouvait rassasier celle qui s'était
éveillée. Depuis le fameux dîner, elle tressait ce rêve d'être touchée. Elle s'endor-
mait et s'éveillait dans ce grand bijou
de son désir. Comment imaginer que
le reste du monde, tout ce qui se trouve
à dire, à faire, à goûter, tous les autres
avec qui cela peut être fait, dit, ou goûté,
avait disparu dans l'irradiance persistante d'un désir contrarié. Pourquoi ne
se passait-il rien de ce qui avait été
une destinée évidente ? Pauline Arnoult
s'était mise à ne plus rien y comprendre.
La patience des choses l'avait enflam-
mée. Mais elle ne s'avouait pas cette
obsession profonde de l'étreinte. Il fallait
pourtant que cela fût ! Et maintenant
elle avait le visage radieux et renversé
de celle qui court vers ce qui a manqué. Est-ce qu'on échappait aux gestes ?

Enceinte jusqu'aux dents et nue ! murmura la voix d'alcôve. Vous êtes cho-
qué ? dit-elle en s'écartant. Pas du tout,
dit-il, et il la saisit vivement pour l'asseoir
sur lui. Le désir avait repris ses droits.
Il souriait en la contemplant. Vous êtes
jolie ! répéta-t-il. Vous avez toujours
l'air de vous en étonner, dit-elle. Je m'en
étonne parce que ce n'est pas ce que

j'aime en vous, dit-il. Ainsi elle se sentit jolie et davantage. Cet homme allégeait le poids des actes. Comme s'il avait su d'instinct, et avec une certitude païenne, ce que seraient la conscience et la pureté, une fois dépouillées des ornements qu'adjoignaient ceux qui commandent. C'était du moins ce qu'elle croyait, n'ayant jamais songé à voir en lui un libertin. La liberté venait grâce à lui.

Il n'y avait rien d'autre pour eux que les gestes. Il n'y avait pas eu d'autre issue que celle-là. Ils n'allaient pas se mettre encore à parler, ils allaient se toucher. Elle éprouvait un désir qui est l'incision spontanée de la chair mouillée, une déchirure noyée à quoi il est regrettable de résister. J'ai peur de vous faire mal, dit-il. Et pourtant il ne pouvait plus maintenant renoncer à entrer dans le contact chaud de cette femme transfigurée. Dans ses paumes une sensation de soie attisait la capacité en lui de sentir, et l'entraînait à entrer dans le corps de l'autre. L'instinct envahissait ses mains. Je ne vous fais pas mal ? répéta-t-il, déjà dérobé à sa propre volonté. Vous ne me faites pas mal du tout, dit-elle, avec une voix qui était devenue un murmure.

Ils se turent tous deux, pour la première fois si proches l'un de l'autre.
Elle sentait sur elle des chemins de
doigts. Son corps trouvait sous des mains
sa frontière. Il la dessinait, elle pouvait
avoir la perception de sa forme. Vous
êtes brûlante, dit-il. Elle ne disait plus un
mot. Un tremblement intérieur l'émou-
vait, des larmes silencieuses coulaient
par les coins de ses yeux. Il cherchait
pour elle la pulsation la plus douce, le
rythme lancinant d'une tendresse qui à
la fin peut exaspérer, faire exiger l'ultime
balafre de la violence pour le plaisir.

Il trouva naturellement l'alliance dan-
sée des corps qui s'unissent. Elle le suivait. Au point qu'il fut étonné de cette
affinité immédiate. C'est à ce moment
que lui vint l'idée qu'ils avaient été
amants dans une autre vie. Ils se connaissaient ! Ils n'avaient pas cessé de se
reconnaître ! Tout était simple, immé-
diat, donné. Il était branché sur elle :
capable de percevoir ses sensations,
imbriqué dans la constellation intérieure
qui s'animait. Elle se donnait à lui. Il
fut troublé. Comment ignorer encore
qu'elle était amoureuse ? Il aurait voulu
être un ange : puissant et tendre. Il
allait et venait, lâchement heureux,

murmurant ce prénom Pauline. Pauline... Elle était enivrée par l'égrène-
ment fluide des gestes minuscules et
des émois. Elle s'éloignait de lui. Il
entendit se faire un silence qui venait
après un soupir. Alors elle disparut. La
personne qu'elle était disparut. Son
esprit se glissa jusqu'au point obsédant
de son être, jusqu'au martèlement doux,
continu, lent. Et peu à peu, au plein de
cette éclipse, elle sut qu'elle n'était qu'un
feu chaud et tendre, et qui chantait.
Elle le sut sans mots. Elle était la fluidité
de ses flammes. Son sang avait une vie.
Sa peau était douce. Ses joues blanches,
son front avaient rougi. L'altière beauté
s'était fondue en divinité souple.

Son visage ne fut plus qu'un naufrage,
la bouleversante tombée d'un masque.
Elle était ébouriffée. Vous êtes une
amante très douce, soufflèrent à son
oreille les lèvres onctueuses qui l'embrassaient. Elle ne répondait plus. A son
tour il fut pris. Elle était lascive et mur-
murante, inscrutable dans sa nudité
blanche et gonflée qu'il entrevoyait par
morceaux lorsqu'il ouvrait les yeux. Il
essayait de la regarder. Mais ses pau-
pières se fermaient. L'intelligence des
corps l'emportait. Il se faufilait dans une

pulpe brûlante, délivrant soupirs et baisers, laissant vivre ses mains, abouté par
chaque extrémité de lui-même.

Le corps de Marc Arnoult n'avait rien
de commun avec celui de Gilles André.
Assurément Pauline Arnoult remarqua
comme ses sensations étaient différentes. Elle aurait pu en concevoir un
remords. Mais l'amour excusait tout.
Elle aimait dans l'émerveillement qui
écrase faute et repentir. Elle embrassait
l'amant insolent. Ils se baignaient dans
les sensations primordiales, celles qui
nous apprennent sans mot ce qu'il en
est de se trouver au-dedans d'un être
puis au-dehors, d'être intérieur puis
expulsé, d'être habitée puis vacante.
Elle était mère et amante et liquide
splendeur. Il glissait comme un nageur.
La vie en lui percevait le tremblement
intérieur qu'il touchait. La chaleur de la
femme était entrée dans tout son corps
d'homme. Il l'embrassait follement. Ses
baisers avaient l'ardeur loyale de la
gratitude. Et plus tard, souriante, vaguement assoupie, les deux bras repliés
sur ses seins, contemplant son ventre
arrondi, et rieuse enfin, elle lui démon-
trait encore ce qu'étaient pour lui les
femmes : faites pour l'amour.

Mais elle sentait qu'il aurait pu être pareil auprès d'une autre. Elle dit : Ce sont les femmes que vous aimez. La féminité. Pas moi spécialement. Il sourit. Vous vous trompez, dit-il. Je ne vis rien de semblable avec personne, dit-il. Mais vous vivez d'autres choses ! dit-elle avec regret. Oui, expira-t-il. Il ne voulait pas lui mentir. Il dit : C'est exact, la féminité est capable, sous toutes ses formes, de me captiver. Un moment ! dit-il. Comme il semblait heureux ! Son visage était hardi dans le sourire. Cette jovialité la fit frémir. Elle était déjà accablée à l'idée qu'il faudrait le quitter, et il trouvait la force de rire ! Il vit bien qu'elle était malheureuse. Il la serra contre lui sans rien dire. Elle pleura sans expliquer pourquoi, se retint, resta contre lui, et il faisait descendre et monter sa main sur les bras arrondis par la grossesse. Il ne pouvait rien pour elle. L'étreinte révélait la différence entre eux. Et quand il fut de nouveau happé par le corps chaud et ouvert, ce fut dans une tristesse qu'il ne pouvait pas lui confier. Parce qu'il savait maintenant, à seulement voir ses yeux enamourés et brillants : elle ne se lèverait pas intacte, comme lui le serait par exemple, inexplicablement. Les femmes payaient-elles un tribut à la splendeur d'Eros ? La violence, l'extrême douceur, l'indécence et les murmures, ouvraient-ils des plaies ? Etait-ce une malédiction de la peau, ou la sombre invention des hommes, que les gestes de l'amour sur cette femme fissent croître l'attachement et l'élan, et la douleur d'être séparés ? Comme si la traversée du corps, en ce lieu du creuset de la vie, plantait l'amour. Comme si les enfants naissant, aussi bien que le sexe d'un homme allant et venant, ouvraient dans une amante des champs d'espérance. Des trésors d'attachement. Etait-ce leur nature, ou bien de mère en fille s'étaient-elles modelées pour attendre ? Tout cela à l'encontre de la légèreté de leurs amants. Elle ne se lèverait ni intacte, ni légère. Et alors, au moment de la quitter, il verrait qu'elle n'était plus la même. Comme elle aurait besoin de lui ! Il sentirait comme elle appelait sur elle sa ferveur, non plus l'éphémère ardeur qui l'avait comblée, mais la longue patience de l'amour. Il sut tout cela à l'instant de fondre sur elle à nouveau, tel un pillard initié à la beauté. Il lui faudrait répondre de ce qu'il avait fait, et il ne le pourrait pas, et il verrait la désolation s'étendre sur un visage. Mais quand elle fut prise et mouvante, il ne pensa plus rien et se mit à passionnément l'embrasser.

La sonnerie de la porte d'entrée la
fit sursauter. Il avait quant à lui guetté
et entendu le bruit de l'ascenseur qui
monte et s'arrête à l'étage. Il mit son
index sur ses propres lèvres qui souriaient. Chut, fit-il très tendrement. La
jeune femme était sensible à chaque
nuance. Pourtant cette douceur l'emplissait d'amertume. Ce n'était rien d'être
tendre, qu'une manière de se tenir en
pareil moment auprès d'une maîtresse.
Ils attendaient. Il y eut deux autres coups
de sonnette, puis de nouveau la porte de
l'ascenseur. Ils étaient couchés, nus, côte
à côte dans le battement épouvanté de
leurs cœurs. Le silence et la pénombre
les couvraient. Il est parti, souffla-t-il
très bas. Elle sentit son souffle au bord
de sa joue. Elle n'était pas rassasiée de
sa présence. Elle pouvait prolonger ce
moment. Elle avait perdu le bon sens et
la raison. Vous avez eu peur ? demanda-
t-il. Très peur, dit Pauline Arnoult. J'ai
adoré cela, dit-il. Et elle : Moi pas.

Il la regarda comme s'il cherchait à
découvrir ce qui, dans son propre regard,
pouvait avoir été transformé par l'intimité. Quelle idée, juste ou erronée, s'était-
il fait d'elle ? S'en faisait-il désormais
une autre ? Il dit : La première fois que je

vous ai vue, je ne pouvais plus détacher mes yeux de votre visage. J'ai bien
compris comme vous me regardiez,
dit-elle. Et ça vous a fait quelque chose ?
demanda-t-il, intéressé. Pas sur le
moment, dit-elle, sur le moment je
crois que cela m'a simplement flattée.
Cela m'a fait plaisir, dit-elle, c'était une
journée qui commençait bien. Ce n'est
qu'après, quand j'y ai repensé et que
vous avez continué… Que quoi ? insista-
t-il. Elle souriait comme si elle avait
décidé de ne plus rien lui dire. Et il dit :
J'ai envie de savoir exactement ce que
ressentent les femmes quand elles sont
vraiment regardées. Je n'en ai pas idée,
dit-il. Mais vous savez que ça marche !
dit-elle. Il fut soulagé de la voir rire.
Alors, dit-il, répondez-moi. Et il répéta
sa question : Qu'avez-vous ressenti
quand je vous convoitais à l'école ? Je
ne sais pas si je suis capable de l'exprimer ! dit-elle. Essayez, dit-il. Je ne me
le rappelle plus, dit-elle. Je sais que vous
mentez ! dit-il. Non je vous jure ! dit-
elle. Alors faites un effort ! dit-il. Elle fit
encore cela pour lui. Et elle dit : D'abord
j'ai été troublée. Troublée comment ?
dit-il. Perturbée, dit-elle, je n'étais pas
à l'aise. Et puis ? dit-il. Et puis j'ai été
heureuse, j'ai trouvé cela agréable et
je m'y suis habituée. Habituée à être

admirée ? dit-il. Oui c'est cela, dit-elle.
Vous étiez sûre que c'était de l'admiration ? dit-il. Je me disais que je vous
plaisais, dit-elle en rosissant. Vous aviez
raison de le penser, dit-il. Elle resta songeuse, avec cette question au bord des
lèvres : Et maintenant, est-ce que je
vous plais ? Et puisqu'elle avait envie
de la poser, c'était qu'elle en connaissait
la réponse : l'éblouissement s'était dissipé. Il dit : Et alors que s'est-il passé
quand vous avez pensé cela ? Elle
reprit : C'était comme si la vie se mettait à pétiller de nouveau. Comme si
quelque chose dont je savais que c'était
agréable allait se passer. J'ai eu besoin
de votre regard. L'avez-vous dit à votre
mari ? demanda-t-il. Bien sûr que non !
dit-elle. Aurait-il pu deviner ? demanda-
t-il. Je ne crois pas, dit-elle. Donc ça ne
changeait pas votre façon d'être avec
lui, dit-il. Non, dit-elle, quand même pas !
Pourquoi avez-vous dit que la vie pétillait
de nouveau ? dit-il. Elle sembla penser
que c'était évident. Eh bien parce que,
dit-elle, comment dire ? Parce que…
aimer un homme depuis longtemps et
tomber amoureuse, ce n'est pas la même
émotion. Vous aviez l'impression de
tomber amoureuse ? dit-il, vaguement
étonné. J'avais l'impression que c'était
possible, dit-elle (vexée). Parce que je

vous plaisais moi aussi ? dit-il. Ce doit
être cela, dit-elle, en tout cas vous ne
me déplaisiez pas et, je vous l'ai dit,
j'aimais être regardée comme vous me
regardiez ! Elle dit : Les rencontres, c'est
ce qu'il y a de plus fort. On ne fait pas
tant de rencontres ! Et vous aviez l'impression de faire une rencontre ? dit-
il. Cela vous étonne ? demanda-t-elle,
déçue de ce qu'il posât cette question.
Non, concéda-t-il, moi aussi j'ai eu le
sentiment qu'il se passait quelque chose.
Elle dit : Quelque chose de magnétique.
On peut le dire comme cela, dit-il. Et
alors ? dit-il, avec une jubilante gaieté.
Après ? Quoi après ? dit-elle. Que s'est-
il passé dans votre jolie tête ? dit-il en
riant. Rien ! dit-elle. J'espérais que vous
seriez là quand j'allais à l'école. Ah ! la
coquine ! dit-il. Et vous, dit-elle, que se
passait-il dans votre petite tête ? Il rit
franchement. Puis il accepta qu'elle eût
retourné le jeu et répondit. D'abord j'ai
essayé de ne pas penser à vous. Mais
je vous voyais trop souvent. Alors ? dit-
elle. Alors je me suis laissé aller ! dit-il.
Je cherchais comment m'y prendre pour
vous aborder, dit-il. Elle sourit comme
si elle se souvenait bien de cela en
effet. J'avais d'abord imaginé d'inviter
votre fils à jouer ! dit-il. Ils rirent. Mais
ma fille ne me fit pas l'heur d'apprécier

votre Théodore ! Il a fallu que je trouve
autre chose ! dit-il. Pour m'approcher
de vous, murmura la voix d'alcôve. Elle
n'était jamais plus aux anges que lorsqu'il parlait d'eux ! Je pensais que vous
n'oseriez pas, dit-elle. Moi ! ne pas oser !
dit-il. Vous ne me connaissiez pas ! Hélas
non ! dit-elle. Pour moi, dit-elle, je pensais qu'il n'y avait pas de moyen. Il rit,
et plus sincèrement qu'elle, parce que
se profilait la certitude que c'était bel
et bien une embuscade et qu'il était un
maître en cette matière. Et alors vous
vous êtes lancé ! dit-elle en se moquant
de lui. Oui, concéda-t-il, j'étais bien pris !
Je ne pouvais pas faire autrement que
tenter ma chance. J'ai été admirative et
respectueuse de cela, dit-elle. Ah oui ?
fit-il, intéressé. Et pourquoi donc ? dit-il.
Parce que je n'ai jamais fait le premier
pas vers un homme, dit-elle. Non ?
vraiment ? dit-il. J'en serais incapable,
dit-elle. Parce que vous le croyez, dit-
il, et parce que vous n'avez jamais eu
besoin de le faire. C'est vrai, dit-elle,
mais je suis timide quand même. Pas tellement, dit-il, moi je ne vous trouve pas
timide. Avec vous je ne le suis pas, dit-
elle. Savez-vous pourquoi ? demanda-
t-il. C'était une vraie question. Non je
ne sais pas, dit-elle. Je me suis sentie
bien avec vous, dit-elle. Moi aussi je

me suis senti bien, Tout de suite, dit-il.
Il eut le sentiment qu'elle savourait cette
phrase. Mais il ne l'avait pas dite dans ce
but, il avait été sincère, et il était heureux
chaque fois qu'il lui faisait plaisir sans
mentir.

Avez-vous déjà eu cette sorte de conversation avec une femme ? dit-elle.
Ne me demandez pas toujours cela !
s'exclama-t-il. Il fut à ce moment l'homme
mûr qui parlait à une gamine. Puisqu'il
venait de la corriger, elle l'admira et
s'obligea à l'écouter. Rien ne ressemble
à rien, dit-il, j'ai déjà eu des relations
avec des tas de femmes, chacune était
singulière. Et avec votre femme ? dit-
elle. Quoi avec ma femme ? dit-il. Que
voulez-vous que je vous dise encore ?!
Il lui souriait comme à une enfant. Elle
ne sut quoi répondre et le silence se
fit. Se délivrait-on vraiment des choses
en les disant ? Cette conversation avait
transformé sa vision. Il lui fallait admettre qu'elle n'était pas l'idole unique et
inégalable qu'elle s'était imaginée, mais
bel et bien allongée dans le lit d'un
polythéiste. Vous m'avez tout de même
poursuivie ! dit-elle. Elle voulait que ce
point fût acquis. Mais il ne l'était pas. Je
ne trouve pas, dit-il, après cette invitation

à dîner je vous ai laissée tranquille.
Mais le mal était fait ! dit-elle. C'est que
vous êtes trop rapide ! dit-il. C'est vous
qui m'avez supplié de venir ce soir,
dit-il. Elle le trouva goujat. Mais elle dit
seulement : N'aviez-vous pas envie
que je vienne ? Sa voix s'était amenuisée. Il fut malheureux de la sentir si
fragile. Si, dit-il, et j'ai trouvé cela infi-
niment délicieux, et vous êtes d'une
sensualité… La voix d'alcôve qui était
venue dire cela s'interrompit. Il se mit
à rire, sans doute un fond de nervosité
qui avait besoin de percer. Et elle était
si blessée qu'elle ne ressentait rien.

Le direz-vous à votre mari ? dit-il.
Jamais de la vie ! Cela ne ferait que du
malheur, dit-elle. Oui, dit-il. Je crois que
je vous ressemble, dit-elle, j'aime que
nul ne sache que nous nous connaissons. Depuis que je vous ai rencontré,
je me mets à goûter les secrets ! Il était
heureux. Et cela tombait si bien ! Elle
était sa sœur, sa jumelle. Vous êtes mon
amant clandestin, dit-elle, faisant mine
de plaisanter parce qu'elle ne plaisantait
vraiment pas. Mais il répondit à cela
avec promptitude et gravité : N'allez
pas croire cela. Je ne suis pas votre
amant, dit-il. Et là elle fut cruellement

touchée, parce qu'elle entendait fort
bien ce qu'il disait. Il disait qu'elle ne
devait pas se faire des idées. Il ne fallait pas qu'elle s'enflammât. Et pour
être certain qu'elle garderait sa raison
il disait qu'amants ça n'était pas ce qu'ils
avaient fait, mais bien davantage que
cet entortillement, ou bien que c'était
un entortillement répété et qu'ils ne
répéteraient rien. Une fête en elle était
ruinée. Pouvez-vous me dire où est la
salle de bains ? demanda-t-elle.

   Puis ils furent dans la rue. Ils marchèrent en silence jusqu'à la station de
taxis. Elle se sentait broyée dans un étau.
Vous êtes très douce, dit-il. Elle ne pouvait rien trouver à dire. Elle l'embrassa
et monta dans le taxi. Merci, dit-il en l'en-
veloppant dans un regard qui concluait.
Oui ! il finissait ! Et sans chagrin ! Il avait
un sourire heureux ! Quel supplice men-
tal pouvait valoir celui de quitter un
homme qui vous emmène dans la dévotion et le plaisir, et finalement vous
destitue ? Quelle sorte de reniement
était-ce ? Elle frémissait comme une
onde. Il se pencha jusqu'à elle, passa la
main derrière sa nuque et l'embrassa
avec tendresse. A bientôt, souffla-t-il.
Elle était certaine qu'il mentait, tandis

que lui n'en savait rien. Elle avait commencé de tout ruminer et lui de simplement goûter les instants.

2

Elle mentit elle aussi. Elle fit un mensonge comme une huître sa perle, silencieuse et recueillie autour de son secret
qui la faisait souffrir. Je ne dors pas, dit
son mari quand elle entra sans faire de
bruit et s'approcha de leur chambre. Il
était déjà couché mais veillait dans
l'ombre. Je t'attendais, dit-il. Tu as passé
une bonne soirée ? lui demanda-t-il avec
prévenance. Oui, dit-elle, très bonne.
Où étais-tu ? demanda-t-il, sans suspicion ni autorité, par intérêt simplement.
Elle fit le mensonge, pas déconfite mais
sereine, dans son visage incorruptible.
Puis elle s'en alla s'apprêter pour la
nuit.

Quand elle revint dans la chambre,
il ne dormait pas. Elle avait espéré qu'il
aurait déjà sombré. Elle entra dans le
lit et vint se lover contre lui. Es-tu couché

depuis longtemps ? dit-elle. Un pullule-
ment de pensées tenait son esprit dans
un grand éveil. Comme c'était étrange,
elle se sentait heureuse et malheureuse
à la fois, elle avait trouvé et perdu la
ration pour sa voracité. Assez longtemps,
répondit Marc Arnoult. Il souriait dans
un demi-sommeil. Se doutait-il de ce
qu'a trouvé une femme avec cette figure
radieuse ? Elle prit le visage entre ses
mains et embrassa goulûment la chair
déjà endormie de sa bouche. Ce n'était
pas la même bouche et pas davantage
les mêmes baisers. Mais le désir, par un
principe physiologique de rémanence,
était encore vivace. Le désir ne voulait
plus mourir. Qu'est-ce qui se passe ici ?
dit Marc, heureux. Il s'ébroua. Elle chantait au-dedans : Il se passe qu'un homme
m'a réveillée. Il l'attrapa par la taille. Il
déboutonnait patiemment des boutons.
Il ouvrit et retira la chemise de nuit. Tu
n'es pas fatiguée ? demanda-t-il en caressant le ventre arrondi. Je t'aime, dit-il.
Moi aussi je t'aime, dit-elle. Et elle pensait : Un homme m'a réveillée et il ne t'a
rien pris, je suis là. Le secret est l'écrin
du bonheur.

    Tard dans la nuit, ils parlaient encore,
allongés l'un contre l'autre à demi

vêtus, et lui caressant machinalement
la chair de sa femme. Tu n'as pas de
regrets de ne coucher qu'avec moi ?
disait-il. Pas tellement, disait-elle. Il n'y
a pas beaucoup d'hommes qui m'atti-
rent, dit-elle. C'était la vérité. Certains
me dégoûtent même, poursuivit-elle.
Elle donna des exemples pris parmi
leurs amis. Tiens, dit-elle, Philippe par
exemple ne m'attire pas du tout. Elle
disait cela parce que ce Philippe était un
don Juan. Ou Olivier, Albert... Albert,
je ne pourrais même pas ! Ils rirent.
Max me plairait, dit-elle. Mais tu vois
que je ne me sacrifie pas beaucoup,
finit-elle. D'ailleurs, dit-elle, coucher,
ce n'est pas ce qui m'intéresserait je
crois. Elle était allongée sur le dos dans
la pénombre. Son ventre était parfaitement rond. Il passa sa main sur la
peau tendue. Ce tabernacle l'emplissait
d'allégresse. Tu es belle, répéta-t-il. Et
il le croyait. Il voyait en sa femme une
déesse. Ce qui me plairait, osa-t-elle,
c'est l'amitié amoureuse. Un deuxième
amour dans ma vie quoi, souffla-t-elle.
Ils riaient de ce rêve. Oui, fit-il, moi
aussi c'est cela qui me paraît désirable.
Le reste ne m'intéresse pas non plus. Il
n'avait guère eu avec les femmes que
des relations durables et profondes,
jamais d'engouement strictement sexuel,

et ce qu'il confiait à son épouse était
l'exacte vérité. Elle le savait. Elle le
connaissait à ce point qu'est la connaissance du désir d'un être. Oui, tout de
même elle n'avait pas oublié de quelle
manière, timorée, délicate, lente, il l'avait
courtisée, et comment il l'avait amenée
elle à se déclarer, et comment ensuite
elle s'était représenté qu'il n'était pas
capable d'être entreprenant et rapide
avec une femme. Il voulait non pas
prendre, mais que l'on se donnât, qu'il
n'eût pas même à demander. Elle l'embrassa. Cher Marc qui était si compliqué ! si plein de scrupules et d'attentions !
Jamais elle n'avait rencontré un homme
qui le valût. Il avait été dans sa vie l'être
le plus précieux, un tremplin pour s'ouvrir comme une fleur et déployer ses
couleurs. Et elle n'avait jamais douté
qu'il l'aimât vraiment, comme on imagine que doit être l'amour : il l'aimait
telle qu'elle était et pour ce qu'elle était,
et son bonheur à elle suffisait à l'enchanter. Est-ce que Marc serait capable
en secret de se tourner vers une autre
femme ? Pour la première fois Pauline
Arnoult jugea cela possible. Qui résistait
à la force amoureuse ? Ne savait-elle
pas désormais à quoi s'en tenir et comment il ne faut en effet jurer de rien ?
Son infidélité la portait au soupçon.

Marc et Pauline Arnoult étaient rarement en complète mésintelligence. Leur affinité était véritable, et quand l'un agaçait l'autre, c'était souvent parce qu'il lui ressemblait : chacun cherchant les mêmes choses que l'autre, celui qui les obtenait mieux que l'autre provoquait une jalousie. Ainsi Marc avait-il lui aussi un secret amour. Mais, chose singulière, alors que cette maîtresse potentielle était judicieusement divorcée, alors qu'il la connaissait et la désirait depuis longtemps, il n'avait jamais été infidèle. Pour dire les choses par leur nom : bien qu'il en eût une immense envie, jamais encore il ne s'était permis de coucher avec elle. Non qu'il jugeât cela condamnable, mais il prévoyait des complications, et il craignait de faire souffrir cette femme. Comme s'il avait su ce que Gilles André avait voulu oublier : la trace des gestes secrets. Ainsi était-il fidèle à son épouse par amour pour celle qui eût pu être sa maîtresse. Cette femme s'était emmenottée à lui. Elle demandait souvent à le voir. Elle confiait sa difficulté d'être. Il écoutait. On peut être si seul qu'un autre vous devient tout. Il était le tout pour cette femme. Et peut-être celle-là attendait qu'il s'abandonnât à ses bras. Mais il était un pur. Croyez-vous que votre mari vous trompe ?

demandait Gilles André à Pauline. Non,
disait-elle, je suis sûre que non. Le
pauvre ! disait-il. Laissez-le vivre sa vie !
Mais je le laisse ! protestait Pauline.
Mmm… faisait Gilles André.

3

Le lendemain matin, la voix était au
téléphone. D'abord Pauline trouva cela
galant, ensuite elle n'y tint plus. Cette
voix l'emportait dans la romance. Elle
s'abandonnait à la volupté de leurs
conversations tendancieuses. Je ne vous
réveille pas ? Comment êtes-vous ? disait-
il. Il parlait ; elle entendait qu'il ne s'intéressait qu'à elle. En chemise de nuit,
dit-elle. Quelle couleur ? dit-il. Blanche !
Elle riait, heureuse de ses questions
idiotes comme un amoureux. Toujours
cette fraîcheur ! s'extasia-t-il. Vous êtes
merveilleusement fraîche, lui dit-il. C'était
un compliment qui lui plut, un compliment que lui valait son âge et qu'elle
cesserait de mériter sans qu'elle pût
rien, mais l'iniquité même n'aurait pas
lassé son envie de phrases agréables.
Elle connut, au seul effet de ces mots si
anodins, la passion physique qui régnait

sur elle sans répit, ni limite. Elle voulut
le voir sur-le-champ. Je suis seule, dit-
elle. Venez ! Je dois travailler, gémissait-
il au loin. Venez ! répétait-elle. Vous
allez accoucher ! disait-il en se moquant
d'elle. Elle ne trouva pas cela drôle du
tout.

   Il vint. Elle avait supplié et pleuré. Il
avait brisé une digue. Il entendit dans
ces supplices l'ébranlement qu'il avait
causé. Elle était lasse et seule, après ce
qui s'était passé la veille elle s'était fait
toutes sortes d'imaginations. Je mour-
rai peut-être pendant l'accouchement,
dit-elle. Elle pouvait dire n'importe quoi
pour qu'il restât près d'elle. Il eut un
sourire triste, mais ne sut quoi répondre. Elle se sentait idiote, poursuivait
malgré tout, déclamant : Tu t'es livré à
la fornication : mais c'était dans un autre
pays et, de plus, la fille est morte. Puis
elle reprit son sérieux : Que feriez-vous
si j'étais morte ? Il dit simplement : Je
vous regretterais. Pour une femme, c'était
une réponse qui ne suffisait pas. Il essaya
de la ramener vers la raison. Vous
n'avez pas réellement peur de mourir
en accouchant ? dit la voix d'alcôve.
Elle tressaillit dans cette douceur qui
l'avait désormais si souvent ensorcelée.

Non, dit-elle. Mais peut-être suis-je inconsciente, dit-elle, il y a tant d'histoires terribles. La mise au monde, ce n'est pas anodin. Elle rit avec une sorte de désespoir méchant. Et elle était tout à coup dans le clan des femmes, avec une voix qui n'était plus la sienne, ou du moins qui était celle qu'il lui connaissait mais déformée par une rage. Toutes les caresses, et même la pauvre pénétration d'un sexe mâle dans celui d'une femme, n'étaient rien en regard de cette éventration. Elle lui disait cela avec un visage désuni par le désespoir. J'aurais dû savoir... pensait-il. Il tenta de le murmurer. Mais elle n'écoutait pas. Elle répétait : rien rien rien. C'était amoindrir ce qu'il lui avait fait, comme si, sur le chemin féminin de la vie, il y avait toujours cette lutte amère entre l'amour du mâle et celui des enfants. Que pouvait-il répondre à cette leçon qu'elle était en droit de donner ? Il resta muet et désolé.

Elle vint le prendre par la main et l'attira vers son lit. C'était le lit conjugal, ils ne firent pas de commentaire. Elle devina qu'elle faisait pour la première fois une chose dont il n'aurait pas eu l'audace, ou l'indécence. Elle le

perçut, peut-être à un regard qu'il eut
vers le lit, ou à un invisible geste de
recul, ou parce qu'elle se rappela
comme il l'avait menée dans son
bureau. A quoi pensait-il alors ? Impossible de le savoir. Elle le regarda par
en dessous. Il se dévêtait comme si de
rien n'était, à l'aise, avec un sourire mi-
figue mi-raisin. Et puis il s'approcha
d'elle. Elle eut la nette impression qu'il
s'efforçait de faire ce qu'on attend d'un
homme dans cette situation, mais qu'il
n'en avait pas l'envie. Il souleva la chemise de nuit blanche. Le ventre semblait
près d'éclater, la peau en était si tendue
qu'une transparence lui venait. Le réseau
bleu des veines tressait la vision du
peu qui nous tient. Juste au-dessus de
la toison du sexe des serpents rouges
couraient dans cette transparence. J'ai
vraiment peur de vous faire mal, dit-il.

Savez-vous qu'Eve de Mortreux m'a
demandé si je vous connaissais ? dit-il
au moment de la quitter. J'avais oublié
de vous en parler. Elle semblait sous-
entendre quelque chose. Vous ne lui
avez rien raconté ? demanda-t-il. Rien
du tout ! dit Pauline. Je ne lui parle
quasiment que pour lui dire bonjour et
au revoir. Que lui avez-vous répondu ?

dit-elle. Devinez ! dit-il. J'ai appliqué la
recette Oscar Wilde ! J'ai dit : Bien sûr
que je la connais. J'ai toujours aimé les
femmes des autres ! Je vous adore ! dit
Pauline Arnoult. Vous êtes si culotté !
Et qu'a-t-elle répondu à cela ? demanda-
t-elle. La même chose que vous, dit
Gilles. Que vous étiez culotté ? dit-elle.
Précisément ! dit-il.

Il faut que je parte maintenant, dit-il.
Vous allez bien ? demanda-t-il parce
qu'elle ne disait plus rien. Elle fit oui
avec ses yeux et un sourire. Ils ne se
verraient plus avant longtemps. Il s'en
doutait, elle le craignait. Il se connaissait
assez pour deviner qu'il choisirait cette
voie. Elle pensait que la naissance de
l'enfant compromettrait pour un temps
cette vie sentimentale. Mais enfin, nul
n'est devin, et l'on ne veut pas croire
à ce que l'on appréhende. C'est ainsi
qu'elle souriait encore. Elle ne ferait
pourtant plus que l'entendre et lui parler. Leurs vies étaient bel et bien sépa-
rées. Il ne voulait plus causer le ravage
qu'il avait observé. Et l'attirance, une
fois assouvie, était surmontable. Comment les hommes, qui sèment l'amour
parce qu'ils ont désiré un objet aimable,
savent-ils vivre loin de cet objet ?

4

Que fallait-il penser de tout cela ? Pauline Arnoult n'allait pas beaucoup plus loin que la question. Elle restait dans l'inconscience de la volupté. Elle était comblée et fière. Deux hommes étaient autour d'elle. Sa vie était devenue très sensuelle. Ni le secret qu'elle faisait à Marc, ni quelques mensonges à quoi elle avait eu recours, ni la confiance trompée ne la troublaient. Elle était tout simplement émerveillée par ce qu'elle ressentait pour son amant. En somme, ayant un grand amour, elle avait une petite vertu. Elle pensait que ce sentiment ne profitait pas seulement à celui qui l'éveillait : il avivait l'attachement à son époux autant que le goût qu'elle avait pour la vie. Auprès de l'un elle trouvait la paix quotidienne de la tendresse réciproque, avec l'autre les moments extraordinaires de l'émotion amoureuse. Cette plénitude expliquera comment elle fut capable de garder son secret. On dit que les femmes bavardent, qu'un secret brûle et pèse. Pauline Arnoult ne parla jamais à personne.

Par superstition, elle changea les draps.

Elle tournait donc autour de son lit, tirant et bordant, enfilant une taie, songeuse. Que penser d'elle-même ? Et de lui ? Aimer au-dehors, pendant le temps que prend une vie, était sans doute inévitable, disait souvent Marc Arnoult. Mais n'étaient-ce pas des mots en l'air, des pensées faciles, énoncées à peu de frais par un homme dont la femme était fidèle ? Aimer au-dehors… Cette expression était heureuse : sans laideur, comme une échappée à l'air libre, et les serments conjugaux qui seraient une prison. Ce qu'ils avaient cru fatal, parce qu'ils se mariaient jeunes et pour la vie, venait de se produire. Marc pourtant la troublait : celui-là même qui doutait de la fidélité y réussissait. Elle en était certaine. Il était très amoureux et c'était de sa femme. Elle avait failli avant lui. Son jugement hésitait entre deux perspectives : Fallait-il déplorer que la première tentation venue eût été la première entorse ? Fallait-il tenir l'attirance érotique pour la plus belle expérience de la vie et se réjouir de la vivre une nouvelle fois ?

Je suis la personne qui vous connaît le mieux au monde, disait l'amant. Ce simple fait paraissait coupable à Pauline.

Par construction son amant savait une
chose importante que le mari ignorait.
Voilà une femme frondeuse, sensuelle et
secrète, qui n'était pas ennuyée de l'être,
mais de le dévoiler à l'un et de le
cacher à l'autre.

Je suis la personne qui vous connaît
le mieux au monde… Il le savait si
bien qu'il la protégea d'elle-même. A sa
manière il l'aimait. Du moins le pensa-
t-il, ce qui peut revenir au même. Une
bouffée de tendresse lui venait à la
pensée de cette jeunesse douce. C'était
un lien singulier qui lui semblait indis-
soluble. Il ne pouvait pas faire d'elle
une maîtresse ! découvrait-il au moment
où elle entrait pleinement dans le désir.
Toutes les femmes qui avaient été ses
maîtresses avaient été malheureuses.
Pas elle, pensait-il. Il ne fallait pas qu'elle
souffrît à cause de lui. Il téléphonait tous
les après-midi. Mais ils ne se voyaient
plus. Avez-vous accouché ? disait-il. Je
vous ai appelée, ça ne répondait pas,
je me suis dit Elle est à la maternité.
Est-ce que vous ne me voulez plus ?
disait-elle sans rien écouter. Il entendait
qu'elle était au bord des larmes. Elle
semblait née pour l'attendre.

C'est alors que l'enfant naquit. Ce fut un garçon. Tout le temps que prit cette naissance Marc Arnoult resta auprès de sa femme. C'était à l'autre qu'elle pensa.

Marc était fier. Avec deux fils, une femme qui resplendissait d'une grâce presque irréelle comme si le temps la bonifiait, une alliance vivante entre eux, il se sentait un roi. Les gens mariés sont des aventuriers. Quelle victoire de sentir aux côtés d'un époux une trace des frémissements originels ! Ainsi Marc avait-il l'orgueil de sa famille plus que de tout ce qu'au-dehors il avait accompli. Il était plus fier de l'harmonie, de sa femme en fleur, de ses fils droits comme des ifs, que de l'argent qu'il avait gagné, des postes qu'il avait occupés, des décisions qu'il avait prises, des choses qu'il avait changées, des femmes qu'il avait éconduites. Il avait sacrifié un peu d'argent, un peu de réussite, un peu de pouvoir, un peu de plaisir, contre l'amour et le sang. Et les autres qui avaient emprunté d'autres chemins étaient éblouis par la clarté du sien. Tu as tout, lui disait Tom. J'ai tout ! répétait Marc à sa femme, lorsqu'il s'asseyait le soir à la clinique au bord du lit. Il a même une femme qui lui ment, pensait Pauline. Il lui massait tendrement

la main et se penchait avec elle sur le
nourrisson. J'aime un homme qui n'est
pas mon mari, se disait Pauline, mais
je n'en aime pas moins le mari. Comment savoir si elle se trompait ou pas ?
Souvent un amour en éteint un autre,
mais n'y avait-il pas des cœurs d'exception ?

   Dès le retour à la maison, elle attendit la voix.

                      5

Allez-vous bien ? demanda-t-il. Elle murmura : Oui. Elle savourait la volupté de
cet appel. Tout s'est bien passé pour
vous et pour l'enfant ? dit-il, mais c'était
à peine une question. Elle confirma :
Tout allait bien. L'enfant était adorable.
Il s'appelait Arthur. Elle était fatiguée
mais heureuse. Je suis content pour
vous, dit Gilles André. J'ai essayé de vous
appeler avant, mais ça ne répondait
pas. A quoi cela tenait-il ?, elle entendait qu'il n'avait pas envie de s'éterni-
ser au téléphone. Je suis ravie de vous
entendre, dit-elle. Mais elle ne savait

comment lancer la conversation. Elle n'avait rien à raconter. Elle nourrissait et langeait un enfant, elle se reposait quand il dormait, allait chercher l'aîné à l'école et retrouvait le soir son mari. Comment raconter cela à un homme que l'on tenait pour un amant ? Elle voulut parler de ce qui lui semblait estimable : Je n'ai pas le temps de dessiner, dit-elle. Elle entendait suggérer des exhortations, soulever un intérêt, bref être révérée et choyée comme elle avait cru l'être. Au lieu de cela, il dit tout simplement : Vous le retrouverez. Puis il ajouta : Pauline, je n'ai pas le temps de parler maintenant. Je voulais simplement être sûr que vous alliez bien. Je vous embrasse. Elle souffla : Moi aussi je vous embrasse. Et elle était au désespoir. Tout semblait fini. Il s'échappait. Elle ne lui plaisait plus. Quelle était donc la durée du philtre ?

Ce fut le tous les jours de la vie ordinaire. Les matins et les soirs, en perles les uns derrière les autres. Les deux enfants réclamaient des soins, des attentions. Elle se donna. Elle attendait constamment après le téléphone. Mais le chimérique amant n'appelait pas. Pauline Arnoult regimbait à oublier cette toquade. Le passé était son présent. Elle s'en crevait le cœur. D'anciennes conversations lui revinrent à l'esprit. Il lui sembla qu'ils avaient joué, comme des chatons avec une pelote. Et la laine était entièrement dévidée… Elle était extrêmement malheureuse. Ayant imaginé être le point de mire et l'obsession momentanée d'un homme, elle souffrait de ne plus trouver qu'une sympathie normale. Marc Arnoult pensa que c'était le baby blues. Il fut plus présent chez lui, essaya de distraire sa femme. Il sentit qu'il lui pesait. Alors il travailla plus tard au bureau. Et le soir, furtif et tendre, silencieux et prévenant, il essayait d'être plus amant que mari. Et puisque ça ne se pouvait pas, il fut certain que les nourrissons accaparent leur mère au point d'en déposséder les pères.

Alors, pour la première fois, ce fut elle qui téléphona. Elle en tremblait. Dans sa crainte d'un geste si simple, se lisait toute la vérité trouble de ses motifs. Que ferait-elle si Blanche répondait ? Laisserait-elle un message s'il était absent ? Etait-il le seul à lire les messages ? Que lui dirait-elle ? Enfin, après ces hésitations, elle fit le numéro. C'était un répondeur. Au moment voulu,

elle bafouilla : C'est moi, Pauline Arnoult,
je voulais avoir de vos… Aussitôt un
déclic se fit et elle entendit : Comment
allez-vous ? Le soulagement et le plaisir
se la partagèrent. Je vais bien, dit-elle,
et vous ? Très bien, dit-il. Pourquoi ne
m'appelez-vous pas ? demanda-t-elle,
dépitée qu'il pût sans elle se porter
comme un charme. Je n'ai pas le temps,
avoua-t-il. Pas de voix d'alcôve pour
livrer cette constatation ! Et il n'y avait
à cela rien à répondre. Alors elle se
dévoila entièrement : Vous me manquez,
dit-elle. Je suis désolé, dit-il. Puis : C'est
que vous vous ennuyez. Mais vous allez
retourner travailler et tout ira bien. Il
n'y était pas du tout ! Il parlait comme
si elle était capable de vivre sans ses
attentions ! Quand nous verrons-nous ?
dit-elle, effondrée. Bientôt, répondit
Gilles André.

Pourquoi avez-vous changé avec moi ?
dit-elle tout à coup. Je n'ai pas changé,
dit-il. Si, dit-elle. Non, franchement je
ne vois pas, dit-il. Il était honnête. Elle
n'avait plus qu'à dire les choses précisément, avouer sans détour ce qu'elle
avait sur le cœur : les révérences qui
lui manquaient. Elle le fit : Auparavant
vous m'appeliez tous les jours, dit-elle.

Il eut un petit éclat de rire, comme s'il comprenait bien que l'on pût fort goûter d'être adorée, et volontiers se l'imaginer. Je ne vous ai jamais appelée tous les jours, dit-il, c'est vous qui vous faites des idées. Comment pouvez-vous dire cela ?! dit Pauline. Parce que c'est la vérité ! dit-il. Il riait. Elle était ulcérée. Vous avez changé, dit-elle, et vous le savez très bien. Peut-être suis-je un peu moins attentif… J'ai beaucoup de travail, dit-il, c'est la seule raison. Voulez-vous dire que quand je vous ai rencontré vous étiez plus disponible ? dit-elle. Je ne me souviens plus, avoua-t-il, mais ce doit être cela, si ce que vous me dites est vrai. Il dit : Je vous appelais réellement tous les jours ? C'était extraordinaire tout de même cette question ! pensa-t-elle. Et elle répondit avec une petite voix : Presque tous les jours. Ah ! fit-il. Vous voyez ! Comment voulez-vous que je vous croie, vous dites autre chose maintenant ! Il s'amusait, se dit-elle avec effroi. Il n'était pas gêné le moins du monde de ce qu'elle était en train de lui dire. Elle le lui dit. Pourquoi serais-je gêné ? demanda-t-il. Je pense à vous très souvent, je n'ai pas toujours le temps de vous téléphoner, voilà tout. Elle ne disait plus rien.

Pauline ! supplia-t-il. Vous devez être fatiguée, reposez-vous. Nous nous verrons bientôt, je vous le promets. Elle souffla : Je m'en veux. Pourquoi vous en voudriez-vous ? s'étonna-t-il. J'ai fait la coquette, dit-elle, j'ai été flattée de votre attention, je n'ai plus cherché que cela et j'ai dû vous déplaire. Vous avez dû vous demander dans quel engrenage vous aviez mis la main... Et vous vous êtes sauvé. Mais pas du tout ! dit-il. Vous vous faites des romans ! Si, dit-elle, comme j'ai été vaniteuse avec vous ! C'est assez naturel, je suppose, dit-il. Nous avons tous cette faiblesse, mais je ne trouve pas que vous l'ayez tellement. Si, dit-elle. Et comme ce sujet finissait, elle parla encore de leur histoire en changeant le propos. Quand je pense à nos conversations, dit-elle, j'ai l'impression que nous jouons. Peut-être, dit-il, et alors ? Elle ne sut quoi répondre. Puis elle trouva sa pensée : Mais alors, dit-elle, c'est insincère, absurde, bas et méprisable. Elle entendit le silence. La voix d'alcôve surgit dans une douceur qui l'enveloppa. Je ne vis avec personne d'autre ce que je connais avec vous, disait-il.

Et tout repartit comme avant. Elle retrouvait la patience de l'attendre tant

qu'elle avait la certitude d'être unique.
Je vous appelle bientôt, dit-il. Les mensonges sont des petits voyages dans
l'au-delà de l'amour. Il arrivait à Pauline Arnoult de détester Gilles André.
Mais cela ne durait pas très longtemps.

VIII

DES ANNÉES PLUS TARD

1

C'ÉTAIT UNE DESTINÉE IDIOTE : ils
étaient assis face à face à une
petite table de bistrot.

Elle était arrivée la première. A dessein en retard, elle se trouvait maintenant agacée qu'il le fût davantage. Il
l'avait été à chacun de leurs rendez-
vous. Ce n'était qu'un petit signe. Elle
était sans remède possible celle qui
attend. En ce lieu où elle était regardée
par des gens accompagnés, sa solitude
l'embarrassait. Peut-être ne viendrait-il
pas ? Au dernier moment, il devrait rester avec Blanche ou Sarah. Voilà une
femme qui se ronge pour un homme
qui ne viendra pas. Est-ce que ça n'était

pas écrit sur sa figure ? Elle se mit à lire
avec une fausse attention un programme
de spectacles musicaux. Rien n'était
laissé au hasard ou à l'imperfection
lorsqu'il s'agissait de cet homme : il fallait toujours une contenance à Pauline
Arnoult, et de l'allure si possible. Elle
était ce soir-là très en beauté, illuminée
par la couleur qu'elle portait. Sa tenue
vestimentaire n'était pas plus raffinée
qu'à l'ordinaire, mais néanmoins choisie pour cette rencontre. Il se présenta
quant à lui en pantalon et chandail
décontractés. Elle l'admirait pour cela.
Songeant que c'était le vrai naturel :
laisser celui qu'on est plaire comme il
est, et n'en rien changer, n'y rien cacher.
Ou bien même s'être résolu à ne pas
plaire si cela doit advenir, être soi-même,
envers et contre le besoin d'amour. Vous
êtes resplendissante, dit-il à peine assis
à la regarder. Vous l'êtes ! répéta-t-il
comme elle avait fait une moue dubitative. Et elle se mit à rire de plaisir.
Comment n'aurait-elle pas cru qu'elle
était jolie, elle qui avait fait ce qu'il fallait pour l'être, afin qu'il prît sa beauté
dans la figure en somme ? J'aime quand
vous riez ! dit-il. C'est ainsi que je vous
préfère, parce que alors vous ne vous
regardez pas. Elle protesta : Elle ne se regardait pas ! Si, dit-il, par moments

vous vous surveillez. Je le sais, dit-il, je
vous vois faire depuis longtemps ! Et il
dit dans un sourire : Je suis la personne
qui vous connaît le mieux au monde !
C'est vrai, concéda-t-elle. Je n'ai jamais
compris comment, mais c'est vrai. Ils
rirent encore. La complicité était immédiate. Elle n'avait pas cessé de l'être,
en dépit des tourments du premier élan,
de leurs vies disjointes, et du temps qui
avait dévalé comme une source. Il y avait
un réel plaisir à se trouver ensemble.
Deux ou trois fois par an, il lui donnait
ce plaisir et puisqu'il était partagé elle
ne comprenait pas qu'il n'en eût pas
davantage envie. Comment faites-vous
pour vous passer de moi ? disait-elle.
Je pense à vous, disait-il, vous allez bien,
je suis content, ça me suffit. Elle hochait
la tête. J'ai longtemps pensé à vous,
répétait-il souvent.

   Ils s'amusèrent, de la même manière
qu'ils l'avaient fait des années auparavant, à la terrasse d'un bistrot semblable à celui-ci, et se parlant pour la
première fois, dans ce quartier estu-
diantin de grande capitale. Il y a des
moments qui se répètent, avec une
cruauté qui vient précisément de ce
qu'ils ne se répètent pas, et, surtout, de

ce qu'ils dissimulent : les destructions, les délitements, la flétrissure de tout ce qui vit, le froid vers quoi tendent les choses et les êtres, une sorte d'horreur incompréhensible et incontournable que pourrait être la vie, si nous ne tâchions pas d'oublier que nous mourrons. Dans la clairvoyance totale, y aurait-il plus ou moins de rire ? Elle n'aurait pas autrefois grimpé dans la gaieté complice, si elle avait su alors les tourments que lui vaudrait de suivre l'admiration d'un regard. Si elle avait pu prévoir à quel point il est possible à une femme d'être enfermée dans le charme d'une voix et le souvenir d'un instant d'idylle. Comme si elle avait méjugé de cette fidélité féminine qui veut que la mémoire du corps et la présence intermittente d'un son suffisent à insérer l'immémoriale envie d'un homme très identifié, cela que peut-être on appelle l'amour. Il n'avait jamais fait que la regarder, et parler avec cette voix qui était pour elle le chant des sirènes. Pas un acte. Seulement une texture feutrée qui murmurait comme on le fait sur l'oreiller, auprès de son aimé, le soir avant de s'endormir. Une voix d'alcôve qui n'avait pas cessé, malgré le temps, la séparation, et les refus, de l'inviter à l'amour. Elle s'était approchée de lui à pas de femme : à petits pas d'abord et répondant à son appel, à pas de géant ensuite. Alors elle était arrivée tout contre lui. Et il s'était éclipsé. Avait-il fui ? Non, se disait-il, il n'avait voulu garder que l'extraordinaire : la connivence, le sentiment de la gémellité, le goût le plus chaste qui n'a pas de cabrioles pour se dire et se dilapider. Mais quel nom portaient ces manières ?

Il n'avait jamais coupé le lien de ferveur. Jamais il ne s'était abstenu trop longtemps de lui téléphoner. Mais, si étrange que cela pût paraître, rien de plus, rien de moins. Il n'était plus tourmenté par un désir d'amant. Il lui avait fallu seulement s'assurer qu'elle était là. Et à chaque fois elle était bien présente, elle parlait, elle riait, tout à l'autre bout d'un fil invisible, elle était émue de l'entendre, et il l'était aussi, à sa manière, et sans cesser de la juger la plus vivante femme qu'il eût connue. Elle fredonnait le chant de la féminité, celui de la beauté qui veut être regardée, et la grande plainte des femmes aimantes. Reste ! Ne pars pas ! Je t'en supplie ne me laisse pas ! J'ai besoin de toi ! Que ferai-je sans toi ? Fais ce que tu veux, mais ne pars pas ! Elle lui aurait dit ces mots-là s'il avait été un époux volage.

Mais puisqu'il n'était qu'un amant sans désir, elle demandait : Quand nous verrons-nous ? J'ai envie de vous voir. Vous me dites toujours bientôt et je ne vous vois jamais.

Pourquoi ne pouvons-nous jamais nous voir ? Pourquoi ne puis-je simplement dîner avec vous ? disait-elle. Il n'y avait pas pour eux de simplicité, pas de dîners qui ne sont que des dîners. Mais comment aurait-il pu dire pareilles évidences ? Elle savait bien de quoi il retournait. Il ne désirait pas jouer avec le feu. Cette femme avait été capable de lui tourner l'esprit, il l'avait tenue à distance. Tant de demandes inexaucées, tant de larmes secrètes qu'il avait devinées (le cœur désolé), tant de choses qu'il n'avait pas données et qu'elle attendait parce qu'il s'était tenu devant elle comme une promesse avant de disparaître tel un voleur… elle avait traversé tout cela et elle était là. Année après année, aujourd'hui comme naguère, ils se retrouvaient. Prenons un verre, disait-il, comme s'ils s'étaient vus la veille. Elle acceptait, un peu mortifiée, un peu gaie, cette étrange relation. Elle venait, il était en retard, elle attendait, il la contemplait, ils riaient.

Elle se tenait cette fois encore très droite sur sa chaise, ouverte au regard qui était sur elle, fort belle bien que son visage se fût velouté en traversant la vie. Tout de même, pensa-t-elle, sa voix avait changé. Il n'en jouait plus comme autrefois, la parole ne causait plus en elle de ravages. Ou du moins elle ne l'entendait plus de la même façon. Oh non ! ils n'étaient plus ceux qu'ils avaient été ! Pouvaient-ils l'être ? Des années ne s'arrêtaient pas de passer. Vous avez toujours eu moins besoin de moi que moi de vous, dit-elle. Elle était détendue, sa détresse avait fini par se taire. C'est cela qui m'a rendue si malheureuse. Je n'ai jamais voulu que vous le soyez, dit-il, au contraire j'ai essayé d'éviter cela. Mais, dit-elle, vous n'êtes pas allé au bout de ce qu'il eût fallu pour l'éviter. Elle voulait dire : Vous n'avez pas pu vous empêcher de vous approcher et de me toucher. Mais elle ne dit rien, parce qu'elle ne regrettait pas cela. Au contraire elle aurait déploré que cela n'eût pas eu lieu. Seul le premier regard, qui a la contingence dont la suite est dépourvue, pourrait mériter de n'avoir pas été. J'avais besoin de vous, dit-il, j'ai besoin de vous. On ne le dirait pas, dit-elle. Il précisa sa pensée : J'ai besoin que vous existiez.

Elle comprenait mal et bien à la fois.
Puisqu'elle avait besoin qu'il existât (et
même sans amour) mais aussi qu'il l'aimât. En réalité c'était la modération de
ce besoin qui l'avait toujours décon-
certée. Car elle était féminine : l'intem-
pérance même de l'amour. Que j'existe,
mais au loin... murmura-t-elle. Elle le
regarda et lui sourit. Elle sentait un tel
calme en elle ! Combien cela lui sembla
étrange ! Ils avaient vieilli ! Et il souriait
aussi. La force magnétique qui le poussait vers elle, qu'était devenue cette
force ? L'avait-il domptée ? Etait-elle
morte ? Plus rien n'émanait de lui qui
ressemblât à cette force. Je ne vous fais
plus aucun effet, dit-elle. Je ne sais pas,
dit-il. Pour rien au monde il n'aurait
voulu la blesser. Elle songea qu'en elle
aussi le mouvement de désir s'était
atténué, sa persistance l'avait évanoui.
Il ne restait qu'un sentiment, ardent mais
abstrait. Que faisait le corps ? Nous ne
commandions décidément rien au désir !
Il venait en nous malgré nous. Nous
n'étions que ses invités, ou ses hôtes
redevables ce qui revient au même. Il
nous conviait à la fête du sang qu'il
réchauffe, mais nous ne maîtrisions
pas le feu. La force qui le poussait vers
elle était morte, bel et bien ! Ainsi cette
force pouvait mourir ? Et cependant

personne n'aurait su s'asseoir en face
d'elle et lui causer le même émoi de
plaisir. Quelque chose subsistait donc.
Elle pensa à tout cela dans le temps si
bref que prend la pensée : ils avaient
tous les deux cessé d'être invités au
désir, mais ils avaient été visités et cela
était ineffaçable. Alors elle dit : Aujour-
d'hui je peux vraiment savoir que je
vous aime. Parce que je vous aime
comme on doit aimer : dans le renoncement. Je vous aime sans vous avoir.
Vous ne me donnez rien et je vous
aime. Comment cela je ne vous donne
rien ! s'écria-t-il.

Je vous donne beaucoup, dit-il. Il
était sérieux pour l'affirmer. Elle admira
à quel degré il se gargarisait. Il se leur-
rait de telle sorte évidemment qu'il fût
content de lui, et elle n'en doutait pas,
quand pourtant il n'avait pas plus tort
qu'elle. Car elle trouvait son compte
avec lui : la grâce d'une exaltation, fût-
ce par le tourment, le sentiment de
vivre à plein la pulsation que peut être
la vie. S'il était là maintenant devant elle,
c'était bien qu'il lui donnait quelque
chose, si absent et distant fût-il. Puisque
rien ne persiste en nous qui ne nous
vaille quelque chose, et nous tenons à

ce qui nous fait tenir droit, serait-ce
même un désespoir. Mais elle ne voulait pas débattre, elle voulait dire. Aussi
elle poursuivit : Je vous aime mieux
que mon mari, parce que de lui j'attends toutes sortes de choses, je suis
intéressée à lui. Vous êtes intéressée
avec lui ? fit-il. Il est ma vie, tandis que
vous ne m'êtes rien, dit-elle, étonnée
de ce qu'il avait semblé ne pas la comprendre. Merci ! dit-il en riant. Elle rectifia pour lui ce qu'en une seconde elle ne
jugea pas si faux – que lui était-il concrè-
tement ? Même pas une présence. Je
veux dire que de vous je n'attends rien.
Et cependant, dit-elle, je vous veux du
bien. J'ai du bonheur à savoir que vous
êtes heureux. Votre mort me serait insupportable. Quand vous me dites cela,
remarqua-t-il, j'entends que vous souhai-
tez ma mort ! Comme si vous me disiez :
Mais mourez donc, c'est insupportable,
alors mourez ! Elle dit : Non, ce n'est
pas cela, je ne peux imaginer l'épou-
vante d'un deuil absolument secret.
Songez : je ne pourrais me confier à
personne ! Mais elle abandonna cette
idée et reprit ce qu'elle disait : Si tout
cela n'est pas de l'amour, alors je ne
sais pas ce qu'est l'amour, dit-elle, je
n'en sais rien. A ce mot qu'elle répétait, il avait baissé les yeux. Je n'ai avec

personne une relation comme j'ai avec
vous, dit-il. Il le lui répétait à l'envi. Il
ne savait rien lui dire d'autre. Car en
somme quelle sorte de lumière pouvait-
il être qui rayonnât en face de la féminité amoureuse ! Il n'était pas capable
de s'exhausser à ce niveau de l'abandon où elle était. Il ne savait pas penser à elle comme elle était capable de
penser à lui : très souvent, et sans rien
attendre, et sans rien en dire, et dans
la bienveillance. Il se tenait sur la terre
comme un homme vorace : il s'occupait de réussir, son métier le prenait
beaucoup, il était une personnalité, il
avait toutes sortes de maîtresses, il avait
retrouvé sa femme et sa fille (qui était
devenue une femme). Et il gardait jalou-
sement ce secret, cette grâce, ce recours :
une flamme ardente et discrète à quoi
faire fondre ses fardeaux. Il joignait
cette force dès qu'il le voulait. Il appelait une femme amoureuse, de temps
à autre, en plus de tout le reste, parce
que oui il avait besoin de savoir qu'elle
était là, dans la dévotion. Vous êtes la
femme la plus amoureuse que je connaisse ! murmurait-il. Un être de ferveur et d'attente. Elle était tout cela pour
lui. Elle le lui disait par surcroît. Et elle
n'était pas si aveuglée qu'elle ne sût
quel baume ce pouvait être pour un

cœur, la compagnie ardente d'un autre.
Parfois je vous envie, dit-elle. Comment
cela ? dit-il. Eh bien j'aimerais être à
votre place, qu'il me soit donné d'entendre, par votre bouche par exemple,
les mêmes déclarations que je vous
fais. Vous me faites des déclarations ?!
dit-il. Je crois que je vous en fais beaucoup, dit-elle. C'est vrai, concéda-t-il.
Elle eut un éclat de rire, mais c'était dans
le désespoir inconscient d'avoir tout
livré et que rien ne fût changé. Il la
contempla, non pas dans le fantasme et
la convoitise comme il l'avait fait autrefois, mais avec une admiration épatée.
Un être de ferveur et d'attente, et qui
avouait qu'il l'était, avec la transparence
qui n'existe que dans le renoncement.
Lorsque celui qui parle et se livre a fini
de vouloir, et de penser à ce qu'il est,
à ce qu'il dévoile, à ce qu'il sera pensé
et dit de lui. Oui, dit-il, j'ai de la chance.
Mais vous êtes un peu mon œuvre ! dit-
il. Bien qu'elle fût blessée d'entendre
cela, comme s'il avait joué à la modeler
et que la peine ne fût rien, il ne se trompait pas. Elle n'avait pas répondu. Je
vous ai éveillée, dit-il, c'est moi qui ai
fait de vous une femme digne de ce
nom, une source d'amour. Ah ! fit-il.
Voilà votre visage songeur ! Je n'aime
pas quand vous êtes absente !

C'était bien à lui qu'elle devait d'être cela : une femme qui a du cœur. Il avait avivé le plus enfoui de la tendresse en elle, ce que les enfants éveillent aussi, une force d'amour irrécusable, qui supporte la défaillance et la faute, la séparation, la déception, et qui couve les vivants, les absents, et les morts. Elle le regarda dans les yeux en souriant. Il eut un rire heureux. Vous avez confiance en vous désormais, dit-il. Je ne sais pas, dit-elle. Si, dit-il, vous avez confiance en vous. Quel âge avez-vous maintenant ? dit-il d'une manière brusque, comme s'il s'apercevait qu'il l'ignorait et que c'était assez incroyable. Je ne le dis plus, dit-elle. Même à moi ? dit-il. Même à vous, dit-elle. Je suis la personne qui vous connaît le mieux au monde, dit-il. Laissez-moi un secret, dit-elle. Elle devait s'approcher de la quarantaine. Vous êtes jeune ! dit-il. Et bientôt je serai un vieux monsieur ! Vous ne vous tenez pas dans la vie comme un vieux monsieur ! dit-elle. Mais les chiffres le disent quand même, dit-il. Il dit : J'ai l'impression que je vous connais depuis si longtemps ! J'ai l'impression que vous avez toujours été là ! Mais je n'ai pas toujours été là, dit-elle. Je n'ai pas la mémoire des dates, dit-il. Moi si, dit-elle. Elle n'avait rien oublié. Comment

se pouvait-il même que l'on n'oubliât rien
à ce point ? Révéler pareille mémoire,
c'était révéler un puits d'amour. Elle
y songea en silence. Son visage s'installa
dans le sourire. Elle avait l'impression
de sourire à un enfant. Oui, il était aussi
ignorant de la douleur qu'un enfant, et
elle se sentait extrêmement vieille et
sage. Il n'était rien pour elle. Il était
tout pour elle. Car il était ce qui dans sa
vie ressemblait à l'extrémité de l'amour.
L'amour désespéré. L'amour abandonné.
Celui qu'on ne cesse pas de poursuivre
et que l'on tient avec des mains de savon.
Elle n'avait pas pu aimer son mari de
cette manière, tout bonnement parce
qu'elle l'avait tenu auprès d'elle ! Chaque
jour de tant d'années, elle avait été dans
ses bras. C'était un amour qui mûrissait
sans perdre son objet. Mais, aimer dans
l'absence et le dépouillement, aimer un
être qui s'en va, se sauve, se déploie,
c'était un autre comble de l'amour. Le
même que l'on devait aux enfants. Tout
au bout de sa perfection chaque amour
était-il maternel ? Elle dit : J'ai l'impression
d'être votre mère, je ne pourrais plus
vous caresser comme un amant. Il se
moqua. Comment est-ce possible ?! dit-
il. Je ne sais pas, dit-elle, mais c'est ce
que je ressens en ce moment. Je ressens
que je vous aime. Profondément, dit-elle.

Mais que je ne vous toucherai plus jamais. Ta, ta, ta, fit-il. Que savons-nous de ce que nous ferons ? dit-il. Mais elle croyait que c'était bien ainsi, pour toute la vie. Vous êtes nue devant moi, dit-il, c'est pour cela que vous êtes heureuse avec moi. Oui je le suis, dit-elle, mais c'est parce que je le veux. C'est grâce à moi que nous sommes ici ensemble, dit-elle, parce que je vous ai tout pardonné, je n'ai jamais compté, jamais abandonné. J'ai été si malheureuse à cause de vous ! Je vous l'ai dit, je voulais pourtant l'éviter à tout prix, répétat-il. Elle pensa qu'il était faible comme un homme. Et vous, dit-elle, pourquoi ne l'êtes-vous pas, nu devant moi ? Parce que notre relation ne s'est pas faite comme cela, dit-il, parce que vous ne me le demandez pas. Il était sûr de lui, il avait réponse à tout. Tout ce que vous voulez savoir je vous le dis, dit-il. Il regarda autour de lui. Quelle heure est-il ? dit-il en regardant sa montre. Voulez-vous que nous allions dîner quelque part ?

Ils dînèrent de mets italiens simples et goûteux. C'est exactement ce que j'avais envie de manger, dit-il. Etes-vous bien ? demanda-t-il ensuite avec une sollicitude tendre. Elle pouvait à peine supporter qu'il fût si attentionné. Elle aurait pu en pleurer, si elle avait laissé aller son esprit dans le passé lointain et dans l'avenir proche qui n'étaient que séparation et tyrannie du réel. Qu'il était singulier tout de même, et difficile, d'aimer deux personnes et de n'avoir qu'une seule vie ! On se refusait trop à croire que les amours ne font pas que se succéder. Elles ne se tuaient pas toujours les unes les autres en advenant. Le cœur était un réseau dédaléen. Croyez-vous que Vronski aimait Anna Karénine ? dit-elle. Non, dit-il sans hésitation, il ne l'aimait pas. Elle dit : Vous pensez comme mon mari. Mais moi je n'en suis pas certaine. Vous n'avez pas envie de le penser, dit-il. Ce serait si horrible, dit-elle. Lisez-vous autant qu'autrefois ? s'enquit-il. Je crois que l'on fait ses rencontres avec des œuvres, dit-elle, vous le savez bien que je pense cela ! Je le sais, dit-il en lui souriant. C'est normal puisque vous êtes une créatrice. Il la complimentait sincèrement et avec la discrétion qui autorise à entendre la louange. Elle souriait en l'écoutant, comme si elle savait tout ce qu'il allait dire. Et elle s'étonnait d'être si paisible alors qu'elle était si proche de lui physiquement. Un temps était bien révolu, quelque chose était définitivement passé. Et puisqu'il n'est pas certain que cette nature des hommes soit configurée et parfaite, elle déplora la fin du tourment. Elle regretta la souffrance et la force. Savez-vous quoi ? lui dit-elle. Je crois que vous ne me ferez plus souffrir. A la bonne heure ! dit-il. Car cela veut dire que j'ai la plus merveilleuse des amies. Ces mots la transperçaient : elle n'avait jamais voulu être son amie ! Mais elle n'en dit rien. Et cependant, au visage qu'elle eut à ce moment, il sut qu'elle avait senti ce dépit. Vous êtes très connue désormais, dit-il afin de chasser cette ombre. Elle opina. J'ai toujours pensé que vous le seriez, dit-il. Vous aviez un style, jusque sur vous, c'est si rare les personnes qui ont un style, dit-il. C'est étrange que vous me disiez cela, dit-elle, car c'est une chose à quoi je suis très sensible chez les autres. Vous aussi vous avez un style, dit-elle, c'est peut-être ce qui m'a fait chuter ! Peut-être, dit-il. Ils rirent. Mais elle redevint vite grave. J'ai été sauvée de vous par mon travail, dit-elle. Et je parie que je vous ai aidée ! dit-il. Comment le savez-vous ? Parce que je le sais ! dit-il. Devant moi vous êtes nue, répéta-t-il. J'ai souvent dessiné sous vos yeux, dit-elle, je vous imaginais regardant ce dessin. Et lorsqu'il

n'était pas ce qu'il pouvait être, alors
j'entendais votre regret et votre encoura-
gement, et je prenais ma gomme et je
recommençais. J'ai beaucoup travaillé
en fin de compte, dit-elle. Vous voyez
tout ce que je vous ai apporté ! dit-il. Il
avait pour dire cela un air de coquine-
rie maligne, il était drôle. Elle éclata de
rire et dit : Je vous adore ! C'est vrai ?
demanda-t-il. Vous le savez bien, dit-
elle, apitoyée et presque misérable.
Elle l'adorait mais elle était lassée de le
montrer en vain, ce qui fit qu'il ne s'en
aperçut pas.

Ils continuèrent longtemps à parler,
jusqu'à ce qu'autour d'eux les tables
fussent vides. Ils eurent les douceurs de
la ressouvenance et de la connivence,
le frisson presque déchirant des traces
que laisse entre deux êtres la fugacité
d'un désir puissant et écarté. Parce que
tous les mots, tous les gestes, et même
les plus indécents, les avaient traver-
sés. Parce que de cette manière toutes
les images (celles que l'on veut immanquablement construire de soi-même)
étaient tombées. Vais-je être malheureuse de vous quitter ? dit-elle. J'espère
que non, dit-il. Autrefois, dit-elle, une
soirée comme celle-ci, que vous me

refusiez d'ailleurs, m'aurait valu des
semaines de ténèbres et de larmes,
parce que j'aurais su qu'il faudrait des
mois et des mois pour vous en arra-
cher une autre ! Il sourit. Pourquoi ne
vouliez-vous jamais me voir ? répéta-
t-elle. Je n'ai jamais compris cela. Elle
ajouta : Après l'engouement du début.
Il dit : J'ai essayé parfois de vous l'expliquer, mais vous ne vouliez pas l'entendre. Il y avait ma femme, elle venait
de revenir… Et puis il y avait une autre
femme que je n'arrivais pas vraiment à
quitter. Et je ne voulais pas vous faire
souffrir comme elles souffraient toutes
les deux. Je savais que vous étiez toujours empêtré dans les femmes, dit-elle
en souriant. Et vous vouliez m'empêtrer
un peu plus ! dit-il. Exactement, dit-
elle. Je me moquais de partager, dit-elle.
Qu'auriez-vous eu ? dit-il. Des miettes.
Je ne voulais pas cela, dit-il. Elle ne
répondit rien. Puis elle dit : Ça n'a plus
d'importance maintenant, j'ai renoncé.
Cela semblait vrai, mais il ne savait pas
entendre si ce l'était vraiment. Il n'était
pas certain non plus de s'en moquer et
de l'avoir perdue comme maîtresse
potentielle. Au fond de lui, il était certain qu'elle lui appartenait.

Je vais vous accompagner jusqu'à la
station de taxis, dit-il en même temps
qu'ils enfilaient leurs manteaux. Ils marchèrent dans la rue, côte à côte. Et ils
n'étaient pas si éloignés l'un de l'autre,
de sorte que parfois le haut de leurs
bras se touchait. Ce contact déposait
sur elle un fardeau de souvenir et de
désir ancien. Ils marchèrent dans un
crépuscule de capitale et de modernité,
fracassé par les bruits, transpercé de
lumières et de néons, et l'on eût dit
des amants. Des amants qu'ils n'avaient
jamais été, qu'ils n'avaient jamais cessé
d'être. Moins que cela et plus que cela.
Parce qu'un mot rate le secret d'une
chose.

Ils arrivaient au début de la file des
voitures. Je ne me souviens jamais que
vous êtes si grande ! dit-il en la regardant.
Eh si ! dit-elle. Je le suis. Il la contempla
en souriant. Vous êtes jolie, dit-il. Et j'ai
toujours aimé votre façon de vous habiller. Elle ne disait rien. Il l'avait trop regardée, un tremblement intérieur renaissait
en lui. Car, c'est peut-être dommage,
mais seul ce que voyaient ses yeux for-
mait son désir. Elle approcha sa joue
pour l'embrasser et prendre congé. Il se
recula. Allons dans mon bureau, dit-il

brusquement. Ne rentrez pas ! Elle savait
bien ce qu'il entendait par aller dans son
bureau. Je n'ai pas envie d'aller dans
votre bureau, dit-elle. Elle l'embrassa.
A bientôt, murmura-t-il sans penser un
instant qu'il mentait une fois de plus,
et comme si les privautés qu'il demandait l'instant d'avant ne méritaient pas
qu'on y pensât davantage. Alors, à le voir
souriant, démonté par rien, elle pensa
qu'elle avait eu raison de les lui refuser. Elle le pensa parce qu'elle avait bel
et bien songé à les lui accorder.

2

Les autres n'avaient jamais rien su. Eve
n'avait pas trouvé la confirmation de
ses soupçons. Elle avait oublié cette soirée. Ils ne regardaient plus les matchs
de boxe. Ils étaient devenus des anciens
pleins d'expérience, et leurs enfants de
jeunes adultes. Le temps les avait serrés dans ses pièges. Les histoires et les
liens avaient suivi des voies dont ils se
demandaient s'ils auraient pu les prévoir.
Car ils n'avaient rien deviné. Et cependant tout advenait avec une implacable évidence, comme si tout était

écrit, s'enchaînait pour les délivrer ou les ruiner. Etaient-ce les signes qui avaient manqué ou bien l'audace de les décryp- ter ? Eve et Max avaient divorcé. Eve s'était remise à travailler. Elle avait d'abord essayé de mourir mais n'y avait pas réussi. Max n'avait pas cédé, il était allé la voir à l'hôpital, jamais à la maison. Une fois rétablie elle avait déménagé. Leurs enfants étaient indépendants. Ils portaient sans le dire la conviction que le divorce vaut mieux que la discorde. Probablement ils se marieraient puis divorceraient. L'aînée des deux filles avait déjà choisi un homme qui ne s'entendrait pas avec elle, un homme pour rompre. Eve et Max pouvaient cette fois le prédire mais non pas l'em- pêcher. Ils se retrouvaient parfois à dîner chez Mélusine et Henri. Eve et Mélusine n'avaient jamais été des amies, mais le désespoir d'Eve avait touché Mélusine. Henri n'avait-il pas contri- bué, avec la bande, à convaincre Max de refaire sa vie ? Les cures, les mots, le danger n'avaient pas dégrisé Mélusine. Plus que jamais les liqueurs tenaient sa vie. Elle s'emportait ou pleurait pour un rien. En les quittant Eve pensait que l'amour ne suffisait à personne. Il fallait faire quelque chose avec sa vie. Une jolie femme ne pouvait vivre comme une fleur, adorée de son jardinier, bien arrosée et taillée, mais plantée, immobile et soumise aux vents. Eve aimait à parler de son travail à Max. C'était une chose nouvelle. Tu n'as jamais eu envie que je travaille au fond, lui disait-elle. Ah non, pas du tout ! disait-il. Mais j'étais certain que tu n'en avais pas envie. Je croyais que tu aimais rester à la maison, dit-il. Moi aussi je le croyais, disait-elle. J'aurais dû écouter Louise, dit-elle. Que disait Louise ? dit Max. Elle disait que tout le monde est fait pour travailler, dit Eve. Elle n'était pas marxiste Louise pourtant ?! dit Max. Je ne sais pas, dit Eve qui ne connaissait rien au marxisme. Que devient-elle ? dit Max. Je ne la vois plus, dit Eve. Tu sais, dit-elle, depuis que je ne suis plus membre du club, je ne vois personne de cette troupe à part Mélu. Je me demande si elle a fini par avoir un enfant, dit Max, elle me faisait pitié avec ça. Ils en ont peut-être adopté un, dit Eve.

Ils arrivaient devant la porte de son immeuble. Arrête-toi là, dit-elle en indiquant un endroit pratique qu'il connaissait aussi bien qu'elle. Elle descendit. Au revoir, dit-elle. Elle eut un sourire triste. C'est moche le mariage, dit-elle.

Elle pensait que cela avait été la mort
de leur sentiment. Pourquoi me dis-tu
cela maintenant ? dit-il. Parce que je
pense à nous, dit-elle. Ne te fais pas de
mal, dit-il. Elle détestait qu'il dît cela.
Ce n'est pas le mariage qui est moche,
dit-il, c'était peut-être le mariage entre
toi et moi. Je crois que le mariage gâche
tout ce qu'il enchaîne, les sentiments et
les personnes, dit-elle. Regarde Mélusine
et Henri, ils se détruisent l'un l'autre.
Elle s'arrêta puis reprit comme après une
réflexion féconde. C'est le mariage qui
m'a fait devenir ce que tu me reproches
d'avoir été. Ne m'as-tu pas aimée avant ?
dit-elle. Je ne sais plus, dit-il. Il était
sans concession. Elle se mit à pleurer.
Il essaya de se rattraper. Ne pleure pas,
dit-il. Je ne sais plus te répondre, ça n'est
pas que je ne t'ai pas aimée, c'est que
je suis perdu de ne plus t'aimer. Bah !
fit-il. Il paraît que c'est la vie maintenant : plusieurs vies. Elle n'aimait pas
qu'il parlât ainsi mais ne dit rien et sourit. Elle n'avait pas perdu tout espoir
de le faire revenir. A bientôt, dit-il. Essaie
de parler à Catherine, dit-elle (c'était
l'aînée de leurs filles). Ça n'est pas facile
tu le sais, dit-il. Essaie quand même, dit-
elle, moi je l'énerve. C'est promis, dit-il,
j'essaierai.

Louise s'était séparée de Guillaume. Il vivait avec une très jeune femme, une très ravissante comme disait Tom, si jeune qu'elle devrait le quitter, et pour cette raison Guillaume n'était pas heureux. Louise s'était mariée avec un homme de son âge qui était veuf et n'avait pas d'enfant de son premier mariage. Ils avaient adopté deux petites filles chinoises. Ils n'avaient rien à désirer de la vie qu'ils ne croyaient déjà posséder. Parce qu'elle était si heureuse qu'on pouvait le lire sur elle à livre ouvert, Louise n'osait pas revoir Guillaume. Elle avait des nouvelles de lui par Marie. Je ne comprends pas qu'il ne puisse pas se fixer, disait Louise. Il est trop sensible à la beauté, disait Marie en guise d'explication définitive. Louise souriait. Avait-elle donc été si jolie elle-même et sans le savoir ? Je ne crois pas que ce soit cela, disait-elle. Il ne s'est jamais remis d'avoir raté son premier mariage, ce fut le début d'une errance qui n'a plus de fin. Tu es trop romantique, dit Marie. Et c'est toi qui me dis cela ! dit Louise. Elles riaient. Et toi comment te portes-tu ? demandait Louise. Comme une fleur, disait Marie. Elle était la seule à être encore entourée d'enfance, ayant eu sept enfants dont les derniers n'avaient pas fini de

grandir. Tu devrais appeler Pénélope,
disait Marie. Elle est tellement seule !
Depuis que Paul est mort, c'est un désert
autour d'elle. Ils s'étaient mis à ne voir
que les amis de Paul, et les amis meurent les uns après les autres, c'est arithmé-
tique. Tes filles vont bien ? demandait
Marie. Elle prononçait ces mots *tes filles*
avec bonheur. Il arrive que l'on soit
certain du plaisir qu'on fait puisqu'il
est celui qu'on éprouve.

   Sara attendait que Tom se décidât à
l'épouser. Qu'est-ce que tu aimes en
moi ? Est-ce que tu l'aimeras toujours ?
Alors de quoi as-tu peur ? lui disait-
elle. Mais il répondait : Que changera
un bout de papier ? Quel égoïste tu
fais ! J'ai gâché ma vie à t'attendre. Tu
as tes enfants et des maîtresses et moi,
comme une idiote, j'espère que tu
m'épouseras. Est-ce qu'on peut imaginer plus imbécile que moi ? Depuis le
temps ! Comment n'ai-je pas encore
compris ?! Oui je recommence ! Ne fais
pas cette tête-là. Je recommence et
recommencerai tant que tu resteras
un gros porc égoïste ! C'est ça, vas-y,
casse-toi, je m'en fous. Je m'en fous !!
Et lorsqu'elle parlait à Pauline elle lui
disait : Marc va bien ? Chouchoute-le

va ! Des comme lui, on les compte sur les doigts d'une main...

Epilogue

S'IL N'Y A PAS DE FIN

VOUS ÊTES RESPLENDISSANTE. Vous l'êtes !

— Vous me dites toujours cela !

— Parce que je le pense.

— C'est pourtant de moins en moins vrai !

— Mon regard ne change pas, je vous vois aussi belle que la première fois à l'école dans ce grand manteau rouge.

— Et vous vous souvenez du manteau rouge !

— Comme si c'était hier.

— Depuis quand avez-vous une mémoire ?

— Depuis que je suis un vieux monsieur.

— Arrêtez ! Vous ne vous ressemblez pas quand vous parlez ainsi.

— Ah bon ! je ne me ressemble pas !

— Mais je sais que c'est vous !

— Dans ce cas je puis vous faire des propositions !

— Vous ne m'en avez jamais fait.

— Je me demande ce qui m'a pris !

— Et moi je sais ce qu'il m'en a coûté.

— Vous n'allez pas être triste ?

— Non, je vais essayer de ne pas me plaindre !

— Alors ne parlons pas des choses que vous me reprochez. Je voudrais que vous changiez d'idée. Je vous ai donné bien plus que vous ne le pensez.

— Que m'avez-vous donné d'autre qu'un amour impossible et tout le malheur qui s'ensuit ?

— Etait-ce ma faute si vous étiez mariée ?!

— J'étais assez libre pour vous aimer.

— Mais vous l'avez fait !

— Ah ça oui ! et vous vous êtes laissé aimer…

— Avec délectation !

— Si nous allions dans un hôtel ?

— Vous n'avez jamais voulu m'y emmener, et même quand j'ai supplié.

— Je pensais que ce n'était pas votre style ?!

— Vous auriez dû moins penser !

— J'ai envie de vous caresser.

— Tout à coup comme ça ?

— Mais j'ai toujours eu envie de vous caresser !

— Alors pourquoi ne pas l'avoir fait ?!

— Parce que pour vous c'était grave.

— Et pas pour vous ?

— Moins que pour vous je crois.

— Nous avons surtout manqué d'un lieu.

— Je ne sais pas ce qui a manqué, mais il a manqué quelque chose.

— C'était la tristesse des choses secrètes.

— J'ai souvenir d'une peau douce comme le miel avant qu'il ne colle ! Allons à l'hôtel. Le voudriez-vous ?

— N'avons-nous pas dépassé l'âge pour cela ?

— Vous plaisantez ! Personne ne vous connaît comme moi je vous connais : vous êtes ferme et droite comme un arbre !

— Nous sommes des dinosaures !

— Oui ma chère, j'ai l'impression que je vous connais depuis l'aube du temps.

— Pourtant je n'ai pas toujours été là.

— Approchez-vous de moi au lieu de discuter ! Vous parliez moins que cela quand je vous ai rencontrée !

— Le silence…

— Le silence vous embarrasse.

— J'ai toujours eu peur de vous ennuyer.

— Quelle erreur !

— Je ne vous ai jamais ennuyé ?

— Vous êtes jolie comme un cœur !

— Répondez, vous êtes-vous ennuyé avec moi ?

— Jamais.

— Par quelle grâce ?

— J'aimais vous regarder. Vous étiez belle dans mes yeux.

— Cela ne suffit pas !

— Il arrive que cela suffise.

— Et maintenant ?

— Allons nous caresser.

— Vous êtes sérieux ?

— Vous ne le voulez pas ?

— Si je le veux, je n'ai jamais cessé de le vouloir.

— Et qu'est-ce qui vous tourmente cette fois ?

— L'amour de vous.

Il n'y a pas de fin.

— Quand je vous touche, tout est transformé. Vous êtes une fée !

— Une fée patiente !

Elle se mit à rire elle aussi. Et elle avait toujours ces dents intactes qu'il avait admirées le premier jour. Simplement les festons avaient fondu. J'adore

vraiment quand vous riez, dit-il. Puis,
se rappelant l'escapade qui venait de
les unir. Vous êtes d'une douceur...
dit-il, D'une douceur un peu molle ! dit-
elle, Elle riait, Oui c'est cela ! dit-il, Elle
prit une mine outragée. Il dit : Je vais
dans votre sens, vous dites molle, je
répète ! Il s'amusa un moment, puis
son visage sembla partir dans une rêverie, et il devint très grave pour dire :
Cesserez-vous désormais de douter
que nous soyons liés pour toujours ? Et
comme elle ne disait rien, il continua :
Nous le sommes Pauline. Et je ne sais
pas par quoi, Je ne l'ai jamais su, J'ai
beaucoup pensé à vous, dit-il. Oui. Bien
plus que vous ne le croyez, Rien ne
pourrait couper ce qui nous lie. J'ai
trouvé votre amour. Je l'ai en moi pour
toujours. Et moi, qu'ai-je trouvé ? soufla-
t-elle comme un reproche. Le mien, dit-
il, Elle baissa la tête, Son cœur battait à
toute vitesse. Il venait de dire ce qu'elle
avait voulu entendre depuis le début.
Une joie bondissante l'envahit, celle du
triomphe ; souffrir n'avait pas été vain,
et ils avaient suivi un vrai chemin, et ils
étaient des amants. Mais son visage
restait impénétrable. Je voudrais tellement que vous soyez heureuse en pensant à moi ! dit-il. Qu'au moins je serve à
cela ! dit-il, Mais je ne le suis pas, dit-elle.

Jamais ? demanda-t-il. Presque jamais, dit-elle.

Ils marchaient dans une rue déserte et dans la nuit illuminée de la ville. Combien de kilomètres aurons-nous parcourus ! dit-il. C'est votre idée, dit-elle, nous n'avons fait que nous asseoir dans les bistrots ! N'aimez-vous pas marcher ? demanda-t-elle. Pas tellement, dit-il, j'ai besoin d'aller quelque part, il me faut une destination. Mon mari dit la même chose, remarqua-t-elle. Laissez votre mari ! dit-il. Est-il chez vous ce soir ? demanda-t-il. Brusquement il pensait à cet homme qui pour lui était inexistant. Je crois, dit-elle. Il doit vous attendre, dit-il, quelle heure est-il ? Tard, dit-elle. Dans ce cas rentrez vite, dit-il. Elle fit oui de la tête. Il y a une station de taxis là-bas, dit-il. Ils traversèrent hors des passages cloutés et il la prit par le bras comme pour l'élever dans les airs. Quelque chose se craquelait et s'allumait en elle à l'idée de le quitter. Comment pouvait-on se ruiner le cœur pour un geste ?! La tendresse était-elle un venin, une drogue dont on ne se passait plus ? Elle protestait contre elle-même. Comme elle s'en voulait d'être si faible ! Mais elle avait souvent éprouvé à quel point est

irrésistible un homme rude que l'amour
adoucit. Serait-elle forcément malheureuse à cause de celui-là dont il fallait
se séparer ? Un amour adultère et un
amour conjugal étaient comme deux
jumeaux que la vie n'a pas pareillement
comblés. Il la prit dans ses bras et
l'embrassa. A bientôt, souffla-t-il. Ne
dites plus cela, lui dit-elle. Pourquoi ?
demanda-t-il étonné. Je ne peux plus
l'entendre, dit-elle. L'idée de rentrer seule,
d'en être bouleversée et de le voir qui
ne l'était pas, la rendait amère. Elle dit :
C'est le passé et tous vos mensonges
qui reviennent. Tous mes mensonges !
s'exclama-t-il. Toutes vos promesses
jamais tenues, dit-elle. Vous ai-je jamais
fait une seule promesse ? dit-il gravement. Non, souffla-t-elle, et les larmes
étaient dans ses yeux. Elle avait tout
construit seule. N'avait-elle pas tout simplement été une qui aime un fantôme ?
Ne l'avait-elle pas poursuivi justement
parce qu'il lui échappait ? Ne tenait-elle
pas au sentiment qu'elle avait conçu
pour lui bien plus qu'à lui-même ?
Etait-il vraiment aimable ? Ces questions
n'avaient pas de réponse. Elle croyait
l'aimer. Et peu importait si cela n'avait
été qu'une façon de ne pas trahir la félicité du commencement. On sait bien
comme on se sent parfois prisonnier

de ce qu'on a pensé. C'était une question de nature : on avait ou non le goût de la cohérence et de la longévité, qui sont une manière de fidélité. On refusait ou on acceptait que les choses eussent une fin. Elle avait été résolument du côté de ceux qui refusent. Ce qui doit finir n'a nul besoin de commencer. Et ce qui est apparu doit demeurer. Une vie pouvait prolonger une soirée. Une femme pouvait n'être pas inconstante. Et lui ? Que dire de cette manière d'attiser et d'entretenir un feu ? Devait-elle lui en vouloir de cela ? Elle n'avait jamais eu de rancœur malgré le préjudice. Pas une seule fois elle n'avait eu l'idée de couper les ponts. Il fallait croire que cette idylle asymétrique lui était moins funeste que salutaire. C'est que somme toute il n'avait pas été insincère avec elle. Jamais il ne l'avait conduite à penser qu'elle l'avait circonvenu et capturé. Des regards et cette voix... mais pas une seule promesse, il fallait en convenir. Je ne vous en ai fait qu'une seule, lui dit-il parce qu'il voyait les larmes, et celle-là je l'ai tenue. J'ai besoin que vous existiez et vous êtes pour toujours dans ma vie, dit-il. Je le sais, dit-elle. Et maintenant retournez chez votre mari, dit-il. Et souriez ! cria-t-il dans la nuit. Hop là ! Nous vivons !

TABLE

«un endroit où aller»
Une collection créée en 1995 par Françoise et Hubert Nyssen

OUVRAGE RÉALISÉ
PAR L'ATELIER GRAPHIQUE ACTES SUD
REPRODUIT ET ACHEVÉ D'IMPRIMER
SUR ROTO-PAGE
EN OCTOBRE 2000
PAR L'IMPRIMERIE FLOCH
A MAYENNE
SUR PAPIER DES
PAPETERIES DE JEAND'HEURS
POUR LE COMPTE DES ÉDITIONS
ACTES SUD
LE MÉJAN
PLACE NINA-BERBEROVA
13200 ARLES

DÉPÔT LÉGAL
1re ÉDITION : AOÛT 2000
No impr. : 49829.
(Imprimé en France)